ROBIN WASSERMAN

DANNATE RAGAZZE

Traduzione di
ROBERTA ZUPPET

HarperCollins

ISBN 978-88-6905-189-0

Titolo originale dell'edizione in lingua inglese:
Girls On Fire
Harper
an imprint of HarperCollins *Publishers*

Traduzione di Roberta Zuppet

Prima edizione HarperCollins
aprile 2017
Prima ristampa - maggio 2017

HarperCollins
PUBLISHERS
Since 1817

Per mio padre, che credeva ce la potessi fare.

In quell'età dell'Oro
in cui non c'era inverno
i giovani e le vergini
di santa luce fervidi sotto i raggi del sole
prendevano gioia nudi.
- WILLIAM BLAKE

Regina di bugie, ogni giorno, nel mio cuore.
- KURT COBAIN

1

OGGI

Guardale nel loro momento di massimo splendore, una marea di ragazze euforiche per l'ultima campanella, che si riversano sull'autobus, tutte membra goffe e reggiseni push-up, unghie rosicchiate pronte a stuzzicare foruncoli esplosivi, labbra morsicate e occhi strizzati nel vano tentativo di non piangere. Ragazze con gonne scozzesi rimboccate ad altezze incalcolabili sopra il ginocchio, ragazze che sfruttano i sobbalzi dell'autobus per lanciarsi fisicamente verso i loro oggetti del desiderio. *Oops, scusa, amico, non volevo sbatterti le tette in faccia, è un telefono quello che hai in tasca oppure sei solo contento di vedermi?*

Cerca di non guardarle, mi raccomando. Ragazze, ovunque. Appoggiate alle vetrine, ce la mettono tutta per apparire disinvolte mentre fanno penzolare le sigarette dalla bocca ed espellono nuvole di fumo, picchiettando sui telefoni e urlando *Mia madre è una stronza*. Ragazze che si tirano su la gonna vicino al negozio di liquori, sperando in una bottiglia di vodka se mostrano sufficienti centimetri di cosce; ragazze nella corsia dei cosmetici, che fissano impotenti gli smalti per le unghie come se udissero le tue incitazioni silenziose, le tue esortazioni a infilare quei rossi ciliegia nella borsetta, ad assecondare la tentazione e la voglia, a *cedere*.

Cedi: scegline due, smarrite una nell'altra, un'accoppiata simile a una visione dal passato. Nessuno di speciale, due nessuno. Solo che insieme sono radioattive; insieme, risplendono. Accoccolate su un sedile in fondo, le braccia intrecciate, le fronti che si baciano.

Invidia il modo in cui annegano una nell'altra.

Seguile giù dall'autobus, fino alla spiaggia, mentre la leader – c'è sempre una leader – libera i ricci scuotendo la testa. È truccata sapientemente, con le labbra color barbabietola troppo grandi, irresistibili. L'altra ragazza non ha nemmeno un filo di make-up e i capelli, dritti come spaghetti e tinti di biondo platino, sventolano nella brezza dell'oceano. Osservale mentre gustano un gelato alla spina, con le lingue rosa che guizzano verso le spirali di crema. Osservale mentre fanno la ruota tra le onde, mentre si leccano le briciole dei triangolini di mais dalle dita appiccicose, mentre si dividono un paio di auricolari e scrutano le nuvole, con la loro colonna sonora segreta che incide forme nel cielo.

Cerca di trattenerti dal torreggiare sopra di loro, dal proiettare su di loro l'ombra della vecchiaia, avvisaglia del lontano futuro che le aspetta, della fine dei giorni, giorni come questo, spronandole ad assaporare ogni dolce minuto, a tenere duro.

Trattieniti, perché sai come sono fatte le ragazze; non

ascoltano. Meglio, forse, stordirle, trascinarle in mare. Fare in modo che questo istante perfetto sia l'ultimo, dire *Uscite di scena in bellezza, ragazze,* e spingerle nella corrente. Lasciare che vadano alla deriva staccandosi dal bordo della terra.

Impossibile non vederle, non ricordare com'era quando era così. Starsene sedute lì a rabbrividire mentre il sole si abbassa sull'orizzonte e il vento soffia freddo sopra le onde, mentre il cielo arde rosso e l'oscurità si addensa intorno alle ragazze, ignare che resta pochissimo tempo prima che il fuoco si spenga.

Ricorda come era bella la sensazione di bruciare.

NOI

Novembre 1991 - marzo 1992

2

DEX

Prima di Lacey

Alla fine trovarono il corpo una domenica sera, tra il TG e *Sposati... con figli*. Probabilmente più vicino all'orario di Andy Rooney che a quello di Al Bundy, perché la notizia, persino una notizia così, avrebbe impiegato un po' di tempo a circolare. Ci sarebbe stato del lavoro da sbrigare nel bosco: delimitare la scena del crimine con il nastro giallo, fotografare le pozze di sangue, caricare il cadavere su un'ambulanza inutile e infilare la pistola in un sacchetto. C'era una logica universale in queste cose, se la TV aveva ragione, un copione da seguire che avrebbe risparmiato persino ai nostri poliziotti incompetenti la fatica di toccare un cadavere, di vedere e annusare qualunque cosa succeda a un corpo dopo tre giorni e tre notti nel bosco. Dopodiché, chi poteva dire come sarebbe andata, ufficialmente: dove avrebbero portato i resti, chi sarebbe stato incaricato di contattare i genitori, come avrebbero estratto il proiettile, cosa ne avrebbero fatto della pistola, del biglietto. Ufficiosamente, fece ciò che le cattive notizie sanno fare meglio: diffondersi. A mio padre è sempre piaciuto dire che non puoi cagare nel letto a Battle Creek senza che il tuo vicino si presenti a pulirti il culo e, anche se lo diceva soprattutto per indispettire mia madre, aveva un fondo di verità.

Era sempre lei a rispondere al telefono. «L'hanno trovato, quel ragazzo della tua scuola» annunciò durante la pubblicità. Evitammo accuratamente di guardarci, fissando le gigantesche bottiglie di Coca-Cola che danzavano sullo schermo.

Aggiunse che lo avevano trovato nel bosco, morto. Che si era ucciso. Chiese se fosse mio amico, e mio padre le fece presente che avevo già risposto a quella domanda quando il ragazzo era scomparso, che lo conoscevo a malapena e che era meglio così, e mia madre disse *Lasciala parlare*, e mio padre disse *Chi glielo impedisce?*, e mia madre disse *Ti va di parlarne?*, e mio padre disse *Ti sembra che abbia voglia di parlarne?*.

No, non ne avevo. Replicai che forse mi sarebbe venuta più avanti – falso – che volevo restare sola – vero – e che non dovevano preoccuparsi per me perché stavo bene. Il che era meno vero o falso di quanto fosse necessario.

«Ci dispiace tanto, piccola» concluse mio padre mentre tagliavo la corda, e queste furono le ultime parole pronunciate a casa mia su Craig Ellison e su ciò che era successo nel bosco.

Non era mio amico. Non era niente per me, o meno

ancora. Da vivo, Craig era magliette piene di doppi sensi e stupidi jeans cascanti che lasciavano intravedere i boxer e un accenno di riga del culo. Era pallacanestro in inverno e lacrosse in primavera e un biondo scemo con una vena di crudeltà tutto l'anno, tecnicamente un mio compagno di classe fin dall'asilo ma, sotto tutti i punti di vista importanti, l'abitante di una dimensione alternativa in cui le persone tifavano durante gli eventi sportivi del liceo e passavano i sabato sera a bere e a farsi le seghe sulle note dei Color Me Badd anziché starsene sedute a casa e guardare *Cuori senza età*. Da vivo, Craig era probabilmente poco meno del totale delle sue parti rincoglionite, e nelle poche occasioni in cui le nostre strade si erano incrociate e lui si era degnato di notare la mia esistenza, di solito si poteva stare certi che buttasse là una garbata amenità come *Spostati, stronza* mentre mi superava con tutti i suoi muscoli.

Da morto, tuttavia, si trasformò: martire, prodigio, vittima, ammonimento. Lunedì mattina il suo armadietto era ormai un ammasso di cuori di carta, orsacchiotti e gagliardetti di pallacanestro, almeno finché i bidelli ricevettero l'ordine di eliminare ogni cosa per paura che farne un affare di stato potesse spingere qualche emulatore a seguire il suo esempio. Fu fissata una cerimonia commemorativa aperta a tutta la scuola; poi, secondo la stessa logica paranoica, fu annullata; quindi fissata di nuovo, finché il compromesso assunse la forma di un'ora di discorsi piagnucolosi e di una proiezione di diapositive scandita dai brani strumentali di Bette Midler e dai fruscii dei volantini informativi di un numero verde nazionale contro i suicidi.

Non piansi; non mi sembrava il caso.

Noi del terzo anno dovemmo avere almeno un incontro con lo psicologo della scuola. Il mio appuntamento arrivò qualche settimana dopo la morte di Craig, in una delle fasce orarie riservate alle nullità, e fu una pura formalità: *Avevo gli incubi? Non riuscivo a smettere di piangere? Avevo bisogno di aiuto? Ero serena?*

No, no, no, risposi e, dato che non c'era niente da guadagnare a essere sincera, *sì*.

Lo psicologo si tamponò le ascelle e chiese cosa mi avesse turbato maggiormente della morte di Craig Ellison. Quell'anno nessuno usò la parola *suicidio* a meno che non fosse assolutamente indispensabile.

«È rimasto nel bosco per tre giorni» risposi, «in attesa che qualcuno lo trovasse.» Lo immaginai come un filmato *time-lapse* di fiori che sbocciano, con il corpo che emana le sue ultime esalazioni gassose, la carne che si decompone, i cervi che scalpitano, le formiche che marciano. Il limitare degli alberi era solo a qualche isolato da casa mia e mi domandai, se il vento fosse stato quello giusto, cosa avrebbe potuto portare.

Il pensiero del cadavere non era ciò che mi inquietava di più, neanche lontanamente. A inquietarmi era soprattutto la rivelazione che un tipo come Craig Ellison avesse avuto dei segreti, che aveva provato vere emozioni umane non del tutto diverse dalle mie. Più profonde, a quanto pareva, perché quando io ero reduce da una giornataccia guardavo i cartoni animati e facevo fuori un sacchetto di patatine, mentre Craig aveva portato la pistola di suo padre nel bosco e si era sparato in gola. Una volta avevo un porcellino d'India che non faceva altro che mangiare, dormire e cagare e, se avessi scoperto che il suo subbuglio interiore era più burrascoso del mio, anche questo mi avrebbe inquietata.

Poi, stranamente, lo psicologo cambiò argomento e domandò se sapessi qualcosa delle tre chiese che erano state vandalizzate a Halloween, con croci capovolte disegnate in rosso sangue sulle porte di legno. «Certo che no» dichiarai, anche se sapevo ciò che sapevano tutti, cioè che tre spinellati avevano iniziato a indossare pentagrammi e smalto nero e che avevano passato la settimana prima di Halloween vantandosi di come avrebbero reintrodotto il demonio nella Notte del diavolo.

«Secondo te *Craig* ne sapeva qualcosa?» chiese.

«Non è la notte in cui... insomma, lo sa.»

Annuì.

«Allora no, direi.»

Parve meno deluso che offeso personalmente, come se avessi rovinato il suo momento da *Signora in giallo*: *spettatore perspicace rivela oscura verità dietro orrendo crimine.*

Anche per le persone che stimavano Craig più di quanto facessi io – forse soprattutto per loro – il suicidio era un enigma da risolvere. Era un bravo ragazzo e tutti sapevano che i bravi ragazzi non facevano cose cattive come quella. Era un *playmaker* con molte vittorie all'attivo e una ragazza propensa ai pompini: a rigor di logica avrebbe dovuto essere felice. Dovevano esserci delle circostanze attenuanti, si mormorava. La droga, magari, una di quelle che ti fanno correre verso una finestra con l'illusione di poter volare. Una partita di roulette russa finita male; un romantico patto suicida non onorato; il richiamo delle tenebre, una magia del sangue capace di sedurre le vittime durante la notte del diavolo. Anche quelli che credevano alla versione del suicidio puro e semplice si comportavano come se fosse non tanto una decisione personale quanto una malattia contagiosa, qualcosa che Craig si era beccato accidentalmente e che ora avrebbe potuto trasmettere a tutti noi, come la clamidia.

Per tutta la vita avevo potuto contare sul fatto che a Battle Creek non succedesse nulla. La cosa strana quell'anno non fu che finalmente fosse successo qualcosa ma che, come se la città condividesse un cervello rettiliano primordiale in grado di prevedere il futuro, trattenemmo il fiato in attesa che succedesse qualcos'altro.

Grazie a un ambiguo nesso causale che la direzione della scuola individuò tra depressione ed empietà, una nuova regola impose tre minuti di preghiera silenziosa dopo ogni appello. Craig era nella mia classe, seduto in diagonale alla mia destra, a un banco che ora evitavamo con cura di guardare direttamente. Anni prima, durante un'eclisse solare, avevamo costruito piccoli visori di cartoncino per scrutare il buio, dopo essere stati avvertiti che assistendo al fenomeno a occhio nudo ci saremmo bruciati le retine. Il lato fisico dell'evento non ha mai avuto senso per me, ma quello poetico sì, il bisogno di convincersi con l'inganno a guardare qualcosa senza vederlo davvero. È ciò che feci ora, sbirciando il banco solo durante quei tre minuti di preghiera silenziosa, quando il resto della classe aveva gli occhi chiusi e la testa china, come se spiare di nascosto in qualche modo non contasse.

Le cose continuavano così da un paio di mesi quando qualcosa – nulla di sfrontato quanto un rumore, qualcosa di più simile a un colpetto impercettibile sulla spalla, a un sussurro inudibile che prometteva *da questa parte c'è il destino* – distolse il mio sguardo dalla superficie laccata, sfregiata dalle numerose incisioni di cazzi e testicoli fatte da Craig, e mi indusse a spostarlo sulla ragazza nell'angolo opposto dell'aula, la ragazza che consideravo ancora estranea benché fosse con noi da settembre. I suoi occhi spalancati erano fissi sul banco di Craig, finché all'improvviso si puntarono su di me. Mi osservava come se aspettasse l'inizio di uno spettacolo, e fu solo quando li alzò al cielo e l'opportunità svanì che mi resi conto che era proprio un'opportunità che stavo aspettando. Poi il suo dito medio si rizzò, rivolto verso il soffitto, verso le nuvole – inequivocabilmente, verso Signore Nostro Dio in cielo – e, quando i suoi occhi si abbassarono a incrociare di nuovo i miei, il mio dito si sollevò da solo in un saluto identico. La ragazza sorrise. Quando il professore annunciò *Il tempo è scaduto*, tornò a unire educatamente le mani sul banco... finché ne alzò una per dire che le preghiere a scuola, anche quelle silenziose, erano illegali.

Lacey Champlain aveva un nome da spogliarellista e un guardaroba da camionista, tutto camicie di flanella e goffi anfibi che – arenati come eravamo in quello che poi Lacey avrebbe soprannominato *la riga del culo della Pennsylvania occidentale* – non avevamo ancora riconosciuto come giuramento di fedeltà al grunge. La nuova alunna in una scuola che non aveva nuovi alunni da quattro anni sfidava qualunque classificazione. In lei c'era un ardore che sfidava anche qualsiasi critica, così era diventata la versione a due gambe del banco di Craig, qualcosa che era meglio sbirciare solo con la coda dell'occhio. Ora la guardai apertamente, chiedendomi come riuscisse a sopportare il famigerato sguardo torvo di Mr. Callahan.

«Hai qualche problema con Dio?» domandò l'insegnante. Era anche il prof di storia ed era famoso perché saltava interi decenni e guerre per spiegare come la datazione al carbonio fosse un'assurdità e come le mutazioni fortuite della storia non potessero giustificare l'evoluzione dell'occhio umano.

«Ce l'ho se mi fa questa domanda in un edificio finanziato dalle imposte pubbliche.» Lacey Champlain aveva i capelli scuri, quasi neri, che si arricciavano davanti alla faccia e le arrivavano al mento con un taglio sbarazzino. Pelle pallida e labbra rosso sangue, come se non dovesse prendersi il disturbo di vestire dark perché ci riusciva naturalmente, vampiro per diritto di nascita. Le unghie erano dello stesso colore delle labbra, come gli anfibi che, allacciati lungo i polpacci, parevano fatti apposta per camminare a passi pesanti. Dove io avevo un'accozzaglia deforme di bitorzoli e crateri, lei aveva quella che si poteva ragionevolmente definire una figura, con picchi e valli dalle dimensioni e direzioni appropriate.

«Altre obiezioni dalla piccionaia?» Callahan ci fissò a uno a uno, sfidandoci ad alzare la mano. Il suo sguardo non era intimidatorio come era stato fino alla mattina in cui ci aveva informati ufficialmente che Craig non sarebbe tornato, quando la sua faccia si era accartocciata e non si era più distesa, ma era ancora abbastanza minaccioso per mettere tutti a tacere. Sorridendo come se avesse vinto un round di pugilato, disse a Lacey che se pregare la metteva a disagio poteva benissimo uscire.

Lei lo prese in parola. E, stando alle voci, si fermò in biblioteca, quindi andò difilata in presidenza, con il manuale di diritto costituzionale in una mano e il telefono dell'Unione americana per le libertà civili nell'altra. Fu così che finì la breve incursione della Battle Creek High nel territorio della preghiera.

Pensai che potesse venir fuori qualcosa dall'attimo silenzioso che avevamo condiviso. Per giorni la tenni d'occhio senza sosta, aspettando che ammettesse qualunque cosa fosse successa tra noi. Se l'aveva notato, non lo diede a vedere e, quando mi giravo a guardarla, non ricambiava mai le mie occhiate. Alla fine mi sentii stupida e invece di calarmi nel ruolo della sfigata debole e sola che fonde le briciole di un incontro casuale in un'elaborata fantasia di intimità, mi dimenticai ufficialmente dell'esistenza di Lacey Champlain.

Non che fossi debole o sola, sicuramente non secondo gli standard hollywoodiani che ci classificavano tutti come cheerleader prosperose o secchione solitarie. A pranzo riuscivo sempre a trovare un posto a questo o a quel tavolo e potevo contare su un gruppetto di ragazze intercambiabili per copiare i compiti o trovare una compagna durante le occasionali ricerche da fare in coppia. Però avevo archiviato il sogno di una migliore amica insieme alle Barbie e al resto delle mie cose da bambina, e avevo rinunciato alla speranza che Battle Creek mi offrisse qualcosa di simile a un'anima gemella. In altre parole, ero sola da così tanto tempo che avevo dimenticato di esserlo.

Quella sensazione di isolamento, di angoscia per qualcosa che non avevo mai avuto, di urlare in un vuoto e sapere che nessuno mi avrebbe udita... avevo dimenticato che non era quella la condizione fondamentale dell'esistenza.

Al di fuori delle illustrazioni scientifiche da sussidiario elementare, gli altipiani non sono di una piattezza uniforme. Persino la mia vita attentamente organizzata di scuola, compiti, TV e mancanza di introspezione aveva i suoi picchi e i suoi avvallamenti. L'ora di educazione fisica era una valle bisettimanale e quell'inverno, mentre rabbrividivamo su un campo da softball con le nostre stupide gonnelline bianche ogni volta che la temperatura saliva sopra i dieci gradi, era più simile alla valle dell'ombra della morte, dove la ragazza di Craig e la sua banda ossequiosa occupavano le basi mentre io indugiavo sulla sinistra, temendo la loro malvagità.

La ragazza di Craig: chiamare così Nikki Drummond era come chiamare Madonna *ex moglie di Sean Penn*. Nonostante i trofei di miglior giocatore della scuola, prima della sua memorabile uscita di scena, Craig era stato incoerente; Nikki Drummond, almeno nella limitata cosmologia del corpo studentesco della Battle Creek High School, era Dio. Una principessina impeccabile con gli occhi trasognati e le labbra sporgenti rosso ciliegia, fluttuava lungo i corridoi su una nuvola di adorazione e profumi ispirati ai dessert – vaniglia, cannella o pan di zenzero – pur dando l'impressione di non fare mai qualcosa di volgare come mangiare. Come le ragazze prostrate davanti al suo altare, si colorava la frangetta con lo spray e si decorava le scarpe da tennis con i pennarelli: margherite rosse e gialle che danzavano nel bianco immacolato. Le ragazze che prediligeva, e alcune di quelle che non prediligeva, si trasformavano a sua immagine e somiglianza, ma la gerarchia non veniva mai messa in discussione. Nikki comandava, i sudditi obbedivano.

Io non ero tra loro e il più delle volte mi sembrava ancora un motivo d'orgoglio.

Dopo la morte di Craig, Nikki aveva acquisito per qualche tempo un'aura di santità. Le tragedie ti cambiano, pensai, e la osservai attentamente – in palestra, in aula, in corridoio accanto al "reliquiario" che scompariva e ricompariva – domandandomi cosa sarebbe diventata. Ma Nikki diventò soltanto più Nikki. Non purificata bensì distillata: essenza di stronza. La origliai nello spogliatoio femminile, due settimane dopo il fattaccio, mentre parlava con due delle sue dame di compagnia con una voce scelta apposta per essere origliata. «Pensino pure quello che vogliono» disse e, per quanto possa sembrare impossibile, rise.

«Ma dicono che lo tradivi» replicò Allie Cantor con espressione così scandalizzata da essere teatrale. «O che eri...» Qui la sua voce diventò subsonica, ma riempii la lacuna perché anch'io avevo sentito i pettegolezzi. Dopo un suicidio inspiegabile la santità non durò a lungo. «... *incinta.*»

«E allora?»

«E allora sostengono che forse Craig l'ha fatto per *te.*»

La voce di Kaitlyn Dyer si incrinava una parola sì e una no. Le ragazze di Nikki avevano fatto a gara per mostrarsi addolorate, anche se mi chiedevo perché avessero dato per scontato che ciò avrebbe assicurato loro i favori di una regina capace di sopportare così tanti giorni di funzioni commemorative e così tante dicerie maligne senza battere ciglio.

«Lusinghiero, no?» Nikki fece una pausa e qualcosa nel suo tono indicò un sorriso zuccheroso. «Insomma, non sono così presuntuosa da pensare che qualcuno si ucciderebbe per me, ma devo ammettere che è possibile.»

Le sue parole – soprattutto *lusinghiero* – fecero il giro della scuola; i pettegolezzi cessarono. Mesi dopo, la studiavo ancora di tanto in tanto, specialmente quando era sola, cercando di sorprenderla in un momento di umanità. Forse volevo la dimostrazione che avrei dovuto provare pena per lei, perché sembrava barbaro non farlo; forse era soltanto un istinto animale. Anche la preda più sprovveduta sa che è meglio non voltare le spalle al predatore.

Quasi tutte, a quel punto della nostra carriera scolastica, avevamo imparato a infilarci le uniformi di educazione fisica senza scoprire un centimetro di pelle nuda più del necessario. Nikki non aveva di queste preoccupazioni. Il suo reggiseno era sempre abbinato allo slip e, quando si stancava di sfoggiare l'addome piatto e le curve perfette che avvolgeva in un completino di raso color pastello dopo l'altro, riusciva in qualche modo a far sembrare bello persino il gonnellino da tennis obbligatorio. Io, invece, tutta mutande ascellari cascanti e flaccide coppe C che straripavano dal pizzo teso all'inverosimile, con l'uniforme bianco sporco che conferiva alla mia pelle un pallore tubercolotico... lo specchio era il mio nemico. Così quel giorno, il primo pomeriggio di febbraio abbastanza caldo per giocare fuori, non mi controllai mentre uscivo dallo spogliatoio, non mi accorsi finché non fui sul campo e a metà del primo inning di softball che tutti ridevano di me, non lo capii finché Nikki Drummond non si avvicinò alla panchina e non sussurrò, ridacchiando, che forse dovevo *ficcarmi un assorbente nella fica.*

Quello era l'incubo senza *e poi mi svegliai.* Quello era sangue. Quella era una macchia. Ero appiccicosa e umidiccia e, se Nikki mi avesse passato un coltello, non avrei esitato a tagliarmi le vene, invece si limitò a offrirmi la parola che le ragazze come lei non avrebbero dovuto dire, la parola che da quel momento in poi avrebbe garantito che, quando qualcuno mi avesse guardata, vedesse Hannah Dexter e pensasse *fica.* La mia *fica.* La mia *fica* gocciolante, insanguinata, disgustosa.

Dovevo scrollare le spalle, forse. Il tipo di ragazza che sapeva buttare le cose sul ridere era il tipo di ragazza che se le faceva perdonare. Invece avvampai, rossa e in lacrime, con le mani premute contro il culo chiazzato come se potessi nascondere alla vista di tutti ciò che ormai avevano visto, e i denti bianchi di Nikki scintillarono quando rise, e infine mi ritrovai in infermeria, ancora in preda al pianto e ancora sanguinante, mentre la professoressa di educazione fisica spiegava all'infermiera che c'era stato un *incidente,* che mi ero *sporcata,* che forse avrebbero dovuto lavarmi, pulirmi e chiamare un genitore o un altro parente per farmi portare a casa.

Mi chiusi nella toilette dei disabili sul retro dell'infermeria e mi ficcai *un assorbente nella fica*, quindi indossai un paio di jeans puliti, mi legai il giubbotto intorno alla vita, mi asciugai la faccia e mi piegai sul water, in preda a conati di vomito. Quando finalmente uscii, trovai Lacey Champlain. Aspettava che l'infermiera liquidasse il suo presunto mal di testa come una balla megagalattica e la rimandasse in aula, ma – o almeno fu così che ci raccontammo la storia più tardi, quando avremmo avuto bisogno che la storia di noi due fosse inevitabile – a un livello più profondo, subsonico, aspettava me.

La stanza odorava di alcol. Lacey odorava di Natale, zenzero e chiodi di garofano.

Udii l'infermiera al telefono nell'ufficio accanto, che si lamentava degli straordinari e di come qualcuno, da qualche parte, fosse una stronza bell'e buona.

Poi Lacey mi guardò. «Chi è stato?»

Non era stato nessuno; ero stata io; erano stati il pessimo tempismo, il flusso abbondante e i crudeli dettami del cotone bianco ma, siccome erano state tanto le risate quanto la macchia, tanto la *fica* quanto il sangue, era stata anche Nikki Drummond e, quando pronunciai il suo nome, il labbro di Lacey si curvò da una parte, con l'indice sollevato accanto alla faccia come se stesse attorcigliando dei baffi invisibili, e in qualche modo capii che era quanto di più simile a un sorriso sarei riuscita a ottenere.

«Non pensi mai di farlo e basta, come ha fatto lui?» chiese.

«Fare cosa?»

Mi lanciò un'occhiata che avrei visto spesso, più avanti. Diceva che l'avevi delusa; diceva che si era aspettata di meglio, ma che ti avrebbe concesso un'altra possibilità. «Ucciderti.»

«Forse» ammisi. «Qualche volta.»

Non l'avevo mai detto ad alta voce. Era come avere una malattia segreta e non volere che gli altri ti considerassero contagioso. Temetti quasi che Lacey allontanasse la sedia.

Invece allungò il polso sinistro e lo capovolse, mostrando le vene. «Lo vedi?»

Vidi la pelle lattea, striata di azzurrino. «Cosa?»

Picchiettò il dito su un punto, una pallida linea bianca in diagonale, lunga quanto l'unghia di un pollice. «Ferita da esitazione. Succede quando perdi il coraggio.»

Avrei voluto toccarla. Sentire i bordi rialzati della cicatrice e le pulsazioni che palpitavano lì sotto. «Davvero?»

Una risata improvvisa. «Certo che no. Dai, è solo un taglietto.»

Mi prendeva in giro, oppure no. Mi somigliava, oppure no.

«Comunque non è così che lo farei, se dovessi farlo» continuò. «Non con un coltello.»

«Come, allora?»

Scosse la testa e schioccò la lingua, come se fossi una bambina che voleva una sigaretta. «Io ti faccio vedere il mio se tu mi fai vedere il tuo.»

«Il mio, cosa?»

«Il tuo piano, come lo faresti.»

«Ma io non...»

«Che tu lo faccia veramente non c'entra» ribatté, al

che capii che le mie chance si stavano esaurendo. «Come uccidersi è la decisione più personale che qualcuno possa prendere. Dice tutto di te. Non trovi?»

Perché dissi ciò che dissi dopo: perché mi accorsi che si stava stancando di me e non volevo che succedesse; perché ero disperata ed esausta e sentivo ancora l'umido che mi filtrava nei jeans; perché ero stufa di tacere le cose che secondo me erano vere.

«Così nella lingua di Craig spararsi in gola significa *La mia ragazza è una troia e questo è l'unico modo per levarmela dalle palle una volta per sempre*?» dissi. E poi: «Potrebbe essere l'unica cosa intelligente che abbia mai fatto».

Non ebbe bisogno di confidarmi, in seguito, che quello era stato il momento in cui avevo conquistato il suo cuore.

«Lacey.» Tese di nuovo il polso, di traverso questa volta, e ci stringemmo la mano.

«Hannah.»

«No. Lo odio questo nome. Come fai di cognome?» Non mi lasciò.

«Dexter.»

Annuì. «Dex. Meglio. Questo posso sopportarlo.»

Facemmo sega. «Questa è una giornata che richiede grandi quantità di zucchero e alcol» osservò. «E patatine fritte. Ci stai?»

Non avevo mai marinato la scuola in vita mia. Hannah Dexter non infrangeva le regole. Dex, invece, seguì Lacey fuori dall'edificio, pensando non alle conseguenze ma a *ficcati un assorbente nella fica* e a come, se Lacey avesse suggerito di dar fuoco a quel posto, Dex l'avrebbe assecondata.

La sua Buick di merda captava solo le frequenze AM, ma Lacey aveva fissato un vecchio registratore della Barbie al cruscotto. Lo accese a tutto volume, un pazzo urlante intrappolato in un inferno di martelli pneumatici ed elettroshock, ma quando chiesi cosa fosse, nella sua voce si insinuò un silenzio solenne, a indicare che l'aveva scambiato per musica.

«Dex, ti presento Kurt.»

Staccò gli occhi dalla strada per studiare la mia espressione.

«Davvero non hai mai sentito i Nirvana?» Era un genere di finta incredulità che conoscevo fin troppo bene: Davvero *non sei stata invitata alla festa in piscina di Nikki?* Davvero *non hai uno Swatch?* Davvero *non hai mai limonato/fatto una sega o un pompino/scopato con nessuno?* A ferirmi non era lo snobismo velato, bensì la pietà implicita per il fatto di essere rimasta indietro in modo così inconcepibile. Ma con Lacey non me la presi. Mi meritavo la sua pietà perché era davvero inconcepibile che non avessi mai sentito i Nirvana. Intuii che era contenta di definire i nostri ruoli, lei la scultrice e io l'argilla. In auto, con i chilometri che si moltiplicavano tra noi e la scuola, tra Hannah e Dex, tra il prima e il dopo, non desideravo altro che farla contenta.

«Mai» ammisi e poi, perché era d'obbligo: «Ma è magnifico».

Proseguimmo; ascoltammo. Lacey, quando ne aveva voglia, abbassava il finestrino e urlava i versi al cielo.

Quella Buick: decrepita e rumorosa e punteggiata di merda d'uccello e, anche quel primo giorno, accogliente. Amore a prima vista, come se sapessi già che sarebbe stata l'auto della nostra fuga. Il vano portaoggetti, con il suo mucchio di carte geografiche, boccette di smalto incrostate, cassette pirata, vecchi incarti del Burger King, preservativi d'emergenza, un pacchetto impolverato di bastoncini di zucchero. I sedili di pelle intrisi di fumo anche se Lacey, dato che sua nonna era morta di cancro ai polmoni, si rifiutava di mettersi una sigaretta tra le labbra. «Era di una signora defunta» spiegò quel giorno. «Tre sanificazioni complete, e questo cazzo di macinino puzza ancora di sigarette e pannoloni.» Sembrava infestata dai fantasmi e questo mi piaceva.

Lacey adorava guidare. Pian piano l'avrei capito. Inventava sempre gite interessanti: andammo nel punto d'atterraggio di un UFO, a un raduno democratico dove ci spacciammo per *groupies* di Ross Perot e a un raduno repubblicano dove ci spacciammo per comuniste, a un drive-in stile anni Sessanta con le maschere su pattini a rotelle, e al Big Mac Museum, che si rivelò palloso. Erano, più che altro, pretesti per mettersi al volante. Il primo giorno non inventò nessuna destinazione; viaggiammo in circolo. Bastava il movimento.

C'era una specie di torpore delizioso nelle case rivestite di assicelle e nei blocchi di cemento tutti uguali, nella giornata che si dipanava dietro di noi mentre percorrevamo la città. Provai a immaginare come apparisse agli occhi di Lacey, la risoluta e idilliaca Battle Creek con i suoi negozi di antiquariato e la sua gelateria, le vetrine vuote e i cartelli arrugginiti dei pignoramenti, l'orgoglio borioso, i sorrisi forzati e le bandiere ondeggianti a sottolineare che quella era la *vera* America, che eravamo il sale della terra e il sangue della patria, che il nostro piatto e verde angolo di Pennsylvania era un Eden circondato da un muro, immune dalla violenza e dal peccato endemici nell'età moderna, che le madri della città si preoccupavano solo della pasta sfoglia e delle erbacce in giardino, che i padri della città si limitavano a una birra dopo cena e non sbavavano dietro le gonne delle segretarie, che i figli e le figlie si cacciavano solo in guai da sit-com e che, nonostante gli ormoni e i top scollati, erano abbastanza assennati per aspettare. Quando qualcosa andava storto, quando un ragazzo d'oro si infilava una pistola in bocca e schizzava brandelli di cervello sulla terra umida, poteva solo essere la prova di un'aggressione o di un contagio, un'incursione da parte *loro*, mai una spaccatura in mezzo a *noi*. Quando scendeva la sera, era facile ignorare le cose che i ragazzi facevano al buio.

Era impossibile vedere la città attraverso i suoi occhi, come vedere la tua faccia dal punto di vista di un estraneo. Era questa la mia paura più grande, che Battle Creek fosse la mia immagine speculare. Che Lacey guardasse una delle due, vedesse l'altra e ci liquidasse entrambe.

«È incredibile che tu abbia la macchina» dissi. Io non avevo nemmeno la patente. «Se ce l'avessi anch'io, partirei e non tornerei più.»

«Ti va?» chiese. Come se fosse così facile trasformarci in Thelma e Louise e andarcene da Battle Creek per sempre. Come se io potessi essere una ragazza diversa, il mio opposto, e se fosse sufficiente rispondere *sì*.

Forse non fu proprio così, una rivelazione in un singolo lampo di luce così ovvia da essere abbagliante. Forse ci volle più di un giro in auto per spogliarsi della pelle di Hanna Dexter – un attento studio delle band giuste, il dilagare lento ma costante della delinquenza, le camicie di flanella e gli anfibi, i capelli tinti, i funghi allucinogeni e il fegato di violare almeno qualche comandamento – ma non è così che lo ricordo ora. Non è così che sembrò allora. Lì, in quella macchina, sembrò che potessi scegliere di essere Dex. Tutto ciò che venne dopo fu secondario.

«Se facciamo tutta una tirata, potremmo essere in Ohio prima di mezzanotte» disse Lacey. «Raggiungeremmo le Montagne rocciose in uno o due giorni.»

«Stiamo andando verso ovest?»

«Certo.»

L'Ovest, precisò, era la frontiera. L'Ovest era il confine del mondo, il luogo dove fuggivi in cerca dell'oro, di Dio o della libertà; era i cowboy e le star del cinema, le tavole da surf, i terremoti e l'impietoso sole del deserto.

«Allora, ti va?»

Tre volte quell'anno, come la tentatrice di una fiaba, Lacey mi chiese di partire con lei e ogni volta rifiutai, pensando di essere giudiziosa, resistendo alla tentazione di fare una follia. Senza accorgermi che la follia mi aspettava a Battle Creek, che il pericolo era restare.

Quella volta non dissi né sì né no. Mi limitai a ridere e così, anziché nella terra promessa, Lacey mi portò su un lago. A una trentina di chilometri dalla città, aveva una spiaggia per le famiglie, un molo per i pescatori, canne e ombre per gli innamorati, un letto fangoso di lattine di birra vuote per gli altri. Quel giorno era tutto silenzio e spazio, rami nudi che si allungavano sopra una sponda grigia, pontili abbandonati dove i fantasmi dei bambini passati sobbalzavano su zattere invisibili e si immergevano nell'azzurro scintillante. Era arrivato l'inverno e il lago era tutto nostro. Ci ero già stata, anche se non spesso, perché mia madre odiava la spiaggia e mio padre l'acqua. Mentre costruivo cumuli di sabbia accanto a una spiaggia zeppa di bambini che sembravano usciti da uno spot pubblicitario, riparati dagli ombrelloni, intenti a tuffarsi in acqua dalle spalle dei loro padri, mi ero sempre sentita la metà difettosa di un fumetto di *Goofus and Gallant*: Gallant costruisce un castello con il fossato; Gallant seppellisce la madre sotto la sabbia; Gallant si allena a fare il morto e fa la verticale sul fondo melmoso del lago. Goofus se ne sta disteso su un asciugamano con un libro mentre la madre scribacchia sui fascicoli dell'ufficio e il padre apre un'altra birra; Goofus impara a stare a galla e si domanda chi la salverebbe dall'annegamento, dato che i suoi genitori non sanno nuotare.

Lacey spense il motore e la musica, facendoci piombare in un silenzio imbarazzato.

Fece un respiro profondo. «Mi piace questo posto in inverno. Ogni cosa, morta. Hai la sensazione di essere dentro una poesia, hai presente?»

Dissi di sì.

«Scrivi? Mi sembri il tipo. Il tipo da carta e penna.»

Risposi con un altro sì, anche se aveva solo un legame molto tenue con la verità. Da qualche parte in camera mia c'era una pila di diari abbandonati, ciascuno con qualche annotazione ampollosa e diverse centinaia di pagine vuote a ricordarmi quanto poco avessi da dire. Preferivo le storie degli altri. Per Lacey, tuttavia, potevo essere una ragazza che ne scriveva una tutta sua.

«Visto?» Era trionfante. «Sei una perfetta sconosciuta, ma è come se ci conoscessimo già. Non trovi?»

Anche se quasi tutto ciò che le avevo detto da quando eravamo salite in macchina era una bugia finalizzata a entrare nelle sue grazie, *sembrava* tutto vero. Pareva che mi conoscesse o che stesse creando una nuova me, domanda dopo domanda, e che fosse assolutamente logico per lei conoscere quella ragazza come le sue tasche. La conoscenza è la prerogativa dei creatori.

«A che numero sto pensando?» chiesi.

Strizzò le palpebre, si premette le dita contro le tempie. «Non stai pensando a un numero, ma a quello che è successo a scuola.»

«Ti sbagli.»

«Cazzate. Ci stai pensando, ma cerchi in tutti i modi di *non* pensarci perché, se lo fai, se davvero ci rimugini sopra, cominci a piangere, a urlare e a lucidare i tirapugni, e sarebbe un bel pasticcio. Tu odi i pasticci.»

Non era del tutto piacevole essere un libro aperto.

«Di cosa hai paura, Dex? Se ti arrabbi, se ti arrabbi *davvero*, qual è la cosa peggiore che possa succedere? Credi che il cervello di Nikki Drummond le colerà fuori dalle orecchie solo perché lo desideri?»

«Forse è meglio che torni a casa.»

«Dio, guardati, tutta pallida e imbarazzata. Giuro,

incazzarsi non è mica un peccato mortale.»

Ma una rabbia come quella non era intelligente. Non c'era niente da guadagnare a lasciarla emergere.

A permetterle di farmi male.

«*Ficcati un assorbente nella fica*» dissi, perché forse era quello il modo per esorcizzarla. Per levarmela dalla testa e liberarla nel mondo.

«Come?»

«È così che ha detto. Nikki. Oggi.»

Fischiò. «Porca puttana.» Poi rise, ma non di me. Ne ero certa. «Miss Bonjour Finesse. Ridicola, cazzo.» Quindi, come per miracolo, ridemmo entrambe.

«Sai perché ti ho portata qui?» chiese alla fine, quando fummo tornate serie.

«Per psicanalizzarmi fino alla morte?»

Abbassò la voce assumendo un tono da serial killer. «Perché qui nessuno può sentirti gridare.»

Mentre mi domandavo se fossi entrata nel terzo tempo di un film dell'orrore, uno di quelli in cui l'eroina accetta un passaggio da uno sconosciuto e finisce per galleggiare a faccia in giù nel lago, Lacey si avvicinò al bordo dell'acqua, rovesciò la testa e urlò. Fu una cosa bellissima, uno sfogo di ira giustificata, e la desiderai per me stessa.

Poi cessò e lei si voltò nella mia direzione. «Tocca a te.»

Ci provai.

Mi misi dove si era messa lei, con le scarpe da tennis che ricalcavano le orme dei suoi anfibi. Guardai l'acqua, chiazzata di lastre di ghiaccio, qualcosa di primordiale nel loro luccichio. Vidi il mio respiro che si condensava nell'aria e strinsi i pugni avvolti nei guanti, in cerca di calore, di energia.

Ferma sull'orlo dell'acqua, avrei tanto voluto urlare per lei. Dimostrare che aveva ragione, che eravamo uguali. Ciò che lei sentiva lo sentivo anch'io. Ciò che lei diceva lo avrei fatto.

Non uscì nulla.

Mi prese per mano. Si appoggiò a me, accostò la testa alla mia. «Ci lavoreremo.»

Il mattino dopo Nikki Drummond trovò un assorbente insanguinato incastrato nella fessura dell'armadietto. Quel pomeriggio mi bloccò nel bagno delle ragazze, sibilando *che cazzo di problema hai?* mentre ci lavavamo le mani cercando di non guardarci allo specchio.

«Oggi, Nikki?» E poi la fissai, la Gorgone di Battle Creek, e non mi tramutai in pietra. «Neanche uno, cazzo.»

3

LACEY

Io prima di te

Se davvero vuoi sapere ogni cosa, Dex – e, per quanto vale, sono strasicura, cazzo, che tu abbia gli occhi più grandi della pancia a questo riguardo – devi sapere che, prima che tutto questo iniziasse, io ero uguale a te. Forse non proprio uguale, non così ostinatamente ingenua da dimenticare quello che cercavo di ignorare, ma abbastanza simile.

Vivevamo vicino alla spiaggia.

No, è un'altra bella bugia, una di quelle che racconto a te, di quelle che gli imprenditori edili e gli agenti di viaggio disonesti propinano agli spilorci creduloni, di quelle che i padri fondatori della città hanno rifilato a se stessi quando hanno chiamato Shore Village la loro merdosa distesa di stazioni di servizio e aree commerciali, anche se era a venti minuti di auto dalla spiaggia meno invitante del New Jersey. Abitavamo vicino a un Blockbuster, a un fast food sottomarca e a un terreno abbandonato che gli ubriaconi usavano la domenica mattina per vomitare il loro sabato sera. Vivevamo per conto nostro, noi due soltanto, anche se il più delle volte ce n'era solo una. Tra fare la cameriera e la *groupie*, tra sbronzarsi e scopare, Loretta non aveva molto tempo per le responsabilità materne e, una volta che sono diventata abbastanza grande per friggere le uova, ha cominciato a lasciarmi a casa con il gatto. Poi il gatto è scappato; lei non se n'è accorta.

Povera Lacey, penserai. Povera, incompresa, Lacey, con una madre volgare e un padre fannullone, ed è per questo che non ti confido queste cose, perché per te tutto è una fiaba o un film, a colori o in bianco e nero, e non voglio che mi immagini dentro una buca puzzolente di zolfo in un inferno per straccioni. Non ho bisogno dei tuoi *Oh, Lacey, deve essere stata così dura per te* o dei tuoi *Oh, Lacey, che aspetto hanno i buoni viveri e che odore ha la sciatteria?* o, peggio ancora, dei tuoi *Oh, Lacey, non preoccuparti, ti capisco, io ho una casetta graziosa, un paparino premuroso e un'impeccabile vita da sit-com, ma in fondo siamo uguali.*

Mi sono arrangiata con quello che avevo, e quello che avevo era il profumo dell'oceano quando il vento soffiava nella direzione giusta e la spiaggia quando riuscivo a scroccare un passaggio. Penso che si cresca diversamente, vicino all'acqua. Si cresce sapendo che c'è una via di scampo.

La mia è stato uno sfaticato di diciannove anni con i capelli unti e il giubbotto alla James Dean, che occupava abusivamente l'appartamento vuoto sotto il nostro perché sua madre era la custode e gli aveva dato la chiave. Leggeva Kerouac, naturalmente. O forse non lo leggeva davvero; magari se lo apriva strategicamente sulle ginocchia mentre sonnecchiava su una delle merdose sedie di metallo che aveva piazzato nel terreno abbandonato, il suo solarium personale. Di sicuro non leggeva Rilke, Nietzsche, Goethe né nessun altro dei tascabili ammuffiti che ci passavamo mentre ingollavo la sua vodka alla ciliegia e lui mi insegnava a fumare. Era troppo pigro per andare oltre i primi capitoli di gran parte di quei libri, ma credo che sia arrivato in fondo al Kerouac perché Jack parlava la sua lingua, la sua pretenziosa madrelingua da tossico e da maniaco sessuale buono a nulla.

Si chiamava Henry Schafer, ma voleva che lo chiamassi Shay, e non fraintendermi, Dex, anche all'epoca, quando ero una quindicenne in brodo di giuggiole, non pensavo fosse amore. L'amore era la colonna di libri che si impilava nella mia stanza, forse, e gli album pirata che mi portava; era sfrecciare lungo il fiume Schuylkill sulla sua Chevrolet malandata, con Filadelfia all'orizzonte; era South Street e gli *head shops* e le notti fumose passate in un retrobottega di merda ad ascoltare slam di poesia; era il calore della carne la prima volta che mi sono fatta di LSD, la pelle salata quando mi sono leccata il palmo. L'amore non era ciò che Shay mi costringeva a fargli nella camera di mia madre mentre lei era fuori a cercare di scoparsi i Metallica; non era un grumo appiccicoso di lui nella mia bocca o il dolore di un dito nel culo; di certo non era trovarlo con la lingua nell'orecchio della sua ragazza e poi fingere, la sera dopo, di aver dato per scontato fin dall'inizio che ci fosse una ragazza, di aver capito, ovviamente, cosa c'era e cosa non c'era tra noi, che non c'era niente di male né di disgustoso e nessuna ragione per cui non potesse continuare a usarmi per ingannare il tempo mentre lei era occupata, e sì, *dovevo* essergli grata per essersi sempre messo il preservativo, mi servivano forse altre prove del suo interessamento nei miei confronti?

Non è questo che vuoi sentirti dire. Non vuoi sentirti dire che, almeno all'inizio, ho letto quei libri per far colpo su di lui. Che ascoltavo i Jane's Addiction e gli Stone Roses perché secondo Shay era ciò che facevano quelli come noi e, quando mi ha chiesto se il velo di peluria sopra il suo labbro superiore fosse fico, ho risposto di sì pur pensando che la sua ragazza avesse ragione, che faceva somigliare la sua bocca a una fica pubescente. Ha passato quella notte con me e non con lei, ed è questo che contava, eppure, Dex, non significa che l'avessi scambiato per amore.

Mi piaceva soprattutto quando dormiva. Quando le luci erano spente e si accoccolava contro di me, baciandomi il collo nei suoi sogni. I corpi possono essere di chiunque, al buio.

Questo è stato prima che compissi sedici anni, prima della stagione di rinascita di mia madre, tornata in vita prima tra le braccia amorevoli degli Alcolisti Anonimi e poi del Bastardo e del suo Signore. È stato l'anno in cui ho scoperto che non gliene fregava un cazzo a nessuno di quante lezioni saltavo, purché superassi gli esami con una sufficienza stiracchiata e, quando mi degnavo di farmi viva, mi presentavo con una canotta che rasentava la pornografia, una tattica che si è dimostrata efficace anche quando mia madre metteva su un album dei Bon Jovi, alzava il volume al massimo, cantava, piroettava e beveva finché il padrone di casa veniva a lamentarsi del baccano e dell'affitto. È stato anche l'anno in cui ha cominciato a sculacciare me invece di lei e in cui mia madre ha smesso di accorgersi di me, tranne le sere in cui tornava tardi, appiccicosa del sudore di qualcun altro, si infilava nel mio letto e sussurrava che ero tutto quello che aveva e che lei era tutto quello di cui avevo bisogno, e io facevo finta di dormire.

La vita con Shay era migliore, anche se solo di poco. Ho pensato che forse saremmo scappati insieme. Vaffanculo la sua ragazza. Saremmo stati Kerouac e Cassady, avremmo attraversato il cuore del Paese danzando come pazzi, sorseggiato il Pacifico, guidato per il gusto di guidare. Credevo sapessimo entrambi che là, *qualunque* là, sarebbe sempre stato meglio di qui, come credevo che avesse mollato le superiori perché la vera intelligenza non si può circoscrivere, che si facesse mantenere dai genitori perché stava scrivendo un romanzo e perché la vera arte imponeva sacrifici. Gli ho mostrato qualche poesia schifosa e gli ho creduto quando ha detto che era buona.

Shay non conta. Shay era una droga di passaggio, uno sballo da colla economica sulla strada verso la trascendenza. Shay era come qualcosa ordinato per corrispondenza: naturalmente citava Allen Ginsberg, naturalmente si faceva sulle note degli Smiths, naturalmente fumava chiodi di garofano e si metteva l'eyeliner nero e aveva una ragazza che faceva la soffiatrice di vetro, che si chiamava Willow e che a San Valentino gli aveva fabbricato un bong. Shay conta solo per il giorno in cui ci siamo accampati nella soffitta del suo amico a un isolato dallo Schuylkill e, dopo esserci fatti per bene, qualcuno ha spento la partita dei Phillies e ha acceso 91.7, ed eccolo lì.

Kurt.

Kurt che urlava, Kurt che inveiva, Kurt in agonia, Kurt in estasi. «Palloni gonfiati pseudopunk del cazzo» ha detto Shay facendo per spegnere e, quando l'ho pregato: «Per favore, no» è scoppiato a ridere. Ho impiegato giorni per ritrovare la canzone e poi rubare una copia di *Bleach* e, dopo, settimane per buttare fuori Shay dalla mia vita, ma quello è stato il momento in cui è passato dal contare un pochino a non contare affatto.

Dopodiché l'amore è stato esattamente come dicono: una caduta. Un'inevitabilità gravitazionale. Persino Mortorio-di-merda Village aveva un negozio di dischi decente, con un gigantesco bidone di sconti e album pirata, e sono bastati trenta dollari e una limonata con il brufolo ambulante dietro il bancone per ottenere quello che mi serviva. Quindi mi sono chiusa nella mia stanza e, tranne qualche periodica incursione al negozio di dischi e la grossa scocciatura di un trasloco nel bel mezzo del nulla, ho dedicato quell'anno e il successivo a recuperare il tempo perso: i Melvins, perché erano la band preferita di Kurt, e i Sonic Youth, perché sono quelli che hanno ispirato Kurt; i Pixies, perché una volta che ti eri fatto una cultura sul grunge scoprivi che era partito tutto da lì; Daniel Johnston, perché lo diceva Kurt e perché quel tipo era in un ospedale psichiatrico, perciò ho immaginato che i diritti d'autore gli facessero comodo; e ovviamente un pirata dei Bikini Kill, per una giustificata rabbia riot grrrl, e gli

Hole, perché avevi la sensazione che altrimenti Courtney sarebbe venuta a casa tua e ti avrebbe conciato per le feste.

Poi, come se Kurt sapesse esattamente di cosa avevo bisogno quando ne avevo bisogno, è arrivato *Nevermind*. Mi sono barricata in camera mia finché non ho imparato a memoria ogni nota, ogni battuta e ogni silenzio. Ho saltato la scuola ai fini di un'istruzione superiore.

Lo amavo.

Lo amavo come i sonetti di Shakespeare, i biglietti d'auguri e cazzate del genere, come se volessi comprargli dei fiori, accendergli delle candele e scoparlo dolcemente con una motosega.

Non sto dicendo che me ne vado in giro scarabocchiando *Mrs. Cobain* sui quaderni o che, tipo, oddio, fantastico di presentarmi alla sua porta con uno slip di pizzo nero e un trench. Primo, Courtney mi caverebbe gli occhi con il filo spinato. Secondo, so cosa è reale e cosa no, e io che scopo Kurt Cobain non è reale.

Ma: Kurt. Kurt con i suoi acquosi occhi azzurri e i suoi capelli da angelo, il suo velo di barba e il bruciore che avrebbe provocato contro la pelle. Kurt, che dorme con il pigiama a righe e un orsacchiotto di peluche a tenergli compagnia, che ha limonato con Krist sulla TV nazionale per far incazzare i benpensanti e che ha indossato un vestito a *Headbangers Ball* solo perché poteva, che ha abbastanza soldi per comprare e fracassare cento chitarre favolose ma preferisce una Fender Mustang perché devi avere un rottame da maltrattare quanto ti pare, se vuoi suonare bene. Dio del rock, dio del sesso, angelo, santo: Kurt, che ti guarda sempre di traverso, da sotto quella tendina dorata di capelli, che ti guarda come se conoscesse tutte le cose cattive che circolano dentro. La voce di Kurt e quanto fa male. Potrei vivere e morire in quella voce, Dex. Volevo strisciare al suo interno, morbida e affilata allo stesso tempo, la sua voce che mi taglia lasciandomi insanguinata, calda, viscida e viva. Non ho bisogno che Kurt – il Kurt reale, quello che vive, respira e scopa Courtney – mi butti sul letto, si sposti i capelli dagli occhi e stenda il suo corpo nudo sul mio, chilometri di pelle traslucida che brilla bianca. Non ho bisogno di quel Kurt perché ho la sua voce. Ho la parte di lui che conta. Quel Kurt è mio. Come io sono sua.

So che non ti piace, Dex. È carino che cerchi di nasconderlo, ma ti vedo guardare in cagnesco il suo poster come un fidanzato geloso. Il che è ironico. E superfluo. Perché la sensazione che ho provato quando ho trovato Kurt è la stessa che ho provato quando ho trovato te.

4

DEX

Storia di noi

Gli anfibi erano di robusto cuoio nero, tacco di gomma, carrarmato giallo, otto occhielli con lacci sfilacciati, classici Doc Martens come quelli di Lacey, solo che erano miei.

«Dici sul serio?» Avevo paura di toccarli. «Non ci credo.»

«Sì, invece.» Pareva che avesse sparato a un orso, che se lo fosse buttato sulla spalla e lo avesse portato da sola nella nostra caverna per arrostirlo e mangiarlo, ed era questo che sembrava. Nutrimento. «Provali.»

Dopo due settimane la conoscevo abbastanza bene per non chiederle dove li avesse rimediati. Era incline all'affrancamento, per usare un suo termine, una ridistribuzione delle merci ovunque desiderassero andare. Quegli anfibi, disse, volevano venire da me. Da Dex.

Ed ecco Dex: capelli crespi tagliati corti e lasciati sciolti, beige striato di azzurro, collo stretto in un collare di pelle nera, occhiali di seconda mano con montatura alla Buddy Holly, camicie di flanella usate e di una taglia troppo grandi, sopra vestitini a quadri e collant scarlatti, e ora la ciliegina sulla torta: un paio di anfibi neri. Dex conosceva il grunge, Seattle, Kurt e Courtney, e ciò che non sapeva poteva fingere di saperlo. Dex faceva sega a scuola, beveva drink a base di vino e succo di frutta, ignorava i compiti assegnati dagli insegnanti a favore di quelli assegnati da Lacey: studiare motivi per chitarra, decifrare filosofia e poesia; aspettando, sempre aspettando, che Lacey si rendesse conto del suo errore. Hannah Dexter voleva seguire le regole. Non mentiva mai ai suoi perché non ne aveva bisogno. Temeva l'opinione della gente; non *voleva* che la gente avesse un'opinione su di lei per paura che notasse il suo naso grosso, il mento sfuggente, la pancia i fianchi le sopracciglia le cosce le unghie rosicchiate il culo piatto la pelle ora lucida, ora screpolata, ora brufolosa. Hannah voleva essere invisibile. Dex voleva essere vista. Dex violava le regole, mentiva, teneva segreti; Dex era ribelle, o voleva esserlo. Hannah Dexter aveva creduto nel bene e nel male, in un ordinato mondo di giustizia. Dex si sarebbe fatta giustizia da sola. Lacey le avrebbe insegnato come.

Non fu una trasformazione, disse Lacey. Fu una rivelazione. Non ero brava a indossare una maschera, disse. Non ero fatta per un mondo che mi costringeva a nascondere la vera me. Mi nascondevo da così tanto tempo che avevo dimenticato dove cercare me stessa. Lacey mi avrebbe trovata, promise. *Pronta o no, sto arrivando.*

«Lo so, stai pensando che sono la persona più generosa che tu abbia mai conosciuto» disse Lacey mentre mi allacciavo gli anfibi. «Stai pensando a quanto sei fortunata che io ti faccia l'onore di condividere il mio gusto impeccabile con te.»

«È come se avessi vinto la lotteria dell'amicizia» ribattei, dato che il sarcasmo era la strada più sicura verso la verità. «Mi addormento ogni sera sussurrando un ringraziamento all'universo.»

Era la prima volta che veniva a casa mia. Sarei stata felice di rimandare la visita a data da destinarsi, non perché ci fosse qualcosa di compromettente, ma perché non c'era. Casa nostra era confortevole e arredata col culo, piena dei reperti archeologici di cui mio padre si era stancato: un castello da arrampicata per bambini lasciato a metà, pile di foto senza cornice e libri mai letti, elettrodomestici inutilizzati acquistati per capriccio da una televendita a mezzanotte, maschere indigene mai appese e risalenti a una sconsiderata incursione nella scultura antropologica. Le cianfrusaglie di mia madre servivano all'autodisciplina e all'automiglioramento: calendari e Post-it sottolineati due volte, liste dimenticate di cose da fare, opuscoli sulla meditazione e sul rilassamento, video di aerobica. Casa nostra era due case in una, collegate da un mare di ciarpame caduto nell'oblio, posacenere che nessuno usava dalla morte di mio nonno, cuscini ricamati, souvenir kitsch di viaggi che non ricordavamo di aver fatto, il tutto circondato da un fossato di erbacce marroni e da un orto inguardabile che i miei si accusavano a vicenda di aver piantato. Carta da parati a righe beige e marroncino, il tavolino dei miei nonni carico di libri, poster di paesaggi esotici che non avevamo mai visto. Attraverso gli occhi di Lacey vidi la casa per quello che era: due anonimi livelli di disperazione silenziosa, il punto zero di una famiglia senza passioni particolari, che viveva il più possibile come le persone in TV.

Lacey mi aveva parlato delle incompatibilità quantistiche, qualità così opposte tra loro che l'esistenza dell'una escludeva qualunque possibilità per l'altra. Non la capii meglio delle altre teorie arzigogolate che amava rigurgitare, convinta che conoscere l'universo in tutta la sua bizzarra particolarità fosse indispensabile per elevarsi sopra quello che chiamava *il nostro inferno di zombie conformisti,* ma nella presenza di Lacey in camera mia scorsi la sua illustrazione suprema, gli anfibi di Lacey che schiacciavano la moquette turchese a pelo lungo, gli occhi che si soffermavano brevemente sulla tartaruga di peluche infilata tra i cuscini, il passato e il futuro di Hannah Dexter destinati a scontrarsi, la materia e l'antimateria che precipitavano in un buco nero capace di inghiottirci entrambe. Traduzione: ero sicurissima che quando Lacey mi avesse vista nel mio habitat naturale, sarebbe scomparsa.

«I tuoi hanno un armadietto dei liquori, no?» disse. «Diamo un'occhiata.»

Non era chiuso a chiave, naturalmente. Era indubbio che non avrei mai toccato la polverosa riserva di brandy, scotch e vino scadente. Forse furono gli anfibi a darmi il coraggio di scendere al piano di sotto e di mostrare a Lacey la fessura buia dietro i giochi da tavolo abbandonati e i libri mai letti, dove vivevano le bottiglie.

«Scotch o rum?» domandai, sperando di dare l'impressione che conoscessi la differenza.

«Un po' della colonna A, un po' della colonna B.» Mi mostrò come versare due o tre dita da ciascuna bottiglia, sostituendo il liquido con l'acqua. Mescolammo un po' di tutto in un bicchiere, poi, una alla volta, bevemmo un sorso disgustoso.

«Nettare degli dei» riuscì a balbettare Lacey quando ebbe finito di tossire.

Deglutii di nuovo. Era un bruciore corroborante.

La moquette del salotto era un ispido tessuto a righe arancione sgargiante e marrone, e l'avevo trovata orrenda finché Lacey non vi si sdraiò sopra, facendo l'angelo e definendola *niente male*. Ora, con la sua approvazione e la languida euforia dell'alcol sembrava quasi lussuosa. Mi stesi al suo fianco, con le braccia allungate fino a toccarle i polpastrelli, e mi crogiolai nel nettare degli dei e nell'aria calda che usciva dalla bocchetta di aerazione.

Gli accordi dissonanti dell'ultimo disco pirata di Lacey si riversarono su di noi e cercai di captare ciò che sentiva lei, la sirena di una nave che prometteva di portarci via.

«Dobbiamo fondare un circolo» propose Lacey.

«Ma i circoli sono pallosi» replicai in tono interrogativo.

«Appunto!»

«Allora...»

«Non sto parlando di un circolo di scacchi, Dex. O di una cosa del tipo *Leggiamo libri ai vecchietti così ci ammettono al college*. Sto parlando di un circolo *circolo*. Sai, come nei libri. Case sugli alberi, codici segreti e stronzate varie.»

«Come in *Un ponte per Terabithia!*»

«Facciamo finta che io sappia cos'è e diciamo... sì.»

«Ma senza che qualcuno muoia.»

«Sì, Dex, senza che qualcuno muoia. Be'... almeno non un membro del circolo.»

«*Lacey.*»

«Scherzo. Pensavo a un giuramento di sangue, non a un sacrificio di sangue.»

«E cosa faremmo? Un circolo deve pur fare qualcosa.»

«A parte sacrificare le vergini, intendi.»

«Lacey!»

«I circoli sono stupidi perché non si occupano di cose importanti. Ma il nostro sì. Saremo... il circolo dell'ontologia.»

«Un circolo che studia la natura dell'esistenza?»

«Vedi, Dex, è per questo che ti adoro. Credi che in questa città di merda ci sia qualcun altro che conosca il significato di *ontologia*?»

«Statisticamente?»

«Dai, puoi dirlo. Non sarà doloroso.»

«Dire cosa?»

«Che è per questo che anche tu mi ami.»

«È per questo che...»

«Mi ami.»

«Ti amo.»

«Chiaramente io sarò la presidentessa del circolo. Tu puoi fare la vice, la segretaria e la tesoriera.»

«E nessun altro membro.»

«Ovviamente. Pensaci. Potremmo leggere Nietzsche insieme, e Kant e Kerouac, e capire perché le persone fanno quello che fanno e perché l'universo ha qualcosa invece di niente e se c'è un dio, e andare di nascosto nel bosco e urlare Kurt a squarciagola, chiudere gli occhi e provare a, non saprei, entrare in comunicazione con la forza vitale o quello che è. Tanto di guadagnato se fa incazzare la gente.»

«Dunque, in sostanza, continuare a fare quello che facciamo già?»

«Esatto.»

«Niente riunioni regolari o cose del genere.»

«No.»

«E niente casa sull'albero.»

«Tu *sai* costruirne una?»

«E la questione del giuramento di sangue?»

«Mai sentito nominare l'AIDS?»

«Non credo si possa davvero...»

«Il giuramento di sangue è una metafora. Svegliati.»

«Non è un circolo vero, allora.»

«No, certo che no. Sarebbe palloso.»

Se avessimo davvero fondato un circolo, l'ontologia sarebbe passata in secondo piano rispetto all'attività preferita di Lacey: sezionare le azioni malvagie della nostra comune nemica, Nikki Drummond. Per anni l'avevo odiata per principio, ma dopo l'*incidente* – era così che lo chiamavamo per dimenticare parole come *macchia, sangue* e *fica* – la odiavo in dettagli concreti che Lacey era ansiosa di aiutarmi ad analizzare. «Che razza di persona ha bisogno di un motivo per odiare il diavolo?» disse quando le domandai perché avesse preso di mira Nikki in partenza, e dovetti concludere che Lacey odiava Nikki perché Nikki odiava manifestamente me.

«È sociopatica» riprese ora, facendo la bicicletta con le gambe. «Zero emozioni. Probabilmente uccide gli animaletti per puro divertimento.»

«Secondo te ha un piccolo cimitero in giardino? Conigli con la coda strappata e roba simile?»

«Immagina le possibilità. Potremmo esumare i corpi. Rendere giustizia al piccolo Fido. Mostrare al mondo la vera Nikki.»

Questo era il nostro argomento ricorrente: se solo fossimo riuscite a mettere a nudo il cuore marcio di Nikki. Se solo il mondo avesse scoperto la verità. Se solo avessimo avuto le munizioni per un attacco frontale.

Il giorno prima ci eravamo stravaccate dietro di lei sulle sedie logore dell'auditorium, sorbendoci una conferenza sulle sette sataniche, la terza quell'anno. Nessuno a Battle Creek era stato così scemo da evocare l'Anticristo dopo la morte di Craig, almeno dalla mattina di novembre in cui una banda di fanatici in lutto aveva aggredito Jesse Gorin, Mark Troslop e Dylan Asp e li aveva appesi a un albero per le caviglie. Li avevo visti lassù, penzoloni sopra il parcheggio della scuola, li avevamo visti tutti, tre spinellati scheletrici in boxer e calzini che rabbrividivano tra la neve. Puniti per aver satanizzato metà delle chiese della città nella stessa notte in cui era morto Craig Ellison; puniti per aver cercato di spaventare le persone o per esserci riusciti. Un'offerta sacrificale a Nikki, la loro dea affranta, che – anche se le voci erano infondate, anche se non era stata lei a ordinarlo – lo aveva accettato di buon grado. *Una cosa come quella in un posto come questo,* aveva continuato a ripetere la gente dopo che avevano trovato il corpo di Craig nel bosco, come se fosse impossibile che nel nostro bell'orticello accadesse una cosa così brutta. Ma le cose brutte succedevano senza sosta a Battle Creek: i ragazzi picchiavano a sangue altri ragazzi e li legavano ai rami mentre le ragazze come Nikki li additavano e ridevano.

Dopo, Jesse, Mark e Dylan avevano smesso di disegnarsi pentagrammi sulle magliette con il gessetto. Avevano smesso di vantarsi di quanto fossero pericolosi, di introdursi nel laboratorio di biologia per rubare i maialini in stadio fetale. Un paio di città più a ovest, tuttavia, erano state rinvenute delle mucche uccise in circostanze *ritualistiche*; in un'altra città a est una ragazza della nostra età era comparsa sulla riva del fiume, nuda, bluastra e, in un modo che nessuno era disposto a precisare, profanata; qui da noi Craig era ancora morto. I ragazzi avevano qualcosa che non andava, disse l'oratore dal palco, e per *ragazzi* intendeva noi. I ragazzi avevano qualcosa che non andava e così eccoci lì, ed ecco Nikki Drummond, appollaiata proprio davanti a noi, con la coda di cavallo lucida, trattenuta da un elastico rosa, che sfidava chiunque ad accusarla di essere lei il *qualcosa che non andava*.

«Hai sentito che si è scopata Micah Cross in sala professori?» aveva sussurrato Lacey con voce appena udibile. Poi mi aveva guardata, impaziente.

«Mi hanno detto che... era con Andy Smith.» Era la risposta migliore che mi era venuta in mente, nonché una bugia poco plausibile – Andy era gay che più gay non si può – ma Lacey aveva annuito.

«È stato nello spogliatoio delle ragazze» aveva bisbigliato.

«Giusto. Difficile tenersi aggiornate.»

«Immagina come può sentirsi.»

«Difficile immaginare che senta qualcosa.» Era più facile, con Lacey lì, trovare la cosa giusta da dire e dirla in quel momento, non giorni dopo sotto la doccia, quando non c'era nessuno ad apprezzarla se non le piastrelle ammuffite e la faccia nello specchio.

«Non che ci sia qualcosa di male in una sana vita sessuale» aveva rincarato Lacey.

«Certo che no.»

«Ma personalmente giudico un tantino triste scopare per raggiungere la popolarità.» Era bravissima, il massimo della disinvoltura. Il segreto di fingere di essere qualcun altro, mi aveva spiegato, era che non fingevi. Ti trasformavi. Per sconfiggere un mostro dovevi incarnarne uno.

«Tragico» avevo commentato.

«A essere tragico è scopare per provare a dimenticare che sei una stronza insopportabile.»

La testa perfetta non si era mai mossa. Nikki Drummond non era il tipo da trasalire. Il che aveva reso tutto più divertente.

Quel pomeriggio a casa mia, sbronze al punto giusto, restammo sdraiate sulla moquette a fantasticare di usare delle telecamere nascoste per effettuare registrazioni segrete che rivelassero i peccati di Nikki ai suoi genitori riverenti, ai professori adoranti e a ogni idiota bavoso in attesa di prendere il posto di Craig tra le sue gambe. Tra quello, Kurt e il modo in cui il soffitto ruotava quando lo fissavo troppo intensamente, non udii la macchina che entrava nel vialetto, la porta che sbatteva, i mocassini di mio padre che calpestavano il tappeto né nient'altro finché lui non si chinò su di noi e parlò.

«Per caso si è rotto il divano, ragazze?» Si tolse gli occhiali e ci scrutò. Mio padre incolpava le allergie dei suoi occhi sensibili e cerchiati di rosso; mia madre incolpava i doposbornia. Io pensavo semplicemente che gli piacesse come i Ray-Ban taroccati si abbinavano al suo pizzetto. «No, fatemi indovinare, siete cadute e non riuscite ad alzarvi.»

«Non dovresti essere a casa.»

Mi rizzai troppo in fretta e dovetti stendermi subito, e fu allora che il panico mi assalì, perché c'era mio padre, c'era Lacey ed eravamo ubriache, o almeno io ero ubriaca, e lui se ne sarebbe accorto di sicuro e ci sarebbe stata una scenata, il tipo di scenata spiacevole e imbarazzante che mi avrebbe fatta passare per una palla al piede e avrebbe spinto Lacey a dileguarsi per sempre.

Ma da qualche parte sotto tutto questo, segreti e silenziosi, occhi animali brillavano nel buio: ero ubriaca, stavo da Dio e, se qualcuno aveva qualcosa in contrario, che andasse a fare in culo.

Mio padre prese Lacey per mano e la tirò su. «Tu sei il pifferaio magico, immagino.»

«Cosa?» dissi.

Lacey ritrasse la mano e arrossì.

«Sei tu, giusto? Quella che sta allontanando mia figlia dalla retta via musicale?»

«Cosa?» ripetei.

«Mi piace pensare che i miei scopi siano meno scellerati» rispose Lacey ignorandomi. «E che i miei gusti musicali siano molto più interessanti.»

Mio padre sorrise. «Sempre che si possa chiamarla musica.» E fu così che partirono per la tangente, Lacey che si ergeva in difesa del suo dio e mio padre che sciorinava espressioni come *new wave* o *avanguardia pop post-punk*, in un ping-pong di nomi che non avevo mai sentito, Ian Curtis e Debbie Harry e Robert Smith.

«Joey Ramone non pulisce nemmeno le scarpe a Kurt Cobain.»

«Non diresti così se lo avessi visto dal vivo.»

Lacey sgranò gli occhi. «Ha visto i Ramones dal vivo?»

«Cosa?» dissi di nuovo, lottando contro l'impulso improvviso di sedermi sulle ginocchia di mio padre, di soffiargli in faccia l'alito puzzolente di whisky e di costringerlo a guardarmi.

«Se li ho visti?» Sfoderò un sorriso brevettato alla Jimmy Dexter. «Ho aperto il loro concerto.»

«Facevi parte di una band?» mi stupii. Nessuno mi ascoltò. Nessuno mi offrì nemmeno una mano galante, così mi alzai e cercai di non vomitare.

«Il concerto dei Ramones?» Lacey imitò la voce di Kurt; era in visibilio.

«Be'... non tecnicamente.» Un altro sorriso, una scrollata di spalle come a dire *Ma dai!* «Abbiamo suonato nel parcheggio prima dei Ravers e sono stati loro ad aprire il concerto dei Ramones. Ci siamo intrufolati alla festa dopo lo spettacolo, però. Ho bevuto un goccetto con Johnny.»

«Lacey faceva parte di una band» intervenni. Lei mi aveva raccontato ogni cosa, le Pussycats, come il cartone animato, tutte ragazze, cinghie da chitarra gettate sulle spalle, Lacey che leccava il microfono con i capelli sudati appiccicati alla faccia, facendo *crowd-surfing* su un'onda d'amore. Mai più, aveva detto, né a Battle Creek né altrove. «Il fatto che la parola *grunge* sia arrivata fin qui, nel bel mezzo del nulla?» aveva aggiunto. «È come quelle stelle, quelle che esplodono così lontano che quando ricevi la notizia sono morte da un milione di anni. Siamo in ritardo. Abbiamo perso la nostra occasione. Solo quelli davvero patetici si spacciano per artisti facendo qualcosa che è già stato fatto. E io non voglio essere patetica.»

Ero invidiosa della band di Lacey, delle ragazze che erano state le sue Pussycats, ma anche contenta perché non potevo far parte di un complesso, ovviamente, e se ne avesse fondato uno nuovo mi avrebbe scaricata.

«Raccontagli del tuo gruppo, Lacey.»

Ma non ne aveva voglia oppure non mi sentì. «Com'era?» chiese. Sussurrò il nome. «*Joey Ramone.*»

«Sbronzo. E puzzava di merda di cane ma, per la miseria, mi ha regalato un plettro e ho pensato che avrei costruito un altare a quel coso.»

«Posso vederlo?» domandò Lacey.

Mio padre arrossì leggermente. «L'ho perso mentre tornavo a casa.»

Mi schiarii la voce. «Quando hai fatto parte di una *band*? E come mai non lo sapevo?»

Si strinse nelle spalle. «Molto tempo fa, piccola. In un'altra vita.»

Mia madre ascoltava la musica solo in macchina e anche in quel caso solo Rod Stewart, Michael Bolton e, se era di buonumore, gli Eagles. Mio padre, quando era al volante, oscillava tra programmi sportivi e silenzio. Avevamo uno stereo che nessuno accendeva mai e una scatola di dischi nello scantinato, così deformati dall'umidità che erano stati giudicati inadatti per la vendita di roba usata dell'anno precedente. Per i Dexter la musica era secondaria. Solo che ora mio padre ne parlava nello stesso modo di Lacey, come se la musica fosse la sua religione, e questo faceva di lui un estraneo.

«Come fa uno come lei ad avere una figlia così ignorante in campo musicale?» chiese Lacey.

«È una domanda che mi faccio ogni giorno.»

«No, non me la bevo. Capisci cosa significa, Dex? È da qualche parte dentro di te. Avevi solo bisogno di me per aiutarti a tirarlo fuori.»

Era una valutazione generosa. Tutti sapevano che avevo preso da mia madre: il colorito beige e chiazzato, la rigidità. Ma se Lacey vedeva mio padre in me, doveva esserci qualcosa da vedere.

«Dex? Saresti tu, piccola?» Lui mi studiò, cercando tracce di lei.

«Senza offesa, Mr. Dexter, ma Hannah è un nome di merda» si giustificò Lacey.

«Chiamami Jimmy. E non mi sono offeso. È stata un'idea di sua madre. Ho sempre pensato che fosse un nome da vecchietta.»

Lacey rise. «Esatto.»

Che a mio padre non fosse mai piaciuto il mio nome:

ecco un'altra cosa che non sapevo proprio. Avevo creduto che mi chiamasse *piccola* perché voleva reclamare una parte di me su cui nessun altro poteva accampare dei diritti.

«Ma Dex? Sì, suona bene» commentò.

Dex avrebbe dovuto essere il nostro segreto, un nome in codice per la cosa che stava crescendo tra noi e la persona in cui mi stava plasmando. Ma se Lacey era pronta a presentarla al mondo, pensai, doveva avere le sue ragioni.

«Esatto» confermai. «Dex. Spargi la notizia.»

«Tua madre ne sarà entusiasta» mormorò, ed era chiaro che il solo pensiero lo divertiva quanto il nome.

«Dunque, Jimmy, forse ti va di sentire un po' di vera musica» disse Lacey. «Dex ha una copia di *Bleach* qui da qualche parte. O almeno le conviene averla.»

Mio padre mi guardò, cercando palesemente di decifrare la mia espressione, ma non potevo inviare un messaggio che non avevo.

«Un'altra volta» dichiarò alla fine, inforcando di nuovo gli occhiali. «Il mio quiz preferito mi aspetta.» Si fermò a metà scala. «Oh, *Dex*, faresti meglio a lavare il bicchiere prima che torni tua madre.»

Allora se n'era accorto, dopotutto. E stava ancora dalla mia parte.

«Non mi avevi detto che tuo padre è *tosto*» disse Lacey una volta che se ne fu andato. Fu come una benedizione e la maggior parte di me ne fu orgogliosa.

I pomeriggi a casa mia diventarono, su richiesta di Lacey, un'abitudine e fu solo questione di tempo prima che mia madre insistesse per invitare *questa Lacey* a cena in modo da vedere con i suoi occhi la maga che aveva spinto suo marito a setacciare la soffitta in cerca della chitarra e sua figlia a optare per quello che sembrava il guardaroba smesso di un camionista.

«La mamma si comporterà in modo strano, vero?» chiesi mentre esaminavo con mio padre la pila di adesivi della Publishers Clearing House. Lui era il sognatore designato della famiglia, il compratore dei biglietti della lotteria e il custode di una crescente lista di invenzioni che non avrebbe mai costruito. Era quello il motivo, ripeteva sempre, per cui non aveva mai accettato quello che mia madre chiamava un vero lavoro. Solo i posti dagli orari molto flessibili – come il suo incarico di quel periodo, la gestione dell'unico cinema di Battle Creek – gli lasciavano il tempo libero di cui aveva bisogno per mettere in atto i suoi sistemi di arricchimento rapido.

Quel sistema particolare era il nostro rituale privato da anni, dai giorni in cui mi illudevo che leccare accuratamente quei bollini e sigillare la busta con un bacio portafortuna potesse servire davvero ad attirare verso casa nostra il gigantesco assegno da un milione di dollari. Avevo perso da tempo il foglietto su cui avevo annotato meticolosamente i tesori che avrei comprato quando fossi stata ricca, ma ero ghiotta del gelato alla menta con scaglie di cioccolato che accompagnava quella tradizione, e il fatto che mia madre non vi partecipasse. Ora c'era la musica, che non c'entrava nulla, ma secondo mio padre i Cure erano una cura universale per i mali che ci affliggevano. Aspetta che arrivi Lacey, disse. Lei capirà.

Doveva farsi viva di lì a un'ora. Mia madre aveva cucinato le lasagne, l'unico piatto che sapeva preparare.

«Sii indulgente con tua madre, piccola. A mio parere è tutto fuorché *strana*.»

Aveva ragione: la normalità era la religione della mamma. Non aveva mai insinuato di volere che diventassi popolare – probabilmente l'impossibilità di quel fatto parlava da sola – ma mi incoraggiava a ogni piè sospinto a conformarmi, a essere prudente, a rimandare gli errori a dopo. «Avrai più da perdere quando sarai più grande, ma almeno ti resterà qualcosa quando lo perderai» mi disse una volta mentre sfogliavamo gli album di fotografie, vecchie immagini che la ritraevano mentre si protraeva verso l'adolescenza, arrotondandosi nei punti sbagliati, una sola pagina tra la matricola del college dalle guance paffute e la madre dagli occhi stanchi con una neonata sul fianco fasciata da un caffettano, come se i fogli intermedi si fossero staccati, e forse era così che vedeva la sua vita, con la sensazione di essersi persa qualcosa. «Più sei giovane, e più è facile buttare via tutto.»

La cena fu un film dell'orrore. Noi quattro nella sala da pranzo con le pareti rivestite di legno, accalcati in un angolo solitario del lungo tavolo che non usavamo mai, passandoci le lasagne bruciate sui piatti scheggiati del supermercato, mia madre che si accigliava ogni volta che un getto di briciole di pane all'aglio fluttuava dalla bocca di Lacey sulla tovaglia di plastica, Lacey che fingeva di non accorgersene, troppo impegnata a rispondere a un fuoco di fila di domande sul lavoro di sua madre, sulla parrocchia del suo patrigno e sui suoi progetti universitari inesistenti, ognuna di una convenzionalità più straziante dell'altra, tutte umilianti, ma niente in confronto all'occhiata fulminante di mia madre quando annunciai che anch'io meditavo di prendermi un anno sabbatico dopo il diploma perché, come dice Lacey, il college era stato cooptato da un sistema capitalistico interessato soltanto a produrre altri parassiti per la sua macchina finanziaria, e mia madre mi apostrofò: «Piantala di metterti in mostra».

Mi domandai se la mortificazione fosse una giustificazione abbastanza valida per un omicidio per legittima difesa.

Lacey disse *sì, no, per favore* e *mille grazie* per il cibo delizioso, per nulla stracotto o insipido. Spiegò che le piccole città generavano persone dalla mentalità ristretta e che aveva ingaggiato una guerra individuale contro questa contrazione degli orizzonti. Be', non più tanto individuale ora che aveva coinvolto anche me. Rispose che non accompagnava mai il suo patrigno in chiesa perché la religione aveva un'influenza distruttiva sulle masse impressionabili e lei si rifiutava di sostenere qualunque istituzione si dedicasse all'oppressione intellettuale e, quando mia madre, nipote semiapostata di un ministro, osservò che era l'arrogante codardia morale dei giovani a indurci a rifiutare le cose che non capivamo, Lacey replicò citando il vangelo di Matteo *Quando pregate, non siate simili agli ipocriti*, quindi aggiunse che accusare il nemico di ignoranza era la scappatoia del codardo dalla discussione sincera, al che mio padre rise e io cominciai a dubitare che ne saremmo usciti vivi.

«Come vi siete conosciuti, voi due pazzerelli?» chiese

Lacey. «Sembri il tipo da avere una storia interessante.» Anche lei, capii allora, doveva aver intuito che la situazione stava degenerando perché se c'era una cosa che mia madre non sembrava, era il tipo da avere una storia interessante.

Solo che, naturalmente, ce l'aveva. Eccola qui. Amore a prima vista, una storia che mi era sempre piaciuto ascoltare, non tanto per i dettagli quanto per il modo in cui i miei amavano raccontarla insieme e in cui si guardavano quando lo facevano, come se d'un tratto si fossero ricordati che quella era la vita che si erano scelti.

Mia madre sorrise. «È stato poco dopo il college e io facevo una sostituzione temporanea in una filiale del mio datore di lavoro, un'officina in città.»

Nella lingua di Julia Dexter significava che aveva mollato gli studi quando i sussidi si erano esauriti e che aveva accettato un merdoso lavoro d'ufficio che sarebbe dovuto durare un'estate, non una vita intera. Mia madre applicava all'autobiografia la stessa regola che adottava per la progettazione d'interni: valorizza il positivo e appendi una tenda davanti al resto.

«Era stato a dir poco un brutto pomeriggio. Non vedevo l'ora di chiudere la porta a chiave e finire il mio libro in santa pace quando entra una banda di teppisti puzzolenti di fumo e vestiti come se credessero di essere Bruce Springsteen.» Lo disse nel solito tono affettuoso. «Tuo padre aveva un sorriso da ebete...»

Lì faceva sempre una pausa in modo che lui potesse intervenire per precisare che era sbronzo, quindi lei metteva in chiaro che non aveva guidato ubriaco, naturalmente, che al volante c'era il suo amico Todd, un cristiano astemio con cui avevano fatto amicizia solo perché era sempre disposto a scarrozzarli. Quella volta, però, mio padre tacque.

Mia madre finì la storia da sola, più rapidamente del consueto. «Avevano bucato mentre andavano a una festa e, come puoi immaginare, erano piuttosto su di giri. Facevano battute stupide, dandosi delle arie, non perché fossero interessati a me, ma perché ero l'unica ragazza nei paraggi e quello, a quanto pareva, era il loro imperativo biologico.»

Che ti sia di lezione, piccola, mi ammoniva mio padre di solito, ma per fortuna non questa volta.

«Tutti tranne il padre di Hannah. Era quello tranquillo, è la prima cosa che ho notato. Non era un deficiente, o almeno non aveva ancora dimostrato di esserlo. Poi si è accorto che stavo leggendo Vonnegut e ha tirato fuori un tascabile piegato dalla tasca del giubbotto. Indovina cos'era?»

«Lo stesso libro?» ipotizzò Lacey.

«Esatto.»

Quella era la mia parte preferita della storia e volevo che Lacey la ascoltasse. L'incontro era stato voluto dal destino. Nonostante tutto c'era qualcosa di speciale in loro e, di conseguenza, in me.

«Be', i suoi amici sono andati alla festa, ma Jimmy è rimasto dov'era e in qualche modo mi ha convinta a chiudere presto. Abbiamo passato la nottata sul tetto, parlando di Vonnegut e indicandoci le costellazioni a vicenda, senza ammettere che le inventavamo man mano. E poi, nel momento perfetto, quando il sole è sorto su Battle Creek...»

«Ti ha baciata?» azzardò Lacey.

«Magari! Invece mi ha accompagnata a casa e mi ha stretto la mano, punto e basta. Ho aspettato la sua chiamata per due giorni. Quando non è arrivata, sono andata nella libreria in cui lavorava e ho detto: "Ti sei dimenticato di una cosa". Poi l'ho baciato.»

«*Bello.*» Lacey mi lanciò un'occhiata che significava *Possibile che anche tua madre sia tosta?*

«È stato allora che ha iniziato a chiamarmi Labbra bollenti» aggiunse la mamma, un dettaglio che trovai terribilmente imbarazzante, ma perfetto. «Ci sono voluti anni per fargli perdere il vizio.»

«Naturalmente puoi immaginare perché non l'ho chiamata» si intromise mio padre, e io rizzai le orecchie. Era un'appendice che non avevo mai sentito.

Il sorriso trasognato di mia madre svanì. «*James.*»

«Ero così ubriaco che il mattino dopo non ricordavo più niente» continuò lui. «Figurati il mio stupore quando si presenta una ragazza che dice di conoscermi e che mi bacia prima che possa contraddirla. L'ho soprannominata Labbra bollenti solo perché avevo dimenticato il suo nome!»

«James» ripeté la mamma soverchiando le sue risate. Poi lo stesso rimprovero che aveva fatto a me, ma con voce molto diversa: «Piantala di metterti in mostra».

Solo allora capii che era tutto vero.

Mio padre sorrise come se l'avesse fatta franca e mia madre si alzò, dichiarando che aveva dimenticato di dover fare una telefonata di lavoro. «È stato un piacere conoscerti, Lacey.»

Aspettai che mio padre la seguisse, ma invano.

«E i tuoi genitori, Lacey?» chiese come se non avesse notato che la porta della stanza delle torture era stata aperta e che eravamo liberi di sciogliere le catene e svignarcela.

«Non ti sembra di averla interrogata abbastanza per un giorno solo?» protestai.

«Rilassati, Dex.» Lacey picchiettò con le unghie sul lato del bicchiere, poi passò un dito sul bordo fino a farlo gemere.

Non mi parlava mai dei suoi genitori né di qualunque altra cosa avesse preceduto la nostra conoscenza. Non mi importava. Mi piaceva immaginare il passato, il prima, come un vuoto, quasi non ci fosse stata una Lacey-prima-di-Dex, così come non c'era stata una Dex-prima-di-Lacey. Sapevo che era cresciuta nel New Jersey, vicino all'oceano ma non abbastanza vicino; sapevo che aveva un patrigno cui aveva affibbiato il nomignolo di Bastardo, e un padre cui aveva voluto bene e che, in modo vago ma permanente, era diventato uccel di bosco; sapevo che stavamo meglio insieme di quanto stessimo da sole o con chiunque altro, e questo mi bastava.

«Papà ha preso il volo quando ero piccola» confessò. «Non l'ho più rivisto.»

«Mi dispiace» disse mio padre. Io tacqui perché cosa potevo dire? «Un comportamento da stronzo.»

Lacey inarcò le sopracciglia per quella scelta lessicale, poi scrollò le spalle. «Magari è un pirata. O un rapinatore di banche. O forse uno di quei terroristi hippy degli anni Sessanta che hanno dovuto darsi alla fuga. Potrei capirlo. Oppure, sai, è il tipico parassita che ha preferito il suo cazzo a sua figlia e si è fatto un'altra famiglia dalla parte opposta della città.» Proruppe in una risata dura e insistente e io cercai di non sprofondare sotto terra perché aveva usato la parola *cazzo* con mio padre nella stanza. «Santo cielo, che facce! Non è mica la fine del mondo. Mia madre si è trovata un marito nuovo di zecca e persino un bambino. Un nuovo inizio, dice. La cosa migliore che le sia mai successa. Naturalmente un nuovo inizio taglierebbe fuori anche me, ma la vita è un compromesso, giusto?»

Avevo messo in conto il padre assente. Sapevo del Bastardo, però non del bambino. Lacey non vi aveva mai accennato minimamente.

«Mi rincresce» ripeté papà.

«Ti ha appena detto che non è la fine del mondo» dissi perché dovevo dire qualcosa.

«L'ho sentita.» Si alzò. «Vi va una cioccolata calda? Una specialità di Jimmy Dexter.»

Quello era un nostro rituale, suo e mio, la cioccolata calda nelle sere invernali con un pizzico di pepe tanto per il gusto di avere un ingrediente segreto.

«Sono piena.» Sembravo mia madre, la dieta che la costringeva sempre ad assentarsi dalla stanza quando la cioccolata entrava nella discussione, lasciando a me e a mio padre un'altra cosa tutta nostra.

«E io devo andare» disse Lacey.

Avrei voluto rimangiarmi subito la parola, accettare con entusiasmo – *Sì, anneghiamoci nella cioccolata calda e in-*

gozziamoci di biscotti, qualunque cosa tu voglia, qualunque cosa ti faccia rimanere – in parte perché non aveva un padre e mi sentii malvagia per aver rifiutato momentaneamente di condividere il mio, ma soprattutto perché era Lacey, e ogni volta che sgusciava via dalla mia vista temevo che non sarebbe più ricomparsa.

Mio padre la salutò con un abbraccio. Era una copia esatta di quelli che dava a me, energico e totalizzante. In quell'istante lo amai per averla amata al mio posto. Per non essere solo il tipo di padre che voleva abbracciare Lacey, ma anche il tipo che lei si sarebbe degnata di abbracciare a sua volta. Tuttavia, il giorno dopo a scuola proposi di andare al lago invece che a casa mia, e il giorno dopo ancora nel suo negozio di dischi preferito, e quel weekend, quando suggerì di venire a dormire da me, risposi, sapendo che avrebbe odiato la mia idea ma sospettando che sarebbe stata troppo orgogliosa per ammetterlo: «Andiamo a casa tua, piuttosto».

«Ci sono delle cose che devi sapere» dichiarò Lacey.

Eravamo sedute sulla Buick da venti minuti, il motore spento, la musica silenziata, la casa che si profilava in fondo al vialetto. Potevo dire qualcosa per trarla elegantemente d'impaccio, ma volevo dare un'occhiata dentro.

Si schiarì la gola. «Il Bastardo è...»

«Un bastardo? L'avevo capito.»

Era strano vederla a disagio. Non mi piaceva, o almeno non volevo che mi piacesse.

«Voglio solo sottolineare che considero chiunque in quella casa il frutto di una nascita sbagliata o di circostanze sbagliate. Niente a che vedere con me. Chiaro?»

«Chiaro. Per quanto mi riguarda, siamo sostanzialmente orfane, cresciute da sole allo stato naturale.»

Sbuffò. «Magari.» E poi: «Facciamolo».

Ma non lo facemmo, non proprio, almeno finché non ebbe riacceso il registratore e non avemmo ascoltato un altro brano, Lacey con gli occhi chiusi e la testa rovesciata mentre svaniva nel luogo in cui solo Kurt sapeva portarla. Quando le sue urla si spensero, premette Stop. «Seguimi.»

La sua casetta su due livelli era l'immagine speculare della mia, giù fino al merdoso box singolo rivestito di alluminio, due camere e un bagno in fondo al corridoio, tutto invertito, come la versione di casa mia in una dimensione parallela.

L'edificio era schizofrenico. L'esterno era il territorio del Bastardo, tutto linee rette e superfici sterili. Erba spuntata con cura, grondaie scintillanti, una distribuzione parsimoniosa di siepi e piante in vaso a distanze regolari. Dentro, nel territorio di Loretta, imperava il ciarpame anni Sessanta, come se un alieno avesse cercato di mettere insieme la tipica dimora americana iniettandosi in vena le repliche della *Famiglia Bradford*. La tappezzeria a fiori era chiusa in fodere di plastica trasparente; massicce cornici dorate sfoggiavano stampe di fari e bestiame testardo come quelle dei motel; uno zoo di statuine di porcellana mi sorrideva da dietro il vetro molato. C'erano centrini di pizzo. Moltissimi. Una pesante croce di legno era appesa sopra il camino, sulla cui mensola era posata una copia incorniciata della preghiera della serenità. Il che rese un tantino sorprendente l'ingresso della madre di Lacey nella stanza, con l'alito puzzolente di quello che, a quel punto della nostra amicizia, riconobbi come gin.

Lacey aveva l'aria di voler aprire la vetrina e frantumare i gatti di porcellana con una mazza. «Dio, mamma, ti ci sei fatta il bagno?»

La madre di Lacey aveva i capelli neri lunghi, più lunghi di quanto avrebbero dovuto essere quelli di una madre, con la frangetta floscia sulla fronte e le punte cotonate. Era appesantita da un mascara grumoso e da dozzinali collane d'oro che sparivano nella scollatura della canotta rossa, e aveva borse sotto gli occhi che, se non fosse stato per il tanfo, avrei attribuito alle poppate notturne.

«Ti dispiace coprirti?» Lacey indicò i cerchi umidi intorno ai capezzoli di sua madre. «È disgustoso.»

Sua madre si premette i palmi sulle chiazze. Era sempre inquietante quando i genitori di una certa età mettevano al mondo un nuovo figlio, la cui esistenza era una prova innegabile della loro copulazione. Ma la madre di Lacey non aveva bisogno di un neonato per trasmettere il messaggio: quella era una donna che faceva sesso.

«Non restate mai incinte, ragazze» disse. «La maternità ti trasforma in una mucca del cazzo.»

«Anch'io ti voglio bene» replicò Lacey asciutta. Poi, a me: «Di sopra».

«Ragazze» riprese sua madre. «Ragazze! Ragazze!» Era come se quella parola la affascinasse quanto noi. «*Restate.*» Il divano scricchiolò sotto il suo peso. «Sedetevi. Tenete compagnia a una vecchia. Raccontatele com'è essere giovani e libere.»

«Nessuno ti ha costretta a procreare alla tua età» la rimbeccò Lacey.

«La pila di opuscoli sull'aborto che mi hai lasciato ha fugato ogni dubbio sulla tua posizione, cara.» Quindi la madre di Lacey rovesciò la testa e rise, una risata così straordinariamente simile a quella della figlia che era impossibile fingere che non fossero parenti. «Ma se non fosse per il piccolo Jamie, non avrei tutto questo.» Le mani le caddero lungo i fianchi, abbracciando pigramente la casa, forse la città, la vita.

«Non avresti nemmeno Jamie senior» osservò Lacey. «Che orrore.»

Un sussurro teatrale: «Lacey è un po' gelosa del suo fratellino».

«Lacey ti sente» bisbigliò Lacey a volume udibile.

«È questo il problema delle figlie uniche» insistette sua madre. «Qualunque cosa tu faccia, finiscono per diventare delle stronzette viziate.»

«Più che viziata, tu mi hai *rovinata*. È questo il mio problema.»

«Visto?»

«Di sopra, Dex» ordinò Lacey. «Subito.»

«*Dex?*» Il tono di sua madre salì a un registro angelico. «*Tu* saresti la famosa Dex?»

Aveva sentito parlare di me; ero conosciuta. Contavo qualcosa; quella ne era la prova. Quando mi invitò di nuovo a sedermi, obbedii.

Lacey, disgustata; Lacey, rassegnata. Si sedette a sua volta.

«Allora, cosa ti ha detto di me?» chiese sua madre.

Niente, dissi, il che era abbastanza vero.

«Non preoccuparti, non mi offendo. So come siete voi ragazze. Credete che la vostra missione sia odiare vostra madre.»

«Beato chi ci riesce» commentò Lacey.

«Non era così un tempo, Lacey? Da bambina non voleva mai staccarsi da me. Piangeva e si aggrappava alla mia gamba se non la portavo fuori con me. Perciò cosa facevo?»

«Non vediamo l'ora di scoprirlo» disse Lacey.

«La portavo con me. A ogni festa, a ogni concerto. Dovevi vederla, avvolta in una T-shirt dei Metallica lunga fino ai piedi, con la frangetta laccata fin *qui*.» Sollevò la mano a trenta centimetri dalla testa. «Qualche volta mi ha persino aiutata ad andare dietro il palco. I buttafuori non resistevano.»

«Chiedile cosa ne faceva di me all'epoca» intervenne Lacey. «Difficile occuparsi di una bambina quando ti scopi l'organizzatore di trasporti di una band.»

«Chiudi il becco» sbottò sua madre. Poi, dandosi un tono: «Non ho mai scopato un *organizzatore di trasporti* in vita mia».

«Come no» disse Lacey.

«Ora non vuole ammetterlo, ma le piaceva. Come credi che le sia venuta la passione per la musica? Ce l'ha nel sangue.»

Lacey sbuffò. «Quello schifo non è musica.»

«Come hai fatto a diventare così snob?»

«E tu come hai fatto a farti mettere incinta dal più grande coglione del New Jersey? Qualcuno chiami Sherlock Holmes.»

Se mi fossi rivolta a mia madre in quel modo, ed era un se enorme, potevo solo immaginare che mi avrebbe tappato la bocca con il nastro d'argento e mi avrebbe venduta al circo. La madre di Lacey, invece, sorrise. Legame madre-figlia. Stile Champlain.

«Era meno piagnucolosa all'epoca» mi confidò. «Non si lamentava quando le permettevo di stare alzata fino alle due del mattino, ballando qua e là per l'appartamento. Stavamo bene allora, vero, Lacey?»

L'espressione di Lacey si addolcì quasi impercettibilmente. Forse stava addirittura per rispondere sì, per darle atto di un frammento di serenità, ma poi la porta sbatacchiò, una chiave girò ed entrambe si irrigidirono.

«Merda» disse Lacey.

«Merda» le fece eco sua madre. «Non doveva tornare così presto.»

Già in piedi, Lacey le lanciò un pacchetto di gomme. «Andiamo su.» Questa volta non aspettò che la seguissi.

Sfrecciai su per le scale con lei, dietro di me un mormorio costante – *datti un contegno, datti un contegno, datti un contegno* – mentre la porta si apriva scricchiolando, come in un film nell'orrore. Lacey mi tirò in camera sua prima che potessi vedere il mostro.

Al buio, nella stanza di Lacey, con la voce di Kurt così alta da soverchiare qualunque cosa stesse accadendo di sotto. Lei con un pigiama di pizzo nero, io con una T-shirt di Snoopy e i boxer di seconda mano. I sacchi a pelo appiccicati uno all'altro. Voci nell'oscurità. Orfane, insieme nella solitudine.

«Mai?» chiese Lacey.

«Mai» risposi.

«Non *muori* dalla voglia?»

«Non ho tutta questa fretta.»

«Oddio, non starai... aspettando il *matrimonio*, spero.»

«Semplicemente non ho fretta. In più, non ho una fila di ragazzi fuori della porta.»

«Ma se ce l'avessi?»

«Che aspetto ha?»

«Chi?»

«Quel ragazzo, Lacey. Quello che vuole stuprarmi.»

«Oh, non saprei. Un tipo qualunque. Che ti trova sexy.»

«Lo amo?»

«Come faccio a saperlo?»

«Lui mi ama? È la prima volta anche per lui? La considera una cosa importante? Si accorgerà che di profilo sembro incinta?»

«Non sembri incinta.»

«Quando mangio tanto...»

«Succede a tutti, quando mangiano tanto.»

«Intendevo, cosa penserà quando mi vedrà nuda? E io intuisco cosa pensa? Riesco a leggergli nella mente quando lo guardo negli occhi? E...»

«Santo cielo, non lo so, okay? È immaginario, cazzo. Ma ho capito. Speri nella fiaba. Candele, fiori, principe azzurro eccetera.» Rise. «Non è così, Dex. È strano, volgare, spaventoso e sgradevole.» Mi raccontò della volta che un tipo aveva sborrato mentre gli schiacciava un brufolo, perché i ragazzi erano strambi e non potevi mai sopravvalutare fino a che punto. *Sborrare* era una sua espressione, come *eruttare, svuotare il fringuello* e *scoperchiare l'uccello,* che per me non aveva molto senso. Era una poetessa dell'eiaculazione.

«Non mi serve la fiaba. Solo... qualcosa di meglio del solito sfigato di Battle Creek che si fa una sega sull'Oldsmobile di suo padre. Meglio di, per esempio...»

«Nikki e Craig?»

«Esatto. Le persone più prevedibili che fanno la cosa più prevedibile. Come in una fiaba deprimente. La Noiosa e la Bestia.»

«Le persone possono sorprenderti. Non puoi mai sapere che genere di sesso sfrenato e pervertito possano fare sulla vecchia Oldsmobile...»

La interruppi con una cuscinata in faccia perché l'ultima cosa a cui avevo voglia di pensare era il corpo nudo di Nikki che si contorceva in posizioni pornografiche sotto un futuro cadavere. «Penso solo che debba esserci qualcosa di meglio lì fuori» dissi.

«Dex, amica mia, per una volta hai ragione.»

«Grazie.»

«Ma hai, tipo, limonato con qualcuno, vero?»

«Certo.» Non era vero.

«Fin dove ti sei spinta?»

«Parli sul serio?»

«Sì. Fin dove ti sei spinta?»

«Non intendo fare questa conversazione.»

«D'accordo, non dobbiamo per forza parlare di questo. Non sono una specie di pazza arrapata, posso discutere di molti altri argomenti, sai. Politica. Filosofia. Giardinaggio.»

«Bene. Scegline uno.»

«Quando sei a casa, da sola, non tiri mai fuori, non so, il vecchio poster di Kirk Cameron che di sicuro tieni nascosto in fondo all'armadio...»

«*Non* provarci.»

«Sì, invece, e scommetto che gli accarezzi la faccia, che lo guardi in quegli occhioni castani da ebete, che infili la mano sotto le coperte e...»

«Lacey! Per l'amor del cielo, chiudi il becco!»

«Perché dovrei? È del tutto normale. Sano, addirittura.»

«Non voglio più ascoltarti.»

«Sei una donna in fase di crescita, con *istinti da donna*...»

«Ti odio.»

«No, mi ami.»

«Ti piacerebbe.»

«Dai, Dex, scusa, sai che mi ami, lo sai benissimo. Dillo. Dillo.»

«Neanche per sogno.»

«Mi ami mi ami mi ami mi ami.»

«Lacey, toglimi le mani di dosso.»

«Prima dillo.»

«E poi mi lasci andare?»

«Mai!»

La tenni sulla corda, ripetendomi le parole nella testa, assaporandole sulla lingua. «Va bene. Ti amo. Anche se sei una pazza arrapata.»

Non mi lasciò andare.

Sapevo senza bisogno di chiederlo che non dovevo uscire dalla stanza, ma Lacey dormiva e il bagno era in fondo al corridoio, e non sembrava ci fosse nulla di male nel seguire le voci, muovendomi abbastanza facilmente nel buio di quella casa così simile alla mia. Sapevo esattamente fino a che gradino della scala potevo scendere di soppiatto senza essere vista.

L'uomo che Lacey chiamava il Bastardo era più basso e magro di quanto avessi immaginato, con gli occhiali dalla montatura di metallo e i capelli brizzolati, tagliati a spazzola come quelli dei militari. La madre di Lacey era inginocchiata davanti a lui in reggiseno e slip bianchi, con le mani giunte e gli occhi sui suoi mocassini.

«Che Dio mi perdoni» disse.

«Perché sono un'ubriacona» suggerì il Bastardo.

«Perché sono un'ubriacona. Perché sono debole. Perché...»

«Perché ho ceduto alle tentazioni del mio passato da puttana.»

«Per aver ceduto alle tentazioni.»

Lui la colpì forte allo stomaco con la punta del piede.

«Alle tentazioni del mio passato da puttana» si corresse lei. Mi pareva di guardare la TV.

La madre di Lacey piangeva. Da qualche parte dietro di me, un neonato le fece eco.

Lei cercò di alzarsi, ma il Bastardo le premette due dita sulla spalla e scosse la testa. Le sue ginocchia tornarono sulle piastrelle.

Il bambino strillava.

«Ha bisogno di me» disse la madre di Lacey.

«Dovevi pensarci prima.» Il Bastardo parlò in tono ragionevole, come se fossero seduti a un tavolo uno di fronte all'altra e discutessero dell'estratto conto della carta di credito. Era persino vestito da ragioniere, con un salvatasche infilato accuratamente nella camicia bianca inamidata.

«Non farai a mio figlio quello che hai fatto a tua figlia» affermò.

Lei annuì.

«Dillo.»

«Mi comporterò meglio con James junior.»

«Avrai un po' di rispetto per te stessa.»

«Avrò rispetto.»

«Basta con queste porcherie.»

«Basta» sussurrò lei.

Il neonato continuò a vagire.

Qualcuno mi toccò la spalla abbastanza dolcemente da non farmi trasalire, o forse non trasalii perché sapevo che era Lacey.

«C'è un'uscita secondaria in cucina» bisbigliò, anche se non sarebbe stato necessario: le nostre case avevano la stessa planimetria, via di fuga e tutto il resto. Andai per prima, scivolando nell'oscurità, gli eventuali rumori coperti dai singhiozzi sempre più incontrollabili del bambino. Dovetti soffocare l'impulso di andare a prenderlo, di portare via lui e Lacey, ma ovviamente non era mio fratello ed era Lacey ad avere la macchina e la patente. Non ero nella posizione di salvare nessuno.

Lei chiuse piano la porta e non fiatò mentre salivamo

in auto e partivamo. Non accese la musica.

«Vuoi andare a casa» disse d'un tratto, e intuii che se avessi confermato sarebbe finita così. Per sempre.

Ora ci arrivai: era una prova. Forse tutta la serata era stata una prova. Con Lacey era difficile capire se gli eventi accadessero di loro iniziativa o se fossero dettati dalle sue macchinazioni dietro le quinte ma, ricordai a me stessa, era sempre più prudente dare per scontata la seconda ipotesi.

Ero brava nelle prove. Allungai la mano verso il registratore della Barbie e premetti Play, fingendo di sbattere la testa contro il cruscotto a ogni attacco di Kurt. «Andiamo al lago.»

Il lago a febbraio, sotto il nevischio e la luce delle stelle. Tutto per noi. Il vento, l'acqua, il cielo e Lacey. Tutto ciò di cui avevo bisogno.

«I genitori sono dei rompicoglioni» dissi.

Scrollò le spalle.

«Tutti sono rompicoglioni tranne noi» dissi.

Lo chiamavamo il nostro lago, ma era nostro solo nel modo in cui lo era tutto il resto: perché il mondo che avevamo creato tra noi due era segreto e posseduto interamente.

Eravamo creature dell'acqua, osservò Lacey, e quelle non c'entrano niente con il bosco. Fu l'unica spiegazione che mi diede per giustificare come mai dovevamo girare alla larga. Mai nella foresta, sempre sul lago, e non avevo nulla in contrario. Non vedevo l'ora che facesse più caldo per guardarla nuotare.

Respirava acqua, aggiunse, e quasi le credetti.

Il nevischio era leggero e viscido come petrolio, del tipo che ti spinge a farti delle domande sulla pioggia acida. Lacey preferiva i temporali. Un cielo nero come un drappo funebre, uno sfrigolio nell'aria, quella sensazione di attesa col fiato sospeso, come se qualcosa stesse per rompersi. Certe volte riuscivamo a raggiungere il lago prima del primo boato. Alzavamo la faccia verso la pioggia, misuravamo l'intervallo tra luce e suono, *un secondo, due, tre.* Finché conoscevamo il temporale abbastanza bene per respirare con lui, per pulsare al suo ritmo, per sapere, dopo che il cielo si era incendiato di bianco, quanto aspettare prima di aprire la bocca e urlare nel ruggito del tuono.

Ma quelli erano i momenti di Lacey. Io preferivo il silenzio. Il temporale era come un terzo incomodo, più arrabbiato e più interessante di quanto io potessi sperare di essere. Era meglio quando eravamo sole.

Lacey guardò l'acqua. Era diversa al buio. Insondabile. Immaginai occhi che brillavano in profondità, denti aguzzi, fame e bisogno. *Cose* in agguato. Immaginai il canto di una sirena, un richiamo nella notte, io e Lacey che rispondevamo, addentrandoci nelle acque gelide, risucchiate dal nero.

Raccolse un sasso e lo gettò nel lago. «Fanculo.»

«Fanculo» ripetei come se approvassi perché, qualunque cosa intendesse, ero d'accordo.

Non importava cosa facessero sua madre e il suo patrigno, avrei voluto assicurarle, avevo capito che non facevano parte di lei e che lei non faceva parte di loro, che era nata già cresciuta, come una dea, sbocciando in un prato o gocciolando dal sole. Che gli altri non contavano per noi, che esistevano solo per il piacere di accantonarli, simulacri di coscienza, intenti a camminare, a parlare e a fingere di avere una vita interiore, ma vuoti dentro. Il contrario di noi. Me l'aveva insegnato Lacey mentre leggeva Cartesio ad alta voce. Puoi conoscere solo ciò che hai dentro di te, diceva. L'unica cosa reale, certificata e confermata, siamo io e te. Avrei voluto ricordarle quello che mi aveva insegnato, cioè che potevamo partire insieme, che la vita era crudele solo nella misura in cui le permettevi di esserlo, che Battle Creek ci apparteneva per nostra scelta e che potevamo scegliere di abbandonarla.

Nulla di ciò che avevo visto mi aveva spaventata, avrei voluto dirle, non era cambiato niente, ma mi conosceva già abbastanza bene per captare le bugie nella mia voce.

Volevo salvarla, o almeno gran parte di me lo voleva.

Più giù, tuttavia, c'era un sollievo freddo, vergognoso. Ero arrivata ad avere così tanto bisogno di lei da esserne impaurita. Ma se la sua vita era così a pezzi, se non c'era nulla al di fuori del nostro circolo chiuso se non caos orrendo, allora si profilava l'impensabile possibilità che anche Lacey avesse bisogno di qualcosa. Che se avessi superato le sue prove, se mi fossi modellata per combaciare con i suoi contorni, quel qualcosa potessi essere io.

«Mio padre amava l'acqua.» Trovò un altro sasso e lo scagliò forte nel lago. «Gli piaceva portarmi ad Atlantic City quando vivevamo nel New Jersey. C'era un pony meccanico vicino al casinò e mi lasciava, tipo, un secchiello di quarti di dollaro. Sufficienti per cavalcarlo tutto il giorno.»

«Cavolo.»

«Mi sembrava di essere in paradiso. Sai cosa si dice delle ragazze e dei cavalli.» Udii la Lacey che conoscevo fare capolino, strizzarmi l'occhio. «In più, ero scema.»

«Tutti i bambini di sei anni sono scemi.»

«Ha promesso che un giorno mi avrebbe portata a cavalcare un pony vero. In Virginia, credo, ci sono spiagge dove corrono liberi sulla sabbia. Solo pony ovunque, come se fossi tornata indietro nel tempo o roba simile.»

«Chincoteague» precisai. Avevo letto il romanzo *Nuvola* undici volte.

«Quello che è, non lo so perché non ci siamo mai andati.»

Potevo replicare che mio padre era il re delle promesse infrante, che sapevo tutto della delusione, ma temevo rispondesse che sapevo tutto di tutto, cazzo, e avrebbe avuto ragione. «Non sono mai stata sull'oceano» confessai, e quelle furono le parole magiche che la riportarono indietro.

Lanciò un gridolino. «Inaccettabile!» Indicò la macchina. «Sali.»

Viaggiammo per sei ore. La Buick sobbalzava e tossicchiava, il registratore divorava la terza cassetta pirata preferita di Lacey, le mappe spiegazzate ci indicavano la strada e, mentre ero piegata sopra una tavoletta da wc costellata di chiazze sospette e poi mi lavavo le mani con un sapone di un grigio nauseabondo, guardandomi allo specchio in cerca di un segno della mia metamorfosi nel genere di ragazza che "andava nel Territorio indiano", un camionista tentò di palpeggiare Lacey nel parcheggio della stazione di servizio. Proseguimmo finché la macchina si allontanò dall'autostrada ed entrò in un posteggio di sabbia ghiaiosa, ed eccoci arrivate.

L'oceano era sterminato.

L'oceano sbatteva e sbatteva e sbatteva contro la riva.

Ci tenemmo per mano e lasciammo che l'Atlantico ci bagnasse i piedi nudi. Inspirammo sale e spruzzi sotto il cielo sempre più chiaro.

Era la cosa più grande che avessi mai visto. Fu Lacey a farmi quel regalo.

«È così che lo farei» disse a voce quasi troppo bassa per sentirla tra le onde. «Verrei qui di notte, quando la spiaggia è deserta, e salirei su un canotto. Poi aspetterei che mi portasse al largo. Abbastanza lontano da non farmi trovare da nessuno. Da non poter cambiare idea. Avrei con me i sonniferi di mia madre, il Walkman e una spilla da balia. E quando fossi abbastanza distante per non sentire più le onde che si frangono, dove il canotto si limita a sobbalzare sull'acqua e non c'è niente a parte me e le stelle, lo farei. In sequenza. La sequenza conta. Prima i sonniferi, poi la spilla, solo un minuscolo foro nel canotto, abbastanza piccolo perché ci voglia un po' di tempo. Poi mi metterei le cuffie e mi sdraierei, così potrei vedere le stelle e sentire l'acqua nei capelli, e lascerei che Kurt mi accompagnasse a casa con le sue canzoni.»

Avrei dovuto essere quella che faceva attenzione, quella che ascoltava il caos del mondo e capiva – era quello, secondo Lacey, il mio pregio migliore – ma molte volte quell'anno lei parlò e io non sentii una parola.

«Non potrei mai andare lì fuori al buio» dissi, senza

spiegare come l'avrei fatto benché avessi preso una decisione, perché Lacey sosteneva che era importante saperlo. Sarei saltata giù da qualcosa, qualcosa di abbastanza alto da sfracellarti mentre precipitavi. Non c'era niente del genere a Battle Creek; non c'era neppure qualcosa di abbastanza alto per capire se avessi paura dell'altitudine. Lacey credeva di sì. Sembravo il tipo, osservò.

Non volevo salire lassù nel cielo, vedere tutto in una volta sola, non se non fosse stata l'ultima. Perché in quel caso non avrei avuto paura. Mi sarei sentita potente, pensai, con le dita dei piedi che sporgevano oltre il bordo, quella cosa preziosissima soltanto mia, da proteggere o da distruggere. Se lo facevi in quel modo, avresti avuto il potere fino alla fine.

Se lo avessi fatto in quel modo, almeno prima della fine avrei potuto volare.

Dormimmo in macchina, tenendo il riscaldamento acceso finché ne avemmo il coraggio, stringendoci una all'altra per sentire meno freddo. Per una volta Lacey mi permise di scegliere la musica. «Entro limiti ragionevoli» precisò. Ascoltammo i R.E.M. perché mi piaceva la dolcezza nella voce del cantante, e mi piaceva il fatto che piacesse anche a Lacey. Si accoccolò sul sedile e le posai la testa sulla spalla. In quel parcheggio, con l'acqua che ci guardava, lui cantò fino a farci addormentare.

Quando mi svegliai, il cielo era grigio e l'orizzonte era in fiamme. Lacey dormiva. Scalza, tornai sulla riva e restai in piedi nell'acqua, aghi di ghiaccio che mi pungevano le caviglie. L'oceano pareva più clemente nella luce e avrei voluto avere il canotto di Lacey, così saremmo potute salire insieme, galleggiando verso il sole.

Non la udii avvicinarsi, ma la sentii stringermi la mano. Ero certa che mi avrebbe trovata.

«È tutto ciò di cui ho bisogno» esordì. «Tu sei tutto. Come io sono tutto ciò di cui tu hai bisogno, giusto?» Era una formula magica; ci unì per la vita.

«Tutto» confermai, disposta a darle l'anima in fiamme, a consegnarle fino all'ultima fibra del mio essere. Volevo che mi inghiottisse intera.

«Solo noi» concluse.

Saremmo state orfane; saremmo state fantasmi. Saremmo svanite dal mondo ordinario per entrare in un universo di nostra creazione. Saremmo state selvagge. Saremmo state libere. Fu quella la promessa che ci facemmo a vicenda e, nonostante tutto, l'avremmo mantenuta.

5

LACEY

Se io mentissi

Dici di voler sapere. Ma in realtà non vuoi. Preferisci vedermi come una creatura immaginaria di tua invenzione, un cazzo di spirito della foresta che ha preso vita solo perché tu hai chiuso gli occhi e l'hai desiderato *così tanto.* Forse ti ho mentito, Dex, ma quando si va al sodo, non devo nemmeno prendermi il disturbo perché non ti viene mai in mente di chiedere.

Le bugie che ti ho raccontato?

Le sigarette: altroché se le fumo. Come una ciminiera, quando non ci sei, un cammello che accumula nicotina per una piovosa giornata piena di Dex. Perché credi che la macchina sia sempre così puzzolente? Pensi sia il fantasma macchiato di tabacco della precedente proprietaria, che si intrufola dentro di notte per soffiare verso il parabrezza e mandare segnali di fumo alle stelle? No, o lo hai capito o non volevi capirlo.

Non era una bugia il giorno in cui ti ho detto che non fumavo, perché quel giorno non avevo fumato. E non è una bugia che mia nonna è morta di cancro ai polmoni, il che spiega perché quel giorno avevo smesso, come avevo smesso qualche mese prima e due volte l'anno precedente. Non ha funzionato. La tua Lacey, furba e forte, non avrebbe nascosto un pacchetto sotto il materasso per le emergenze e, dopo una cena a base di polpettone freddo con il Bastardo, non avrebbe tirato fuori il pacchetto da sotto il materasso, sporto la testa dalla finestra ed espulso fumo caldo nell'aria gelida. Mi è sembrato quasi che non contasse, quel primo tiro dopo avere smesso. Faceva freddo; il fumo somigliava a una nebbia fatta di respiro. Sarebbe stato l'ultimo in assoluto.

Il primo tiro non è mai l'ultimo in assoluto. Forse non te l'ho confessato perché mi piaceva avere un segreto. Ciò che è mio è tuo, è così che diciamo. Ma prima è mio.

Fumo, e le cicatrici sono vere. Quella sul polso te l'ho mostrata il primo giorno. La cosa che ho detto di aver fatto, prima di rimangiarmela. Era vera anche quella.

Poi non c'è mai stata nessuna band. Non sono mai stata una specie di dea del rock con la chitarra a tracolla, che si lanciava all'indietro dal palco e solcava un mare di mani estasiate. Hai bisogno che io sia impavida. Quando mi guardi, *sono* impavida. Ma tu non ci sei sempre.

Come l'ho fatto, quando l'ho fatto.

Con un coltello. Lacey Champlain nella vasca da bagno con un coltello.

È stato dopo il New Jersey, dopo il Bastardo, dopo

Battle Creek e Nikki e Craig, ma prima di te. Nikki e Craig, quella è più che altro una bugia per omissione, ma probabilmente diresti che conta comunque.

L'ho fatto nella vasca da bagno con un coltello perché è così che fanno nei film: acqua calda, sangue caldo, ogni cosa che scivola via, scivola via. Ho aperto il rubinetto, mi sono spogliata e poi mi sono tagliata, ma solo una volta e solo superficialmente perché nei film non ti avvertono che fa un male cane.

Prima di Lacey, direbbe la mia cara mamma, la vita era una scorpacciata di tiri dal bong e di doposbornia da birra, la versione tamarra del giardino dell'Eden. Solo lei e papà a bere, scopare e spassarsela tenendosi per mano per tutti gli anni Settanta, finché lei non è rimasta incinta. Da allora, ti racconterebbe, fa la fame. Mia madre, la Giovanna d'Arco del cazzo di Battle Creek. Un preservativo rotto; una puntata in una squallida clinica abortista dove non sopportava nemmeno l'idea di appoggiare il culo sulle sedie pieghevoli arrugginite, figurarsi togliersi i vestiti e farsi fare il raschiamento dal medico con le nocche pelose; una proposta di matrimonio con due confezioni di birra da sei lattine e niente anello. Una neonata che pisciava, cagava, vomitava e che preferiva strillare anziché dormire. Alle nozze c'era un rigonfiamento grande quanto un'anguria sotto un vestito di pizzo da quattro soldi. Si sono sposati in un parco e, dato che non credevano alle stronzate sulla iella, si sono visti prima della cerimonia, tenendosi per mano accanto a un cassonetto mentre il ministro in affitto si preparava e le quindici persone che si erano degnate di farsi vive fingevano di non essere ubriache o fatte, in difesa dei genitori altezzosi dello sposo, che non avevano voluto saperne di venire. I futuri mamma e papà si sono guardati facendo finta di essere felici e innamorati. «Anche se ero certa che pensasse *Cazzo, leviamoci il pensiero così posso sbronzarmi*» dice lei, «e mi stavi sfondando la pancia a calci, perciò cercavo di non vomitare.»

Era la mia storia preferita quando ero piccola, la storia delle loro nozze, di come fossi lì senza esserci, di come fossi diventata ciò che ero. Perché mio padre la raccontava diversamente quando si sedeva sul bordo del mio letto, mi accarezzava i capelli, mi raccontava le fiabe. «Tua madre non è mai stata così bella» diceva, «e sai qual è la parte più carina?»

Quella era la mia battuta e persino una bambina di quattro anni era in grado di ricordarla: «L'anguria!».

«Bravissima. L'anguria. Non sono riuscito a trattenermi. Ho allungato la mano e le ho accarezzato la pancia come sto facendo con la tua testa in questo momento, e il vestito ornato di volant ha frusciato contro il mio palmo, ed è stato allora che l'ho detto.»

«Lacey.»

«Intendevo *lacy*, pieno di pizzi. Mi riferivo a quanto era bella, alle sensazioni che mi trasmetteva, a come avrei voluto... Be', non è necessario che tu lo sappia. Ma lei ha pensato...»

«Che parlassi di *me*.»

«Ed è così che tu sei diventata tu, piccola anguria. È così che sei diventata Lacey.»

Quando avevo dieci anni, mia madre mi ha detto di

aver preso il mio nome da un merdoso romanzo d'amore. «Per fortuna non sei un maschietto» ha aggiunto, «altrimenti forse ti saresti chiamata Fabio.»

Era il suo hobby, raccontare bugie sul passato. Inventare storie che facessero stare meglio lei e peggio me.

Tuo padre se n'è andato perché non ci voleva bene.

Tuo padre era un inutile buono a nulla e stiamo meglio senza di lui.

A meno che non fosse di umore diverso: *Ha rovinato tutto, un cazzo di bambino, come poteva non succedere. Basta con le scopate sul pavimento della cucina, e all'improvviso ti ritrovi sommersa da pannolini e bollette, e come posso dargli torto se ha tagliato la corda? L'avrei fatto anch'io se ci avessi pensato prima.*

Prima di te beveva, ma non era un ubriacone.

Prima di te andava tutto bene.

Nel New Jersey, quando era di luna particolarmente buona, mi spiegava come si fossero conosciuti, entrambi ubriachi fradici a un concerto dei Van Halen. Lui faceva l'addetto alla sicurezza, lei era una *groupie* disposta a scoparsi chiunque potesse farla intrufolare dietro il palco.

Non ne parlava spesso con il Bastardo nei paraggi perché non gli piaceva ricordare di non essere stato il primo. Ma ogni tanto, quando lui era fuori a raccogliere offerte per il Signore o quello che è, lei si sbronzava e, confusa, aveva voglia di giocare un'altra partita di *Questa è la tua vita. Il tuo papà mi aveva regalato una gruccia per San Valentino. Dovevo usarla.*

So quello che so.

Lacey, ha detto mio padre quando mi ha posato la

mano sulla testolina informe, solo quel sottile strato di pizzo e utero tra noi, e l'ha detto perché anche allora pensava che fossi bellissima.

Resterei se potessi, ha sussurrato l'ultima sera. *Tornerò a trovarti.*

È tornato a trovarmi, quattro volte quell'anno, due il successivo, sempre quando lei era al lavoro o a letto, e non gliel'ho mai confessato, nemmeno una volta. Ogni tanto arrivava di notte e lanciava sassolini contro la mia finestra, come se fossimo un Romeo e una Giulietta del cazzo, e si arrampicava sul pergolato e strisciava in camera mia con un animale di peluche in bocca, un coniglietto zoppo o un gatto con tre zampe che aveva trovato e tenuto da parte solo per me, perché sapeva che mi piacevano feriti. Si portava l'indice alle labbra, io mi sigillavo la bocca chiudendo una cerniera immaginaria e giocavamo al chiar di luna, muti come pesci, illudendoci che forse quella volta il sole non sarebbe mai sorto.

Quando ha smesso di venire, sapevo che aveva un motivo valido. Mi piaceva immaginarlo su una nave da qualche parte, la marina mercantile o forse aiuto cameriere su uno yacht privato, mio padre che ancheggiava tra il sartiame urlando *Ehi, laggiù!* e *Terra in vista!*, facendo fortuna così sarebbe potuto tornare davvero per portarmi via.

Ma come mi avrebbe trovata a Battle Creek? Ce la cavavamo bene nel New Jersey, noi due da sole, io che facevo qualunque cosa mi passasse per la testa e mia madre che me lo permetteva. Io le restituivo il favore fingendo di bermi la sua definizione flessibile di "fare la cameriera" e ignorando la sfilata di uomini tristi e solitari, i rivenditori di automobili e i turisti ubriachi. Poi è arrivato il Bastardo, un depravato in completo di lana uscito direttamente da *Il popolo dell'autunno*. Il Bastardo James Troy, e come è ironico che il tuo padre vero e il mio finto abbiano lo stesso nome, nello stesso modo in cui un prefabbricato e Buckingham Palace si chiamano entrambi edificio.

Il mio James si comportava come se fosse ancora nell'esercito anche se non ci era mai stato davvero, a meno che non contassi il congedo con disonore dalle riserve dopo meno di sei mesi. Chi aveva bisogno di una medaglia quando potevi essere un soldato dell'esercito di Dio, che combatteva la battaglia giusta facendo il volontario nel call center della Christian Coalition? Il suo bene più prezioso era una foto incorniciata e autografata di George Bush. Reagan, persino Nixon, forse potevo rispettarli, ma che razza di fesso borghesuccio se lo fa diventare duro per George H.W. Bush?

Il mio James, lo chiamava lei fin dall'inizio. *Il mio James* sa come vanno le cose, a differenza di quella stronza di sponsor del gruppo di recupero fissata con lo Xanax, come se, senza birra, non ci fosse bisogno di qualcosa per sdrammatizzare. *Il mio James* sa guidare; *il mio James* prepara la cena; *il mio James* dice che l'aborto è peccato... *e comunque ha sempre sognato di essere padre e tu hai sempre sognato di fare la sorella maggiore e guarda che bell'anello.*

Le persone crederanno che sia mio, ho detto. Che tu fai da madre a tuo nipote per amor di decenza, e ha risposto che la conoscevano abbastanza bene per sapere che non faceva niente per amor di decenza.

Pensava di stare meglio con lui che senza di lui e forse era vero, ma il semplice fatto che il cibo per cani abbia un gusto migliore della merda di cane non significa che tu abbia voglia di mangiarlo a cena. Quando il cibo per cani ottiene il trasferimento nella sede di un'azienda, situata in una posizione vantaggiosa trenta chilometri oltre la culonia, non per questo agganci il rimorchio e sfrecci verso il tramonto, ascoltando Barry Manilow e fermandoti a pisciare ogni venti minuti perché hai il futuro fratellino inginocchiato sulla vescica.

Nessuno dovrebbe trasferirsi a Battle Creek in estate. Insomma, ovviamente nessuno dovrebbe trasferirsi a Battle Creek, punto e basta, ma alcuni di noi non hanno avuto voce in capitolo e dovrebbero almeno essere esonerati dall'arrivare in estate, scendendo dal furgone con l'isolamento merdoso per dare una bella occhiata alla casa con l'isolamento merdoso e subire una combustione spontanea prima di arrivare a metà del vialetto.

In estate Battle Creek puzzava di merda di cane fritta. Gli abitanti sembravano non accorgersene, forse perché non conoscevano altro. Come il cosiddetto lago, coperto da così tante alghe che non ti rendevi conto della presenza dell'acqua lì sotto a meno che non entrassi, cosa che non avrebbero fatto neppure gli scemi del posto, perché Dio solo sapeva cosa vivesse in quella fanghiglia tossica. O nella piscina pubblica con la sua acqua verde vomito, il colore del cloro mescolato al piscio. Ma o era la piscina o il lago o il minimarket puzzolente di disgustosi panzerotti di carne arrostiti nel copricalorifero, perché in estate, a Battle Creek, non c'era letteralmente nient'altro da fare.

A meno che non volessi tapparmi in casa per due mesi e, quando tutto si riduceva a una casa contenente il Bastardo e il suo feto tecnicamente non bastardo, l'agorafobia era fuori questione.

Ho cominciato a passeggiare. Non è la città più adatta, in nessuna stagione e soprattutto non in estate, ma era un modo come un altro per passare il tempo. Se sei prigioniero in territorio nemico, è più sicuro sapere come stanno le cose. Non che ci fosse granché da sapere: la cazzo di strada principale chiamata letteralmente Main Street, il quartiere merdoso a sud e quello un po' meno merdoso a nord, troppi negozi di seconda mano e ancora più vetrine sbarrate da tavole di legno, la scuola simile a un carcere e la stazione di servizio con in cima l'hot dog gigantesco. Tutto quel camminare, e solo quando ho esaminato una mappa mi sono accorta che la città ha la forma di una pistola, con il bosco che sporge come un grilletto.

Era una giornata calda e umida quando mi sono imbattuta in Nikki nel bosco, l'aria arroventata, entrambe che arrancavamo verso il terzo anno, i top praticamente trasparenti, i capezzoli che spuntavano dal cotone sudato, anche se lei non era in condizione di notarlo. A settembre saremmo state nella stessa classe, perciò io sarei stata il suo suddito e lei la mia regina, ma non lo sapevo e non me ne sarebbe importato niente comunque, e forse è stato quell'insondabile spiraglio di oscurità ad attirare la sua attenzione.

Nikki Drummond, ubriaca alle tre di un martedì pomeriggio, la principessa di Battle Creek in disgrazia. Si era appoggiata a un albero nella palude, una bottiglia di vodka sulle ginocchia, la sigaretta in bocca e solo i capelli biondi sfibrati – *letteralmente* cento colpi di spazzola a sera, è saltato fuori – mi hanno rivelato che con ogni probabilità, nella luce cupa dell'autunno, non era il mio genere di persona. Ma all'autunno mancavano due mesi e mi annoiavo, così quando Nikki mi ha offerto la bottiglia mi sono seduta e ho bevuto un sorso.

Ti stupirebbe sapere che all'epoca passeggiavo tutto il tempo nel bosco? Ecco un'altra bugia bell'e buona, che fossi una creatura acquatica immaginaria, impaurita dagli alberi per natura. Il bosco non era il mio genere di posto, con le sue ombre e la musica di sussurri nella brezza; era il *mio* posto, quel labirinto verde in cui potevo fuggire e inventare una piccola fantasia tutta mia. Il sentiero più vicino tra gli alberi iniziava a meno di un chilometro e mezzo dalla casa ma, dentro, il verde era impenetrabile e silenzioso e sembrava a un milione di chilometri dal Bastardo e da Battle Creek. Avrei potuto essere l'ultima persona sulla terra, tutto e tutti disseccati tranne me e gli alberi, i vermi e i cervi. Mi piaceva quando le foglie diventavano così fitte che non vedevi il cielo.

Il primo giorno in cui sono incappata nella vecchia stazione ferroviaria ho fatto un respiro e mi sono chiesta se l'avessi materializzata con la forza di volontà. Perché quello era il limite della civiltà, la stazione abbandonata, le rotaie arrugginite e un gigantesco carro merci assopito tra le erbacce. Probabilmente tu avresti perso tempo a cercare di immaginare te stessa nel passato, un'epoca fiorente di signore con il parasole e uomini con la valigetta, il cappello di feltro e posti importanti dove andare, ma a me piaceva così com'era, spruzzata di graffiti sbiaditi, piena di vetri rotti e bordi seghettati, smarrita nel tempo. È stato il primo luogo dall'aria pericolosa che ho trovato, il cuore in putrefazione di Battle Creek. Era la terra dell'apocalisse e mi sentivo a casa.

Puoi immaginare cosa ho provato quando ho visto Nikki che sconfinava nella mia storia.

«Non ti conosco» ha detto, come se esistere senza che lei ne fosse consapevole fosse il peggior tipo di peccato. Come se l'intrusa fossi *io.*

«Neanch'io conosco te.» Ho bevuto un'altra sorsata prima che si riprendesse la bottiglia.

«Io conosco tutti.»

«Non si direbbe.»

«Tutti. Tutto. Cosa devi fare dopo aver fatto tutto? Eh? Cosa?» Nikki Drummond che strascicava le parole, rivelando la sua crisi esistenziale all'ultima arrivata in città.

«Dubito fortemente che tu abbia fatto tutto. Vivi *qui.*»

«Io *comando* qui» mi ha corretto.

Ho riso. All'epoca non la conoscevo abbastanza bene da capire quanto dovesse essere ubriaca per non cavarmi gli occhi.

«Mi sono fatta Craig» ha continuato. «Me lo sono fatto e fatto e fatto e noia noia noia.»

«Mentre scommetto che lui ti trova affascinante.»

Ha battuto le palpebre dei suoi occhioni azzurri; ha sorriso. Nikki si avvicinava di soppiatto al mondo come un gatto, ma quel pomeriggio somigliava di più a un tigrotto che penzolava da un ramo in un insulso poster motivazionale: *Tieni duro!* Munito di artigli, ma adorabile.

Lacey Champlain nel bosco, con un coltello sul tuo cuore, perché è questa la verità: prima di te c'è stata Nikki Drummond.

Abbiamo bevuto; lei ha parlato. Ho ricevuto una panoramica completa del mondo secondo Nikki, com'era essere perfetti e popolari, essere Nikki-e-Craig, come Barbie-e-Ken, essere scritti nelle stelle, se le stelle fossero un annuario rilegato con i punti metallici e se l'inchiostro fosse sperma e birra. Ha detto che erano fatti uno per l'altra e che se non avesse potuto amare lui non sarebbe riuscita ad amare nessun altro.

«Mollalo» ho suggerito.

«Già fatto. Non ha funzionato.»

Troppo pigra e troppo annoiata per fare qualcosa di diverso dal prendermi una sbornia colossale e piagnucolare un martedì pomeriggio. Che tragedia, vero? Dov'erano gli spot pubblicitari motivazionali con Sally Struthers, dove la promessa che *persino tu* potevi fare da magnaccia a Nikki in cambio di qualche centesimo al giorno?

«Certe volte mi annoio al punto che vorrei morire, cazzo» ha ripreso. Eravamo sedute fianco a fianco, con le gambe che penzolavano sopra i binari. «Ti senti mai così?»

Volevo essere una persona diversa. Non ero la ragazza che ero stata nel New Jersey. Non ero più la ragazza di Shay, il tipo che si adeguava se le persone sbagliate stavano guardando e diceva *Sì, come vuoi* quando la risposta era *Scordatelo, cazzo;* non ero la ragazzina di papà ormai da tempo e mia madre aveva un nuovo bambino da rovinare. Ero la ragazza di Kurt e avevo bisogno che questo significasse qualcosa. Così forse sono stata io ad attraversare lo spazio tra noi e a sbavarle il lucidalabbra color pastello, ma per come me lo ricordo lei era già lì e le nostre labbra e poi le nostre lingue e infine il resto di noi si sono uniti come se questo fosse stato il piano fin dall'inizio.

Probabilmente immaginerai qualcosa di porno, lotte con i cuscini di piume che esplodono e fattorine della pizza che vogliono assaggiare i tuoi peperoni. *Sembrava* porno, il che lo ha reso interessante. Sembrava sudicio, letteralmente, rotolarsi nel fango, i rametti impigliati nei capelli, la pelle impiastrata di ghiaia e muschio, ansimanti, sudate e gementi, due ragazze selvagge allevate dai lupi.

Dunque è così che è iniziata: per caso, ma anche no. Abbiamo deciso di rivederci l'indomani, stesso posto, stessa ora, stessa bottiglia di vodka, solo che questa volta è arrivata con Craig Ellison al seguito, Mr. Sexy e Noioso, come lo ha presentato. Lui aveva saputo dell'accaduto e voleva partecipare.

«Guardo e basta» ha promesso, e in effetti quella volta non ha fatto altro.

LORO

6

La madre di Dex era consapevole che avrebbe dovuto temere per sua figlia. Questa, le avevano detto, era la tragedia di mettere al mondo una femminuccia. Vivere nella paura. Era il destino di qualunque genitore, forse, ma lo speciale legame tra madre e figlia, una donna che ne cresceva un'altra, sapendo fin troppo bene cosa poteva succedere. Era questo che stava in agguato anche nelle sale parto più fortunate, quelle i cui palloncini urlavano *È una bambina!*: sigari rosa, pagliaccetti a fiori e paura.

Così le avevano detto.

Ora avrebbe dovuto essere più terrorizzata che mai. Ora erano tutte più terrorizzate che mai, le madri di Battle Creek, perché qualunque illusione avessero sui loro figli, sulla loro casa e sulla certezza che il futuro sarebbe stato tranquillo come il passato era stata infranta dalla pallottola che il giovane Ellison si era sparato nel cervello. E la madre di Dex *aveva* avuto paura, quella prima notte. Lei e Jimmy erano rimasti sulla soglia della camera della figlia, guardandola dormire, immergendo la punta di un piede nell'inimmaginabile. Avevano contato i suoi respiri, il calmo alzarsi e abbassarsi del petto, e la madre di Dex aveva sentito i propri polmoni che sospiravano a ritmo con i suoi, respirando per lei come aveva fatto quando era una neonata, quando si sedeva accanto alla culla, i polpastrelli leggeri posati sul petto della piccola, perché solo sentendo il ritmo del respiro e il palpito del cuore, un momento dopo l'altro, poteva essere certa che la bambina fosse ancora viva.

Avevano deciso che sarebbe stato tutto diverso, dopo la tragedia. Non c'era nulla di diverso, ovviamente, perché non era la loro tragedia e la madre di Dex era abbastanza insofferente verso le madri di Battle Creek che parevano incapaci di comprendere questo fatto elementare. I ragazzi non avrebbero dovuto essere vulnerabili; sovvertiva l'ordine naturale delle cose, un ragazzo che cadeva vittima del dolore. Quella era una prerogativa delle ragazze. Così forse era comprensibile che cercassero altre risposte, quelle madri, ancora intente a blaterare dopo tutti quei mesi di cosa fosse successo *davvero*, di influssi demoniaci e sette sataniche, di heavy metal e sacrifici di sangue, ma la mandavano su tutte le furie, tutti quei mostri intrappolati sotto il letto, come se questo le esonerasse dal preoccuparsi delle cose importanti, delle overdose, degli schianti in auto, dell'AIDS e, soprattutto nel caso delle madri di figli maschi convinte che ci si dovesse preoccupare solo per le femmine, crescendo senza volerlo piccoli protostupratori secondo cui invitare a cena una ragazza significava farla sbronzare abbastanza perché inghiottisse un grumo di sperma senza lamentarsi. La madre di Dex non conosceva il giovane Ellison, ma conosceva molti ragazzi come lui. C'erano sempre stati ragazzi come lui. Ed era sicura che in qualunque guaio si fosse cacciato, se c'era un guaio, probabilmente se lo era cercato da solo. Tutte quelle madri, così in pensiero per le cose terribili che sarebbero potute succedere ai loro figli, così riluttanti a riflettere sulle cose che i loro figli avrebbero potuto *far* succedere. Forse era per questo che la madre di Dex non era mai riuscita a raccogliere molta paura per la figlia. Sua figlia non era il tipo da far succedere le cose.

La madre di Dex sapeva benissimo che imbarazzava sua figlia, ma sua figlia non poteva sapere quanto lei imbarazzasse sua madre. Che anche lei sognava spesso una figlia diversa, più carina, più felice, immaginava di sfoggiarla davanti a un mondo ammirato, *guardate la mia splendida creazione e meravigliatevi di ciò che ho generato.*

Hai partorito una figlia; l'hai allattata, le hai fatto il bagnetto, l'hai asciugata, amata, tenuta in vita finché è cresciuta; poi è cresciuta. Brutta, imbronciata e con l'unica aspirazione di essere una figlia senza madre.

La madre di Dex, checché ne dicessero il marito e la figlia, aveva in realtà un sano senso dell'umorismo. Per molti anni, per esempio, aveva trovato la vita divertente. Poi tutto ciò che era stata e che voleva era stato levigato, i bordi smussati in una superficie piatta e anonima. La madre di Hannah Dexter. La moglie di Jimmy Dexter. *Tu* quando c'era bisogno di qualcosa; *lei* in caso contrario. Aveva la sensazione, certe volte, che una gamma apparentemente infinita di scelte si fosse rivelata un imbuto, che la vita si restringesse a una decisione sbagliata dopo l'altra, che ogni errore dimezzasse le alternative, facendola precipitare sempre di più finché non restava altro posto in cui cadere se non un piccolo buco buio senza fondo.

Scegliere la propria vita, era quella l'ironia. Lei aveva scelto Jimmy Dexter, sì, ma solo dopo che lo Stato aveva scelto di toglierle la borsa di studio perché il governatore aveva scelto di tagliare i fondi per l'istruzione; aveva scelto l'affascinante chitarrista con il sorriso sghembo, sì, quello che la teneva sveglia tutta la notte declamando Vonnegut, discutendo del Vietnam e permettendole, in una nebbia di fumo e farneticamenti pseudointellettuali a base di LSD ai limiti della percezione, di fingere di essere ancora al college, ma aveva scelto *quel* Jimmy, non quello che non capiva perché non dovesse suonare la chitarra mentre la bambina dormiva o perché il fasciatoio non fosse adatto per arrotolarsi gli spinelli. Si erano innamorati perché entrambi volevano disperatamente la stessa cosa: una vita migliore. Una vita più grande. Non le era mai venuto in mente che era importante stabilire come ottenerla. Lei credeva nel lavoro; lui nella speranza. Ecco l'ironia più grande: era saltato fuori che non volevano affatto la stessa cosa.

Si erano svuotati a vicenda, lei e Jimmy, e ora non erano buoni per nessuno se non uno per l'altra. Nella maggior parte dei giorni pensava che non era una sorte peggiore di quella di chiunque altro, che il mondo era pieno di gusci vuoti, sorridenti e determinati ad andare fino in fondo. Certi giorni, però, quelli storti e quelli migliori, pensava di fuggire.

Presto sua figlia sarebbe partita per il college. Quando fosse arrivato il momento, ragionò la madre di Dex, sarebbe partita anche lei. Temeva quasi che lui la lasciasse per primo, solo che se Jimmy avesse avuto il fegato di mollarla, forse lei avrebbe trovato il fegato di amarlo ancora e di rimanere. Voleva che sua figlia se ne andasse in modo che potessero procedere; voleva che sua figlia restasse, voleva tenere duro e urlare *smetti di crescere smetti di cambiare smetti di allontanarti*, poi era entrata in scena Lacey e presto non ci sarebbe più stato nulla a cui aggrapparsi perché, pezzo dopo pezzo, Lacey stava portando via sua figlia.

La madre di Dex sapeva cosa significava perdersi in qualcuno di più luminoso, essere intrappolati nel campo gravitazionale di un altro sole. Sapeva cosa succedeva quando emergeva che il sole era solo una lampadina, e cosa succedeva quando la lampadina si fulminava. Non sembrava giusto che i suoi errori non fossero stati geneticamente codificati in sua figlia, che non ci fosse stato un adattamento evolutivo, una resistenza biologica innata alla luce e al fascino. Pur vergognandosi, provava invidia guardando sua figlia che si innamorava, e come altro si poteva definire il suo stato d'animo? Invidia, malinconia, rimpianto della gioventù e forse persino nostalgia dello strimpellio della chitarra di Jimmy e del modo in cui i suoi occhi l'avevano sempre individuata tra una folla sparpagliata, fissandola a ogni triste testo che cantava. Ma più di ogni altra cosa la faceva sentire la madre di una figlia, come se avesse fatto la comunione e aderito a una confraternita di donne attraverso la distanza e il tempo, perché finalmente, come promesso, la madre di Dex aveva paura.

NOI

Aprile - luglio 1992

7

DEX

Il cortile del diavolo

La prima volta che Lacey mi fece sballare non successe granché. Lacey disse che i funghi erano troppo vecchi, e in ogni caso l'amico del cugino del suo postino non era esattamente il fornitore più affidabile, perciò chissà cosa ci aveva rifilato. Io, invece, ero andata a caccia di erba; l'erba era ovunque e, a quanto ne sapevo, non ti riduceva il cervello in pappa, checché ne dicessero gli spot pubblicitari. Ma lei sosteneva che l'erba era da plebei.

La seconda volta che mi fece sballare andammo in chiesa.

Non a Battle Creek, ovviamente. Ci spostammo a Dickinson, tre città più in là, e ci fermammo davanti al primo edificio sormontato da una croce che riuscimmo a trovare. Facemmo ciao con la mano ad alcune vecchiette che zoppicavano dall'altra parte del parcheggio e, dato che non erano vecchiette di Battle Creek, risposero al saluto. Scommetto che hanno pensato *Che brave ragazze.*

Sgranocchiammo i funghi. Lacey mi leccò la guancia, come faceva ogni tanto quando era di buonumore, rapida e guizzante come un gatto. «*Cosa farai senza di me non so immaginarlo*» diceva facendo le fusa. Avevamo appena letto il *Pigmalione* in inglese e quella battuta la mandava in visibilio. A me ne piaceva un'altra – *Ma non posso accendere la tua anima. Lasciameli, i sentimenti; invece puoi portarti via la voce e il volto, che non sono te* – ma era più difficile da infilare nella conversazione.

«Secondo te, quando inizia?» chiesi. L'ultima volta avevamo sminuzzato i funghi e li avevamo mescolati con il budino al cioccolato per mandarli giù. Questa volta optammo per il purismo. Era come mangiare polistirolo.

«Forse è già iniziato.» Rise. «Forse non sono nemmeno qui e tu mi stai solo immaginando.»

Le alzai il dito medio ed entrammo.

Era stata una sua idea accomodarci sulle panche di legno e aspettare che succedesse qualcosa. Aveva letto di un esperimento in cui un gruppo di persone si era sballato per la messa di Pasqua e aveva avuto un'esperienza religiosa trascendente, così inghiottimmo, chiudemmo gli occhi e – a scopo puramente scientifico, disse – restammo in attesa della trascendenza.

Lacey ripeteva sempre che i trip altrui erano noiosi quanto i sogni altrui ma, quando finalmente iniziò, in quella chiesa, non mi ero mai sentita più sfrenatamente e indelebilmente me stessa. Come se il mondo si stesse ricreando apposta per me, le pareti che sussurravano un messaggio sacro, la voce del ministro luce azzurra e caffè caldo che mi scivolava lungo la gola fino al mio io segreto, e io ero un *io* come non lo ero mai stata, la vita era una domanda e solo io conoscevo la risposta e, se avessi chiuso gli occhi, il mondo fuori, i colori, i suoni e le facce che esistevano solo per compiacermi, sarebbero scomparsi.

In quella chiesa non scoprii un dio; ne diventai uno.

Il ministro disse il diavolo è tra voi.

Il ministro disse il male è in città e "il salario del peccato è la morte".

Il ministro disse che le vacche morivano, che le galline venivano massacrate e che i gatti morti venivano appesi ad alberi in fiamme, e questa è la prova di cui avete bisogno per convincervi che siamo alla fine dei tempi, che l'inferno incombe su di voi, che le dita fredde di Satana vi stringono nella loro morsa, che qui, là e ovunque i bambini muoiono, i bambini uccidono e i bambini sono in pericolo.

Il ministro allungò le mani verso la congregazione, verso di *noi*, e sentii le sue dita fredde sulle labbra di Lacey, perché le sue labbra erano le mie labbra, perché quel che era suo era mio. Il ministro disse il diavolo vi accompagnerà all'inferno cantando ma, quando sollevò le mani, il coro cantò con la voce di Kurt, rauca e bramosa, le tuniche bianche, gli occhi neri, e la voce di Kurt cantava il mio nome, diceva *tu sei sempre stata mia*. Gli occhi del ministro ardevano, le pareti sanguinavano e le persone, quelle brave persone devote e timorate di Dio si voltarono verso di noi, poi Lacey mi premette la mano calda sulla bocca, come se sapesse prima di me che stavo per urlare.

Mi appoggiò l'altra mano sulle ginocchia, le dita strette a pugno, poi schiuse, e c'era un fiore che si era disegnata sul palmo con l'inchiostro. Allora smisi di urlare. Guardai il fiore. I petali gocciolavano colore dalla sua pelle. Brillavano verdi come gli occhi di Lacey, rossi come le labbra di Lacey e rosa come la lingua di Lacey. Il fiore bisbigliava con la voce di Lacey e mi diceva che non c'era nulla da temere. Crederle era come respirare.

Quando la funzione finì, mi prese per mano e mi condusse fuori. Le sue labbra mi sfiorarono l'orecchio, odorava di erba e, quando sussurrò: «Ti stai divertendo?», la nostra risata aveva il sapore della cocaina.

Il *divertimento* era indegno di noi. Il *divertimento* era per Battle Creek, per i perdenti che trascinavano sei birre nel bosco e si palpeggiavano al buio. Non per noi; noi ci saremmo sballate solo per uno scopo più nobile, aveva decretato Lacey. Saremmo state filosofe; ci saremmo dedicate a tutte le forme di evasione. Dopo la funzione ci saremmo rifugiate in un prato deserto e avremmo ingannato il tempo finché fossimo tornate al presente assetate di Bellezza e Verità. Saremmo rimaste sdraiate sull'erba, avremmo scrutato il cielo in cerca di risposte, ci saremmo date all'arte, avremmo fatto qualcosa per diventare reali.

Questo era il piano prima, quando era parso tutto chiaro, ma adesso era dopo, argenteo e strano. E quando andammo nel prato, sobbalzando e urtandoci sul retro di un pick-up, non ci andammo da sole.

Ragazzi: alcuni con le magliette della chiesa e le scarpe lucide, altri con le camicie di flanella, i jeans e gli anfibi sporchi. Tutti con le dita appiccicose di birra e il fiato puzzolente, tutti ragazzi che non conoscevamo e che non ci sarebbero mai piaciuti, con facce sfocate e mutevoli, estranei determinati a restare sconosciuti. Non riuscii a tenere il conto: erano tanti o pochi? Li avevamo supplicati di portarci con loro oppure li stavamo supplicando di lasciarci andare? Aspettai che Lacey mi dicesse che non stava succedendo, ma lei si lamentò solo di dover arrancare nel fango e respirare merda, quindi domandò se, finché fosse arrivato il momento, potesse portare l'ascia.

Uno dei ragazzi, mi accorsi allora, aveva un'ascia.

Il cielo si tingeva di rosa, le mucche che muggivano soffiavano fuoco come mostri fiabeschi e udii la mia voce dire *non potete.*

«Mangi gli hamburger, vero?» chiese un ragazzo.

Sentii Lacey che rideva e capii che dovevo averlo immaginato.

«Sono mia proprietà» intervenne un altro. «Sono io a decidere se vivono o muoiono. Sono il loro dio.»

Sapevo che non era proprio così, ma le parole per smentirlo erano scivolose. Prima che potessi tirarle fuori dalla nebbia, un'ascia fischiò affondando nella pelle coriacea, il sangue schizzò e io e l'animale urlammo all'unisono.

Birra appiccicosa, sangue appiccicoso. Ragazzi che ridevano, alzando il dito medio a una faccia immaginaria nel cielo. Lacey che rideva, chiedendo di tenere l'ascia. Le mani di Lacey sull'ascia e le mie mani sull'ascia. Quel che è suo è mio. Una voce che dice *non fare la femminuccia,* una voce che dice *per favore non costringetemi,* due ginocchia sul terriccio, un pugno in una ferita fumante, dita insanguinate che disegnano una stella a cinque punte sull'erba, un respiro, bisbigli, lacrime. Una voce che si spaccia per Lacey, parole impossibili che incidono fuoco nel cielo.

«Scambiamo questo sangue con il sangue dei nostri nemici. Distruggiamoli.»

Poi era buio e io ero in un fienile, stesa sul fieno, e rinvenni mentre una mano fredda si insinuava nelle mie mutandine.

Dite di no, ci avevano raccomandato a scuola quando eravamo troppo piccole per immaginare quell'eventualità, così ora lo dissi: «No», e tirai fuori la mano e spinsi via il corpo.

«Dai.» Il ragazzo strofinò il naso contro il mio petto. Capelli rossi, notai disgustata. Lacey era stretta tra un campagnolo dalla camicia a scacchi e una balla di fieno, con indosso solo il reggiseno e gli anfibi.

I ragazzi del prato, conclusi, quindi scacciai quel pensiero.

Mollai un ceffone al rosso e dissi di nuovo no.

«Lei ha detto che mi trovavi carino» piagnucolò.

Lo guardai, lentiggini e sorriso storto, occhi piccoli e luccicanti e guance paffute, e pensai: *Forse*. Ma carino non significava che desiderassi quella cosa animalesca, umida e goffa, ossa e carne. Il mio primo bacio era arrivato dalla parte sbagliata di una sfida, la punizione di qualcun altro; il secondo era arrivato al buio, l'errore di qualcun altro. Questo era il fortunato numero tre e, quando mi alzai, osservò: «Non becco mai quella arrapata», quindi si fece una sega nel fieno.

«Lacey» dissi, e probabilmente piangevo. «Lacey.»

Fece un verso. È difficile parlare quando la tua lingua scrive messaggi in un'altra bocca.

«Lasciali in pace.» Il rosso aveva le unghie incrostate e i brufoli gialli, e capii senza controllare che nemmeno io avevo beccato quello arrapato.

«Lacey, voglio andare via.» E forse mi costrinsi a piangere, perché il pianto era una cosa a cui lei non sapeva resistere.

«Può aspettare?» Non mi guardò. Il ragazzo di flanella la piegò sopra la balla e le baciò la spina dorsale nodosa. «Solo ancora un po' di più...»

Lui rise. «Per il "po' di più" non c'è problema.» Le sue mani sporche erano su di lei, le dita imbrattate di olio per motori.

Lacey ridacchiò. Continuavo a sentire l'odore del sangue.

Un respiro caldo sulla mia nuca e: «Non preoccuparti, bambolina, non lascerò che ti annoi».

«Lacey» dissi. «Lacey. Lacey. Lacey.» Funzionò. Una preghiera; un invito. I miei poteri magici, la mia voce incrinata o semplicemente il suo nome, come il testo di una canzone preferita, che la chiamava verso casa.

«Non puoi farla stare zitta?» protestò Flanella, ma Lacey gli sgusciò tra le gambe divaricate e raccolse i vestiti. Mi accarezzò la guancia. «Vuoi davvero andare via, Dex?»

Annuii.

«Allora andiamo.»

Flanella sghignazzò dilatando le narici. «E noi cosa facciamo?»

«Succhiatevelo a vicenda, per quanto me ne frega.»

Lacey mi prese per mano e ci mettemmo a correre.

«Scusa» dissi quando fummo al sicuro in macchina, con i finestrini abbassati, la voce graffiata di Kurt che fluttuava dietro di noi, i ragazzi, il prato, la chiesa e la notte che rimpicciolivano fino a diventare una storia di cui avremmo riso.

«Scusa per cosa?» Lacey accelerò come faceva sempre quando si annoiava, e immaginai le dita del suo piede che si arricciavano sul pedale sudicio. Amava guidare scalza.

Non chiedevamo mai scusa. Era una regola. Non una all'altra, non una per l'altra. Facevamo le nostre scelte. Avevamo fatto quello che avevamo fatto con i ragazzi nel prato, quello che avevamo fatto sull'erba, nel sangue e tra il fieno. Proseguimmo senza guardarci indietro. Il giorno dietro di noi si stava appannando e mi sforzai di permetterglielo. Mi sforzai di non provare vergogna.

Dormimmo fuori quella notte e ci svegliammo umide di rugiada. Dissi a me stessa che non era successo niente, né lo scintillio dell'ascia né l'intestino che fumava sotto i raggi della luna, né i ragazzi nel prato né il fienile. Considerando come mi sentivo, intenta a galleggiare tra i cuscini di erba e di cielo, fuori dallo sballo ma non del tutto, era facile crederci.

Lacey aveva promesso che non ci sarebbero stati postumi. Non mi aveva detto che sarebbe stato il contrario, che mi sarei svegliata ancora con la sensazione di poter volare.

La ascoltai respirare e cercai di sincronizzare l'alzarsi e l'abbassarsi del mio petto a quelli del suo. Contai le nuvole e aspettai che si svegliasse, non annoiata, non impaurita, semplicemente viva per il fatto di percepire il solletico dell'erba e il sospiro del vento. Fu solo quando batté le palpebre, quando vide la mia faccia e disse allegramente: «Buongiorno, Lizzie Borden» che mi lasciai ricadere a terra con un tonfo. Lizzie Borden, che aveva ucciso i genitori a colpi d'ascia.

Mi alzai a sedere. «Lacey.» Deglutii. «Ieri sera...»

Studiò la mia espressione. Tornò seria. «Respira, Dex. Niente scenate prima del caffè.»

«Ma quello che abbiamo fatto...»

«Tecnicamente sei voluta andare via *prima* che facessimo qualunque cosa.» Rise. «Che faccia hanno fatto quei due deficienti!»

«Non nel fienile.» Non sapevo perché stessi ancora parlando. Se non l'avessi evocato, forse avrei potuto cancellarlo. «Prima.»

«Già, dobbiamo cambiarci prima che qualcuno ci veda.» Si guardò e mi resi conto che le macchie sulla sua maglietta erano di sangue. Anche quelle sulla mia.

Scossi la testa. Girava tutto.

«No.» Posò le mani sulle mie. «No, Dex. L'avrebbero fatto anche senza di noi.»

Fu la punta di certezza nella sua voce, forse, a richiamare il ricordo di una vecchia assemblea, le parole vaghe della funzione mattutina, e i pezzi del puzzle si incastrarono tra loro. «Lo *sapevi*» dissi, certo che lo sapeva. L'aveva sempre saputo. «Hai scelto apposta quella città.»

«Ovvio. Ero curiosa. Tu no?»

Conoscevo la risposta giusta: la curiosità avrebbe

dovuto essere la nostra linfa vitale, sempre.

«Cosa credi che facciano alle mucche in quella fattoria, Dex?» continuò vedendo che tacevo. «Non siamo mica nella *Tela di Carlotta*.»

«Là era un maiale.»

«E l'avrebbero macellato, no? È così che funzionano le fattorie. Non è come uccidere il gatto di qualcuno o roba simile.»

«*Hanno* ucciso il gatto di qualcuno?»

«Sei sicura di voler sentire la risposta?»

Silenzio, rotto solo dagli insetti, dagli uccelli e dal vento.

«Ti sei divertita» riprese, e sembrava un'accusa. «Ridevi. Solo che non te lo ricordi.»

«No. *No*.»

«Hai capito che è stato solo uno scherzo macabro, vero? Un gruppo di contadinotti scemi che cercava di spaventare i genitori. Nessuno ha tentato davvero di evocare il demonio.»

«Certo che l'ho capito.» Quello che non avevo capito, almeno non con lo stesso grado di sicurezza, era se avesse importanza. Il sacrificio era uno scherzo, forse, ma il sangue non era sempre sangue, un cadavere sempre un cadavere?

«Comunque non è un crimine contro natura guardare persone stupide che fanno cose stupide» affermò Lacey.

«Ma non ci siamo limitate a guardare... giusto?»

«Che cosa credi?» Rise. «Di aver contribuito a mettere fine alle sofferenze della povera piccola Bessie? *Tu?*»

Ero seduta con le gambe incrociate e Lacey si spostò

fino a piazzarsi di fronte a me nella stessa identica posizione. Gioco dello specchio, lo chiamavo quando ero piccola, infliggendolo ai miei genitori senza preavviso. Mia madre lo odiava. Mio padre, che durante un corso di recitazione aveva imparato a piangere a comando, vinceva sempre. Se io e Lacey avessimo giocato, pensai, la partita sarebbe potuta durare in eterno.

Mi prese le mani. «Cosa ti ricordi, Dex? Seriamente.»

Scrollai le spalle. «Quanto basta?»

«Ricordo la mia prima volta. Sembra tutto una specie di sogno, vero? Non sei sicura di cosa sia reale e cosa no?»

Feci sì con la testa. «Per te non è lo stesso? Per te è tutto chiaro?»

«Limpido. Perciò posso raccontarti quello che è successo, con tanto di dettagli vividi, oppure...»

«Oppure?»

«Oppure mi credi quando ti dico che è tutto a posto. Che le cose belle sono successe e quelle brutte sono state un sogno. Permetti a me di ricordare e a te stessa di dimenticare. Ti fidi di me, no?»

«Lo sai che mi fido.»

«Allora?»

«Allora okay. Sì. È tutto a posto.»

Sorrise. Sorrisi. Era così che funzionava il gioco.

«Non ti sei pentita, vero?» chiese Lacey, e capii, perché lo capivo sempre, cosa intendeva. Mi ero pentita non solo delle cose che erano successe nel prato e di quelle che non erano successe nel fienile, e non solo della chiesa e dei funghi, ma di tutto l'antefatto, pentita di Lacey e Dex, pentita di essere lì con lei in quel prato, umida, tremante e sporca di sangue, pentita di essere stata con lei ovunque? Sapevo cosa aveva bisogno di sentirsi dire. «Mai pentirsi, ricordi?»

Mai pentirsi, mai avere paura, mai stare attenti. Erano quelle le regole di Lacey. Rispetta le regole, vinci la partita: mai restare soli.

Dobbiamo essere andate a lezione; dobbiamo avere scribacchiato uno o due temi di inglese, chiacchierato del più e del meno con genitori e insegnanti, svuotato le lavastoviglie e rasato i prati, riscaldato la pizza surgelata per le cene solitarie davanti alla TV, premuto il pulsante Snooze per posporre di qualche minuto la sveglia delle sei, esserci fatte largo tra i banali detriti della vita alle superiori, ma non è questo che ricordo. Da qualche parte lì fuori, la *line dance* spopolava nella nazione, Los Angeles esplodeva per il pestaggio di Rodney King, Bill Clinton non inalava marijuana, George Bush vomitava sul Giappone, una schizzata di Long Island sparava in faccia alla moglie del suo amichetto, una nuova Europa usciva rosicchiando dal cadavere dell'URSS e la storia ci rimaneva ufficialmente secca. Niente di tutto questo ci scalfì. Eravamo noi il nostro mondo. Ricordo di essere sfrecciata in autostrada sulla Buick di Lacey, di aver provato a infilare la sua unica cassetta dei Pearl Jam nel registratore, la pioggia che mi bersagliava la faccia nelle serate tempestose perché il finestrino del passeggero era bloccato a metà, noi due un tutt'uno con la macchina e con la strada, Lacey sempre al volante benché promettesse ogni giorno di insegnarmi a guidare. Eravamo al top quando eravamo in movimento.

Una volta viaggiammo per tutta la notte, Lacey che

beveva Diet Coke mentre io cercavo i cartelli delle uscite e scrivevo i nostri nomi sul finestrino appannato. Quando raggiungemmo il George Washington Bridge, Lacey fermò la macchina sul lato del New Jersey e guardammo la città svegliarsi con un gemito. Poi facemmo inversione e tornammo a casa. Perché non si trattava di *andare* a New York, disse Lacey. Si trattava di dimostrare che ne eravamo *in grado*. Andare effettivamente a New York era un'altra cosa da plebei. Troppo scontata, aggiunse. Quando fossimo fuggite, la nostra meta sarebbe stata Seattle. Avremmo preso un appartamento vicino al caffè *Crocodile*, dove avremmo fatto da cameriere, così avremmo scroccato drink gratis e saremmo andate a letto con le band. Avremmo avuto un pouf a sacco e un gatto di nome Ginsberg. Avremmo venduto l'auto per pagare l'affitto del primo mese, poi avremmo comprato una bottiglia di vino con i soldi rimasti e brindato al fatto di aver superato il punto di non ritorno.

La sera mi addormentavo pensando a quel progetto, immaginando autostrade che si snodavano attraverso un paesaggio piatto e marrone, temendo che non saremmo partite, temendo che sarebbe partita senza di me. Certe mattine mi svegliavo con il sole, convinta di averla sognata, e chiamavo casa sua tanto per essere sicura che fosse ancora lì.

Non provammo più i funghi; non parlammo più della sera nel prato. Non direttamente, almeno, e questo aiutò il ricordo a perdersi in un sogno comune. Ma dopo quella sera Lacey sviluppò due nuove fissazioni: indagare su quella che chiamava *la questione dell'adorazione satanica* e farmi scopare da qualcuno. Entrambe mi facevano accapponare la pelle ma, quando mi afferrò davanti alla mensa per comunicarmi che aveva preso due piccioni con una fava nel parcheggio, obbedii.

«Tre piccioni, per essere precisi» aggiunse. «Anche se uno di loro non crede nelle docce, perciò è tagliato fuori.»

Tre piccioni, sporchi e unti, uno con baffetti simili a peli pubici, uno con la testa rasata, uno con "tatuaggi da galeotto" meticolosamente disegnati lungo il braccio: Jesse, Mark e Dylan. I ragazzi che conoscevo da quando erano ancora abbastanza bambini per giocare con le bambole: ragazzi diventati quasi-uomini che volevano essere pericolosi e convincevano le persone sbagliate di esserlo davvero.

Pensavo che non se lo meritassero, quello che gli avevano fatto in autunno e il modo in cui la gente si era comportata dopo, come se avessero trascinato Craig nel bosco e gli avessero sussurrato preghiere sataniche finché era crollato, per poi darsele di santa ragione e issarsi a vicenda sull'albero a mo' di penitenza. Come se qualunque cosa fosse successa fosse giusta, se non addirittura misericordiosa. Ma non avevo nessuna voglia di restare sola con loro nel vicolo.

Non sola, ricordai. Con Lacey.

Mai sola.

«Vuoi?» Jesse offrì a Lacey ciò che rimaneva di uno spinello. Lei rifiutò. Lui non fece la stessa domanda a me.

«Conoscete Dex, vero?»

Mark sbuffò. «Sì. Piangi ancora per quella Barbie morta, *Dex*?»

Jesse gli diede una pacca sulla nuca. «Giochi ancora con le bambole, *Mark*?»

Li conoscevo dall'asilo, dai tempi in cui Mark dava fuoco alle bambole, Dylan collezionava figurine e Jesse aveva cagato sotto l'altalena delle elementari tanto per dimostrare di averne il coraggio. Io e Jesse andavamo in bicicletta e intrecciavamo gioielli d'erba per la festa della mamma. Poi si era messo con Mark e Dylan e, se singolarmente erano sembrati comprensibili e innocui, il tipo di ragazzi che forse da grande avresti baciato, insieme erano diventati animaleschi, intenti a vagare per le strade mostrando i denti e brandendo bastoni. Avevano iniziato a conficcare pipistrelli nelle cassette della posta, a lasciare merda di cane davanti alla porta dei vicini e alla fine erano passati dallo skateboard al death metal. Prima che Craig morisse andavano molto fieri delle loro T-shirt con i teschi in putrefazione e dei loro trench neri, delle autoradio che pompavano a tutto volume canzoni su occhi sanguinanti e cuori di demoni. Ora ripensai alle bambole, alle figurine e a quel triste banchetto della limonata, io e Jesse che vendevamo bicchieri d'acqua macchiata di colorante giallo a venticinque centesimi l'uno, e mi sembrò stupido avere paura di loro, ma poi ripensai ai simboli insanguinati sulle porte delle chiese e alle asce insanguinate nei prati bui, e mi sembrò altrettanto stupido non averne.

«Mi piace il tuo nuovo look.» Jesse strofinò la punta di un piede contro i miei anfibi. «È dark.»

«Significa che ti mette in risalto le tette» intervenne Mark.

«Vaffanculo, stronzo.»

«Vaffanculo tu.»

Lacey alzò gli occhi al cielo e io cercai di controllarmi la scollatura senza dare nell'occhio. Non c'era una sola parte di me che volesse rimanere nel vicolo.

«Potete aiutarci oppure no?» chiese Lacey.

Jesse si rivolse a me. «La tua amica è squilibrata, sai?»

«Pensa che le insegneremo a adorare il diavolo, cazzo» disse Dylan.

Mark si tracciò una croce sul petto e simulò un accento della Transilvania. «Io volere succhiare tuo saaaaaaangue.»

«Crede che siamo *vampiri* del cazzo» continuò Jesse. «Non è mica scema.»

«Grazie» replicò Lacey.

«Ma sei deficiente se hai intenzione di provare quelle stronzate. Non in questa città. E se qualcuno te lo chiede, di' che non ci abbiamo più niente a che fare.»

Erano passati sei mesi da quando Craig il ragazzo d'oro era stato trovato nel bosco con il cervello che si riversava sul terriccio, e cinque da quando Jesse e gli altri avevano scoperto esattamente fino a che punto Battle Creek voleva credere nel diavolo. Battle Creek continuava a tenere d'occhio noi come se fossimo granate ambulanti, le mani pericolosamente vicine alla sicura. *Noi* nel senso di tutti noi, chiunque avesse meno di diciotto anni automaticamente sospettato; *noi* come loro, la maggior parte, i ragazzi di Dumpster Row, perché Craig Ellison era morto quando non avrebbe dovuto esserlo e questo richiedeva una spiegazione razionale anche se razionale, secondo i libellisti nel parcheggio del supermercato e la Società genitori preoccupati, che avevano monopolizzato il mercato degli articoli di approfondimento, significava *promessa adolescente del football perde la vita durante cruenta orgia di setta satanica.*

Lacey lo sapeva, doveva saperlo. Ma ormai la conoscevo. Capii che così era tutto più interessante, che qualunque cosa terrorizzasse i plebei fino a quel punto meritava ulteriori indagini. Che chiunque fosse abbastanza stupido per spaventarsi se la andava a cercare. Capii che avrei dovuto essere meno ingenua.

«So cosa dici.» Lacey picchiettò il dito sul petto di Jesse, nel punto in cui il sangue sgorgava dalla faccia serigrafata di Ozzy Osbourne. Mi stupì che non avesse esitato a toccarlo. «E so cosa vedo.»

«È soltanto *musica,* capito?» Jesse sembrava stanco. «Slayer, Megadeath, Black Sabbath. È tutta una messa in scena.»

«Primo, non esiste niente che sia *soltanto musica*» ribatté Lacey. «Secondo, *quella* non è musica. Staccare a morsi la testa di un pipistrello non è musica, è una patetica richiesta di attenzione.»

«Che cazzate sono queste?» sbottò Dylan. «Vieni a casa nostra per propinarci queste stronzate?»

«Casa vostra?» Lacey lanciò un'occhiata al cassonetto più vicino. «Bei mobili.»

La afferrai, la tirai per la manica. «Andiamo.»

«Ho registrato *Headbangers Ball*» interloquì Jesse. «Da me. Se vi va di guardarlo, vi faccio vedere cosa vi perdete. Ma niente sacrifici animali. Implorate pure finché volete.»

Basta così, pensai. «Grazie, ma...»

«Volentieri» accettò Lacey.

In auto, mentre procedevamo a sobbalzi verso la casa in cui non mettevo piede dalla terza elementare, Lacey disse di essere certa che Jesse volesse scoparmi e che io avrei dovuto fare in modo che succedesse. *Fare in modo che succedesse*, è questa la frase che usò, come se il sesso fosse una forza della natura e io dovessi semplicemente togliermi di mezzo.

Ci pensai, sul divano nello scantinato rivestito di legno, ogni cosa identica a come era stata anni prima. Mark e Dylan si arrotolarono due spinelli, gli occhi inchiodati sui video dei Megadeath. Lacey si spaparanzò sulla poltrona di cuoio, vicino alle casse e si concentrò sullo schermo con la sua faccia da *Kurt*, in attesa dell'illuminazione. Jesse era accanto a me, il braccio a pochi millimetri dal mio, molto più peloso dell'ultima volta che lo avevo visto.

«Ti ricordi di *Kids Incorporated*?» domandai, perché era quello che guardavamo quando andavo da lui dopo la scuola. Era stata una mia idea, perché a casa non avevo Disney Channel, ma era stato Jesse a insegnarmi la coreografia in modo che potessimo ballarla insieme.

Grugnì. Questo, pensai, non era *fare in modo che succedesse*.

Aveva la testa quadrata. Labbra unte e quegli stupidi tatuaggi finti. Forse sarei quasi riuscita a immaginare di baciarlo. Se fosse stato buio e se, subito dopo, avessi potuto smaterializzarmi. Avrei compiuto diciassette anni quell'estate; quel genere di cose avrebbe dovuto piacermi.

C'era uno sguardo che mia madre mi aveva lanciato

quando una vicina ci aveva fatto visita, lamentandosi delle battute sulle lesbiche in TV, e da allora mi chiedevo cosa pensasse, ma soprattutto mi chiedevo se avesse notato in me qualcosa che da sola non vedevo. Una volta lo confessai a Lacey, che mi aveva guardata di traverso. «Le ragazze ti eccitano?» domandò e, quando risposi che credevo di no, si strinse nelle spalle. «Allora probabilmente non sei gay. Dicono che sia un requisito fondamentale.»

Non c'era niente che mi eccitasse, a quanto potevo constatare. Lacey riteneva che probabilmente avessi qualcosa di strano e io ritenevo che probabilmente avesse ragione.

Ora penso che non sia stata colpa mia, che il mio io più giovane vada perdonato per aver letto espressioni come *fuoco nei miei lombi* e aver incespicato nell'idea di un gradevole bruciore. Lacey poteva farsi scorrere le dita sullo stomaco, lungo le cosce, nello spazio buio che per me restava un mistero appiccicoso, e sapere d'istinto cosa provare. Quando, sotto coercizione, mi ero chiusa in bagno e avevo armeggiato con il soffione della doccia mentre Lacey mi incitava dall'altra parte della porta, mi ero solo sentita ridicola.

«Hai ancora il mio He-Man?» domandò Jesse, e sorrisi perché voleva dire che ricordava come portasse da me i suoi pupazzetti per giocare con le mie Barbie e anche perché, da qualche parte in fondo all'armadio, ce l'avevo ancora.

«Continui a far finta di non aver rubato la mia She-Ra?»

Con la coda dell'occhio lo vidi arrossire.

«Ehi, era sexy. Bikini di metallo, Hannah. *Bikini di metallo.*»

Sullo schermo, una brunetta con un bustino di cuoio pieno di punte praticava la fellatio alla bacchetta della batteria. Ora fui io ad arrossire.

«Si chiama Dex.» Lacey non staccò gli occhi dalla TV.

«Scusa.» Jesse mi diede una leggera gomitata. «*Dex.*»

«Tranquillo. Fa lo stesso.»

«Mi piaceva il tuo nome. Ma anche Dex è tosto.»

Ecco come immaginavo sarebbero andate le cose se avessi *fatto in modo che succedesse*: Jesse Gorin avrebbe allungato la mano sul sofà verso la mia, avrebbe intrecciato il mignolo con il mio con la massima disinvoltura, poi mi avrebbe girato la mano e picchiettato un messaggio sul palmo nel codice Morse che avevamo imparato in una piovosa settimana d'estate prima della terza elementare. Avrebbe detto: *Mi ricordo di te.* Avrebbe detto: *Siamo ancora le persone che eravamo una volta.* E quando avesse annunciato che voleva preparare il popcorn e mi avesse chiesto di aiutarlo, l'avrei seguito in cucina e, mentre prendevo la macchinetta dal solito pensile, sarebbe scivolato dietro di me, mi avrebbe sussurrato all'orecchio qualcosa di sufficientemente romantico, o magari solo il mio nome, magari solo Hannah, quindi mi avrebbe baciata sul collo e, quando mi fossi voltata, sarei stata tra le sue braccia, i capelli che penzolavano sopra il lavello, le labbra perfettamente schiuse e la lingua pronta a fare il suo dovere. E anche se fossimo tornati nello scantinato come se niente fosse, i nostri sapori cancellati dal burro dei popcorn, ci saremmo morsicati l'interno delle guance per trattenere i sorrisi segreti e avremmo capito tacitamente che qualcosa era iniziato.

Fu prima che Lacey chiedesse a Jesse di mostrarle dov'era il bagno e che sparissero al piano di sopra per il resto del programma. Quando tornarono, Jesse aveva i tatuaggi sbavati dal sudore e Lacey la maglietta al contrario, cosa che poteva aver fatto solo per dimostrare di avere ragione.

«Prego» disse in macchina mentre ci dirigevamo verso casa.

«Per cosa?»

Parve stupita. «Non ti sei accorta come ti guardava quel ritardato? Se non si fosse tolto lo sfizio con me, non so cosa sarebbe successo.»

«Credevo che volessi proprio questo. Che mi avessi consigliato di *fare in modo che succedesse.*»

«Con lui? Dio, Dex, impara a riconoscere le battute.» Si fermò davanti a casa mia. «Tu meriti di meglio.»

Aprii la portiera, ma mi afferrò il polso prima che potessi scendere.

«Allora?» fece.

«Allora, cosa?»

«La parola magica, per favore. Un po' di educata riconoscenza per il mio sacrificio.»

«Giusto. Grazie.»

Lacey decise di trovarmi un uccello più soddisfacente. È questo che disse quando mi consegnò una sottile carta d'identità finta e un bustino di pizzo nero. Amanda Potter, nata a Long Island nel 1969, Sagittario, dettagli che mi ripetei senza sosta mentre eravamo in coda ad aspettare il buttafuori. «Stasera si rifà gli occhi» disse Lacey, ma non mi spiegò come avesse trovato il locale, un orribile blocco di cemento accanto all'autostrada, né perché fosse destinato a essere la mia salvezza sessuale. «Non si accettano contestazioni.»

Il suo bustino era viola e, almeno dal mio punto d'osservazione, sembrava offrire un po' più di spazio per respirare. Aveva un pentagramma d'argento intorno al collo, un altro oggetto di seconda mano da abbinare alla *Bibbia di Satana* che aveva scovato nello scantinato di una libreria lungo l'autostrada. Le piaceva come la guardavano quando lo indossava, nello stesso modo in cui l'avevo guardata io la prima volta che mi aveva mostrato il libro. Non somigliava a nessuna delle Bibbie che avevo visto. Era nero, con una stella rossa a cinque punte incisa sulla copertina, ed era bastato il nome dell'autore per farmi venire la pelle d'oca: *Anton Szandor Lavey*. Suonava volutamente fasullo, come un nome scelto dal diavolo in persona. Lacey aveva già evidenziato diversi brani.

La natura carnale dell'uomo verrà fuori, che si tenti di purgarla o meno da parte di una qualche religione della luce.

Non c'è nulla di intrinsecamente sacro nei codici morali.

Benedetti coloro che distruggono le false speranze, essi sono i veri Messia.

«Non vorrai mica far sapere a tutti che hai questo libro» avevo osservato quando aveva sfoggiato i suoi acquisti, quindi le avevo restituito la collana con il pentagramma. «E non vorrai *mica* farti vedere con questo addosso.» Non aveva ancora capito le regole di un posto come Battle Creek. Essere un metallaro con un cadavere sulla T-shirt e un debole per lo smalto nero era un conto, ma essere una ragazza con un pentagramma era un altro paio di maniche. Era sempre un altro paio di maniche, essere una ragazza.

«Il bello è che non ci hanno capito un'acca» aveva replicato. «Ho scoperto che il vero satanismo riguarda solo la libertà di pensiero e l'essere se stessi. Questo avrebbe potuto scriverlo un comico.»

«Possiamo evitare di parlarne ora?»

«Dici ora, ma intendi per sempre.»

Era vero.

«Dovresti leggerlo» aveva insistito. «Vedrai. È roba interessante.»

«Per favore, dimmi che stai scherzando.»

«Sto scherzando» aveva dichiarato, ed era stato più facile credere che fosse così.

Il locale si chiamava *Beast* e il buttafuori, più interessato alla mia scollatura che alla mia data di nascita, ci fece passare.

«Ti vedo sorridere» osservò Lacey mentre ci avvicinavamo al bancone. Strattonò i lacci del mio bustino. «Il potere ti ha dato alla testa.» La udivo a malapena sopra la musica, mi stavo già abbandonando al rumore, alle luci stroboscopiche e al sapore schifoso della birra che mi versò in gola, e per qualche motivo parevano tutte cose buone. Forse perché aveva ragione; mi piaceva il potere, il mio petto, strizzato come una salsiccia, improvvisamente capace di fare miracoli. Ero abituata alle persone che guardavano Lacey. Quella sera guardavano me.

Forse fu il bustino, forse il drink, forse Lacey che mi spingeva nella toilette con un tipo che secondo lei lavorava al negozio di dischi. Che fosse davvero Greg il Dio del sesso, che avevamo spiato per due sabati di fila da dietro lo scaffale dei vangeli cristiani, o solo un *grunger* sconosciuto con il piumino smanicato e il braccialetto di canapa, il ragazzo mi seguì e, quando aprii la bocca per dire il mio nome o forse *scusa la mia amica fuori di testa ti ha appena spinto dentro un bagno*, mi infilò la lingua in bocca. Lo lasciai esplorare per un po', sentendo il sapore della sua birra e cercando di decidere se la mano che mi palpeggiava il culo lo facesse come si doveva. Tra quello e la mia ispezione mentale dei batteri e della materia fecale sulla porta, mi dimenticai di limonare, e la distrazione dovette essere evidente, perché alla fine lui si fermò.

«Ehi» fece con le labbra ancora incollate alle mie.

«Ehi.»

Il pavimento era cosparso di urina, le pareti di poster. Gli Screaming Trees. Gli Skin Yard. I Melvins. I Soundgarden. Persino le Babes in Toyland, che secondo Lacey facevano schifo.

«Ti piace?»

Alzai le spalle, pensando che era stato gentile a chiedermelo, anche se un po' in ritardo. «Di solito non lo faccio in bagno.»

«Cosa?»

La musica era assordante anche lì dentro.

«Non lo faccio in bagno!» urlai.

«No, intendevo la canzone! Ti piace la canzone?»

«Oh. Certo.»

«È la nuova dei Love Battery!» Fece un passo indietro, mimò il gesto di suonare una chitarra. Trasalii immaginando cosa avrebbe pensato Lacey. «È fichissimo, no? Dovresti sentire l'album, è come una bomba atomica, cazzo, prima qualche nota e poi *bum*. Ti porta in un'altra dimensione. Hai presente?»

«Altroché.»

«C'è dentro della roba del livello di *Star Trek*. È così che sarà il mio album.»

«Stai preparando un album?»

«Be', non ancora, ovviamente. Ma, insomma, quando la band ci arriverà. Prima o poi succederà. Pazienza, amico. È questo il segreto.»

«Sei in una band?»

«Come ti dicevo, non ancora. Ma ci sto lavorando. Ho dei progetti in cantiere. Grandi progetti.»

«È... magnifico.»

«Hai delle tette fantastiche. Posso toccarle?»

«Non sono sicura che sia fisicamente possibile» risposi, più compiaciuta di quanto avrei voluto, ma aveva già trovato il modo di infilare le dita nello spiraglio buio del bustino.

«Cavolo. Sono... più flaccide di quanto sembrino.»

«Oh.»

«Non fraintendermi, ecco, è sempre così quando sono grosse. Sono quasi tutte flaccide. Tanto di guadagnato.»

«Grazie.»

«Ti masturbi tutto il tempo?»

«No.»

«È quello che farei se fossi una ragazza. Soprattutto se avessi le tue... lo sai. Tutto. Il. Tempo.»

«Potrebbe intralciare la tua carriera musicale.»

Cercò di capire se fosse una battuta, poi: «Vuoi farmi un pompino?».

«No.»

«Sai com'è. Un ragazzo deve chiederlo.»

Fu allora che tornai di là e trovai Lacey. La band stava iniziando a suonare, quella che una volta lei aveva ascoltato prima del concerto dei Nirvana, ma dai primi accordi si intuiva che quei tipi avevano imparato da poco a usare gli strumenti. Non importava. Lacey mi domandò cosa fosse successo, se la Missione Scopare fosse andata bene, e invece di rispondere la strinsi tra le braccia perché la birra cominciava finalmente a riscaldarmi e perché ne avevo voglia, punto e basta, avevo voglia di essere lì con lei, i corpi sudati che ci turbinavano intorno. Avevo voglia, per la prima volta in vita mia, di ballare.

«Sei ubriaca!» urlò quando allacciai le mie dita alle sue e la trascinai tra la calca.

«Non abbastanza!» Girai su me stessa, le braccia in aria, capendo cosa significava sentire un bisogno e soddisfarlo. Avevo bisogno di muovermi. Di volare. Di non pensare agli uccelli, alle lingue e alla cruda ingiustizia della vita reale. Avevo bisogno che fosse quella la mia vita reale, io e Lacey nel buio fumoso, le luci stroboscopiche che si rifrangevano sopra le nostre teste, la band che urlava e schizzava sudore sulla folla. La folla un solo organismo, tutti noi, cento braccia e gambe e teste, un unico cuore che batteva, batteva. Tutti noi che ci dimenavamo, sfrenatezza e furia nel sangue. La risata di Lacey nel mio orecchio, il profumo del suo shampoo come una nuvola, i suoi capelli che mi sferzavano la guancia, e poi nient'altro che l'estasi del movimento. Qualunque cosa, ogni cosa, possibile. Nessuno che ci guardasse.

Le piaceva mettermi alla prova ed era difficile distinguere, certe volte, tra gioco e verità. Kurt era reale, questo era inconfutabile. E anche noi, Dex-e-Lacey. Suolo sacro. I ragazzi, invece, esistevano per giocare e scambiarseli, erano equivalenti alla somma delle loro parti, lingue, dita e uccelli. Dio era uno scherzo di cattivo gusto, Satana un bastone opportunamente appuntito. Lacey amava che le persone la considerassero pericolosa. Questo non spiega perché, una sera in cui ci toccò fare da babysitter al Bastardo junior, mi abbia chiesto di tenere il neonato irrequieto sopra il lavabo del bagno mentre lei usava una bistecca cruda per disegnargli una croce capovolta sulla fronte minuscola.

«È disgustoso, Lacey.» Non era la parola giusta, ma era la più facile.

Il bambino frignò e si ritrasse dal suo dito insanguinato, ma lei lo zittì e gli accarezzò le orecchie, e lui non pianse. «Tienilo fermo.»

Il sangue gli lasciò sbavature di un rosa acquoso sulla fronte, colandogli negli occhi. Obbedii.

Lacey gli diede dei colpetti delicati alla spalla destra, alla sinistra, allo sterno e alla fronte, solenne come un sacerdote. «Nel nome del Padre Oscuro e dei demoni empi, ti battezzo accogliendoti nella Chiesa di Lucifero.»

Erano solo parole, pensai. Avevano soltanto il potere che gli conferivamo.

Lacey disse che era impaziente di vedere la faccia del Bastardo quando l'avesse scoperto, anche se cancellò accuratamente ogni traccia di sangue prima che mettessimo a letto James junior. Il Bastardo, aggiunse, considerava gli isterici di Battle Creek uno spettacolo imbarazzante, ciechi alla vera guerra per le anime dei loro figli, contro il moderno Cerbero del liberalismo, dell'ateismo e della rivoluzione sessuale. Il Bastardo non credeva nel satanismo, continuò Lacey, solo in Satana, e sosteneva che chiunque la pensasse diversamente faceva il gioco del diavolo.

«Non voglio essere sorella di nessuno se non tua» proseguì, inducendomi a chiudere un occhio sul fatto che, quando me ne andai quella sera, la fronte del neonato puzzava ancora di carne cruda.

Voleva passare il suo compleanno al cimitero, e così facemmo.

«Paura?» domandò mentre camminavamo al buio. I vialetti angusti serpeggiavano tra file di lapidi. Distinsi un angelo di pietra, una guglia cinta da rose di pietra, croci che si inclinavano e si sbriciolavano, tombe che scintillavano nel raggio della torcia con i loro nomi incisi in lacca e oro.

«Dovrei aver paura dei fantasmi o di te?»

«Sappiamo tutte e due che ce la facciamo sotto all'idea di essere beccate, Dex.»

Si portò la torcia sotto il mento, proiettandosi una luce spettrale sulla faccia. «L'unica cosa spaventosa qui sono io.»

Forse fu stupido da parte mia non avere paura, se non del suo piano ambizioso per quella notte, almeno per l'intensità con cui aveva insistito perché lo attuassimo, perché sgattaiolassimo fuori armate di pale e candele e costruissimo un altare al Signore Oscuro, una messa in scena sufficiente per far prendere ai plebei un bello spavento. «L'unico regalo che voglio per il mio compleanno è far cagare sotto Battle Creek» aveva annunciato, e io ero disposta ad aiutarla.

Si fermò davanti a una piccola lapide quadrata e si sedette con un tonfo accanto ai fiori avvizziti alla sua base.

«Lacey.» Sembrava di cattivo auspicio pronunciare il suo nome ad alta voce, come se potessi rivelare la sua identità a uno spirito rapace. Le storie lo sottolineavano sempre: i nomi erano potere. Svelavi il tuo a tuo rischio e pericolo. «Pensavo ne stessimo cercando una nuova.»

«Guarda.» Orientò la torcia verso la lapide.

Craig Ellison, diceva, n. 15 marzo 1975, m. 31 ottobre 1991

Amato figlio e fratello

Forza Badgers!

«Forza Badgers?» risi. Poi agitai un pugno trionfante in aria. «Dio, questo sì che è volgare. Riesci a immaginare di portarti nella tomba l'orgoglio dei Battle Creek Badgers?»

Non fiatò. Mi sentii giudicata dalla sua sagoma.

«E se non fosse un grosso scherzo?» aggiunse. «Supponi che i plebei abbiano ragione e che ci sia una setta satanica che danza qua e là nel bosco con le facce dipinte di sangue. Orge a base di LSD. Se è davvero questo che gli è successo.»

Provai a figurarmelo, Craig Ellison che stringeva un'alleanza scellerata con i ragazzi di Dumpster Row, togliendosi la casacca da pallacanestro per saltellare nudo nei boschi, Craig Ellison convinto con la magia a cavarsi il sangue. Stare lì all'ombra della sua lapide, con gli angeli di pietra che giudicavano la nostra intrusione, non fu minimamente difficile come avrebbe dovuto.

«E se gli alieni governassero il Paese di nascosto?» ribattei, morendo dalla voglia di trasformare la mia voce in una torcia che ci rimettesse in carreggiata. «E se il sindaco fosse un vampiro? E se io fossi posseduta da Satana e stessi per risucchiarti il cervello? È come dici sempre tu, tutto è possibile...»

«... nel bosco. Sì. È così.»

Mi accorsi che piangeva.

Per poco non caddi accanto a lei. Lacey non era il tipo da piangere. «Cosa c'è?» Le misi la mano sulla spalla. La tolsi. «*Cosa c'è?*»

«Mi ami, vero?» La sua voce era piatta, morta.

«Certo.»

«E sei una brava persona.»

«Be', non da quando ti ho conosciuta.» La battuta non andò a segno. Le sue unghie mi affondarono nel braccio.

«Non dirlo mai più.»

«Okay. Okay, Lacey, va bene.» Panico. Eravamo al cimitero e lei stava sbarellando, bisognosa di qualcosa che non sapevo darle, perché Lacey non avrebbe dovuto avere bisogno di niente. «Certo che ti amo. Certo che sono una brava persona. E puoi spiegarmi che sta succedendo, così possiamo andarcene da qui?» Piangevo anch'io. Fu un riflesso, come uno sbadiglio contagioso o un conato di nausea dopo aver fiutato l'odore del vomito.

«Se ti dico di fare una cosa e tu la fai, di chi è la colpa?» domandò.

«Dipende da cosa vuoi che faccia, no?»

«Non dovrebbe dipendere da niente. Le circostanze non dovrebbero contare. Se l'idea è mia, è colpa mia. Idea tua, colpa tua.»

«Ma sarebbe una *mia* idea fare quello che tu mi hai detto di fare. Sono io a decidere. Non sono il tuo burattino.»

«No? No. Credo di no.»

Le bussai delicatamente sulla testa, il modo più sicuro che mi venne in mente per toccarla. «Cosa sta succedendo qui dentro, Lacey? Fa schifo che sia morto, lo so, anche se è *Craig*, ma non significava niente per te.» Mentre lo dicevo, mi chiesi se fosse vero. Forse tutto aveva un senso a un livello squallido, indegno di lei, l'odio feroce e immotivato per Nikki, le lacrime ingiustificate per un troglodita, le parole che parevano incastrate nella sua gola, inespresse, inesprimibili. «La tradiva con te? Puoi dirmelo. Capirò, te lo giuro.» Non lo capivo, non con un tipo come lui, le sue mani grassocce che armeggiavano con i lacci degli anfibi, ma l'amore era strano per definizione. «Non puoi pensare che sia colpa tua, quello che è successo. Anche se lui si sentiva in colpa, o se tu l'hai scaricato e lui è andato fuori di testa, o qualunque cosa sia stata, non sarebbe...» Pensai a come sarebbe stato fare qualcosa e non essere in grado di annullarlo. «Anche se gli hai detto che lo volevi morto o roba simile, non è colpa tua se ha deciso di suicidarsi. Non sei stata tu a infilargli in mano la pistola. Non sei stata tu a premere il grilletto. Non hai fatto niente di male.»

Alzò gli occhi su di me, la faccia inclinata verso l'ombra, e sorrise. «Credi che Craig tradisse Nikki? Con *me*?» Scoppiò in una magnifica risata e non so se fossi più sollevata al pensiero di essere scampata a quel momento o di aver preso un enorme abbaglio. Poi mi baciò sulla guancia. «Sai sempre cosa dire per tirarmi su il morale.»

Se non è questo, allora cosa?, avrei voluto domandare, ma non potei, non quando era di nuovo felice, non quando mi prese per mano e mi aiutò ad alzarmi, cominciando a piroettare come se la tomba fosse un prato e la luna un luminoso solleone. «Stento a credere che tu abbia pensato che potessi essere innamorata di lui.» La sua risata era stridula come quella di una strega, la nostra danza un rituale che non necessitava di incantesimi, solo il sangue caldo che ci affiorava alle guance e ci ardeva nelle vene, una supplica agli dei dell'amore, a qualunque forza unisse i nostri palmi e sussurrasse nel vento *Siete una cosa sola.*

E poi esagerammo.

«È quello che farebbe Kurt» bisbigliò Lacey, e non c'era modo di contraddirla.

Aprimmo la finestra della sua camera e saltammo giù nei cespugli. La macchina avrebbe fatto troppo rumore, così per il primo isolato la spingemmo, cambio in folle e spalle doloranti contro il bagagliaio. Quando fummo a distanza di sicurezza, Lacey la accese e io fui assalita dalla tremarella sul sedile del passeggero, le bombolette di vernice scivolose tra i palmi sudati.

Una volta Kurt era stato arrestato per avere scritto *Il sesso omosessuale è meglio* sul muro di una banca, raccontò Lacey, a caratteri cubitali sotto gli occhi dei tamarri, o almeno di quelli che sapevano leggere abbastanza bene per decifrare le parole. Era cresciuto in una vecchia città che viveva di commercio del legno, popolata di stronzi dal cervello ridotto, pieno delle cose che Kurt fracassava con la chitarra. Prima della chitarra c'era stata la vernice spray e c'erano state le parole. «Quelle le abbiamo» disse Lacey. «Non ci serve altro.»

«Se ci arrestano, giuro che ti uccido.»

Tutto mattoni e pietra, tozzo e triste, il Teen Pregnancy Center sorgeva nel cuore del territorio ultima spiaggia. Oltre l'ambulatorio medico e il centro di riabilitazione Sunrise, oltre la sala dei veterani dove non ci voleva niente per scroccare le ciambelle gratis dalle riunioni degli Alcolisti anonimi, addirittura un chilometro e mezzo oltre il locale di spogliarello sbarrato con assi che era sopravvissuto tre mesi, facendo soldi con i salari dei padri della città, prima che le madri della città lo mandassero sul lastrico. Se eri stata tu a far entrare dentro di te un animale viscido e a combinare un guaio, con lo spermatozoo e l'ovulo che compivano il loro miracolo, forse eri tu a ingoiare il panico, a sfogliare le pagine gialle e a trovare la salvezza sull'autostrada, nel guscio grigio e senza finestre subito dopo il ristorante per famiglie. Forse venivi da Battle Creek, dalla Marshall Valley o persino da Salina. Forse ti domandavi se avresti provato dolore o se ti saresti pentita; forse avevi paura.

Di sicuro ti sorprendevi quando le brave persone del

Teen Pregnancy Center ti davano un opuscolo con Gesù sulla copertina e mettevano le cose in chiaro. Parlavano di miracoli e prodigi e ti mostravano le foto di un seme che, dicevano, era un bambino e di un peccato che, dicevano, era un omicidio. E poi, se non stavi molto attenta, ti cavavano il nome e il numero di telefono in modo che, una volta tornata a casa, trovassi i genitori ad aspettarti.

Erano malvagi, affermò Lacey, e la sua prima idea era stata incendiare l'edificio.

Battle Creek non era il tipo di città da impartire un'educazione sessuale. Ma la voce si spargeva tramite grafici alle scuole elementari e sermoni a catechismo, e alle medie sapevamo già cosa fare e che saremmo bruciati all'inferno se lo avessimo fatto. Quell'anno, poco dopo Pasqua, la prof di educazione sanitaria ci mostrò due mele, quindi ne fece cadere una sul pavimento. La raccolse, la fece cadere di nuovo. «Quale preferireste mangiare?» chiese alla fine. «Quella bella, lucida e pulita, o quella schiacciata, sporca e ammaccata?»

Quel giorno Lacey mangiò la seconda per pranzo e qualche settimana dopo, quando Jenny Hallstrom la diede a Brett Kroner in uno sgabuzzino della chiesa, dicemmo che aveva fatto cadere la mela. «Così sappiamo qual è il frutto preferito di Brett» commentò Lacey. Fu Jenny a raccontarci cosa accadeva nel Teen Pregnancy Center. Fu prima che la mandassero via; si mormorava che il bambino sarebbe nato entro Natale.

La voce si spargeva sempre. Era quella la regola di Battle Creek e forse era per questa ragione che i nostri genitori si preoccupavano così tanto di chi ficcasse cosa e dove sul sedile posteriore di una certa macchina. Perché noi saremmo bruciati all'inferno, ma loro avrebbero appreso la notizia in chiesa.

Ora ci avvicinammo in punta di piedi al covo malefico dei fanatici di Gesù, sperando che fossero troppo spilorci per pagare gli addetti alla sicurezza. Io avevo un pile con il cappuccio; Lacey era travestita da topo d'appartamento, tutta in nero con una macchia di rossetto rosso sangue dello stesso colore della vernice spray. Agitò la bomboletta come se l'avesse già fatto in passato e mi mostrò come tenerla e cosa premere. Lasciai che andasse per prima, per vedere come faceva, la mano ferma e le lettere uniformi. Aspettai un allarme, una sirena o gli uomini in divisa pronti a trascinarci fuori nel buio, ma ci furono solo il sibilo della vernice e la risata calma di Lacey quando il primo messaggio scintillò sotto le luci al sodio.

Finta clinica abortista. Attenti.

Avevamo scritto le frasi insieme, in anticipo, mentre sua madre si sbronzava al piano di sotto e il suo patrigno era fuori a raccogliere fondi per Gesù.

Levate la politica dalla fica.

Dio è morto. Lacey aveva insistito.

Dio è morto, scrissi, perché era più breve. Le lettere si sbavarono e la *D* somigliava di più a una *o*, ma lo scrissi. Premetti l'indice sull'ugello e trasformai il marrone della pietra in rosso e Hannah Dexter in una criminale. Magia.

Non potevamo ancora tornare a casa, non in quello stato d'animo. Partimmo senza meta; partimmo senza meta a tutta birra, perché la velocità era ciò che contava. La velocità e la musica, *Nevermind* nel registratore, le urla di Kurt che facevano a pezzi la sua voce e le nostre urla ancora più forti. Gridai con Kurt e me ne fregai del fatto che secondo mio padre avevo la voce simile allo strillo di un procione o che secondo Lacey sbagliavo il testo. Cantai come mi suonava meglio, perché quelle parole suonavano giuste: *Ti ho amato non torno indietro ti ho ucciso non torno indietro.*

Viaggiammo con i finestrini chiusi per poter urlare a squarciagola e fu facile immaginare di non rientrare più a casa; potevamo saltare giù da una scogliera o andare oltre l'arcobaleno. Potevamo sfrecciare attraverso il Paese lasciandoci dietro una scia di fuoco e distruzione. Lacey e Dex, come Bonnie e Clyde, come Kurt e Courtney, ebbre di follia, facendo buchi nella notte. «Dobbiamo farlo di nuovo!» gridai. «Dobbiamo farlo sempre!»

«Che cosa? Commettere reati?»

«*Sì.*»

«*Non torno indietro*» urlai, e quella notte, solo quella notte, amai Kurt come Lacey amava Kurt, amai Kurt come amavo Lacey.

Non torno indietro.

Non torno indietro.

8

LACEY

Buone intenzioni

Questo non è un ammonimento sull'eccesso – o sul tipo sbagliato – di scopate. Non è un resoconto delle cose cattive che succedono alle ragazze cattive. Ci tengo a precisarlo perché ti conosco, Dex, e so come ragioni.

Voglio raccontarti una storia, e questa volta sarà la verità.

Ragazza conosce ragazza. Ragazza ama ragazza, forse. Ragazza vuole ragazza, sicuramente. Ragazze bevono, ragazze ballano, ragazze scopano, ragazze intrecciano le dita in una notte buia e sussurrano i loro io segreti, ragazze giurano fedeltà e silenzio con il sangue. Ragazza tradisce ragazza, ragazza perde ragazza, ragazza molla ragazza. È una storia che non ti piacerà, Dex, perché non è la storia di noi.

«Guardo e basta» ha detto Craig la prima volta che è venuto nel nostro posto nel bosco.

Avevo già cominciato a chiamarlo così. *Il nostro posto.*

Aveva portato la coperta da picnic di sua madre, un rettangolo di vaporoso tessuto sintetico con applicazioni di pizzo lungo i bordi. Era, è emerso in seguito, schifiltoso quasi al punto di essere patologico. Era uno sforzo inutile cercare di rendere pulito ciò che succedeva tra noi. Ma il terreno era duro e cosparso di vetri rotti e la coperta era morbida contro la pelle nuda, perciò lo abbiamo preso in giro solo un pochino.

Quando ha detto che avrebbe guardato e basta, non ha specificato che si sarebbe fatto una sega mentre eravamo avvinghiate una all'altra, ma era un ragazzo di sedici anni, così forse era sottinteso. È stato disgustoso ed eccitante in parti uguali. Disgustoso per ovvi motivi. Eccitante perché un conto è far venire un ragazzo con la mano o con la bocca, la meccanica scivolosa della pelle umida sulla pelle umida; un altro è farlo senza nemmeno doverlo toccare. Questo è potere.

Forse si è spaventato, perché ci ha messo un po' per tornare lì con noi. O forse Nikki non voleva che tornasse. Forse voleva avermi tutta per sé.

È diverso, con una ragazza. Non come te lo aspetti, non più dolce, perché non c'era niente di dolce in Nikki Drummond. Era ancora pelle e sudore e io ero ancora il suo segreto, come ero stata il segreto di Shay. Ero ancora la cosa di cui vergognarsi ed ero brava in quel ruolo.

Due settimane prima che Craig tornasse. Due settimane, solo noi, ogni giorno, nel bosco, a rotolarci tra le erbacce. Non dentro la stazione sventrata, dove saremmo potute sprofondare sul vecchio divano, generazioni di liquidi che macchiavano i cuscini ammuffiti. Non dentro il vagone arrugginito, dove Nikki diceva di sentire le pareti che complottavano per restringersi. Siamo rimaste all'aperto, sotto gli occhi indagatori del cielo, recitando per il sole e per le stelle. Io non le ho parlato di Kurt; lei non mi ha parlato del ballo di fine anno. Non parlavamo molto, chi ha orecchie per intendere intenda, ma quando mi faceva una domanda, le dicevo la verità e anche questo rendeva tutto diverso.

Mi piaceva il suo sapore, Dex. Mi piaceva scrivere il mio nome dentro di lei con la lingua. Come se la stessi marchiando dove nessuno poteva vedere. *Mia.*

Sono diventata brava a farla venire e poi devo essere diventata troppo brava, perché il giorno prima del primo giorno di scuola ha urlato, quindi è rotolata via, si è messa in posizione fetale ed è scoppiata a piangere.

«Che cosa c'è?» Le ho passato le nocche lungo la spina dorsale. Le faceva sempre venire i brividi. «Che ti prende?»

Nikki non piangeva. Eravamo uguali da quel punto di vista.

Non piangeva, ma stava piangendo e, quando l'ho toccata di nuovo, quando le ho spostato i capelli dalla faccia perché sembrava la cosa giusta da fare quando si è nude e in lacrime insieme, si è alzata a sedere, si è scrollata di dosso me e il malumore, ha recuperato i vestiti e la vodka e ci siamo ubriacate. L'indomani ha portato ancora Craig e ha detto che era giusto lasciarlo giocare.

O entrambi o nessuno, era quello l'accordo implicito, e ho pensato: Kurt lo farebbe, Kurt sarebbe fiero di me se lo facessi; il Bastardo stramazzerebbe e creperebbe. Credevo che lei avesse bisogno di me, che loro avessero bisogno di me, ed era una bella sensazione.

Ho pensato: *Perché no, cazzo?*.

Craig non è mai stato dolce, ma poteva sembrarlo, con il ciuffo ribelle di un bambino e una sapiente occhiata di traverso da sotto quelle ciglia lunghe, un autentico spreco su un uomo. Robusto per un giocatore di pallacanestro, con un collo come quello di un gangster. Ma sapeva sorridere come se ogni cosa fosse facile nella stessa misura in cui tu le permettevi di esserlo. Sapeva farsi voler bene, quando gli interessava. Lui e Nikki avevano questa dote in comune, suppongo, ma lei doveva fare uno sforzo, trasformarsi nel tipo necessario di ragazza. Craig doveva solo essere intensamente se stesso, diventare ancora di più il ragazzo che tutti credevano fosse.

Non è riuscito a farselo diventare duro all'inizio, non con me che guardavo e non con il preservativo, che aveva smesso di usare quando Nikki aveva cominciato a prendere la pillola. Eravamo timidi allora, o almeno lo era lui, e anche se l'ho sentito parlare, sussurrando dolci sciocchezze a quel brandello di pelle flaccida, non mi avrebbe mai rivelato cosa stesse dicendo. Nikki glielo ha baciato delicatamente, cosa che non è servita a nulla; poi ha baciato delicatamente me, cosa che invece è servita eccome. Lui non ha tardato molto, guardandoci, ad aver voglia di partecipare e poi, con Nikki che mi ansimava nell'orecchio mentre le dita di Craig facevano il loro dovere, lui mi è entrato dentro, e forse anch'io sono stata timida perché quella prima volta mi ha fatto male. È stato caotico, allora, e sconcertante. I corpi dovrebbero viaggiare in coppia, come sull'arca.

Sei gambe, sei braccia, trenta dita, otto buchi, la matematica era difficile da smentire, ma abbiamo fatto del nostro meglio e, quando Nikki mi ha morsicato il capezzolo e Craig si è infilato le mie dita sotto il culo, non mi sono lamentata. Era tutto troppo interessante, troppo nuovo, per fermarsi.

I fatti nudi e crudi non ti piacciono mai, Dex, non quando si tratta di questo. Preferisci dimenticare che anche tu sei un animale, che rutti, scorreggi, caghi e sanguini ogni mese. Pensi che non sia elegante parlare di queste cose, né tantomeno farle, se non al buio dove nessuno può vederti. Perciò probabilmente non vorrai sapere che Craig era peloso come un gorilla, almeno finché non ci ha permesso di raderlo completamente, tanto per curiosità. Forse vorrai sapere come stava con le mutandine di pizzo di Nikki, ma non che l'uccello gli pendeva leggermente verso sinistra e che lo scroto aveva il colorito di un vecchio. O che si è scusato appena l'ha spinto dentro e di nuovo quando l'ha estratto, come se temesse che avrei pianto o gridato allo stupro, come se letteralmente non credesse che stesse andando tutto come sembrava.

Abbiamo recitato i nostri ruoli, quella prima volta, aspettando che la colonna sonora iniziasse e che le cose procedessero al rallentatore, romanticamente sfocate anziché spasmodicamente brutte e reali. Aspettavamo sfumature color seppia e lume di candela, ma alla fine ci siamo abituati ai vestiti appiccicosi, alle scopate maldestre e allo *sciac* che le cosce di Nikki facevano quando si chiudevano in modo troppo brusco, a questo, ai grugniti e al coro di risate.

Non sentirti stupida. Non potevi saperlo. Non lo sapeva nessuno e, quando è cominciata la scuola, Nikki e Craig non mi rivolgevano la parola in pubblico. Mi piaceva l'idea che si vergognassero. Il segreto faceva parte del divertimento. Mi piaceva quando Nikki mi passava accanto furtivamente in corridoio, come se ignorasse che potevo rovinarle la vita con un pettegolezzo spifferato alla persona giusta. Mi piaceva il suo io pubblico, con la faccia presuntuosa e il naso all'insù, perché ero l'unica a conoscere l'espressione di quella faccia quando le dita di Craig erano dentro di lei a fare la loro goffa magia.

Ormai lo facevano davanti a me; era saltato fuori che a tutti e tre piaceva guardare. Certe volte era ciò che preferivo. C'è qualcosa in due persone che scopano, nel modo in cui si dimenticano di nascondere il loro io segreto. Anche dopo tutto quel tempo Nikki e Craig recitavano una per l'altro, Nikki che si calava nella parte dell'emozionata, dell'eccitata! o dell'annoooooiata a seconda dell'umore, ma senza mai allontanarsi troppo dal concederti il più grosso favore della tua vita, e Craig che interpretava ogni volta il ruolo "me la sto spassando alla grande". Ma c'era sempre un momento. Lei si dimenticava di tirare in dentro la pancia; lui si dimenticava di guardarla negli occhi con aria adorante; ciascuno si dimenticava della presenza dell'altro e il sesso diventava masturbatorio, il corpo estraneo secondario, solo un altro strumento di cui abusare. Mi piaceva diventare trasparente e immateriale, osservandoli mentre perdevano il controllo.

Anche Nikki amava guardare, ma non tanto per guardare. Tirava fuori il suo Mussolini interiore. Non guardava; dava ordini, manovrandoci nel suo spettacolo di burattini privato, imponendo posizioni studiate più per il suo godimento che per il nostro.

Non so cosa prediligesse Craig, soprattutto quando la novità di due ragazze che ci davano dentro si è esaurita in un batter d'occhio. Ogni tanto penso che non gli piacesse niente.

Facevamo a turno; a volte, invece, ci limitavamo a bere e a parlare. La stazione abbandonata era un luogo magico, un luogo sacro, dove i segreti venivano inghiottiti dagli alberi. Eravamo persone diverse nel bosco; eravamo l'ombra di noi stessi. Nikki ci ha raccontato di quando suo cugino l'ha violentata a una cena del Ringraziamento, schiacciandola contro la trapunta all'uncinetto di sua nonna e trasmettendole il sapore delle patate dolci e dell'intingolo quando aveva premuto la bocca contro la sua per zittirla, come se lei avesse voluto urlare. Io gli ho raccontato di quando il Bastardo voleva mandarmi via dopo la nascita del bambino, di come lo avessi letto nella lettera che aveva scritto al suo pastore nel New Jersey, un aspirante Billy Graham con un programma sulla radio locale. Gli ho raccontato anche di come avessi intercettato la risposta del pastore, consigli pii su come cancellarmi dalla foto di famiglia per il bene della reputazione e della progenie del Bastardo. Poi, dato che ci eravamo giurati segretezza, non verità, ho aggiunto che non me ne fregava niente. Craig ci ha raccontato di quando, alle medie, si era fatto fare un pompino da un poveretto della squadra di pallacanestro della scuola, poi si era spaventato così tanto da spargere la voce che il ragazzo spiava gli altri nello spogliatoio e che aveva cercato di palpeggiarlo durante un incontro di lotta. Dopo aver preso un sacco di botte per la terza volta, il malcapitato si era trasferito in una scuola in un'altra contea.

«Non mi sono neanche sentito in colpa» ha ammesso Craig. «Questo fa di me, tipo, uno psicopatico?»

«Probabilmente sì» ho risposto. Nikki si è sbellicata dalle risate.

Ora è morto. Strano, vero? Era qui, era *dentro* di me, era sudaticcio, odioso e forse, tipo, uno psicopatico, e ora è solo un cadavere. Anche meno, tra non molto: ossa, polvere e vermi. Non un fantasma, di sicuro. Se fosse un fantasma, lo saprei, perché non mi lascerebbe mai in pace.

So come è morto; so il perché a meno che tu non voglia scoprire il *perché, Dio, perché* esistenziale della faccenda, nel qual caso chissà, ma non posso affermare di aver conosciuto Craig. Aveva una sorellina, è emerso, una marmocchia sdentata con i codini che lo venerava per averle insegnato a effettuare i tiri liberi e a mettere ko il bullo del parco giochi. Ma l'ho scoperto solo durante il suo sdentato elogio funebre e a quel punto non potevo permettermi di ascoltare. Certe volte Craig era come una bambola, un pupazzo meccanico da mettere in posa. Era un bavoso quando baciava e irascibile quando beveva troppo, e amava Nikki abbastanza per ingelosirsi ma non abbastanza, o almeno non abbastanza bene, per indurla a ricambiarlo.

Ogni tanto ci incontravamo ancora senza di lui ed è

stato allora che Nikki mi ha raccontato le cose che nemmeno Craig sapeva, per esempio le sue corse mattutine segrete, un'abitudine che aveva preso quando era una quattordicenne anoressica, ma che portava avanti perché le piaceva l'oscurità vuota delle cinque del mattino. Tutti sapevano che sua madre si era scopata per un anno il compagno di racquetball di suo padre, ma nessuno sapeva quanto Nikki la giudicasse patetica per essere tornata indietro e aver implorato perdono, e ancora di più per essere rimasta con un marito che ora non perdeva occasione per farla sentire in colpa. Tutti sapevano che Nikki era brava a essere popolare, ma solo io sapevo che non gliene fregava niente. Si scopava le persone e si costruiva un piccolo regno perché le veniva facile e perché era più divertente dell'alternativa, ma quelle azioni non rendevano la vita meno noiosa né il futuro più sopportabile. Le piaceva guardare gli altri che strisciavano ai suoi piedi per la stessa ragione per cui i bambini danno fuoco ai formicai. Non perché desse significato all'esistenza, ma perché di tanto in tanto hai bisogno di vivacizzare un pomeriggio.

Tutti sapevano che lei e Craig Ellison erano destinati a stare insieme, un amore prescritto dalle leggi del corteggiamento regale, e probabilmente avevano ragione. Craig era stato il primo bacio di Nikki in prima media, Nikki era stata la prima corsa di Craig in seconda base, ma non c'è niente di sexy nell'inevitabilità, o almeno niente di sexy quanto un'anonima ragazzina di seconda media che ti fa una sega nel bagno della pista di pattinaggio, e così si erano messi insieme davvero solo in seconda superiore, scopandosi e mettendosela nel culo a vicenda, scopando e litigando e poi scopando di nuovo. Non c'è da meravigliarsi che si annoiassero.

Craig, in qualche modo, aveva ancora i suoi segreti: riusciva a procurarci qualunque cosa. Abbiamo provato l'eroina – roba da cavalli, era così che la chiamava, perché non poteva evitare di fare lo scemo – ma solo una volta. Le persone non sono fatte per sentirsi così bene o per essere così felici. La cocaina era meglio. Rendeva il sesso più piacevole. Rendeva ogni cosa più piacevole. Era semplice da recuperare e non ti annebbiava troppo il cervello, a differenza dell'eroina, con cui ho rischiato di incendiare i capelli di Nikki. Era facile ridere delle cose, all'epoca.

Ecco cosa facevamo. Guardavamo, scopavamo, sbuffavamo, parlavamo e ricominciavamo da capo. Finché Craig è morto ed è tutto finito. Non ci sono più tornata. Non ce l'ho fatta. Non alla stazione, non nel bosco. Era stato profanato. Non infestato dai fantasmi – te l'ho detto, non credo in queste cose – solo rovinato.

Nessuno sarebbe venuto a saperlo se non fossimo state io o Nikki a rivelarlo, e avevamo giurato di stare zitte. Un'ultima promessa sacra, e – che stupida – ho dato per scontato che ci avrebbe legate per la vita, ma quella è stata anche l'ultima volta che l'ho vista. Forse io ero il suo bosco, profanato e rovinato. Ma sai cosa penso? Di avere sbagliato fin dall'inizio a illudermi di aver tolto la maschera a Nikki e di aver intravisto la sua vera faccia, quando in realtà sotto c'erano soltanto altre maschere. Maschere su maschere, con uno spazio vuoto al centro dove una potenza superiore aveva dimenticato di infilare un'anima. Solo istinto animale, niente funzioni evolute. Nessuna capacità di provare dolore.

Lei dava la colpa a me.

Lei dava la colpa a *me*.

Io non do la colpa a me stessa.

Mi rifiuto.

Non ho fatto niente di male.

Giurin giurello, Dex. Croce sul cuore e spero di raggiungere Craig sul grande campo di pallacanestro nel cielo, non ho nessuna colpa, cazzo.

Nessuno è il mio burattino.

Me l'hai giurato.

Di nuovo sola, dopo. Sola, al buio, con un segreto, sola con gli incubi e il fantasma della loro pelle, svegliandomi con lui dentro di me, con lei che mi strisciava lungo il corpo, dita e lingue invisibili che si dissolvevano con la luce dell'alba. Sola con mia madre, il Bastardo e naturalmente il preziosissimo bambino del cazzo che non la smetteva di piangere, loro due che mi tenevano lontana da lui come se avessi una malattia contagiosa, come se volessi toccarlo, tenerlo in braccio o fare da sorella maggiore alla loro urlante crisi di mezz'età imbrattata di merda, e chi poteva criticarmi per essermi portata il coltello nella vasca da bagno? Domanda retorica. Il Bastardo mi accusava di piantare scenate, mia madre mi accusava di far incazzare il Bastardo e il terapista da quattro soldi mi accusava di non voler affrontare sinceramente i problemi, di non volere strappare la benda dalla ferita suppurante, ma se non altro mi ha fatto la ricetta e a quel punto non me ne fregava più un cazzo di chi mi accusava di cosa, nemmeno Nikki Drummond. Soprattutto Nikki Drummond.

Quelli sono stati i giorni delle nuvole. Fluttuavo. Ascoltavo Kurt a tutto volume dove potevo e in silenzio, nella mia testa, dove dovevo. Avrei potuto fluttuare per sempre, Dex; è bene che tu lo sappia.

È importante precisare che non ti ho cercata.

Qualche volta ci ho pensato: odierebbe vedermi con un'altra, guardarmi cingere una vita con il braccio o chinarmi per sussurrare un segreto. L'avrebbe fatta soffrire e, più di ogni altra cosa, volevo che soffrisse. Lo ammetto. Potevo scegliere chiunque, una di quelle ragazzine tristi che ballano lungo il corridoio con i giubbotti di jeans identici e i fuseaux fosforescenti, dimenandosi sulle note dei New Kids o di Sir Mix-A-Lot perché è quello che i loro ragazzi gli hanno consigliato di ascoltare, dicendo *per favore* e *grazie* ai professori e *fa' piano* e *scopami* ai ragazzi con cui si facevano vedere solo nel bosco, ragazze tristi con frange grandi e sogni piccoli. Le ho osservate e ci ho pensato.

Poi sei stata *tu* a venire da me.

Non ti sorprenderebbe scoprire che è stata Nikki a parlarmi di te. Ti sorprenderebbe ciò che ha detto, qualcosa come «Chi, lei? Quella sfigata mi guarda sempre di traverso come se le avessi annegato il cane» e perdonami, Dex, ma ho replicato: «Probabilmente è innamorata di te», e Nikki ha risposto: «Chi non lo è?», e poi, sono sicura, ubriache e fatte, siamo scoppiate a ridere.

È la verità, Dex: non gliene è mai fregato un cazzo di

te. Tutta l'energia che hai investito nell'odio per lei, eppure non eri niente ai suoi occhi. Non finché io ti ho trasformata in qualcosa. Non mi hai mai ringraziata nemmeno per questo.

Ti ho osservata. Un ammasso di capelli simile a una nube temporalesca. T-shirt intercambiabili dell'ipermercato, sempre di una taglia troppo grandi, come se non ti fossi mai accorta del tuo pregio migliore o se volessi essere sicura che non se ne accorgessero gli altri. Sempre con un libro, gli occhiali spessi e il broncio sofferente, il sorrisetto compiaciuto che facevi quando le persone dicevano qualcosa di stupido. Secondo me non ti rendi neppure conto di farlo, di socchiudere gli occhi e di sollevare il labbro, come se gli scemi ti procurassero un dolore fisico. Una volta mi hai detto che prima di me sprecavi metà del tempo a chiederti perché le persone non ti trovassero più gradevole, perché si soffermassero sugli occhiali, sui capelli o sul risvolto dei tuoi jeans, su quanto fosse stretto e quanto fosse alto. Non ho avuto cuore di dirti che niente di tutto questo sarebbe servito a qualcosa. La gente ama credere di essere bella, intelligente e simpatica... *speciale*. Non apprezzerà mai la persona la cui faccia rivela la verità.

Ciò che ho visto sulla tua faccia era la verità su Nikki. Era brutta per te quanto lo era per me. Volevi farla soffrire. E io ti ho aiutata anche se non te ne sei accorta. Non c'è di che.

Ti conoscevo prima che tu conoscessi te stessa. Immagina se ti fossi lasciata alle spalle le superiori, il college e una vita di pannolini, lavori noiosi, club del giardinaggio e vendite benefiche di torte organizzate dall'Associazione genitori-insegnanti, senza mai conoscere te stessa, così dura e così... così arrabbiata. Avevi paura di sentire la collera, ma io la sentivo ribollire al tuo posto. Sentivo il coperchio della pentola, il tintinnio del metallo come l'avvertimento di un serpente a sonagli: *State indietro, sto per esplodere.*

Perciò chi cazzo se ne frega se è così che abbiamo cominciato, se è stato il tuo odio verso di lei che mi piaceva di più, se mi sono aggrappata così forte perché percepivo la sua ira all'idea di essere stata rimpiazzata... da una nullità. Dunque è stata Nikki ad avvicinarci. E allora?

L'importante non è come ci siamo trovate, Dex, o perché. È quello che abbiamo fatto e quello che è successo dopo. Fa' scontrare le due particelle giuste nel modo giusto, e otterrai una bomba. È questo che siamo, Dex. Una fusione accidentale.

Le storie delle origini sono irrilevanti. Niente conta meno di come sei nato. Ciò che conta è come muori e come vivi. Noi viviamo una per l'altra, perciò qualunque cosa ci abbia portate a questo punto deve essere giusta.

9

DEX

Gli Urge Overkill

C'era una videocamera di sicurezza. Due ombre inquadrate sullo schermo, facce indistinte, età abbastanza definibile perché, il mattino dopo il nostro trionfo graffitista, due sbirri si facessero strada a spintoni verso l'ufficio del preside. A mezzogiorno si era ormai sparsa la voce che cercavano due ragazze in possesso di vernice spray, con possibili legami agli ambienti dark, due ragazze dalle intenzioni pericolose. *Dio è morto,* avevamo scritto – avevo scritto – e non mi ero resa conto che ci saremmo trasformate in qualcosa da temere. A metà della lezione di inglese, il sistema di amplificazione ronzò e il preside trasmise avvertimenti minacciosi: le nuove prove indicavano la presenza di agitatori tra noi, dovevamo tenere gli occhi aperti ed eravamo tutti a rischio, specialmente quelle due sprovvedute. Il tamtam dei pettegolezzi entrò in fermento, il vortice delle congetture che soffocava rapidamente le chiacchiere sulla prossima grande festa e sulla crisi lassativa di Hayley Green, indotta dalla bulimia.

Due ragazze anonime che avevano risposto alla chiamata delle tenebre; sentivo tutti gli occhi puntati su di noi.

Ci incontrammo vicino ai cassonetti, una imperturbabile e l'altra con i nervi a fior di pelle, tre possibilità per indovinare chi fosse chi. Non era l'anno più adatto per diventare delinquenti minorenni. «Nella peggiore delle ipotesi è vandalismo, dev'essere un reato minore» disse Lacey, ogni parola una scrollata di spalle, e avrei voluto scuoterla perché si rendesse conto della realtà.

«Un reato minore? Ti arrestano anche per quelli, Lacey. Siamo nella merda.»

Quel ritornello mi echeggiava nella testa da quando avevo visto la macchina degli sbirri fermarsi lungo il marciapiede dalla finestra dell'aula. Nella merda. Nella merda. Nella merda fino al collo, anzi fino ai capelli. Il fatto che Lacey fingesse il contrario non cambiava un bel niente.

«Nessuno finirà dietro le sbarre. Non sanno nemmeno che siamo state noi. Piantala di fare la pazza e non lo scopriranno mai.»

Ma il problema non era il mio comportamento. Era Lacey. Le persone la conoscevano abbastanza per sospettare la verità, o almeno lo avrebbe fatto Nikki Drummond.

E infatti lo fece.

«Fammi indovinare: è stata una sua idea.» Nikki mi bloccò nel bagno delle ragazze al secondo piano, dove avevo iniziato ad andare da quando mi aveva intrappolata in quello al pianterreno. «Ti ha promesso che non vi avrebbero mai beccate. Niente conseguenze.»

«Ti piace così tanto sentirmi pisciare?»

«È sempre una sua idea, ma sarai tu a prenderla nel culo. Lei farà in modo che sia così.»

«Seriamente, mi fai la posta in bagno? Perché è molto strano.»

«Quella porta solo guai, Hannah.»

«Chi sei, il grillo parlante?» Mi lavai le mani, quindi applicai un po' di burrocacao, tanto per dimostrarle che non mi tremavano le dita. «Per l'ultima volta: non so di cosa stai parlando. Non ne ho la minima idea.»

«Fidati di me, sono certa di non sbagliarmi.»

«Vaffanculo.» Uscii sbattendo la porta. Non fu la mia replica più tagliente, ma odiavo il pensiero di lasciarle l'ultima parola.

La ebbe ugualmente. Quando andai al mio armadietto quel pomeriggio, il vicepreside mi stava aspettando con un poliziotto, un paio di pinze e una soffiata "anonima".

Mi misi a piangere prima che aprissero lo sportello, pur sapendo che non c'era niente da trovare, perché anche i vandali più inesperti e presuntuosi non erano così scemi da nascondere la vernice spray a scuola, ma fu comunque umiliante e c'era uno *sbirro* che forzava il mio armadietto e come cazzo aveva fatto la mia vita a trasformarsi in quel film. Negli istanti prima che dichiarassero innocuo l'armadietto e mi mandassero per la mia strada, lacrime incriminanti o non lacrime incriminanti, maledissi Lacey e pensai, anche se solo per un secondo, *Nikki aveva ragione.*

Lacey era euforica quando mi prelevò dal parcheggio. L'avevamo fatta ufficialmente franca. «Bonnie e Clyde, giusto?»

«Bonnie e Clyde hanno fatto una brutta fine.»

«Cosa cazzo ti prende?»

Non potevo spiegarle che mi ero arrabbiata con lei, anche se per poco, che non meritavo lei né il festeggiamento che proponeva, e invece le chiesi di portarmi a casa. Se fossi riuscita a rifugiarmi in camera mia prima di scoppiare a piangere, pensai, sarei stata al sicuro. La giornata poteva finire e l'indomani sarebbe stato tutto dimenticato.

Mio padre mi aspettava dietro la porta. «La mamma è nella tua stanza.» Aveva una faccia da funerale.

«Cosa? Perché non è al lavoro?»

«Sali.»

«Qualcosa non va?» Pareva che qualcuno fosse morto, o almeno moribondo. Non vedevo nessun'altra ragione per cui mia madre potesse aver lasciato il lavoro nel bel mezzo del pomeriggio, nessun altro finale per quella giornata merdosa e deprimente.

Scosse la testa. «Le ho promesso che sarebbe stata la prima a sparare a zero. Ma... diciamo che ufficialmente sono molto deluso. Ufficiosamente?» Mi strizzò l'occhio.

Nella merda.

«Non possiamo far finta che non sia mai tornata a casa?»

Indicò le scale. «Vai. E, piccola?»

«Sì?»

«Affila le armi.»

Cosa aveva trovato: due bombolette di vernice, che Lacey mi aveva raccomandato di non buttare via (ma che si era rifiutata di tenere). Cartine per sigarette e una pipa di vetro che non avevo mai usato. Preservativi, intatti anche quelli, extra-large e al gusto di fragola su suggerimento di Lacey. Rossetto, troppo brutto per metterlo ma rubato al supermercato tanto per il gusto di farlo. Bottiglie impolverate sgraffignate dall'armadietto dei liquori. Una Polaroid delle tette di Lacey che ci era servita a uno scopo ridicolo, ormai dimenticato.

Come aveva saputo cosa cercare: una chiamata anonima in ufficio da parte di un'amica preoccupata che ovviamente era Nikki Drummond, ansiosa solo di rovinarmi la vita.

Cosa disse: *Sei una delusione. Sei una vergogna. E naturalmente sei in punizione.*

Non sei la figlia che ho cresciuto.

Sei fortunata che non chiami la polizia.

Non rivedrai mai più quella Lacey.

Non piansi. Non tradii Lacey, non quella volta, non ad alta voce. Confessai ciò che avevo fatto, dissi che lo avevo fatto da sola e che se mia madre avesse voluto denunciarmi, avrei ripetuto esattamente la stessa cosa alla polizia. Dissi che non poteva tenermi lontana da Lacey, che l'unica cattiva influenza lì dentro era seduta sul mio letto, stringendo due bombolette di vernice come se fossero bombe a mano. Non avevo bisogno, aggiunsi, che qualcuno, soprattutto Lacey, mi desse delle idee o mi costringesse con le minacce a difendere ciò che era giusto. Ero adulta e, se avevo voglia di sfidare l'autorità, erano affari miei.

Sospirò. «Questa non sei tu, Hannah. Sai che non ci si comporta così.»

«Mi chiamo *Dex*» ribattei, e fu l'ultima cosa che le dissi quella sera e le due successive. La tattica del silenzio era l'unica vera arma cui potevo ancora ricorrere.

Dovevo esserle sembrata ridicola. Ridicola ai suoi occhi almeno quanto mio padre sembrava ai miei, incitandomi da dietro le spalle di mia madre e sferrando qualche raro attacco frontale con vaghi riferimenti al loro comune passato posthippy, accennando a buone cause ormai perdute e a resistenze eroiche, anche se lei lo zittiva ogni volta con parole tese a farci sentire due merde. «Se ne frega quanto te della politica femminista, Jimmy» la sentii dire dopo che avevo gettato via il polpettone bruciato ed ero tornata in camera mia. «È semplicemente infatuata. Dovresti conoscere la sensazione.»

Mi aveva staccato il telefono e monitorava quelli al piano di sotto.

«No, Hannah non può rispondere» la sentii dire quel sabato mattina. «Per favore, smetti di chiamare.»

Lacey, ne ero certa, non avrebbe mai smesso.

Forse era quello il catalizzatore di cui avevamo bisogno per fuggire. Forse potevo finalmente scrollarmi di dosso le catene della periferia, mandare a fare in culo le superiori, il college e il mio fascicolo personale, salire sulla Buick di Lacey, battere il pugno sul cruscotto e darle il permesso che le avevo negato per tanto tempo, dire *Dai, l'Ovest ci aspetta* e pianificare la strada verso la libertà.

Quando mi preparai per la scuola il lunedì successivo, infilai il fondo per la fuga – 237 dollari – nello zaino insieme a una copia di *Straniero in terra straniera* e al primo mix che mi aveva registrato Lacey, quello con *COME ESSERE DEX* scarabocchiato con il pennarello indelebile.

Le cose indispensabili, per sicurezza. La aspettai nel parcheggio, ansiosa di avere una prova della sua esistenza, e durante l'attesa architettai piani di vendetta, un regalo per Lacey, perché prima di scappare dovevamo prenderci una rivincita sul nemico. Potevamo introdurci in camera di Nikki dalla finestra e raderle la testa; le avremmo tagliato le cuciture del vestito per il ballo quanto bastava perché si sciogliessero quando le avessero posato la corona sull'acconciatura impeccabile; l'avremmo incastrata per aver copiato un compito in classe; avremmo trovato qualcuno che le spezzasse il cuore.

Erano macchinazioni sciocche, rubacchiate dai romanzi per adolescenti e da vaghi ricordi di *Bayside School*, ma dimostravano la mia buona volontà. Lacey avrebbe trovato il modo di metterli in pratica.

Quando però finalmente si fece viva – non con mezz'ora di anticipo come la sottoscritta, impaziente e certa che avesse avuto la mia stessa idea, bensì venti minuti dopo l'appello – e la bloccai nel parcheggio, non volle ascoltare i miei piani di vendetta e non si mostrò piena di compassione per il mio weekend di tortura. Anzi, non sembrava particolarmente interessata ai miei problemi.

«Devo preoccuparmi?» domandò. «Tua madre è il tipo da chiamare la mia?»

«Dipende. Se pensa che serva a punirmi, sì.»

«Cazzo, questo sì che è un guaio, Dex. Devi chiederle se ha intenzione di spifferare tutto. Convincila a non farlo.»

«È difficile, dato che non le parlo.»

«Allora *parlale*, cazzo. Cosa ti prende?»

«Non lo so, forse essere prigioniera a casa mia mi ha fatta impazzire? Forse è stato un po' *spiacevole* vedere mia madre che mi guardava come se fossi una criminale intenzionata ad accoltellarla nel cuore della notte? Forse sono un tantino preoccupata perché mi ha proibito di vedere la mia migliore amica, e pensavo che anche la mia migliore amica fosse un tantino preoccupata per questo.»

«Mi stai vedendo in questo preciso momento.» Pareva distratta, come se potesse esserci qualcosa di più importante cui pensare.

«Come fai a non capirlo?»

«Come fai *tu* a non capirlo, Dex? Non posso permettere che il Bastardo lo scopra, non posso.»

«Oh, e invece va bene se beccano *me*?»

«Non è quello che volevo dire. Ma, okay, sì. Mi sembra che tu stia benissimo.»

«Oh, una favola. Va tutto alla grande.»

«Non capisci...»

«Capisco che è okay se io finisco nei guai purché non ci finisca *tu*. Anche se questa cazzo di storia è stata una tua idea.»

«Riesci per un millisecondo a considerare l'ipotesi che non ruoti tutto intorno a te?»

Scoppiai nella risata più brutta del mondo. «Dimmi che stai scherzando, cazzo.»

Non fiatò. Pregai che parlasse. *Di' qualcosa; di' qualcosa. Salva la situazione.*

«Allora?» la esortai. «Niente? Davvero?»

«Per favore, chiedi a tua madre di non raccontarlo alla mia.»

«Tutto qui?»
«Tutto qui.»

La scuola faceva male senza Lacey, ancora di più perché lei *c'era*, solo che non era più mia.

Ero io a essere in collera. Ero io a essere indignata. Ero io quella che la evitava nei corridoi e che saliva sull'autobus dopo la scuola invece di aspettare la sua macchina. Allora perché avevo la sensazione che mi avesse abbandonata? Ma quando vidi Nikki, non riuscii a spiccicare parola. Era diverso, senza l'appoggio di Lacey. Tutte le cose che volevo dire, tutti i *vaffanculo*, i *come osi*, i *cosa ti dà il diritto*, mi formarono un grumo in gola e sapevo che suono avrebbero avuto se mi fossi sforzata.

Hai vinto tu.

Parlai con mia madre quella settimana, una volta sola, per pregarla di non riferire i suoi sospetti ai genitori di Lacey. Perché non c'erano prove che lei avesse fatto qualcosa, le ricordai, e il fatto che fosse mia madre le dava il diritto di rovinare solo la *mia* vita.

Non parlai con Lacey.

Non chiamai nessuno, se è per questo; non andai da nessuna parte. Dopo la scuola tornavo dritta a casa e guardavo la TV finché era ora di andare a dormire. La vita in punizione era molto simile alla vita prima di Lacey, e mi terrorizzava.

«Come ai vecchi tempi, no?» osservò mio padre durante una televendita, mentre aspettavamo di vedere quale famiglia ad alto indice di unioni tra consanguinei avrebbe vinto la faida. La mia espressione deve avergli rivelato i miei pensieri, perché aggiunse: «Lo so. Manca anche a me».

Non mi fece stare meglio.

Ciò che ci riuscì: venerdì pomeriggio il telefono squillò e, dopo aver risposto, mio padre mi allungò la cornetta. Mia madre era all'oratorio, impegnata a far emergere l'artista che era in lei durante una lezione di ceramica – e durante la gozzoviglia alcolica che seguiva di solito – e quasi sicuramente sarebbe stata occupata fino a mezzanotte. Eravamo a casa da soli. Nessuno che gli impedisse di violare le regole; nessuno che mi impedisse di dire un cauto *pronto* e finalmente di tornare a respirare quando udii la voce all'altro capo della linea.

«Mi dispiace.»

Avrei voluto aspettare che si scusasse per prima, ma ero troppo impaziente e così parlammo insieme, sovrapponendoci, disperate, entrambe, così dispiaciute, così ansiose di dimenticare e di andare avanti, qualunque cosa, non era niente, acqua passata, stupido, secondario, irrilevante per l'epica e infinita storia di noi due.

«Ce l'ho, Dex» dichiarò alla fine. «La vendetta perfetta.»

«Nikki?»

«Certo, Nikki. Credevi che gliela avremmo fatta passare liscia?»

«Qual è questo piano perfetto?»

«Non ora. Stasera. Hai saputo della festa del pignoramento, vero?»

L'avevano saputo tutti. Una casa abbandonata sul

bordo di un complesso costruito a metà, sicuramente vuota, fuori mano e dotata di spaziose camere da letto. Il padre di Nikki lavorava per la banca scellerata e ogni mese o due lei riusciva a rimediare un indirizzo e una chiave. Io e Lacey avremmo dovuto essere superiori a certe cose.

«Sono in punizione» le ricordai mentre mio padre sussurrava *Va' pure* e annuiva.

«Esci di nascosto. Ti prometto che ne varrà la pena.»

Non è che non volessi vederla. Non sapevo di cosa si trattasse. «Lacey...»

«Vengo a prenderti alle nove.» Riagganciò prima che potessi rispondere.

«Non voglio sapere dove vai» disse mio padre. Il segnale di libero mi ronzava ancora nell'orecchio. «Negabilità plausibile. Ma torna prima di tua madre.»

Dunque sarei andata a una festa.

Alle nove ero strizzata nel corsetto nero, che non indossavo dalla serata al *Beast*. Lacey sosteneva che mi trasformava in una guerriera, pronta per la battaglia. Era vero. Non si presentò. Mi sedetti sui gradini della veranda, in attesa, il rossetto che si congelava, i capelli che si afflosciavano per l'umidità, il tempo che scorreva, il cuore che batteva, le macchine che passavano e non si fermavano mai, nessuna con lei a bordo. Avevo versato un po' di scotch in una bottiglia d'acqua, il nostro prefestino privato, o almeno era quella l'idea.

Me lo scolai quasi tutto da sola.

Nove, nove e mezzo, dieci. Di Lacey, neanche l'ombra. Quando chiamai a casa sua, non rispose nessuno. Col cazzo che sarei tornata dentro, che mi sarei messa il pigiama e avrei spiegato a mio padre perché avevo preferito le regole alla ribellione, che avrei fissato il soffitto domandandomi perché Lacey mi avesse tirato il bidone. La festa era solo tre chilometri più in là, e avevo la bicicletta.

Perché ero arrabbiata. Perché ero stanca. Perché ero stufa di essere quella che si accodava, quella che subiva le decisioni altrui. Perché avevo qualcosa da dimostrare. Perché ero curiosa. Perché ero sexy e lo sapevo. Perché avevo visto abbastanza film in cui la ragazza bruttina va a una festa e cambia la sua vita. Perché odiavo Nikki e pensavo che se avessi bevuto abbastanza birra forse avrei trovato il coraggio di sputarle in faccia. Perché Lacey sarebbe stata soddisfatta o forse no, o forse dovevo smettere, cazzo, di preoccuparmi della sua opinione. Perché ero imbarazzata e triste e questo mi faceva arrabbiare di nuovo, e la collera mi diede l'energia per pedalare, sfrecciando nel buio verso un'ombra intermittente, verso le sensazioni di quella notte, con il vento nelle orecchie e il vecchio scotch dei miei che mi bruciava nella gola, come il destino. Perché qualunque cosa, perché chissà, perché non era una notte, una settimana o un anno fatto per i perché, niente *come mai*, solo *chi cosa quando dove*:

Io.

Un errore.

Nel momento in cui avrei dovuto capirlo.

Qui. Il guscio di un villone, corpi che si muovevano oltre le finestre illuminate da candele tremolanti. Sulla veranda fastosa, due ragazzi con i jeans dal cavallo basso che bevevano un ultimo sorso di birra prima di entrare.

«Andiamo a farci un cannone.»

«Bella zio.»

«Scialla.»

Quell'anno, tra i ragazzi bianchi, spopolava la moda di parlare come se fossero neri, di sciorinare uno slang maldestro e portare i calzoni cadenti come i rapper che si vedevano in TV, e andavano dove andavo io, e a quel segnale avrei dovuto inforcare di nuovo la bici e tornare a casa, invece estrassi la bottiglia dalla borsetta e finii lo scotch. Ero una delinquente, mi dissi. Ricercata dalla polizia. Ero in punizione ed ero uscita di nascosto, seppure con il permesso di mio padre. Ero pericolosa.

Più bevevo, e più era facile crederci.

Sarebbe stata la casa più bella in cui avessi mai messo piede se non fosse stata così palesemente abbandonata. In tutta fretta, si sarebbe detto, divani, tavoli e tappeti tutti al loro posto, il che, nonostante la massa di corpi che turbinava a ritmo di una pessima musica sulla moquette macchiata, conferiva alla casa un'atmosfera pompeiana. Qualcuno aveva vissuto lì dentro, una volta, ed era fuggito in quattro e quattr'otto, aveva posato il cucchiaio della colazione e il giornale del mattino, era corso fuori dalla porta e si era fermato solo quando era stato abbastanza lontano per essere al sicuro dalla cosa che stava arrivando. La cosa cattiva.

Nikki Drummond aspettava nell'atrio come se fosse la gran dama della tenuta. «Sei proprio tu? Hannah Dexter? Che ci degna della sua presenza.»

«In carne e ossa.»

«Pensavo che a quest'ora ti avessero mandata in

un'accademia militare. O almeno messa in punizione.»

Non ero ancora abbastanza sbronza per sputarle addosso, così spostai l'attenzione sul tipo tutto muscoli che le sbavava dietro, Marco Speck, che era stato l'ombra di Craig e ora, a quanto pareva, cercava di diventare il suo rimpiazzo. «Se vuoi un consiglio, sta' attento» dissi. «Il suo ultimo ragazzo ha dovuto spararsi un colpo in bocca per liberarsi di lei.»

Marco mi guardò come se avessi colpito Nikki a tradimento. «Cazzo, Dexter. Questa sì che è una battuta crudele.»

Ero in vena di crudeltà.

Nikki sorrise e mi porse un drink, che ingollai senza esitazione, pensando che forse sarebbe finita lì e che eravamo pari. Poi spinse Marco verso di me, dicendo che eravamo fatti uno per l'altra e che, se volevo fare una figuraccia, non sarebbe certo stata lei a fermarmi. Quando Marco osservò che quasi non mi riconosceva con quelle tette e aggiunse *Orcocane*, giocherellai con la scollatura e lo presi per mano perché Nikki ci stava guardando. Forse Lacey avrebbe detto *Non diventare una di loro*, ma d'altra parte aveva detto anche *Non è mica un affare di stato*, *Cosa stai aspettando* e *Cazzo, non fare tanto la preziosa quando si tratta di scopare*, e in ogni caso non c'era. Il drink sapeva di limone, zucchero e fuoco. Marco di noccioline. Il suo respiro nel mio orecchio era come il vento in bicicletta, come andare in discesa a ruota libera durante una corsa estiva. Come *fare in modo che succedesse*. I vetri rotti ci scricchiolavano sotto i piedi, ogni cosa granulosa, appiccicosa e coperta di sudiciume, e secondo me c'era odore di sesso, di sesso come lo immaginavo io, fumo, birra secca e frutta marcia. C'era la musica che rimbombava, rap hard-core; c'era una folla di estranei impegnati a fare ciò che gli estranei facevano al buio. Marco mi succhiò il collo. Le sue mani nelle mie mani, poi nelle mie mutandine, Marco si strofinò contro di me, petto contro petto, basso ventre contro basso ventre, come se ballassimo, e lo sentii duro contro di me e quasi credetti di poterlo fare da sola, senza Lacey, di poter essere ciò che la notte pretendeva, di potermi insinuare nel suo cuore vivo e pulsante.

Che cazzo stai facendo?

Pensai di aver udito la sua voce e risposi: «*Chiudi il becco*».

«Neanche per sogno.» Quelle parole non erano nella mia testa. Erano uscite dalla bocca di Lacey, proprio lei, dietro di me, le mani sulla mia vita, trascinandomi via da Marco e dal suo sudore caldo, spingendomi tra i corpi, su per le scale, nella cameretta di un bambino, una triste sfilata di animali dello zoo che si staccava dalla parete.

«Che cazzo combini, Dex?»

Non era vestita per una festa. Canotta bianca e calzoncini sportivi, non era vestita per nulla. Niente trucco. Niente anfibi. Quella era la parte più strana. Lacey in scarpe da ginnastica.

«Non sapevo neanche che ne avessi un paio» dissi.

«Sei *ubriaca*?»

«Ho iniziato senza di te.» Poi la abbracciai, la abbracciai e dissi che era una stronza per avermi tirato il bidone, ma ora era lì e, scarpe da ginnastica o non scarpe da ginnastica, *everybody dance now*. Cantai, la presi per i polsi e le agitai le braccia in aria.

Si divincolò. «Datti una calmata. Che cazzo ti è saltato in mente?»

«Ti piace quando sono sbronza.»

«Quando bevi con me. Quando posso tenerti d'occhio.»

«Sei in ritardo.» Feci un passo indietro. «E nel posto sbagliato.»

«E tu stavi limonando con Marco Speck. È una serataccia per entrambe.»

«Lacey. *Laaaaaaaaaaacey.* Su col morale. È una festa.»

«Devo parlarti, cazzo.»

«Giusto. La vendetta.» Ero pronta all'azione. «Vendetta. Stile Montecristo. Mettila in atto. Cosa hai in mente?»

«Scusa?»

«Nikki Drummond. Hai detto di avere il piano perfetto. Allora procedi. Fa' in modo che ne valga la pena.»

«Perché hai posti migliori in cui andare? I calzoni di Marco Speck, per esempio? Come se io potessi permetterlo.»

A quel punto sarei tornata di sotto, forse non per scoparmi Marco Speck, ma almeno per provarci, se non si fosse piazzata davanti alla porta.

«D'accordo» riprese. «Vuoi vendicarti? Ecco il piano. Bruciamo questa cazzo di casa. Subito.» Tirò fuori un accendino. Non sapevo perché avesse un accendino né perché lo avesse fatto scattare, prendendo un cuscino e dandogli fuoco mentre, ipnotizzate, fissavamo le fiamme.

«Porca puttana!» Lo scaraventai via e lo calpestai forte, disperata, lo slogan dei pompieri – *fermati, a terra e rotolati* – che mi vorticava nella testa, e tutte le notti di panico che avevo passato in quarta elementare dopo che la casa di Jamie Fulton si era incendiata e la scuola ci aveva spedito una lista dei vestiti di cui la famiglia aveva bisogno, tra cui slip da bambina, taglia S. Se la mia casa fosse bruciata e i miei vestiti si fossero ridotti in cenere e i miei compagni avessero potuto leggere nero su bianco che mi servivano degli *slip da bambina* usati, *taglia S*... meglio morire nell'incendio, avevo pensato.

Le fiamme si spensero. I Doc Martens erano adatti allo scopo.

«Vuoi che ci lasciamo le penne?»

«La casa brucia, e cosa pensi che succederà? Festa di Nikki, colpa di Nikki, e lo sapranno tutti.» Lacey aveva un'espressione folle, come se avesse voluto farlo davvero, come fosse ancora disposta a farlo se solo io avessi accettato. «Sarebbe finita per lei. E pensa al fuoco. Fiamme nella notte. Magiche.»

«Da quando in qua sei una cazzo di piromane?»

«È questo il piano. Ci stai o no?»

«O sei impazzita o credi che sia un grosso scherzo. In ogni caso, vaffanculo.» Le strappai l'accendino dalle mani. «Questo lo tengo io.»

Una debole risata. «Non facevo sul serio. Cazzo, impara a stare agli scherzi.»

Le credevo; non le credevo. Ero stanca di provare a capirla.

«Volevo solo essere sicura che ci fosse ancora un po' di Hannah nella mia Dex» disse. «Dove sarei senza quella vocina che mi dice *No, non farlo, Lacey, è pericoloso*?» Usò un tono dispiaciuto e rammaricato, come quello di un impiegato di banca che rifiuta un prestito.

«Non sono la tua coscienza, cazzo.»

In quell'istante deve essersi resa conto di quanto fossi arrabbiata, ubriaca e fatta. «Dai, Dex. Dai, era uno scherzo, mi dispiace. Ascolta, è stato un errore. Questa festa. Questa settimana. Ogni cosa. Cancelliamo tutto. Ricominciamo daccapo. Veramente, questa volta. Facciamo un falò della nostra vita...» Alzò la mano per zittirmi prima che potessi obiettare. «In senso *metaforico.* Facciamolo davvero questa volta. Andiamocene. Partiamo per l'Ovest come avevamo progettato.»

«Subito?»

«Perché no?»

«Sono in punizione» le ricordai.

«Appunto. Ci resterai per tutta la vita quando tua madre scoprirà che sei stata qui. Vaffanculo lei. Vaffanculo tutti. Andiamocene. Dico sul serio.»

«Questa sera.»

«In questo preciso momento. Per favore.»

Per un secondo le credetti e ci pensai su. Salire sulla Buick, dirigerci verso l'orizzonte. Ricominciare. Potevo essere la ragazza che piantava baracca e burattini e si allontanava? Potevo finalmente essere Dex per sempre?

Essere libera?

Un secondo, e quello dopo la odiai per avermi illusa, perché cosa poteva essere se non l'ennesimo test, una proposta avventata che dovevo bocciare perché – non l'aveva appena detto? – era quello il mio ruolo, la guastafeste.

«Basta con le cazzate» dissi. «Io torno alla festa.»

Scosse vigorosamente la testa. «No, dobbiamo *andare.*»

«Se vuoi partire verso il tramonto, fa' pure. Non sarò certo io a fermarti. Voglio bere un altro drink. Voglio *divertirmi.*»

«Non sei obbligata a decidere di andartene per sempre, non nei prossimi trenta secondi, scusa, è stata un'idea assurda.» Mi prese il polso, lo strinse forte. «Ma almeno usciamo da qui. Per favore.»

Era la seconda volta che lo ripeteva nella stessa sera, e forse da quando la conoscevo. Non avrei dovuto provare una soddisfazione così grande nel divincolarmi. «Io resto. Tu vai.»

«Non ti lascio qui da sola.»

Fu allora che capii. Non voleva che fossi Dex, indomita e magnifica. Quello era il suo ruolo. Io dovevo essere la spalla. Dovevo tenere la bocca chiusa ed eseguire gli ordini, piroettare, saltare e fare acrobazie come una foca ammaestrata. Dovevo obbedire e applaudire al momento giusto. Dovevo lasciarmi modellare, non a sua immagine e somiglianza, ma qualcosa di meno.

Potevo essere la ragazza che si allontanava?

«Per favore. Vattene» dissi. «Non è mio compito tenerti d'occhio, e viceversa» dissi. «Non mi importa di cosa succede dopo» aggiunsi.

Forse, finalmente, ero io a sottoporla a un test.

Forse mentivo e forse no.

Lacey mi credette.

Se ne andò.

Ballare come se nessuno ti guardasse. O ballare come se tutti ti guardassero, la carne pallida che tremola mentre ti strusci contro il denim e il poliestere, i muscoli plasmati dal lacrosse e gli uccelli duri. Dimenarsi nei Doc Martens e sobbalzare al tum-tum-tum della raffica di hip hop, e permettere a una mano di insinuarsi oltre un sottile cinturino di cotone e di infilare un dito nel tuo recesso caldo e umido. Stringere le braccia intorno al corpo più vicino, premere le labbra sul collo, sulla nuca e sull'inguine, ridere con e più forte di, e se ti piace, farlo. Toccarsi, strofinare e accarezzare, gemere. Pensare, guardare queste facce, i miei amici, guardare il loro amore e guardare me stessa risplendere. Non pensare. Mettersi a cavalcioni di qualcosa, una sedia o un corpo, abbassarsi su di esso, cavalcarlo alla cowboy, cavalcarlo energicamente mentre ti versano la birra sulla testa e tu sollevi la faccia verso il fiotto e la lingua verso gli spruzzi acidi, poi, perché te lo chiedono, leccarli via da te stessa e dal corpo, e dal pavimento. Notare il calore della pelle, il fuoco che scorre sotto, il sale del sudore e delle lacrime. Tagliarsi il palmo con il bordo scheggiato di un bicchiere rotto e cospargersi di sangue. Lasciare che il pavimento precipiti e che l'orizzonte turbini. Succhiare la carne, ruotare e slanciare le mani in aria. È così che folleggi come se non te ne fregasse niente.

Guardati, aveva detto Lacey la prima volta che mi aveva allacciato il corsetto, girandomi verso lo specchio e mostrandomi la mia immagine. *È come se fossi nata per indossarlo.*

Visto, Dex?, aveva chiesto.

Avevo visto: la faccia di una ragazza truccata con colori vistosi e le labbra arricciate in una smorfia di finta provocazione. Scollatura da romanzo rosa e pizzo nero. Capelli con le mèches azzurro ghiaccio e bracciali rigidi di cuoio che sussurravano *legami, tienimi ferma.*

Guardati, aveva detto Lacey, ma io non c'ero più.

Avevo pensato: *sembro un'altra, e per giunta bellissima.*

«Ehi. Ragazzina. Svegliati.»

Feci ciò che sapevo fare meglio e obbedii agli ordini, svegliandomi lenta e indolenzita, bocca impastata, testa pulsante e una sensazione di vuoto come se non mangiassi da giorni, anche se il solo pensiero del cibo faceva venire voglia a ogni mio organo di riversarsi fuori dal mio corpo in una pozza maleodorante ai miei piedi. Mi svegliai imprecando e strizzando gli occhi, desiderando che qualcuno spegnesse il sole. Erbacce sotto di me, jeans e maglietta umidi di rugiada. Maglietta sconosciuta; la maglietta di un estraneo.

Un paesaggio alieno: distesa di erba troppo alta, piscina vuota, frangia di alberi. Rivestimento bianco sbiadito, finestre frantumate, patio imbrattato, lattine di birra schiacciate.

Un uomo, il suo piede che mi dà dei colpetti alla coscia, la faccia in ombra, il cartellino dorato che scintilla nell'alba.

«Brava. Ora alzati.»

Quando mi toccò, urlai.

Per poco lo sforzo non mi fece perdere di nuovo i sensi, come l'inclinazione del mondo quando mi tirò in posizione verticale. Poi il rumore delle sue parole, *addetto alla sicurezza, violazione di proprietà privata* e, continuava a ripetere, *spazzatura, spazzatura, spazzatura,* ma non era chiaro se si riferisse alle lattine vuote, ai vetri rotti e ai preservativi usati o semplicemente a me.

La festa era finita; non c'era più nessuno. Mi avevano lasciata sola. Mi avevano lasciata fuori con i rifiuti.

La posizione eretta mi rimescolò le viscere. Pensare era difficile, come un bambino malfermo sui piedini paffuti.

«Sali» disse, e c'erano una portiera con attaccata una berlina e un sedile posteriore di cuoio, e la sola idea di una macchina in movimento mi fece venire voglia di morire.

«Ho la bicicletta» dissi.

Proruppe in una risata canina.

«È un poliziotto?» chiesi. «Sono in arresto?»

«Dammi il tuo indirizzo.»

Non salire in macchina con gli sconosciuti, pensai, e domandai se almeno avesse una caramella, poi fui io a ridere.

Forse ero ancora sbronza.

Lacey avrebbe detto: salta nome, grado e matricola. Niente identificazione, niente indirizzo, niente conseguenze. Avrebbe dovuto scaricarmi sul ciglio della strada, così avrei potuto dormire.

Non ricordavo la nottata.

Non la ricordavo abbastanza.

Ricordavo mani che mi sollevavano, ricordavo di aver fluttuato tra braccia sconosciute, i lampadari in alto e poi le stelle, e risate che non erano mie. Ricordavo dita che strattonavano zip e pizzo, una voce che diceva *lasciala lì,* un'altra che diceva *capovolgila, così non annega nel suo vomito,* tutte le voci che incitavano *vomitavomitavomita* e il mio orgoglio da foca ammaestrata quando mi esibivo a comando.

Ero tutta dolorante, ma non ero ferita in nessun punto specifico. Era già qualcosa.

«Impara ad avere un po' di amor proprio» disse l'uomo dopo che gli ebbi dato l'indirizzo, dopo che mi ebbe condotta in giardino, fermandosi per permettermi di rigettare tutto ciò che mi era rimasto dentro. «Se continui a comportarti da puttana, la gente continuerà a trattarti come tale.»

Mi depositò davanti alla porta, che si spalancò al primo trillo del campanello, come se i miei mi stessero aspettando. Certo, ragionai lentamente, che mi stavano aspettando. Il sole era alto. Ero sparita. Avevo la sensazione di esserlo ancora.

Il poliziotto era un addetto alla sicurezza del complesso residenziale. Non mi avrebbero denunciata. «La prossima volta, però, non saremo così generosi.»

Mia madre era d'acciaio. «Non ci sarà una prossima volta.»

«Sicuro di non volermi portare in prigione?» chiesi al non-poliziotto, il cervello che carburava quanto bastava per sorridere. «Potrebbero essere più clementi con me.»

Poi ebbi un altro conato di vomito. Non era rimasto più niente.

Una volta che se ne fu andato, i miei chiusero la porta e seguì un lungo abbraccio. Cercai di parlare, probabilmente diedi l'impressione di volermi giustificare, quando invece volevo solo implorare *per favore, fate piano* e *qualcu-*

no può spegnere la luce?, ma mia madre disse *no*, in tono così fermo da non ammettere repliche, quindi mi strinse forte, e poi fu il turno di mio padre, e per un'eternità fui attorniata dal loro amore e quasi bastò per tenermi in piedi.

«Va' a darti una ripulita. Puzzi come una discarica» disse mia madre.

«Dormi» aggiunse mio padre. «Poi parliamo.»

Barcollai su per le scale. Avevo già sofferto di doposbornia, ma questo somigliava alla versione inedita di un doposbornia, diversa e profondamente sbagliata. Mi chiusi in bagno, aprii la doccia, aspettai che l'acqua si riscaldasse, che la notte scendesse ancora su di me.

Volevo essere pulita; volevo dormire. Davanti, ne ero certa, avevo lo snervante interrogatorio dei miei, prediche e sgridate, che ero stata fuori tutta la notte, che li avevo fatti preoccupare, che avevo perso di nuovo la loro fiducia, e avrei dovuto sopportarlo sapendo che mio padre sperava disperatamente che non lo tradissi, che se avessi mantenuto il segreto sulla sua complicità avrebbe trovato il modo di sdebitarsi. A prescindere da tutto, sarei stata rimessa in punizione. Il castigo, ovviamente, non si sarebbe esteso alla scuola e avrei dovuto affrontare le facce che mi avevano vista perdere il controllo, che sapevano cosa avevo fatto, qualunque cosa fosse. Ci sarebbero stati bisbigli e dicerie che avrei dovuto ignorare; ci sarebbero stati racconti di cosa e di chi e io, contro la mia volontà, avrei ascoltato, cercato di ricostruire la nottata. Sarei stata il pettegolezzo sulla bocca di tutti; sarei stata lo zimbello della scuola; sarei stata la cosa che avevano abbandonato fuori con la spazzatura. Tutto questo lo sapevo.

Non potevo sapere che una Signora ufficialmente preoccupata avrebbe pubblicato una lettera al direttore sul giornale della città, parlando di ragazze che si davano alla pazza gioia e del moderno clima morale corrotto, simboleggiato dalla ninfomane ubriaca che era stata trovata priva di sensi e seminuda davanti alla vecchia casa dei Foster, né che, anche se il nome della ragazza non veniva menzionato nella lettera, il premuroso addetto alla sicurezza l'avrebbe spifferato ai quattro venti finché mezza città mi avesse etichettata come una puttana, genitori che lanciavano occhiate malevole ai miei, figli che, irritati da nuovi coprifuochi e regole draconiane, incolpavano me di quelle limitazioni fuori programma, e persino insegnanti che mi guardavano diversamente, come se mi avessero vista nuda. Non potevo sapere che sarei diventata famosa, la Maria Maddalena di Battle Creek senza salvatore personale, senza nessuno che mi guarisse dalle mie iniquità se non il giudizio della città, *per il mio bene.*

Non potevo sapere che avrei affrontato tutto questo da sola. Che quando avessi chiamato Lacey per raccontarle l'accaduto, per scusarmi o per accettare le sue scuse, o semplicemente per stare al telefono finché non mi fossi sciolta abbastanza per fare scendere le lacrime, lei non ci sarebbe stata. Che aveva fatto i bagagli nel cuore della notte, come aveva annunciato. Che ormai ero sola perché avevo detto a Lacey di andarsene e lei se n'era andata.

Non lo sapevo.

Così quando mi spogliai in bagno e mi vidi – vidi le parole che erano state tracciate con il pennarello su tutto il mio corpo, le cose che qualcuno mi aveva scritto sullo stomaco, sui seni e sul culo, le etichette che non si sarebbero staccate nemmeno se le avessi sfregate con tutta la mia energia, in una calligrafia che non riconobbi, ma che pensai fosse opera di più persone, *troia* e *puttana* e *racchia* e, aggiunto chiaramente sotto l'ombelico con una freccia puntata verso il basso, *siamo stati qui* – pensai: *Lacey*.

Lacey mi salverà.

Lacey mi vendicherà.

Lacey mi abbraccerà e sussurrerà le parole magiche che aggiusteranno tutto.

Entrai nella doccia, mi accasciai contro la parete e guardai le parole che brillavano sotto l'acqua, le parole che mani sconosciute mi avevano inciso sulla pelle nuda mentre dormivo. Mani sconosciute che mi rivestivano, che mi facevano scorrere le mutandine lungo le cosce, che mi agganciavano il reggiseno senza spalline, che mi allacciavano il corsetto. Prima, mani sconosciute che facevano delle cose. Labbra sconosciute, dita sconosciute, uccelli sconosciuti, tutti quanti, mi sforzai, con l'acqua calda che mi scorreva addosso, di ricordare cosa avevo fatto, cosa gli avevo permesso di fare, chi ero diventata quella notte. L'acqua bruciava e la mia pelle bruciava, eppure credevo di poterlo sopportare perché presto avrei avuto Lacey e non sarei stata sola.

10

LACEY

Legami di sangue

Il Bastardo ha bruciato tutto. In un rogo del cazzo. Come un nazista.

«Heil Hitler» ho detto, inducendolo a fermarsi quanto bastava per mollarmi uno schiaffo, un bel ceffone energico che mi ha fatto ronzare le orecchie ma che, lo sapevamo entrambi, non avrebbe lasciato il segno. Poi Herr Bastardo è tornato al suo falò, e io ho sputato, urlato e rischiato di soffocare per l'odore di Kurt che si scioglieva tra le fiamme. Custodie di plastica che si deformavano per il calore, il fuoco che divorava gli occhi di Kurt, Nietzsche e Sartre che andavano in fumo. Sarebbe stato fico – molto Seattle, molto Kurt – se non fosse stata la mia vita a disintegrarsi mentre il Bastardo versava la benzina. E mia madre. Rintanata in cucina, probabilmente a scongelare in fretta e furia le salsicce cosicché il Bastardo potesse arrostirle sopra le rovine del mondo.

È per questo che ero in ritardo, Dex. Il mio crimine assolutamente imperdonabile. Il Bastardo ha trovato la *Bibbia di Satana* e si è incazzato come una iena. Non è stato come immagini, posso assicurartelo. Nella tua fantasia innocente, ne sono certa, i genitori sbraitano, inveiscono, ti mettono in punizione per una settimana e poi tutti mangiano spaghetti a cena e vanno a letto.

Lascia che ti descriva un'immagine, Dex. La vita secondo Lacey. Ci sono io, capelli arruffati e calzoncini, capezzoli sull'attenti, e lui non mi guardava nemmeno, tanto era ipnotizzato dal suo prezioso fuoco. Neanch'io riuscivo a smettere di fissarlo, il fuoco che consumava ogni canzone, ogni pagina, ogni pezzo di me, tutto ciò che mi portava via da questa vita di merda. È così che ti sei sentita quella sera, Dex, quando tua madre ha trovato quelle stupide bombolette di vernice, quando ti ha gridato addosso, poverina, e ti ha proibito di usare il telefono? Ti sei raggelata dentro come se la notte fosse uno stagno ghiacciato e se non fossi stata cauta la superficie si sarebbe crepata e tu saresti affondata nell'abisso? Eri disgustata dal modo in cui il tuo corpo ti tradiva con i brividi, la pelle d'oca, i piccoli versi rauchi e i mugolii che emettevi al posto delle parole? Hai pensato: *Io sono migliore*? Hai pensato: *Ormai sono vuota*? *Ormai non mi rimane più niente*?

No. Ti rimaneva qualcosa. Avevi me.

Il giorno in cui la musica morì. Dovrebbe essere una metafora. Non uno spettacolo live nel mio giardino, la faccia gonfia del Bastardo, rossa nella luce riflessa, le fiamme in miniatura che gli danzano negli occhi, le mani puzzolenti di benzina, il diavolo in mocassini e completo di poliestere. Mi sono venute in mente quelle vedove piangenti in India, quelle che si gettano sulla pira funeraria, perché per cosa continui a vivere quando la cosa per cui vivi è una colonna di fumo? Pensaci, pelle scorticata, muscolo nudo e osso perlaceo, carne fusa con la plastica, tutti noi cenere insieme.

«Hai il diavolo dentro di te.» Il Bastardo mi ha spinta in un angolo della mia stanza e mi ha costretta a guardare mentre la distruggeva. «Lo cacceremo con il fuoco da questa casa e poi lo cacceremo con il fuoco da te.»

Abbiamo ciascuna il nostro James. Il mio padre finto e il tuo vero. Solo che *padrefinto* è la definizione che appioppi al genere di uomo che ti corrompe con le perle fasulle e i CD di Amy Grant, che non smette di chiederti *Com'è andata la giornata?*, *Chi cazzo sono i tuoi professori preferiti?* e *Non vuoi proprio darmi la possibilità di dimostrarti che posso volerti bene?*

Il Bastardo ha fatto finta di essere gentile con me esattamente per il tempo che gli è occorso per infilarsi tra le gambe di mia madre. Il tuo James, invece. Il tuo Jimmy Dexter. Il tuo *caro vecchio papà*.

Un altro paio di maniche, no?

Certe volte ti nascondo le cose per proteggerti, Dex. Ma questo è vero: non ho mai voluto che succedesse. Un cliché, ma sincero: da' un calcio a un pallone, poi chiedigli se volesse volare. Ogni azione causa una reazione uguale e contraria. Non puoi dare la colpa a un oggetto maltrattato dalle forze inerziali; non puoi dare la colpa a me, sbatacchiata qua e là nel flipper della vita.

Ci sei cascata?

Okay, prova con questo: mia madre e il Bastardo hanno ragione, sono la sgualdrina di Battle Creek. Ho il diavolo dentro. Ho fatto cose terribili, ma questa non è una di quelle.

Ecco un altro cliché: non è successo niente. Deve pur contare qualcosa.

La prima volta. Inizio della primavera, una di quelle mattinate perfette capaci di illuderti che l'inverno non ci sia mai stato e che l'estate potrebbe non fare schifo. La porta si è aperta appena ho staccato il dito dal campanello. Come se lui mi stesse aspettando. «Dex può uscire a giocare?»

«Dex non è in casa in questo momento.» Quella è stata la prima cosa che mi è piaciuta di tuo padre, il fatto che ti chiamasse Dex. Non come tua madre, che insisteva a ripetere *Hannah questo* e *Hannah quello* con quella voce nasale, come se in realtà volesse dire *Lei è mia e tu non puoi averla*. «Sua madre l'ha portata a fare shopping. Una liquidazione imperdibile, ho sentito.»

«Interessante.»

«Le ho supplicate di portare anche me.»

«Chi non lo farebbe?»

Ha sorriso. Come se fossimo amici. «È il mio destino, sempre lasciato fuori al freddo.»

«È un mondo crudele.»

«Spietato.» Indossava un maglione alla Bill Cosby e jeans da papà, e i capelli erano un ciuffo nero di erbacce, come se si fosse appena svegliato anche se era mezzogiorno. Un velo di barba che gli scendeva lungo il mento, una crostina nell'angolo di un occhio. Io avevo un paio di calzoncini sopra i leggings neri, quelli che secondo te mi donano chiappe d'acciaio, e un top che mi tagliava le tette circa un centimetro sopra il capezzolo. Avrebbe potuto rifarsi gli occhi se si fosse preso il disturbo di guardare. Ma non era quel tipo di papà.

«È meglio che vada» ho detto.

«Non metterti nei guai là fuori.» Ci ha ripensato. «Non troppo, almeno.»

«Il fatto è...» Forse ho fatto un respiro profondo e l'ho trattenuto, perché volevo che guardasse.

Il fatto era che non potevo tornare a casa.

Il fatto era che il Bastardo aveva trovato i preservativi.

È per questo che sono venuta a cercarti, Dex. Per andare al lago e immergermi nell'acqua gelida finché mi avesse fatto abbastanza male per dimenticare. Non è colpa mia se non c'eri quando avevo bisogno di te.

«Il fatto è?» mi ha incoraggiata tuo padre.

«Il fatto è...» Non stavo piangendo o roba simile. Stavo solo recitando la mia parte, appoggiata allo stipite, una mano infilata nella tasca posteriore dei calzoncini, posata sul culo, gli occhi sulle sue scarpe da papà. Brutte scarpe da ginnastica blu, slacciate. Sono state quelle a fregarmi, le stringhe. Come se non avesse nessuno a salvarlo da eventuali cadute. «Ha le scarpe slacciate.»

Ha scrollato le spalle. «Mi piacciono così.» Si è spostato, facendomi spazio. «Vuoi entrare a bere qualcosa?»

Abbiamo bevuto una cioccolata calda. Niente whisky, non quella volta.

Le tazze fumavano. Ci siamo guardati. Ha sorriso. Un sorriso da papà.

«Allora, qual è il verdetto, Blondie?»

Se mai lo avessi sentito chiamarmi così, avresti guardato con espressione vacua me e i miei capelli neri e avrei dovuto spiegarti di Debbie Harry al microfono, di *Heart of Glass* e di come io fossi più una ragazza da Runaways, ma che razza di nomignolo è *Joan*, e comunque non era importante quanto il fatto che lui avesse capito che tipo di ragazza sono, il tipo che dovrebbe avere un microfono da leccare, una chitarra da fracassare e un palco da incendiare, il fatto che lui mi avesse guardata e avesse capito. Ma non ho dovuto spiegare niente perché sapevamo entrambi, senza dirlo, che non era roba per te.

Il soprannome: è stato il nostro primo segreto, e l'ennesima cosa che avevamo in comune. Ci piaceva dare alle cose dei nomi segreti. Sapevamo che conferivano potere.

«Come ti sembra la nostra piccola città?»

«Fa schifo» ho risposto.

«Ah-ah.» Non era una risata, più un'ammissione che una risata ci sarebbe stata bene.

«Però mi piace Dex.»

«Ragazza in gamba. Bella *e* intelligente. Sono d'accordo.»

Se fosse stato qualcun altro, solo un *uomo* anziché un *papà*, o anche se fosse stato la maggior parte dei papà, l'avrei interpretato come un invito, avrei sfoderato il mio sorriso da serpente, sorseggiato la cioccolata e cancellato i baffi marroni con una lenta passata della lingua.

«Grazie, Mr. Dexter.»

«Devi sapere che mi hai spezzato il cuore.» Si è posato una mano sul petto. «Finalmente Dex scopre la musica, grazie a te, e...»

«Prego.»

«E grazie a te comincia ad avere dei gusti di merda.»

«Attento, vecchio mio, comincia a parlare come uno della sua età.»

Si è alzato di scatto, la sedia ha cigolato, e ho temuto di averla combinata grossa. Di aver esagerato. Soprattutto quando è uscito dalla stanza e mi ha lasciata lì a domandarmi se dovessi andarmene, consolandomi al pensiero che almeno non avesse paura che rubassi l'argenteria.

Poi è tornato con un disco in mano. Si era anche cambiato la camicia. «Non ascolto cassette» ha detto. «Zero fedeltà tonale.» Mi ha allungato l'album. «Chiamami di nuovo *vecchio* e ti sbatto fuori a calci nel culo.» Sembrava molto fiero di sé per aver usato un'espressione volgare, come un bambino piccolo che sfoggia uno stronzo.

«I Dead Kennedys?»

«Li conosci?»

Mi sono stretta nelle spalle. L'ho imparato da Shay. Mai ammettere di non sapere.

«Portalo a casa. Ascoltalo... almeno due volte. È un ordine.»

«Davvero?» Conosco gli appassionati di musica e le loro collezioni di dischi, Dex. Non prestano i loro preziosi esemplari a chiunque.

«Davvero. Portamene uno dei tuoi la prossima volta. Faremo finta che sia uno scambio alla pari.»

La prossima volta.

È così che è andata, Dex, e che ha continuato ad andare. Abbiamo parlato di musica. Abbiamo parlato di *lui*.

Sapevi che quando aveva sedici anni ha mollato la chitarra per un anno e ha imparato a suonare la batteria? Voleva essere Ringo Starr. Non perché pensasse che Ringo fosse il migliore dei Beatles o roba simile, ma perché non puoi costringere te stesso a essere un genio. Lennon e McCartney si nasce. Ringo, secondo tuo padre, si diventa grazie alla fortuna, alle circostanze e all'esercizio nel garage dei genitori. Era dolce, ho pensato, che sognasse di essere il migliore quarto.

Mi sono fermata finché nella tazza sono rimasti solo latte freddo e minuscoli marshmallow fradici, poi gli ho stretto la mano. «Grazie per la cioccolata, Mr. Dexter.»

«Continua a fare quello che stai facendo per la nostra Dex.» La *nostra* Dex, come se tu fossi un segreto che ci accomuna. Mi ha accompagnata alla porta. «E ti conviene ascoltare quell'album, signorina. Aspetto il tuo resoconto.»

Ho fatto il saluto militare. «Sissignore, Mr. Dexter.»

«Gli amici mi chiamano Jimmy.» Non Jim, ma Jimmy. Probabilmente crede che gli conferisca un fascino giovanile, ma in realtà dà l'impressione che abbia bisogno della supervisione di un adulto.

«Siamo amici adesso?»

«Gli amici di Dex... Il resto lo conosci.»

Abbiamo solo parlato. Non c'è niente di male.

Ogni tanto ho fatto sega a scuola senza di te. Tuo padre era spesso a casa durante il giorno. Più di quanto avrebbe dovuto, direste probabilmente tu e tua madre. Neppure la prima volta mi ha chiesto cosa ci facessi lì. Nessuno dei due si è preso il disturbo di fingere che stessi cercando te.

«Cioccolata calda?» ha detto.

«Che ne dici di una sigaretta?» Gli ho lanciato un pacchetto di Winston Light.

Le abbiamo portate in giardino. Mi piaceva soffiare il fumo nel freddo, guardarlo annebbiare l'aria. Era come respirare, ma meglio.

Avevo notato le macchie sulle sue dita, il modo in cui continuava a picchiettarsi il cucchiaio sulla bocca. Il minuscolo foro sul ginocchio dove il tessuto si era bruciato. I fumatori segreti si riconoscono tra loro. Abbiamo un pizzico di bisogno insoddisfatto, di desiderio inespresso. Se vuoi la mia opinione, fumare non gli piace nemmeno. Credo che lo faccia perché gli è stato proibito.

«Dio.» Ha espirato. «Dio, che buona.»

Il primo tiro è sempre il migliore.

Mi ha insegnato a fare gli anelli di fumo. Gli ho ricordato – in seguito, quando ci conoscevamo meglio – come arrotolarsi uno spinello.

Quel giorno, però, abbiamo fumato in piedi, appoggiati al muro posteriore. I mobili merdosi del patio sembravano territorio di tua madre, tutti quei fiori di vinile e cuscini a tinte pastello.

«Posso chiederti una cosa, Blondie?» Gli piaceva giocherellare con la sigaretta, incidendo l'aria con l'estremità incandescente. A me piaceva guardare. Ha mani da uomo, tuo padre. Abbastanza grandi per piegare i polpastrelli sopra i miei quando premeva il suo palmo contro il mio, curvi come se provassero ancora a stringere una chitarra invisibile. «Probabilmente è fuori luogo.»

«Ormai abbiamo superato quella fase, Mr. Dexter.»

«Jimmy.»

«Jimmy.» Mi piaceva sentirmelo ripetere.

«Dex ha... insomma, non ha mai portato a casa un ragazzo, ma questo non significa che... Mi chiedevo...»

«Perché, Jimmy, domandi a me se tua figlia ha il ragazzo?»

«Ecco...»

«O se è lesbica?»

«Non è quello che...»

«Oppure sei solo preoccupato per lo stato della sua patatina, a prescindere da chi se la sgranocchia?»

«Metafora interessante, Blondie.» Era tenero il modo in cui cercava di ostentare indifferenza, fingendo che non gli si fosse accapponata la pelle.

«Non chiedermi di Dex.»

È stato la settimana dopo la serata al *Beast*, quando la tequila ti ha dato alla testa e hai deciso di fare lo spogliarello sul bancone del bar. Il mattino dopo non te lo ricordavi neppure. Cosa avevi fatto o cosa avresti voluto fare, o come mi avevi insultata per averti trascinata fuori di lì, perciò non puoi essermi grata per averti portata da me, per averti rimboccato per benino le coperte anziché scaricarti sulla veranda dei tuoi, un ammasso ubriaco, bavoso, seminudo e semicatatonico da ripulire. Certe volte mento per proteggerti, Dex, in modo che tu possa continuare a mentire a te stessa. Hai preferito non sapere di aver perso il controllo al *Beast,* proprio come hai preferito non sapere che nel campo con quei contadinotti idioti morivi dalla voglia di mettere le mani sull'ascia. Preferisci non sapere che hai preso un bello slancio e che hai riso vedendo il sangue.

Ho tenuto i tuoi segreti per te... *da* te. Non avevo intenzione di rivelarli a tuo padre.

«Non vuoi sapere se io ho il ragazzo?» ho chiesto. «O se sono mai stata innamorata, o cazzate simili?»

«Quelle cazzate non sono affari miei, Blondie.»

«Sono tutti deficienti. I ragazzi della mia età.»

«Non solo quelli della tua età.»

«Dunque mi consigli di diventare lesbica?»

Non ci stavamo guardando. Di solito non lo facevamo. Preferiva restare appoggiato al muro, nascondendosi dietro gli occhiali da sole e osservando il prato come se cercasse di individuare un movimento, quello sguardo da uomo delle caverne, *questa terra è mia e la proteggerò.* Cinghiali, cervi, postini erranti... era preparato. Mi sono concentrata sullo stesso punto e gli ho lanciato occhiate furtive quando potevo. Ogni tanto ci beccavamo a vicenda. Mi piaceva quando arrossiva.

«La cosa da sapere sugli uomini è che sono dei porci» ha proseguito. «*Specialmente* quando arriva una ragazza carina.»

«Mi stai definendo carina, Jimmy?»

«L'hai detto tu, non io, Blondie.»

«Non devi preoccuparti per me. Ho un papà tutto mio, sai.»

«Lo so.» Mi ha guardata. «Deve essere difficile non averlo vicino.»

«Non è mica morto.»

«Certo che no.» Pareva che volesse posarmi la mano sulla spalla. Non chiedermi da cosa l'ho capito; so riconoscere un uomo che vuole mettermi le mani addosso.

«Non se n'è andato per colpa mia, se è questo che pensi.»

«Non lo penso.»

«Mia madre lo faceva sentire una nullità. Ripetilo a qualcuno abbastanza spesso, e finirà per crederci.»

Ha dato una boccata alla sigaretta, ha soffiato fuori uno sbuffo di fumo.

«Spero che tu non ci creda, Jimmy.»

«Prego?»

«Non permetterle di farti sentire una nullità.»

Ti stavo facendo un favore. Aveva bisogno di sentirsi dire che esisteva, che non era solo il parto della fantasia di tua madre. Convinci qualcuno che non è reale e, *puf,* un bel giorno sparisce. Te lo sconsiglio, Dex.

L'ultima cosa che vuoi è essere come me, lo sappiamo entrambe.

«Mrs. Dexter ha molti grattacapi in questi giorni» ha proseguito. «E io non le semplifico le cose.»

In quel momento ho capito di aver fatto una gaffe. «Mrs. Dexter.» Perché di solito la chiamava Julia, per esempio *Julia odia quando io...* oppure *a Julia verrebbe un colpo se sapesse che io...*

«Forse è meglio che vada» ho detto.

«Forse sì, Lacey.»

Non mi è dispiaciuto che abbia confermato. Solo un cazzone permette a una ragazzina sconosciuta di insultare sua moglie. Potevo essere generosa perché questo non cambiava la verità: ero il suo segreto e l'ha tenuto. Ha mentito a te e ha mentito a tua madre. Io ero la sua verità. Questo non significa che mi amasse di più, non sto dicendo questo. Ma deve pur significare qualcosa.

Mio padre non tornerà mai. Ne sono certa. E i miei conseguenti problemi con i papà non sono così impercettibili. Non mi serviva un terapeuta per capire che stavo cercando un sostituto paterno, che l'incontro "sconveniente" con l'insegnante di musica o la volta che, al *McDonald's*, avevo permesso al ragazzo delle patatine di palpeggiarmi accanto al cassonetto erano tentativi di riempire un buco. Scusa il gioco di parole, nessuna malizia.

Ma non ho bisogno di un padre, Dex, perciò non credere che volessi rubare il tuo. Volevo solo prenderlo in prestito per un po', solo staccarne un pezzettino per me.

«Probabilmente tra poco mi licenzieranno» mi ha confidato una volta quando gli ho chiesto perché fosse a casa così spesso durante il giorno. Non che il cinema registri il tutto esaurito nel pomeriggio, e non che gestirlo si possa considerare un vero lavoro, ma comunque... «Però se vuoi sapere un segreto...»

«Sempre.»

Si è chinato e il sussurro ha fluttuato su una voluta di fumo. «Sto meditando di dare le dimissioni.»

Sognava in grande: invenzioni che non aveva idea di come costruire e negozi in franchising che non aveva i soldi per aprire, sogni di rifondare la band, di vincere alla lotteria, di beccarsi il botulismo al *salad bar* e di guadagnare una fortuna facendogli causa. È stato lui a fare di te una sognatrice, Dex, e forse è per questo che non sei mai piaciuta molto a tua madre.

Doveva provarci, l'ho incoraggiato. Io l'avrei fatto.

«Sì, be', tu non hai il mutuo.» Ha sospirato. «E nemmeno una moglie.»

Cominciavo a pensare che presto non l'avrebbe più avuta neppure lui.

«Non dovevo dirtelo» ha ripreso. «Non puoi dirlo a Dex. Siamo d'accordo?»

Era offensivo. Ti avevo raccontato qualcuna delle cose che non dovevi sapere? Per esempio, che ha chiesto a tua madre di sposarlo perché pensava fosse incinta e che, quando il loro fagottino di disperazione si è rivelato un virus intestinale, è andato ugualmente fino in fondo. Non era alcolizzato, ma ce l'ha messa tutta. Ha puntato il tuo minuscolo fondo per il college su azioni tossiche prima che tu fossi abbastanza grande per accorgertene e quella è stata l'ultima volta che tua madre gli ha permesso di toccare il libretto degli assegni. Gli piaceva la tranquillità delle due del mattino, quando la casa dormiva e lui poteva fantasticare su come sarebbe stato se foste sparite. Certe volte restava sveglio fino all'alba, immaginando se stesso in quella vita vuota, le canzoni che avrebbe composto, la coca che avrebbe tirato, il rombo del motore sulla strada sgombra.

«Mi fanno prendere delle pillole» ho dichiarato per dimostrare la mia sincerità. Un segreto in cambio di un segreto.

«Cosa?»

Non gli ho spiegato come è iniziata, dopo che mia madre mi ha trovata nella vasca da bagno, l'acqua rosa. «Sai com'è, fai una cosa che gli altri non capiscono, e vanno fuori di testa e ti imbottiscono di farmaci come se fossi una specie di squilibrato che chiacchiera ogni giorno con Gesù e con i marziani.»

«E tu lo facevi?»

«Non vedo cose che non ci sono, cazzo.»

«Ma eri una specie di squilibrata?»

Non sono riuscita a trattenere un sorriso. «Non dovresti dire *squilibrata*. È offensivo.»

Ha alzato le mani come a dire *scuuuuuuusa*. «Mi dispiace. Ti mancava qualche rotella?»

«Non ne perderesti qualcuna se tutti quelli che conosci ti dessero dello squilibrato?»

Doveva sentirsi solo in quella casa, senza nessuno che riuscisse a farlo ridere.

«Così mi hanno prescritto le pillole» ho continuato. «Una al giorno per tenere lontani i brutti mostriciattoli oscuri.»

«Funzionano?»

Ho alzato le spalle. Non combattevano gli incubi. Non rendevano più facile respirare quando ripensavo al bosco.

«Dex non lo sa» ho detto.

Si è passato l'indice sulle labbra, quindi si è tracciato una croce sul cuore. «Giurin giurello.»

«Non vorrai mica... Non cercherai di tenermi lontana da Dex ora che hai scoperto che sono completamente schizzata?»

«Secondo me le farà bene frequentare qualche schizzato.»

Nessuno aveva mai detto che sarei stata una presenza positiva per qualcuno. «Lo credi davvero?»

Ha bevuto le ultime gocce di whisky. «Non ho altra scelta, giusto?»

Ho allungato il braccio.

Gli ho preso la mano.

Per qualche secondo non l'ha ritirata.

«Lacey.»

«Jimmy.»

Ha mollato la presa.

«Non dovevo farlo.»

«Sono stata io.»

È una cosa che i padri fanno, no? Ti tengono per mano. Ti abbracciano e ti permettono di appoggiarti al loro petto, di inalare il loro profumo da papà e di strofinare il naso contro i peli da papà che spuntano da un buco nella loro sbrindellata maglietta da papà. Non c'è niente di perverso nel desiderarlo.

Così eccomi lì, l'ultima sera, tutto ciò che amavo incenerito in giardino, il Bastardo che pregava per la mia anima immortale e, quando me la sono squagliata e sono venuta a cercarti, non ti ho trovata da nessuna parte. Te n'eri andata senza di me e a casa c'era solo tuo padre, ubriaco e sognante nel silenzio della notte.

Si è avvicinato alla macchina, voleva sapere cosa ci facessi lì, dove fossi tu se non eri con me, e così ho scoperto che non eri uscita di nascosto; avevi semplicemente chiesto il permesso. Brava ragazza fino in fondo. Era stato *lui* a infrangere le regole.

In quel momento me ne sarei andata – sarei venuta a cercarti – ma ha detto: «Tutto a posto, Blondie?» e pareva così preoccupato, così *paterno*, che non sono riuscita a mentire.

Ci siamo seduti sul marciapiede.

«Raccontami tutto» ha detto e ripetuto, ma non ci sono riuscita perché non credo negli sfoghi emotivi del cazzo.

Non l'avrei riferito nemmeno a te, probabilmente, ma solo perché se ti avessi parlato del Bastardo, della sensazione che Kurt fosse morto, che io fossi morta, svuotata dentro e finita, ci sarebbe stata una scenata e tu saresti crollata; avrei dovuto fare la dura, *Va tutto bene, non piangere, stringimi la mano fino a farmi male,* e saresti stata tu a sentirti meglio.

Non te ne faccio una colpa, Dex, tu sei quello che sei.

Non sei tu quella forte. Perciò devo esserlo io.

«Non posso tornare» ho esordito.

«A casa? Cos'è successo? Vuoi che chiami qualcuno?»

«Dio, no! Forse... forse posso semplicemente vivere qui con Dex.» Ho riso come se fosse una battuta. Ha fatto una faccia come se gli avessi chiesto di scoparmi.

«Sto scherzando» l'ho rassicurato.

«Chiamiamo tua madre. Parliamone con calma. Troviamo una soluzione.»

«No! Per favore.»

«Okay.» Forse, se non fossimo stati seduti sulla strada, sotto gli occhi di tutti, mi avrebbe accarezzato la schiena come fanno i papà. «Entriamo, allora. Chiamo Julia. Lei saprà cosa fare.»

«Tua *moglie*? Quella che mi odia?»

«Non ti...»

«Ha proibito a Dex di vedermi. O te lo sei dimenticato?»

«È arrabbiata. Le passerà.»

«Oh, sì, le passerà di sicuro quando scoprirà che suo marito fa l'amicone con la puttana della città.»

«Non definirti così.»

«Sai cosa intendo.»

«Lacey...»

«Rassegnati, tua moglie mi odia. E non sa ancora di questo.»

«Questo, cosa?»

«*Questo.*» Come se ci fosse stato bisogno di spiegazioni.

«Lacey.»

«Jimmy.» Ho pronunciato il suo nome nello stesso tono in cui lui aveva pronunciato il mio, triste e arrendevole.

«Lacey, cosa credi che stia succedendo qui, esattamente?»

Sbuffai.

«Questo» – ha agitato l'indice avanti e indietro tra noi: io, lui, io – «non è un segreto. È stata la madre di Dex a ipotizzare che forse avessi bisogno...»

«Di cosa? Di un nuovo paparino? Di una bella scopata?»

Si è schiarito la voce. «Qualcuno con cui parlare.»

Mi sono alzata. Vaffanculo lui vaffanculo loro vaffanculo te vaffanculo i bacchettoni autocompiaciuti di mezza età e del ceto medio, così orgogliosi della loro beneficenza alle facce di cazzo meno fortunate.

«Dunque ti ha convinto lei? Come? Ti ha corrotto? Quanti pompini vale un'ora con me?»

«Per la miseria, Blondie. Siediti. Calmati.»

Come se potesse scegliere quando essere un adulto responsabile. Come se gliene importasse qualcosa a eccezione di impedire che i vicini sentissero. Quando non mi sono seduta come un bravo cagnolino, si è tirato su, ma non è riuscito a guardarmi negli occhi, non ora che aveva ammesso come fossi una specie di *faccenda domestica* per lui, un modo per evitare di pulire le grondaie.

«Addio, Jimmy.»

«Ascolta, evidentemente non sto gestendo molto bene la situazione, ma se entri...»

«Posso salutarti anche qui, nessun problema.» Quando ho allargato le braccia e si è avvicinato, gli ho posato le mani sulle spalle, mi sono alzata in punta di piedi, ho inclinato la testa e l'ho baciato.

Non me ne frega niente se mi ha spinta via, forte, o se dopo non ha fiatato, se si è limitato a scuotere la testa, a rientrare e a chiudere la porta tra noi, se è fuggito a gambe levate quando ha visto la vera me. Non me ne frega un cazzo, ma forse a te sì, perché... prima di fare tutto questo? Prima di ricordarsi chi era e cosa avrebbe dovuto fare? Mi ha baciata a sua volta.

Sono venuta a cercarti.

Sono venuta a cercarti e a portarti via perché non potevo tornare a casa e, dopo aver fatto quello che avevo fatto, non potevo far tornare a casa nemmeno te.

Non potevo andarmene senza di te.

È sempre stato questo il piano, saremmo partite, e saremmo partite insieme. Dovevamo essere le due parti dello stesso intero. Gemelle siamesi senza l'elemento grottesco, una mente e un'anima.

Ti avrei confessato tutto. Appena fossimo state al sicuro lungo la strada, il passato che digrignava i denti dietro di noi. Appena avessimo viaggiato abbastanza per raggiungere il domani, ti avrei raccontato la mia storia perché avrei avuto la certezza che avevi scelto me, che avevi scelto noi, e che potevo confidarti la verità.

Forse non dovevo lasciarti lì. *Sicuramente* non dovevo lasciarti lì da sola, in territorio nemico, sbronza e senza un posto in cui andare, convinta di reggere l'alcol quando sono sempre stata io a sorreggerti, a trattenerti, a tenerti i capelli, a pulire il tuo vomito e a farti credere che potevi cavartela da sola. Forse non dovevo lasciarti. Ma tu non dovevi chiedermelo.

Ragazza conosce ragazza, ragazza ama ragazza, ragazza salva ragazza. È *questa* la storia di noi due, Dex. L'unica storia che conta.

La storia di noi due: quella sera al *Beast*, prima che tu ti ubriacassi, quando abbiamo fluttuato tra le braccia della folla, navigando sull'amore di quegli sconosciuti. L'amore che pulsava con la musica, un'onda che ti solleva chiunque tu sia. All'oceano non importa. L'oceano vuole solo schiaffeggiare la spiaggia e poi riportarti negli abissi.

La storia di noi due: tu hai bisogno di me per diventare ribelle. E io ho bisogno di te. Ho bisogno che tu sia la mia coscienza, Dex, proprio come tu hai bisogno che io sia il tuo Es. Non funzioniamo separate.

La nostra è una storia a lieto fine. Deve esserlo. Fuggiamo da Battle Creek, saliamo in macchina e lasciamo i segni delle sgommate sull'autostrada. Voliamo verso ovest, verso la terra promessa. Le nostre camere saranno illuminate da lampade lava e luminarie natalizie. Le nostre vite brilleranno. Le coscienze si innalzeranno e le menti si espanderanno, e bellissimi ragazzi con le camicie di flanella faranno l'angelo sul pavimento e scriveranno lettere d'amore sul soffitto con il lucido nero e il rossetto rosso. Saremo le loro muse e strimpelleranno le chitarre sotto le nostre finestre, chiamandoci con un canto da sirene, *Vieni giù vieni via con me.* Ci sporgeremo dalla torre, i capelli ondeggianti come quelli di Raperonzolo, e rideremo perché niente ci porterà via una dall'altra.

Dici sempre che non c'è stato un *prima di Lacey,* che sei diventata tu solo dopo aver conosciuto me. Ora ti dico: *dopo Dex* non c'è più nessuna Lacey. Nessuna Lacey e nessuna Dex. Solo Dex-e-Lacey, per sempre. Dovevi avere più fede; dovevi intuire che avrei ritrovato la strada per tornare da te.

Tornerò sempre a prenderti.

LORO

11

La madre di Lacey pensava che le cose sarebbero state diverse questa volta. Naturalmente avrebbero dovuto essere diverse la volta precedente. Avrebbero dovuto, appunto. Quella era la gravidanza; quella era la maternità; quella era la cazzutissima gioia e la promessa di portare un bambino in questo mondo dimenticato da Dio, una vita di *avrebbe dovuto.*

Avresti dovuto essere sana; avresti dovuto essere buona. Avresti dovuto essere una persona che non beveva, che non fumava, che non sbuffava, non si faceva le pere o, Dio non voglia, mangiava formaggi non pastorizzati. Avresti dovuto essere una balena, non una balena troppo grossa. Avresti dovuto posare le mani sul pancione e aspettare un calcio; avresti dovuto fare sesso, ma non troppo sesso, non così tanto né così sconcio da far intuire al piccolo che sua madre è una puttana. Avresti dovuto, soprattutto, essere *felice.* Delle emorroidi, dei piedi gonfi, del grumo di carne urlante grosso quanto un ananas che si faceva strada lungo la tua vagina come un pugno attraverso la carta velina rosa perla. Avresti dovuto essere raggiante per la cazzutissima estasi di concedere il tuo corpo a qualcun altro: non al bambino, no, quello forse potevi accettarlo, nel suo trionfo di poppate, sputi, rutti e cagate, bensì a chiunque avesse un'opinione su cosa avresti dovuto fare e su chi avresti dovuto essere. Tu, che non eri stata nessuno di importante, sei diventata qualcuno le cui scelte contavano, i cui errori rasentavano un crimine contro l'interesse pubblico. Sei diventata una *madre* e le madri *avrebbero dovuto.* Per qualche ragione avresti dovuto essere felice anche di questo.

Ogni tanto, soprattutto all'inizio, la madre di Lacey lo è stata.

Quelle notti al buio, sentendo l'esplosione della musica dal palco, sentendola dentro, dove il bambino si contorceva e scalciava come se volesse essere coinvolto, sudare, piroettare e urlare con lei, è stato allora che l'ha avvertito maggiormente, il *sì* euforico, lo stesso *sì* che aveva percepito quando era uscita dall'ambulatorio e poi, dopo la data di non ritorno, raramente. È andata a tutti i concerti che ha potuto in quei mesi – Springsteen, i Kiss, i Quiet Riot – si cotonava la frangetta, si tirava la T-shirt sopra il pancione o, verso la fine, la lasciava sollevata, la carne che luccicava di sudore, perché, vaffanculo, adesso era una donna sposata, era praticamente del Signore, andate e moltiplicatevi, e lì al buio, con la musica che la sferzava, con le luci che lampeggiavano e il pavimento che tremava, la cosa dentro di lei si sentiva viva, le rendeva entrambe potenti. C'era magia lì, nel sangue caldo di quelle notti, e quella era una cosa che Lacey non avrebbe mai capito, e per la quale non l'avrebbe ringraziata. Erano state quelle notti, quelle band, quelle canzoni a *crearla.* Vaffanculo lo spermatozoo e l'ovulo, vaffanculo la biologia, vaffanculo le scopate, era stata concepita in un groviglio scuro di corpi saltellanti e musica sfrenata, una figlia della magia nera forgiata nel calore, nel rumore e nella lussuria. Non c'era da stupirsi che fosse diventata come era; non poteva essere diversa.

Se solo fossero potute restare così, legate insieme, sarebbe filato tutto liscio. Era così facile da amare, il minuscolo pacchettino adagiato comodamente nel porte-enfant dozzinale. La madre di Lacey avrebbe sacrificato volentieri nutrienti e sangue se solo Lacey fosse rimasta dentro e le avesse permesso di vivere altre notti di magia nera.

Ma no.

Ma d'altra parte.

Non potevi portare una bambina al Madison Square Garden. Non potevi neppure ascoltare un album comodamente a casa tua, non dall'inizio alla fine, non senza svegliare la bambina. La bambina sporca di merda. La bambina che vomitava. La bambina che tuo marito, che era tuo marito solo per la bambina, non riusciva ad amare. La bambina che aveva lasciato una voragine spalancata dentro di te, che ti aveva piantata in asso come tutti gli altri, cosicché anche quando la scaricavi a qualcun altro, quando finalmente sgattaiolavi via, di nuovo verso la musica, non era la stessa cosa. Una volta che l'avevi ascoltata con lei dentro di te, non aveva più lo stesso suono. C'era uno spazio vuoto che la musica non era in grado di riempire e non era colpa tua se dovevi cercare qualcosa altrove.

La bambina avrebbe dovuto essere abbastanza.

Deve avere qualcosa che non va, ha pensato la madre di Lacey, perché dopo l'arrivo della bambina niente era mai abbastanza.

Amava Lacey. Non poteva farne a meno. Era la biologia, al di fuori del suo controllo.

Potevi amare qualcosa pur sapendo che ti aveva rovinato la vita. Potevi amare qualcosa, qualcosa di piccolo, rosa, indifeso e accoccolato dolcemente tra le tue braccia, eppure voler piangere a dirotto e restituirlo, oppure chiudere le sue labbra impotenti e tappargli le narici finché avesse smesso di lottare.

Potevi amare qualcosa pur provando l'impulso di soffocarlo con un cuscino, una sensazione così prepotente da dover restare in guardia per il resto della vita, anche quando la cosa impotente fosse stata abbastanza grande per arrangiarsi da sola.

Potevi amare qualcosa pur odiandolo per averti trasformata in una persona che sente quelle cose, perché non avresti dovuto essere un mostro.

Questa volta avrebbe dovuto essere diversa. Questa volta desiderava un *avrebbe dovuto*. James era la personificazione vivente degli *avrebbe dovuto* e avrebbe dovuto aiutarla a essere come lui.

Sarebbe stata il ritaglio di una rivista, pronta per uno spot pubblicitario. Avrebbe indossato grembiuli, lavato i piatti e detto le preghiere. Non avrebbe più toccato un goccio. Avrebbe amato quest'uomo, con il suo taglio a spazzola e i suoi pantaloni di poliestere. Lo avrebbe amato perché sapeva qual era la cosa giusta e le aveva insegnato a farla. Avrebbe trovato la serenità di accettare le cose che non poteva cambiare. Non avrebbe esposto il feto alla musica né ballato al buio sotto luci lampeggianti e cieli rabbiosi. Non avrebbe tratto piacere dal sesso, ma lo avrebbe fatto come imponeva il dovere. Avrebbe ritagliato i buoni sconto. Si sarebbe vestita per andare in chiesa. Non avrebbe bevuto. Non avrebbe bevuto. Non avrebbe bevuto.

Ha fatto queste promesse e James si è assicurato che le mantenesse, e lei avrebbe dovuto essere felice.

Non ha bevuto, fumato né ballato. Si è posata le mani sul pancione e ha sorriso, eppure, quando il bambino è uscito, le manine, i piedini e il pisellino così perfettamente intatti, lo ha odiato per averla lacerata e avrebbe voluto restituirlo. Lo amava troppo e lo odiava per questo, e lui era arrabbiato, cagone, vomitante e noioso come lo era stata Lacey, e questa volta sua madre aveva fatto questo a se stessa volutamente. Non aveva nessun altro da incolpare.

La madre di Lacey, forse, non avrebbe dovuto essere madre. Probabilmente alcune persone non ci sono tagliate. Era troppo tardi per avere quel tipo di intuizione. Le cattive madri abbandonavano i figli e lei avrebbe dovuto essere una brava madre, così è rimasta. E se ogni tanto sbraitava e se ogni tanto beveva e se ogni tanto fantasticava di castrare il marito nel sonno e di ficcare i testicoli nella bocca del bambino finché avesse smesso di frignare e si fosse ridotto al silenzio eterno a forza di fellatio, allora era quello il prezzo del suo diventare madre. Era il meglio che aveva da dare. Certi giorni si svegliava e giurava *Sarò migliore*. Certi giorni lo era davvero.

NOI

Luglio - ottobre 1992

12

DEX

Paper cuts

Lacey se n'era andata.

Lacey se n'era andata e io ero sola.

Lacey non se ne sarebbe mai andata senza di me, ma Lacey se n'era andata senza di me. Mi aveva lasciata sola con le cose che avevo fatto. Le cose che mi avevano fatto, o che non mi avevano fatto. Inghiottite dal buco nero della memoria.

Avevo dei frammenti da mettere insieme: l'inchiostro sulla mia pelle. I sussurri. Schegge della serata – corpi pigiati, musica, voci – tutti in un filmino spezzato. *Quella deve essere stata la parte peggiore*, mi dissi. *Se ci fosse stato di peggio, il mio corpo se lo ricorderebbe, sarebbe dolorante o sanguinerebbe.* Il peggio lasciava una macchia, perciò il peggio non doveva essere successo.

La cosa peggiore che potesse succedere, pensai, e non le diedi mai un nome.

La ragazza dall'altra parte di quella notte, la ragazza che ero ora: la ragazza che si era strappata la maglietta e aveva ballato su un tavolo. La ragazza che aveva palpeggiato rigonfiamenti attraverso i jeans e mugolato frasi sconce, che diceva *uccello, fica* e *leccami la passera.* Era un miracolo che sapessi fare quelle cose. In cantina c'era uno scatolone dove tenevamo le tessere dei puzzle, tutte di immagini diverse, con i bordi che non combaciavano. Quella ero io. Una persona alla Picasso. I pezzi sbagliati nei punti sbagliati. Lacey avrebbe saputo come incastrarli. Lacey mi aveva dato un nome: *questo è ciò che sei, questo è ciò che sarai.*

Lei lo avrebbe saputo, ma se n'era andata.

Lunedì andai a scuola perché andare a scuola il lunedì era una cosa che avevo sempre fatto.

Non tornai.

Purché facessi i compiti, nessuno ebbe nulla da ridire quando passai le ultime tre settimane del semestre in camera mia. Nessuno voleva guardarmi.

Tutti volevano guardarmi.

Nella mia stanza, al buio, capii quello che non avevo mai capito prima, quello che nessun altro sembrava capire. Capii come un ragazzo potesse andare nel bosco con un proiettile e una pistola e non uscirne più. Che non c'erano cospirazioni, influssi malvagi né rituali segreti; che certe volte c'erano solo il dolore e il bisogno di alleviarlo.

Lacey sosteneva che era importante, il modo in cui sceglievi di farlo, e ora capii anche quello: perché potevi scegliere il proiettile e la pistola, scegliere la bruttezza e la sofferenza invece di scivolare dolcemente nel buio. Il dolore implicava la violenza, lo spargimento di sangue. L'oblio imponeva di cancellare non solo il dolore, ma anche la sua causa. La giustizia costringeva a lasciarsi dietro un casino. Un urlo di sangue, ossa e rabbia.

Mi spaventò quanto capivo.

Se solo avessi permesso a Lacey di incendiare la casa. Se solo l'avessi guardata bruciare. Ogni tanto sognavo le fiamme e mi svegliavo con l'odore della carne carbonizzata, e ogni tanto mi svegliavo sorridendo.

Cercai di sognare Lacey, di sognare me stessa nella nostra vita a Seattle, ma invano. Seattle era un fantasma e lei pareva uscita da uno dei miei libri. Se non fosse stato per Lacey, non sarei andata alla festa; se non fosse stato per Lacey, non sarei stata così arrabbiata e così ubriaca; se non fosse stato per Lacey, sarei stata al sicuro.

La odiavo. La amavo. Desideravo che non tornasse mai più e desideravo che tornasse. È così che vissi, dopo: né una cosa né l'altra. Annullando me stessa.

Rimasi nella mia stanza. Territorio sicuro. La mia stanza: larga quattro metri e mezzo, corta quattro, beige dal pavimento al soffitto, con nodi infeltriti sulla moquette dove la nostra gatta era morta a forza di vomitare. Un letto singolo con le lenzuola di Fragolina Dolcecuore perché, secondo mia madre, le lenzuola costavano care e *adulto* era questione di opinioni. Finestre schermate da persiane che lasciavano filtrare lame di luce nel primo pomeriggio, e uno specchio arrugginito a figura intera tappezzato con i resti di Lacey: cartoline spiegazzate di Parigi, della California e di Istanbul, scritte da mittenti ormai morti e salvate dai contenitori delle vendite di roba usata; pensieri profondi, omaggio di pensatori profondi, tracciati da Lacey con un austero pennarello nero; per la gioia di Lacey, un ritaglio di Kurt, il cardigan che faceva pendant con i suoi occhi; al centro, un collage fotografico di Dex-e-Lacey che non catturava i momenti importanti perché per quelli eravamo sempre da sole, senza nessuno che reggesse la macchina fotografica. Uno scrittoio di truciolato punteggiato di stelline fosforescenti che non erano venute via neppure dopo averle grattate per tre anni. Pile di libri stipate contro la carta da parati beige, i dorsi che si allungavano verso il soffitto, ogni volume un'avventura che richiedeva di arrampicarsi, di vacillare o di estrarne delicatamente uno dal centro della colonna, un Jenga per giganti. C'era un tavolino nell'angolo, ordinatamente sormontato dagli ultimi compiti in classe dell'anno (insufficienti) e dalla pagella ("deludente") e, sepolte lì sotto, per un futuro album di ritagli vergognosi, due copie del giornale locale, il numero con la lettera al direttore che raccontava la storia della ragazza viziosa, svenuta tra le rovine di una festa abbandonata, e il numero del weekend con l'editoriale e la sua prima persona plurale anonima ma onnisciente: *Crediamo* che le ragazze di questa città ne combinino di cotte e di crude, *crediamo* che la musica moderna, la televisione, la droga, il sesso e l'ateismo corrompano i nostri giovani, *crediamo* che questa ragazza sia da condannare quanto la sua cultura tossica e i suoi genitori lassisti, *non possiamo fargliene una colpa ma non possiamo permetterci di giustificarla,* perciò ne consegue che *dobbiamo usarla* come monito per evitare di *perdere altri* giovani brillanti, e *noi abitanti di Battle Creek*, genitori, insegnanti, fedeli e persone di buon cuore, *dobbiamo fare di meglio.*

Le telefonavo a notte fonda, dopo che i miei si erano addormentati. Ogni notte. Tutta la notte, a volte, tanto per sentire gli squilli. Non rispondeva mai nessuno.

No, disse sua madre alla fine, non sapeva dove fosse andata Lacey. No, non dovevo richiamare.

Mia madre era sempre arrabbiata. Non con me, diceva. O non *solo* con me.

«Non me ne frega niente di cosa dicono gli altri» dichiarò mio padre sulla soglia della mia camera qualche giorno dopo. Forse no, ma non si era mai messo così in passato, come un domatore davanti alla porta di una gabbia, in attesa che qualcosa di selvatico facesse la sua mossa. «Sarai sempre una brava ragazza. Forse senza Lacey intorno... le cose si aggiusteranno.»

Senza Lacey ero incapace di sregolatezze, era questo che intendeva. Quando avevo Lacey, anche lui aveva un pezzettino di lei e mi amava di più per le cose che vedeva in me. Ora che se n'era andata, si aspettava che sarei tornata alle origini. Sarei stata la brava ragazza, la sua brava ragazza, noiosa ma al sicuro. Era questo che avrebbe dovuto desiderare.

Leggevo.

Lacey aveva sempre scoraggiato le letture che secondo lei non erano alla nostra altezza. Dovevamo dedicare il nostro tempo a occupazioni che espandessero la mente, ripeteva. La nostra missione, ed eravamo costrette ad accettarla, era un'indagine sulla natura delle cose. Sui fondamenti. Insieme sfogliavamo Nietzsche e Kant, fingendo di capire. Leggevamo Beckett ad alta voce e aspettavamo Godot. Lacey aveva imparato a memoria le prime sei strofe di *Urlo* e le gridava sopra il lago, disperdendo la voce nel vento. *Ho visto le menti migliori della mia generazione distrutte dalla pazzia*, urlava, e poi mi diceva che Allen Ginsberg era l'uomo più vecchio che sarebbe stata disposta a scoparsi. Imparai a memoria il primo e l'ultimo verso degli *Uomini vuoti* in suo onore e li bisbigliavo tra me e me quando calava il buio.

È questo il modo in cui il mondo finisce.

È questo il modo in cui il mondo finisce.

È questo il modo in cui il mondo finisce.

Suonava come una promessa.

Senza Lacey conobbi una regressione.

Viaggiai nelle pieghe del tempo con Meg Murry; sgusciai dentro l'armadio e strofinai la faccia contro la pelliccia di Aslan. Spolverai e attizzai il fuoco nel castello errante di Howl; diventai invisibile a metà con la magia a metà, sorseggiai il tè con il Cappellaio matto, duellai con Capitan Uncino e, di tanto in tanto, diedi persino vita al Coniglietto di velluto con un abbraccio.

Ero straniera in terra straniera. Ero un'orfana, abbandonata e ritrovata e salvata, finché non chiudevo il libro e tornavo a smarrirmi.

Leggevo, e scrivevo.

Cara Lacey, scrivevo di quando in quando, nelle lettere che nascondevo in una vecchia scatola di maglioni, tanto per sicurezza. Nella mia grafia da gallina, con l'inchiostro sbavato, mai macchiato da lacrime mai versate, *Mi dispiace*, scrivevo. *Non dovevo comportarmi così.*

Per favore, torna a casa.

L'ultima domenica di luglio uscii. Solo un giro intorno all'isolato, con la bici che mio padre aveva recuperato con discrezione dallo sfacelo del dopo festa. Il sole era gradevole. L'aria aveva un odore gradevole, di erba ed estate. Il vento aveva un suono gradevole, il fischio che udivi solo quando eri in movimento. Quando ero piccola, andare in bicicletta era un'avventura, i cattivi alle costole e il vento che soffiava attraverso un valico di montagna, un passaggio verso un mondo incantato. Persino la bici era magia all'epoca, l'unica cosa diversa da un libro che riuscisse a trasportarmi lontano. Ma quella era una logica infantile, del tipo che ignora la fisica dei vettori. La velocità non contava, se giravo in cerchio. La bicicletta mi riconduceva sempre a casa.

Mio padre fumava sui gradini della veranda; aveva cominciato a giugno, dopo. Le sigarette intridevano la casa di un puzzo estraneo.

Mollai la bici sul prato e lui schiacciò il mozzicone sullo scalino di cemento.

«Hannah» disse.

«Sì?»

«Niente. Pensavo solo... È bello vederti fuori.»

«Non farci l'abitudine» replicai con il tono di una che non si fa prendere per il culo. L'avevo imparato da Lacey.

Si accese un'altra sigaretta. Ormai ne fumava una dopo l'altra. A casa nel bel mezzo della giornata. Probabilmente era solo questione di tempo prima che lo licenziassero di nuovo, o forse aveva già ricevuto il benservito e aveva solo paura di confessarlo. Era il genere di segreto che noi due sapevamo tenere. Era parsa romantica, se non addirittura donchisciottesca, la sua convinzione che il presente fosse soltanto il prologo di un futuro trapunto di stelle, ma in quei giorni mio padre pareva solo patetico. Lacey avrebbe detto che cominciavo a sembrare mia madre.

«Devo dirti una cosa» annunciò.

«Okay.»

«Non credo che tornerà. Lacey. E non voglio che pensi sia colpa tua, se è andata via.»

Lacey se n'era andata e lui cercava ancora di rivendicarne un pezzettino.

«È successo qualcosa a casa sua» continuò. Quando gli domandai cosa glielo facesse pensare, ammise (e aveva tutto il tono di un'ammissione): «È venuta qui quella sera. Prima di partire».

Il mondo si fermò.

«Cosa le hai detto?»

«Aveva bisogno di parlare con qualcuno. Parlavamo, ogni tanto.»

Che cazzo stai dicendo, avrebbe detto la vecchia Dex, la Dex che aveva Lacey. *Di cosa cazzo stai parlando, che cazzo ti prende, che cazzo hai fatto?Lei è mia,* avrebbe aggiunto quella Dex, e ci avrebbe creduto.

«La tua amica aveva dei problemi.»

«Li hanno tutti.»

«Non sapevi tutto di lei, piccola.»

«Cosa le hai detto?» chiesi di nuovo. «Cosa le hai detto per farla andare via?»

«So soltanto che a casa sua è successo qualcosa e che l'ha fatta arrabbiare. Non voleva più tornare.»

«Ma tu l'hai costretta.» La mia voce era ferma, la mia espressione vacua; non poteva sapere cosa stava facendo. Cosa bruciava tra noi.

«No...»

«Le hai detto di non farlo?»

«No...»

«*Allora cosa le hai detto?*»

«Non credo che avremmo potuto fare qualcosa per fermarla. Per farsi aiutare, una persona deve volerlo.»

«Non era tua.» Ci sono cose che dovrebbero essere sottintese.

«Non era nemmeno tua, piccola. Ma so cosa significava per te. Non le avrei mai permesso di andarsene.»

«Ma sei contento che l'abbia fatto.»

Scosse la testa. «Ti faceva bene.» Poi, meno sicuro: «Vero?».

Mi domandai cosa pensasse di sapere. Chi pensava fossi stata prima di Lacey e chi pensava sarei diventata dopo di lei. Chi aveva bisogno che fossi: la ragazzina di papà, sfacciata ma non volgare, pronta a civettare con i ragazzi ma non a scoparseli, pronta a infrangere il coprifuoco, a infrangere la legge, a infrangere tutto tranne il mio preziosissimo imene, disposta a essere più simile a Lacey e allo stesso tempo meno simile a Lacey, a ribellarsi, non contro di lui ma con lui, a fare il terzo dito alla polizia e a mia madre, ma a rincasare in tempo per accoccolarmi sul divano e guardare il quiz preserale. Capii allora ciò che non avevo capito prima, che per lui non ero Hannah *o* Dex; ero figlia di Jimmy Dexter da capo a piedi, il riflesso di qualunque cosa avesse bisogno di essere.

«Potremmo andare al cinema uno di questi giorni, se ti va. Solo noi due, piccola, come una volta?»

Non aveva intenzione di dirmi cosa le aveva detto. *Credi quello che vuoi*, dice sempre la gente. Come se fosse semplice, come se credere e volere potessero incastrarsi così facilmente. Come se io *non volessi credere* che mio padre mi amasse e che i miei genitori mi amassero, che Lacey sarebbe tornata, che avrei smesso di bruciare di umiliazione ogni volta che uscivo di casa, che la vita fosse giusta, che domani fosse un altro giorno, che Nikki Drummond sarebbe finita all'inferno. Perché fermarsi lì? Volevo credere nei viaggi nel tempo, nella percezione extrasensoriale, negli alieni e in Dio, in un mondo che fosse più magico di quanto sembrasse e in un futuro che andasse dritto filato da Battle Creek verso l'orizzonte degli eventi. Lacey sosteneva che crederci era la parte difficile. Se ci riuscivi, il resto arrivava da sé.

«Ti farai venire il cancro ai polmoni» dissi a mio padre e lo scavalcai per raggiungere la porta.

Lacey aveva una teoria secondo cui le persone hanno una capacità finita di godersi le loro cose preferite. Canzoni, film, libri, cibo: siamo configurati per quantità specifiche di piacere e, una volta superato quel livello, il buono diventa cattivo. Il guaio è che niente segnala quando ti avvicini al limite; la dopamina scatta come un interruttore e c'è un altro libro da buttare nel fuoco.

Molto raramente, diceva Lacey, trovi qualcosa per cui il tuo cervello ha una capacità infinita e quello, diceva Lacey, è la cosa che chiamiamo amore.

Non ci credevo più. Ma credevo nelle overdose e nella delusione, e non avevo intenzione di rischiare nessuna delle due per i miei libri preferiti. La casa non era più uno spazio sicuro – non c'erano più spazi sicuri – e questo rendeva più facile uscire. Quando lo facevo, andavo sempre e solo in biblioteca. Mi sembrava di essere ancora una dodicenne appena sbucata dalla sala ragazzi, che accarezzava i dorsi dei volumi per adulti come se, per osmosi, potessi assorbire le parole attraverso le rilegature. Tornavo a sentirmi quasi normale.

«Dio vi ama tutti» promise la donna con la pila di opuscoli che si era piazzata davanti al portone. «Ma non può proteggervi se imboccate volutamente la strada della tentazione.» Era Barbara Fuller con il suo naso adunco, che indossava i vestiti come una gruccia, che aveva snobbato mia madre più di una volta alle vendite di torte dell'Associazione Genitori e Insegnanti, insinuando non troppo velatamente che chi optava per i dolci confezionati non era degno del titolo di *madre* più di quanto le patatine bisunte dei fast food meritassero quello di *cibo*. La Fuller era il tipo da scrivere lettere al direttore sulla morale dissoluta e sulle luminarie natalizie vistose, e aveva una fame insaziabile di errori altrui. Quel giorno pareva indifferente al fatto che il suo pubblico consisteva solo di qualche pensionato annoiato e di un uomo calvo e imbarazzato che aveva tutta l'aria di volersi staccare il braccio a morsi se sua moglie – l'unica ascoltatrice attenta di Barbara Fuller – non lo avesse lasciato andare.

«I satanisti uccidono cinquantamila bambini l'anno.»

L'uomo calvo si scaccolò.

«È un'emergenza nazionale. E non illudetevi. C'è una setta satanica all'opera in questa città.» La Fuller alzò la voce. «I vostri *ragazzi* sono a rischio.»

Era una barzelletta, questa donna che ci faceva una predica sul rischio, fingendo di sapere chi era in pericolo e per cosa.

Camminai spedita, a testa bassa, concentrandomi sullo strascicare delle mie infradito sul marciapiede, sulla ghiaia sotto la Chevrolet di una vecchietta, sul frinire delle cicale, sul pulsare del sangue che mi affluiva alle guance, sul tintinnio del lucchetto della bici mentre armeggiavo con la chiave.

«Approfittano delle persone vulnerabili e confuse» urlò, e sospettai che non cercasse solo di penetrare negli apparecchi acustici degli anziani. Non avrei alzato lo sguardo per sorprenderla a guardarmi. «Approfittano dei peccatori.»

L'estate si prolungò. Casa nostra ronzava tutto il giorno del sibilo lamentoso dei ventilatori. Spostavano l'aria calda; resistemmo. Lessi più di una volta l'opuscolo sul satanismo di Barbara Fuller, di cui avevo recuperato una copia dalla spazzatura. Scritto da una certa dottoressa Isabelle F. Ford e co-pubblicato da Parents Against Satanic Teachings e dalla Cult Crime Research Institution, denunciava la presenza di una rete clandestina di decine di migliaia di satanisti, dediti sistematicamente alla profanazione di tombe e ai sacrifici di bambini.

Magari, pensai, *perché immagina se ci fosse una simile cabala, vene di potere oscuro che scorrono attraverso Battle Creek. Se ci fossero altre come me, una congrega di ragazze i cui io segreti pulsano di dolore, che hanno bisogno del sangue per nutrire i loro cuori di tenebra.* Avevo sempre agognato un mondo delle ombre, fin da quando ero piccola e andavo in cerca di spiritelli dei giardini e di troll dei ponti, desiderando trasformarmi in una bambina scambiata dalle fate alla nascita, in attesa dell'invito a casa. Ora, una nuova fantasia: braccia affusolate che incidevano strani simboli nella notte, sagome avvolte in tuniche e stagliate contro la luna piena, un altare insanguinato e una nuvola d'incenso, rituale ed evocazione, la promessa del potere. Abbiamo *riso,* aveva detto Lacey; abbiamo sollevato un'ascia in un campo illuminato dalla luna, incombendo sopra qualcosa di grosso e vulnerabile, e c'era gioia nel potere, gioia nell'estrarre il sangue, nello squarciare, nel tagliare e nel distruggere. Quando mi abbandonavo ai ricordi, riuscivo quasi a crederci, che ci fosse, che lo avessimo fatto. Se solo le Barbara Fuller del mondo avessero avuto ragione e fosse bastato evocare le forze dell'oscurità e lasciare che mi consumassero.

Ributtai l'opuscolo nella spazzatura. L'ennesima promessa vuota.

Lacey non chiamò mai.

Nessuno chiamò.

Finché una sera – come se nonostante tutto le forze dell'oscurità si fossero materializzate in risposta alla mia richiesta silenziosa – mia madre, di sotto, urlò che c'era una telefonata per me... da Nikki Drummond. Quando mi rifiutai di rispondere, Nikki richiamò la sera dopo e quella dopo ancora.

Il quarto giorno venne a trovarmi.

Ecco Nikki Drummond, graziosamente appollaiata sul divano di velluto azzurro nel mio salotto, seduta nel punto in cui avevo pisciato da piccola, più di una volta. Era vestita per l'estate a Battle Creek, ossia a cavallo della stretta linea tra socialmente accettabile e completamente nuda, facendo sembrare in qualche modo un top di cotone con i laccetti e un paio di calzoncini sudati allo stesso tempo provocanti e decorosi. Testato dalle figlie, approvato dalle madri. Io ero vestita più o meno uguale, ma sembravo una senzatetto.

«Dunque» disse Nikki.

Lacey mi aveva insegnato che il metodo migliore per snervare le persone era lasciarle marinare nel silenzio. La guardai, aspettando, e lei mi guardò, aspettando. Cedetti per prima.

«Cosa vuoi?»

«Ce l'hai con me, per caso?»

«Ma va'?» Era strano parlare con qualcuno come se tutto fosse rimasto uguale a prima, come se fossi solo io a essere diversa.

«Dai, cosa ti ho fatto, Hannah?»

«Tanto per cominciare, hai fatto la spia a mia madre,

cazzo.» Sembrava che fosse passata un'eternità; sembrava un torto così piccolo da essere ridicolo, a ben pensarci. Ma era la cosa più facile da dire ad alta voce.

«L'ho fatto per il tuo bene.» La sua voce, dolce come miele. Appiccicosa. «Ti ha spinta a violare la legge, Hannah. Dai, che razza di amica è quella?»

«Dex.»

«Cosa?»

«Mi chiamo Dex.»

Proruppe in una risata. Non avevo mai preso a pugni nessuno – essere figlia unica mi aveva privato delle zuffe e degli occhi neri che vanno di pari passo con i fratelli – ma riuscii a immaginarlo, il morso delle unghie contro il palmo, lo scricchiolio delle nocche contro la cartilagine, gli schizzi di sangue, i suoi occhi sgranati per lo stupore, il suo dolore, la sua soggezione. Per il fatto che avessi il potenziale per rompere qualcosa. Che potessi rompere lei.

Deve essersene accorta, perché soffocò la risatina.

«Scusa. *Dex.*»

«Per favore, vattene.»

«Non ancora. Sono venuta a vedere se stai bene e non mi dai nemmeno il tempo di chiedertelo.»

«Lacey se n'è andata.» Era la prima volta che lo dicevo ad alta voce. «Perciò non devi più *preoccuparti* per me. Niente più influenze negative.»

«Per la miseria, non me ne frega un cazzo di Lacey, sto parlando di *te.* Come stai? Dopo... lo sai?»

Lo sapevo e non lo sapevo. Forse era per questo motivo che avevo permesso a Nikki Drummond di sedersi sul mio divano e di sfregare le sue infradito sul mio tappeto. In modo che potesse raccontarmelo.

«Bene» risposi.

«Sì, così bene che hai fatto l'eremita per tutta l'estate. Sembri albina.»

Mi alzai. «Sei venuta al circo, hai visto il fenomeno da baraccone. Ora puoi andare.»

Sospirò. «Ascolta, Hannah...»

«Dex.»

«Sì. Quello che è. La festa era mia, in un certo senso. Okay? Perciò mi sento responsabile per come è finita. Per te.» Lo disse come se si aspettasse di essere elogiata.

«Per come è finita» ripetei lentamente. Lacey avrebbe detto: non mostrare la paura. Lacey avrebbe detto: è *lei* che deve averne. «Con me scaricata sul retro come un sacco di spazzatura?»

«Non ne so niente. Me ne sono andata molto prima, non ti ricordi?»

Mi strinsi nelle spalle.

Si chinò verso di me. «Aspetta, non te lo ricordi? Oddio, sei svenuta!»

Cosa ricordavo: come era stato, avere voglia di toccare, di essere toccata. Il calore e il formicolio, il fuoco.

«Dev'essere atroce» commentò Nikki. «Non sapere.»

Tacqui.

«Vuoi un consiglio?» Lo chiese come se volesse aiutarmi, ed era tutto al contrario, Lacey che mi piantava in asso, Nikki che si rifiutava di andarsene. «Decidi che non è successo niente. Decidi che stai bene e sarà così.»

Credere è la parte difficile, diceva sempre Lacey.

«Te l'ho detto. Sto bene.»

«Chiunque di noi poteva essere beccato dalla guardia. Non pensare che non lo sappiamo. Hai più amici di quanti immagini.»

«Mi bastano quelli che ho.»

Sbuffò. «Vieni da me questo weekend. Mia madre dà un'orribile festa in piscina per mamme e figlie, sarà un incubo. Ti piacerà.»

«Preferirei ficcarmi un coltello arroventato nell'occhio.»

«Peggio per te, allora, perché la tua ha già accettato.»

13

LACEY

Endless, Nameless

Do la colpa a Gesù. E prima di gridare al sacrilegio ricorda che sarebbe altrettanto facile darla a te.

Dovevo andarmene senza di te. Potevo farlo: avevo la macchina. Scema io che ti ho concesso altro tempo, che mi sono illusa che il Bastardo si sarebbe calmato. Che sono tornata a casa.

Definiscilo pure un fallimento dell'immaginazione.

Orizzonti. Era così che si chiamava quel cesso. Come in *Amplia i tuoi...* Come in *Volgi lo sguardo verso... lontani e impara a vedere Cristo.* Come in *A meno che tu non voglia subire il lavaggio del cervello e diventare uno squinternato fanatico di Gesù, meglio partire per nuovi...*

Mi hanno scaricata appena oltre il cancello di filo spinato e ho capito esattamente che razza di posto fosse appena ho visto la bionda con la coda di cavallo e il sorriso lobotomizzato, affiancata da due tipacci che non vedevano l'ora di provare le loro pistole elettriche. Ho lasciato che Coso Uno e Coso Due mi trascinassero dal loro capo, biondo anche lui; erano tutti biondi, cazzo. Mi ha detto di chiamarlo Shawn. Le persone di Orizzonti pronunciavano *Shawn* come Shawn pronunciava *Gesù*. Quel piccolo aspirante istruttore di ginnastica fallito, con il fischietto a forma di croce intorno al collo e la gigantesca scrivania di mogano che la diceva lunga sulle dimensioni del suo uccello, quello era l'unico uomo con il potere di rimandarmi da te.

«Benvenuta nel tuo porto sicuro» ha detto, e mi sono chiesta quante ragazze si fosse scopato, sperando che fossero tante, perché è il tipo da provarci per ragioni diverse da quelle di cui devi veramente preoccuparti.

Mi ha dato il manuale di Orizzonti e una Bibbia per adolescenti tutta mia, con tanto di biondi asessuati che giocavano allegramente sulla copertina, i denti da cavallo bianco osso a dimostrazione del loro essere tutt'uno con il Signore. «Ti abbiamo riservato uno spazio nella baracca sei, Ecclesiaste. Chastity ti accompagnerà. Sono sicuro che hai molte domande...»

«Tanto per cominciare, vuoi davvero farmi credere che si chiami *Chastity*?» Avevo altri quesiti. Pensava veramente che un po' di filo spinato potesse tenere fuori il diavolo, quanto aveva sborsato il Bastardo per il privilegio di scaricarmi in quel cesso, quando sarei potuta tornare a casa, ma il suo sorriso da conduttore di quiz si era trasformato in una smorfia da zucca di Halloween.

«... ma come apprenderai dal manuale, non ti sei ancora guadagnata il privilegio di fare domande.»

«Cosa cazzo significa?»

«È un difficile processo di transizione, lo so. Perciò chiuderò un occhio sul linguaggio. Ma la mia indulgenza finisce ora.»

«Vuoi spaventarmi?»

Ha alzato la testa di scatto verso Colei che non voleva essere penetrata. «Una nota di biasimo.» Ha scosso il capo con quella che alla fine avrei battezzato la Faccia da funerale di Shawn, perché gli faceva male farci del male.

Una nota di demerito significava un lavoro ingrato, scelto dalla mia capogruppo, e la mia capogruppo, una Mussolini in miniatura di nome Heather, non incappava mai in un water che non avesse bisogno di una bella ripulita con lo spazzolino. È stato così che ho passato la mia prima mattina da Orizzonti: in ginocchio, china sul water, a inghiottire bile perché ero certa che se avessi vomitato avrei dovuto pulire anche quello. Mentre strofinavo, Heather mi ha rammentato le cose da fare e da non fare: ama Gesù, segui le regole, non pensare con la tua testa, non credere che la tua vita sia tua, non combinare casini o te ne pentirai.

Per ogni giorno senza casini guadagnavi un privilegio, e i privilegi erano tutto. Ti servivano per parlare con le altri abitanti del campo, per uscire dalla baracca senza supervisione, per spedire lettere, per trascorrere il tempo libero all'aperto anziché seduta alla scrivania a leggere la Bibbia, per andare in bagno da sola, «e non voglio sprecare più tempo del necessario a guardarti pisciare» ha concluso Heather, «perciò datti una regolata». Neanche tutti i privilegi del mondo ti avrebbero garantito cinque minuti di una musica diversa dal Christian rock. Accumulavi privilegi imparando a memoria i passi della Bibbia, rifacendo il letto senza grinze, leccando i piedi alla capogruppo, confessando pubblicamente i tuoi peccati e accogliendo Gesù nel tuo cuore, scrivendo lettere contro l'aborto ai membri del Congresso e facendo la spia sulle altre residenti del campo quando si allontanavano dalla retta via e cominciavano a comportarsi da esseri umani anziché da zombie. Vivevamo in baracche con i nomi dei libri della Bibbia, una dozzina solo nell'Ecclesiaste: dodici ragazzine in due linee rette, sembravamo *Biancaneve e gli undici fanatici.*

Le mattinate erano dedicate allo studio della Bibbia, i pomeriggi all'esercizio fisico, ai cori e alle sedute di condivisione che comprendevano il divertimento obbligatorio. I pasti servivano a guardarti le spalle e a stare al tuo posto. Dodici ragazze, e non avevo bisogno di scoprire i loro nomi o le loro storie perché non intendevo essere una di loro a lungo. Era sufficiente sapere che l'Urlatrice ci svegliava ogni mattino alle tre; che la Sodomita era stata colta in flagrante con il capitano della squadra di calcio; che la Ninfomane soffriva di dipendenza sessuale, o almeno aveva una madre che era arrivata a questa conclusione dopo aver ficcanasato nel suo diario; che la Vergine era rimasta tale – anche se soltanto secondo la sua definizione tecnica – limitandosi a numerose esperienze di sesso anale; che Sant'Anna si era chiusa volontariamente presso Orizzonti in cerca di peccatori da salvare.

Il Bastardo avrebbe approvato gli orari ferrei, le capogruppo simili a sergenti istruttori che ci rimettevano in forma a suon di frusta, un centro di addestramento reclute per l'esercito di Dio; avrebbe apprezzato il fatto che qualunque violazione implicasse elaborate conseguenze stile Vecchio testamento. Non era la venerazione hippy, il genere di agape a base di chitarra e arrendevolezza che lui detestava, e non era il dramma allegorico infarcito di partite a bingo, pasti alla buona e opuscoli polemici che lo mandava su tutte le furie a Battle Creek. Quello era un campo creato a sua immagine e somiglianza, con tanto di zolfo e fuoco e proiezioni quotidiane delle *Frontiere dello spirito*. Dovevo solo, mi hanno detto, imparare il rispetto per l'autorità e per il Signore, e mi avrebbero rimandata a casa.

Ci ho provato.

Ho dedicato la mia vita a Cristo. Ho studiato a memoria i passi della Bibbia. Ho cantato che il mio Dio era un dio favoloso e ho imparato i movimenti delle mani per dimostrarlo. Quando ci mettevamo in cerchio per pregare insieme, recitavo il mio verso – «Prego che il Signore mi aiuti a sconfiggere il demonio e le sue tentazioni» – quindi stringevo le dita della Ninfomane e fingevo di ascoltare mentre snocciolava la sua menzogna. Mi sono data all'artigianato perché Gesù faceva il falegname e il lavoro manuale era nobile; ho segato il legno e intagliato il sapone e, quando ci siamo allenate a fare i nodi, ce l'ho messa tutta per non sognare un cappio. Ho confessato pensieri lascivi e ammesso con Heather di avere sprecato la mia vita. Ho racimolato privilegi per due settimane e mi sono imposta di non pensare a Battle Creek o a te finché non ero al sicuro sotto le coperte, perché era quella la mia ricompensa per essere arrivata alla fine della giornata, quello e Kurt, che mi cantava la ninnananna. Due settimane, e ho collezionato privilegi sufficienti per scrivere due lettere. Una al Bastardo, promettendo di fare la brava se mi avesse permesso di tornare a casa. L'altra a te.

Cara Dex, ho scritto, poi ho smesso.

Cara Dex, mi sono arresa. Cara Dex, tutto quello che ti ho raccontato sul mio conto era una bugia. Cara Dex, tutto quello che faccio è per tornare da te, ma non ti merito se torno così.

No. Dovevo essere la *tua* Lacey. Forte. Perciò l'indomani, durante le lodi mattutine, mi sono alzata dalla panca e ho maledetto Gesù Cristo mio Signore per quella stagione all'inferno, e tutta la baracca è stata ricompensata con un pomeriggio a strofinare merda dai water. Il giorno dopo ho fatto il dito a Shawn e Heather ci ha incaricate di pulire le stalle per rammentarci cosa significava essere insudiciate dal peccato. Ho pensato a te, Dex, e ho pensato a Kurt, e ho capito che mi sarei rotolata nella merda prima di mettere in pratica la loro visione della salvezza.

Al casino successivo hanno provato qualcosa di nuovo.

C'è una traccia nascosta in *Nevermind*. Non la troveresti mai se non sapessi che c'è. Prima *Something in the Way* si smorza a poco a poco, con un ultimo dolce tintinnio dei piatti, Kurt che canticchia a bocca chiusa e poi più niente.

Niente per tredici minuti e cinquantun secondi. Ciò che viene dopo è solo per noi, quelli che ci tengono abbastanza per sopportare il silenzio. Prima il rullo del tamburo, che echeggia nella quiete eccessiva come cannibali nella giungla. Poi il leone ruggisce: la voce di Kurt, pura e splendente; la voce di Kurt come un coltello che falcia il cielo. È la sfuriata di un uomo che non se ne va docile in quella buona notte. Il silenzio ne fa parte, quei tredici minuti di agonia, e Kurt ci è dentro insieme a te, imbavagliato e smanioso mentre i secondi scorrono e la pressione aumenta, e finalmente, quando non riesce a sopportarla più di quanto ci riesca tu, si strappa il bavaglio e, cazzo, *impazzisce*. Tredici minuti, cinquantun secondi.

Non ti aspetti che siano così lunghi. Ma il tempo si dilata.

Ti ricordi cosa abbiamo letto sui buchi neri, Dex? Come dall'esterno, da una distanza di sicurezza, quando guardi qualcuno cadere in un buco nero, cada sempre più piano, finché sembra congelarsi sull'orizzonte degli eventi? Come rimanga lì per sempre, sospeso sopra l'oscurità, il futuro eternamente irraggiungibile?

È un inganno. Se sei tu a cadere, il tempo tira dritto. Veleggi oltre l'orizzonte degli eventi; vieni risucchiato nel nero. E fuori nessuno verrà mai a saperlo.

Ecco com'era, nel luogo buio. Niente confini tra te e le tenebre, tra passato e futuro, tra qualcosa e niente. Potevi urlare ciò che volevi e l'oscurità lo inghiottiva tutto intero. Nel luogo buio il silenzio coincideva con il rumore.

In prigione lo chiamano il buco, almeno se vuoi credere ai film e, se non puoi credere ai film, allora metà delle cose che so sul mondo sono cazzate. Ma nei film il buco è solo una cella come tutte le altre. Da Orizzonti è una cazzo di buca nel terreno.

Nel luogo buio dici a te stessa *Questa volta resisterò.* Questa volta manterrai la calma, ti ricorderai che il tempo passa e che non ci sono mostri nascosti nell'oscurità. Quando la lastra si apre cigolando ogni giorno e il cibo cade giù, glielo lanci in faccia insieme a manciate della tua merda. Quando calano la corda e si offrono di tirarti su verso il sole se solo chiedi scusa e dici *grazie*, ti metti a ridere e li inviti a tornare più tardi, stavi facendo un pisolino. Questa volta il buco sarà un regalo, una vacanza dai tormenti della vita di tutti i giorni. Questa volta sarà la *tua* volta.

Stronzate.

Il luogo buio è sempre lo stesso.

Prima è noioso. Poi è solitario. Infine la paura ti inonda e, quando la marea si abbassa, non resta niente. Il silenzio si riempie dei pensieri che ti sforzi di non pensare nella vita alla luce del giorno. Delle cose cattive che hai fatto. Dell'azzurro del cielo. Dei cadaveri putrefatti nelle bare, dei vermi che banchettano sui loro resti scheletrici. Di cosa ne è stato del corpo quando l'hai abbandonato, e se ora sia il momento di tornare. Il cibo è bagnato di lacrime. Sa di merda e piscio perché quelli sono gli unici odori che senti, quelli, il tuo sudore e la vergogna. L'aria è calda e stantia, densa del tuo respiro. Quando l'oscurità si squarcia e una voce rompe il silenzio, dici qualunque cosa vogliano sentire.

No, non *tu*. È ingannevole. Non so cosa faresti tu, Dex. Questo è ciò che ho fatto io.

«Accolgo Gesù nel mio cuore.»

«Rinuncio a Satana.»

«Ho peccato e non peccherò più.»

Cedevo sempre – non lo negherò mai – ma almeno ho resistito più a lungo delle altre. È stato grazie a Kurt. Era laggiù con me. È laggiù che *vive*. Cantare era meglio di urlare. Cantavo con lui; mi venivi in mente tu. Vivevo per te, laggiù in quel luogo buio, e sopravvivevo sapendo che tu eri da qualche parte lassù nella luce, che vivevi per me.

14

DEX

About a Girl

«Ci andiamo» decretò mia madre. «Tutte e due.»

Mi sentivo una vecchia ma, quando c'era di mezzo mia madre, a quanto pareva non sarei mai stata abbastanza grande per i *perché lo dico io*. Ci andammo. Una festa in piscina per madri e figlie, un imbarazzante purgatorio di chiacchiere e cellulite che solo una Drummond poteva inventare.

«Sono state gentili a invitarci.» Mia madre infilò la nostra Oldsmobile malconcia in uno spazio angusto tra una Mazda e un'Audi, sbattendo una volta contro ciascun paraurti, come per scaramanzia. La casa di Nikki non poteva essere a più di cinque minuti dalla mia, ma sembrava che avessimo attraversato un portale del tempo, o forse lo schermo di una TV, perché gli aceri sui marciapiedi, le verande delimitate da colonnati, i rettangoli di verde potati impeccabilmente parevano troppo perfetti per non essere un set. Tragedia o farsa, era quella l'unica domanda. «E ti farà bene passare un po' di tempo con le tue amiche.»

Okay, farsa.

«Quante volte devo dirti...»

«D'accordo. Con ragazze che potrebbero essere tue amiche. Se solo gliene dessi l'opportunità.»

Com'era possibile, mi domandai, che il semplice atto di invecchiare accelerasse l'amnesia irreversibile? Ecco mia madre, con l'ingenua speranza non solo che un'altezzosa congrega di mamme dell'Associazione genitori e insegnanti avrebbe aperto spontaneamente le braccia al suo fascino privo di manicure, ma anche che le loro figlie avrebbero fatto lo stesso.

«Vuoi davvero che vada a una *festa*? Dopo quello che è successo l'ultima volta.» Che fossi disposta a fare un riferimento esplicito era indice della mia disperazione. «Non hai paura di cosa farò?»

Per essere una che non aveva senso dell'umorismo, fece un eloquente sorriso sardonico. «Perché credi che abbia deciso di farti da chaperon?»

Che fosse pronta a mostrarsi in pubblico con me doveva pur valere qualcosa, ma d'altra parte era mia madre, perciò quel gesto valeva più o meno quanto un suo complimento sul mio aspetto fisico.

«Non puoi controllare quello che la gente pensa di te» continuò. «Puoi solo fare del tuo meglio per dimostrare che si sbaglia.»

«Innocente fino a prova contraria? Non credo funzioni così.»

«La vita non è *L.A. Law,* mia cara.» Spense il motore. Stavamo per farlo davvero.

«Lacey se n'è andata» dichiarai, l'ultimo tentativo disperato, degno del dolore che mi costò pronunciare quelle parole ad alta voce. «Niente più influenze negative. Non è necessario che tu mi convinca a farmi nuovi amici.»

Posò la mano sulla mia, quindi la tolse prima che potessi farlo io. «Sai, il mio problema con Lacey non è mai stata *Lacey.* Non solo, almeno.»

«È una di quelle cose zen che non hanno senso?»

«Conosco la sensazione. Investire tutta te stessa in un'altra persona. Ma i sogni altrui non sono mai abbastanza grandi perché valga la pena rinunciare ai propri. Se non lo capisci prima che sia troppo tardi, potresti svegliarti dentro una vita che non avresti mai scelto.»

«Non vedo cosa c'entri con me.»

Mia madre non parlava così, di sicuro non con la sottoscritta. Non eravamo attrezzate, nessuna delle due.

«Non puoi sognare per sempre i sogni di qualcun altro, Hannah. E quando finalmente smetti, non va bene per nessuno.» Batté le mani, sfoderando di nuovo un sorriso di plastica, come se avessi semplicemente immaginato che, per un momento, si fosse sciolta in qualche modo in una persona reale. «Andiamo. Non vogliamo che ci giudichino maleducate.»

«Chi se ne frega di come ci giudicano? Ti trattano come una lebbrosa.» Non lo dissi con l'intenzione di ferirla; non mi venne in mente, allora, che potevo ferirla.

Incorniciata in similoro sullo scrittoio di mia madre c'era una foto della bambina che era stata un tempo, mentre posava a un saggio di danza classica con la sua sorellina, che, al contrario di lei, aveva davvero il fisico della ballerina. Erano congelate nel bel mezzo di una pirouette, mia zia perfetta e raggiante, mia madre imbronciata e tozza con la solita chioma crespa. I capelli le si erano afflosciati dopo la gravidanza, l'ennesima cosa di cui accusarmi. Se fosse stato un film, saremmo state legate dal fatto di essere entrambe brutti anatroccoli; naturalmente, nella versione hollywoodiana mia madre si sarebbe tramutata in un cigno minaccioso anziché espandersi semplicemente in un'anatra appena più alta, molto più grassoccia, una che ogni tanto non sembrava apprezzarmi molto. Cosa di cui non potevo farle una colpa: probabilmente non gradiva vedere il ricordo quotidiano del suo ieri più di quanto io volessi dare un'occhiata al mio domani.

Scese dalla macchina e si lisciò il copricostume, un telo di spugna azzurra che, ne ero certa, non somigliava a nulla di ciò che indossavano le altre madri. «Il semplice fatto che tu lasci il liceo non significa che il liceo lasci te.»

Dovetti ridere. «Forse è la cosa più deprimente che tu mi abbia mai detto.»

Rise a sua volta. «Allora significa che sto facendo il mio lavoro.»

«La madre dell'anno.»

Glielo lessi in faccia, il momento in cui decise di forzare la sorte e di provarci, un momento tra madre e figlia. «È bello vederti sorridere, Hannah.»

«Dimmi che possiamo risalire in macchina e tornare a casa. Sorriderò come in una pubblicità di un dentifricio.»

«Allettante.» Si fermò abbastanza a lungo per alimentare le mie speranze.

Poi andammo alla festa.

Vestito casual chic da capo a piedi – pantaloni cachi e polo Ralph Lauren – il padre di Nikki Drummond aprì la porta e ci indicò la piscina con un grugnito. Attraversai la casa a testa bassa, preferendo evitare di intravedere un oggetto domestico – un vecchio disegno sul frigorifero o l'appuntamento con il terapeuta sul calendario – che potesse rendere Nikki umana. Ci muovemmo sulle piastrelle lussuose, del tipo con ghirigori appena percettibili che ti danno l'impressione di camminare sull'acqua, e indugiammo sulla soglia della porta di servizio, una madre e una figlia in simultanea contemplazione del loro cupo destino.

Le madri indossavano sarong drappeggiati ad arte o tute di Esprit, con le unghie curate e i capelli diligentemente tagliati in un materno caschetto alla Dorothy Hamill, come se avessero fatto solenne giuramento di diventare insulse a quarant'anni; le figlie si trastullavano in calzoncini griffati, le gambe abbronzate e ancora acerbe che spuntavano dal denim sapientemente sfrangiato. Smalti rosa o viola spennellati sulle pedicure perfette; t-shirt troppo grandi strette da cinture basse o annodate appena sopra l'ombelico, tranne per le ragazze che – nonostante la mancanza di cromosomi Y su cui far colpo – si erano prese la briga di mettersi in bikini. La solita combriccola di Nikki non c'era, sostituita da gruppetti sparpagliati di tappabuchi che facevano penzolare i piedi nella piscina o affondavano dita sospettose nella gelatina del cocktail di scampi.

Se c'è un inferno, puzza di lozione abbronzante e di cotone Benetton sudato e sa di Coca-Cola calda; ha il suono dell'*easy listening* e dei sussurri urgenti; dà la sensazione di essere radiografati, sguardi radioattivi che penetrano fino alla carne nuda i vestiti cascanti. Mi sentii mutare; ero l'orrendo mostro della palude, arrivato per rovinare la serata, e la Lacey in me aveva voglia di calarsi nel ruolo, di aprirsi un varco di distruzione, di dare ai presenti una ragione per fissarmi.

Invece mi diressi verso quanto di più simile vidi a un porto sicuro: Jenna Sterling, Conny Morazan e Kelly Cho, che si facevano chiamare i Tre Moschettieri con tanta coerenza da travestirsi così ogni Halloween da quando si erano conosciute. Erano un'unità autonoma, e ogni tanto marciavano a ranghi serrati con creature un po' più in alto nella catena alimentare, ma senza mai rompere la formazione. Una volta Jenna, con i suoi capelli da Barbie e le sue tozze gambe da hockey su prato, aveva pianto quando era stata costretta a fare coppia con me per un compito di matematica in quarta elementare, dimostrando in modo memorabile il concetto di *resto.* Il tenente scelto Conny era esperta nel completare le frasi di Jenna quando lei non ne era in grado, cosa che succedeva spesso. E poi c'era Kelly, che era comparsa in seconda elementare, quando ancora non sapeva dire *ricreazione, pennarello* e *quaderno* e veniva schernita da ragazzi sempre pronti a tirarsi gli angoli degli occhi e a emettere sillabe inintelligibili– cinese di Karate Kid, lo chiamavano – anche dopo che Kelly gli aveva ricordato, per la millesima volta, che era coreana. Da qualche parte lungo la strada aveva perso l'accento e la ciccia e ora era l'unica delle tre ad avere sempre un ragazzo, anche se di solito era un tipo del gruppo giovanile che aveva rimorchiato in chiesa.

Non erano venute alla festa del pignoramento; ragazze come quelle non andavano a party come quelli. Qualunque cosa avessero sentito dopo, non l'avevano *vista* accadere.

Non avevo mai padroneggiato bene l'arte di infilarmi in una conversazione in corso, così avanzai lentamente verso il terzetto, aspettando che una di loro si rendesse conto della mia esistenza.

«Dov'è andata, comunque?»

Impiegai un attimo di troppo per capire che la domanda era rivolta a me. «Chi?»

«Probabilmente lo ignora» disse Jenna. «È...»

«Ignorante» suggerì Conny, e l'altra annuì.

«Allora lo sai o non lo sai?» chiese Kelly.

«Secondo te?» ribattei in un tono che significava *Che scema!*, certo che lo sapevo.

Risultato: curiosità. «Allora? Dove?»

«Carcere minorile, giusto?» Jenna aveva un sano aspetto del Midwest di cui non mi ero mai fidata. Era il tipo da portare la mazza da hockey in aula e da fare esperimenti con le combinazioni di fragranze Body Shop finché non trovava quella che somigliava di più alla torta di mele.

Conny sbuffò. «Ospedale psichiatrico, molto probabilmente.»

«New York, è lì che vanno tutte» intervenne Kelly.

«Tutte, chi?» domandai.

«Lo sai...» Meno disinvolta, ora. «Le ragazze come Lacey. Quelle che...»

«... scappano» concluse Conny. «Come in *Pretty Woman*.»

«*Pretty Woman* è ambientato a Los Angeles.» Nikki si era materializzata all'improvviso accanto alla mia spalla con i suoi poteri da strega. «E dubito fortemente che Lacey sia scappata per fare la prostituta.» Infilò l'indice in uno dei miei passanti e mi allontanò dai Moschettieri. «Hannah Dexter. Che ne dici di andartene?»

Mi ci volle un momento per capire che era un invito e non un ordine, o forse è solo una scusa di comodo per giustificare come mai, invece di risponderle per le rime o di farle il dito, accettai.

«Non so perché mia madre insista a organizzare queste stronzate» disse Nikki, lanciandosi in un monologo mentre attraversavamo il bosco. Le lamentele sul *finger food* e sulle amiche di sua madre cedettero il passo alla lista lunga e dettagliata delle avventure per cui le vere amiche di Nikki l'avevano abbandonata: corsi di tennis, corsi di arte, ritiro ebraico, Allie Cantor a un tour per adolescenti sul Grand Canyon, Kaitlyn Dyer ad attraversare l'Europa facendo shopping (e senza dubbio scopando) a destra e a manca, meno Virginia Woolf, più Fergie (destabilizzò il mio mondo sentire Nikki Drummond citare Virginia Woolf). Si lamentò dell'umidità e degli sciami di moscerini, del sinistro addetto alla pulizia della piscina il cui sguardo indugiava sempre un secondo di troppo, della scocciatura di radersi la zona bikini, del tedio delle repliche in TV, della faccia tosta con cui i suoi si rifiutavano di pagare l'attesa di chiamata sulla sua linea personale. Piagnucolò e sorseggiò da una bottiglietta mignon qualcosa di marrone e illecito, e non sembrava nemmeno lontanamente preoccupata per ciò che avrei potuto farle nel bosco.

Gli alberi si chiusero intorno a noi, scuri, rigogliosi e sussurranti. Il pomeriggio si era tinto di un'inesorabilità fiabesca: la strega mi diceva dove andare e, come una bambina smarrita nella foresta, io la seguivo. Finché, finalmente, si fermò e tacque di colpo. Tra il camminare e il parlare non mi era venuto in mente che quel piagnisteo interminabile potesse essere indice di nervosismo.

Eravamo sul bordo di una radura il cui centro era occupato da una struttura incurvata, i muri costellati di cuori neri e tag in *bubble style*, le finestre buchi neri seghettati. Qualche metro più in là, un vagone merci arrugginito si inclinava su assali nudi avvolti da erbacce, come se un antico mostro meccanico fosse strisciato a morire nella foresta. Non era la casetta di marzapane, ma pareva comunque incantata.

Sapevo della vecchia stazione ferroviaria, naturalmente. Come tutti. Era abbandonata dagli anni Settanta e, qualunque fascino rassicurante l'architetto avesse cercato di creare con le ringhiere di ferro battuto e il tetto a due spioventi era ormai caduto vittima del tempo e della vegetazione. Da qualche parte nell'oscurità sotto la banchina c'erano binari rotti e invasi dalle erbacce, e si mormorava che laggiù vivessero delle persone, vagabondi come quelli delle fiabe che si riscaldavano sopra i falò accesi nei bidoni della spazzatura e si pugnalavano a vicenda con chiodi di ferro. La stazione era una presenza minacciosa nelle infanzie passate a Battle Creek, un punto di riferimento per bambini annoiati e audaci, facile rito di iniziazione per circoli segreti: affronta la stazione infestata dai fantasmi, torna con un talismano, con una scheggia di vetro o l'involucro strappato di un preservativo. Cerca di non beccarti l'epatite. Era un luogo di possibilità, la minaccia delle ombre o persino di una natura senziente, come se la stazione malridotta tenesse per sé le proprie opinioni. Era il genere di posto sacro che forse Lacey avrebbe tentato di fare nostro, se non fosse stato per la sua avversione per i boschi.

Un fosso tagliava la radura, un binario deformato e spezzato che si snodava lungo la sua base come il fiume in un canyon, e Nikki si accomodò sul bordo, facendo penzolare i piedi oltre l'orlo. «È qui che è morto, sai?»

Non mi sentii affatto tranquillizzata.

«O almeno, così dicono» aggiunse. «Non hanno voluto renderlo di pubblico dominio, che è questo il punto. Per paura che qualche fanatico lo trasformasse in una specie di santuario. O che ci fossero degli emulatori. Ma a me l'hanno detto. Ovviamente.»

Non conoscevo Craig, non fino in fondo, solo che lo conoscevo da sedici anni e sapevo molte cose: che era in grado di ruttare l'alfabeto, che si ficcava quattro Lego su per il naso, che una volta aveva pianto quando era caduto dall'altalena e si era fratturato il braccio. Era un'istituzione, come la chiesa inagibile in Walnut Street davanti alla quale ero passata ogni giorno per anni, senza mai domandarmi cosa ci fosse dentro, finché non era bruciata. Ecco cos'era l'assenza di Craig per me: uno spazio vuoto dove non avrebbe dovuto essercene uno.

Impossibile non immaginarlo seduto all'ombra di quel guscio abbandonato, a meditare sulla essiccazione del passato, a interpretare i dettami dei graffiti come tragedia esistenziale: *scopatevi ronda, succhiami l'uccello.* Impossibile non immaginarlo insanguinato e immobile, a putrefarsi sul terriccio.

Apparteneva a Nikki, ora, questo luogo. Craig l'aveva rivendicato per lei.

«Il fatto che il tuo ragazzo si sia suicidato non fa automaticamente di te una brava persona» dissi, perché mi faceva male provare compassione nei suoi confronti.

Sembrava che ci avesse già riflettuto in precedenza. «È buffo, vero? Perché verrebbe da pensare di sì.» Mi offrì la bottiglietta, ma la rifiutai. Sapevo cosa fare quando la strega ti offriva un morso della sua mela.

Ingollò il resto d'un fiato, quindi lanciò la mignon nel fosso. Ci fu qualcosa di immensamente appagante nel vetro che andava in frantumi. Dondolò le gambe avanti e indietro. Da qualche parte gli uccelli cinguettarono. Una zanzara si posò sul mio ginocchio e Nikki la scacciò. Aveva la mano sudata, cosa che mi stupì. Le Nikki Drummond del mondo avrebbero dovuto essere sempre fresche come rose.

«Qui non mento alle persone» disse. «Perciò forse mi crederai questa volta. Il nemico non sono io. Non c'è nessun nemico.»

«Perché ti interessa così tanto se ti credo?»

Alzò le spalle. «Anch'io lo trovo strano.»

La strega costruisce la casetta di marzapane per attirare i bambini stupidi, ricordai a me stessa.

«Posso aiutarti ad aggiustare tutto» continuò.

«Aggiustare cosa?»

«Be', primo, la tua reputazione macchiata. Secondo...» Agitò vagamente le mani nella mia direzione, come a dire *la tua natura da Hannah Dexter.*

«Cosa ti fa credere che abbia bisogno di essere aggiustata?»

«Vuoi davvero che ti risponda?»

«E perché ti sto così a cuore?»

«Forse mi annoio.» Si guardò i piedi, tendendoli e flettendoli insieme come facevamo a ginnastica all'oratorio. «Forse sono stanca.»

«Dell'estate?»

«Di far finta di non essere stronza. Evidentemente tu hai già deciso che lo sono. È rilassante.»

«Devi considerarmi una povera scema» replicai, e forse lo ero, perché dopo la sua ammissione provai lo strano formicolio di qualcosa di simile all'orgoglio.

Scrollò di nuovo le spalle e lo presi come un sì. «Io non prego nessuno. Vieni al centro commerciale con me domani. Dimostra a quei deficienti che non te ne frega niente della loro opinione. Fatti vedere con me. Ti servirà.»

«Venire al *centro commerciale* con te? Ti sei fatta, per caso?»

«Marissa mette le corna ad Austin con Gary Peck. Si

fa fare i ditalini da lui nel laboratorio di chimica dopo le lezioni.»

Marissa Mackie e Austin Schnitzler stavano insieme dalle medie ed erano stati i principali rivali di Craig e Nikki per ogni singolo superlativo romantico nell'annuario, per non parlare del mio personale Più Vomitevoli. Tutti scommettevano che si sarebbero fidanzati qualche mese dopo il diploma, prima se si fosse rotto il preservativo.

«Come fai a saperlo?»

«Perché le persone si confidano con me.»

«E perché me lo racconti?»

«Perché voglio che ti fidi di me.»

«E dovrei fidarmi di te perché diffondi pettegolezzi...»

«Non è un pettegolezzo se è vero.»

«Okay, dunque il tuo ragionamento è: sei degna di fiducia perché riveli il segreto più oscuro della tua migliore amica alla tua peggiore nemica?»

«Numero uno, non è la mia migliore amica. Numero due, ha segreti molto più oscuri. Numero tre, sottovaluti seriamente la mia schiera di nemici.»

«Santo cielo, sei davvero stronza, eh?»

Si alzò. «Te lo ripeto, io non prego nessuno. Prendere o lasciare, a te la scelta.»

«Quanto a gentilezza fai schifo, lo sai?»

Ci fu qualcosa di diverso nella sua risata, qualcosa di lieve e solare, e fu bellissimo.

«Devi venire a prendermi. Non ho la patente.»

«Risolveremo anche questo problema.» Questa volta la sua risata suonò più stridula. «Mi piace avere un obiettivo.»

Avvertii di nuovo lo strattone dell'inevitabilità, la profonda sensazione che la vita si fosse sbloccata.

«Devo rientrare, o mia madre va fuori di testa» disse. «Ma tu puoi restare, se vuoi. Attraversa la stazione, casa tua dista solo un chilometro e mezzo circa. Dirò a tua madre che non stavi bene e che ti ho dato un passaggio.»

Non era tanto un suggerimento quanto un ordine. «Nikki...» Non mi voltai a guardarla. Non ci riuscii. «Prima che te ne vada...»

«Sì?»

Sarebbe stato molto facile per tutti gli eroi dei libri di fiabe evitare l'avventura, salvarsi dal triste destino di condurre una vita interessante. Non sbirciare dentro il pozzo; non strofinare la lampada magica. Quando la voce ti chiama dal buio, non ascoltarla.

Non andare nel bosco.

«Cosa c'era tra te e Lacey?»

Tacque quanto bastava per rendermi nervosa. «Forse eravamo amanti.» Indugiò sulla parola chiave, spalancando così tanto la bocca alla *a* iniziale che vidi le tonsille. «Bollente sesso lesbico, e tu sei solo una pedina nel nostro bisticcio tra innamorate. Ti è mai venuto in mente?»

Era come se fosse troppo pigra per fare una vera battuta. Tanto valeva che dicesse *prendi e porta a casa, cogliona, e impara a farti i cazzi tuoi.*

«Quello che è, Nikki.»

«Io sto voltando pagina. In altre parole, chi cazzo se ne frega del passato? Il problema siete *tu* e Lacey.»

«In che senso, un problema?»

«Te l'ho già spiegato. È stata schifosa con te. E per te. Era doloroso da guardare.»

«Chi ti ha chiesto di guardare?»

Era la risposta sbagliata. Dovevo difendere Lacey, ma ormai era troppo tardi.

«Perché ti ha permesso di ubriacarti quella sera e poi ti ha lasciata sola? Che razza di *migliore amica* si comporta così?» Unì le punte delle dita e agitò la mano.

«Non mi serve una babysitter.»

«È stata un pezzo di merda con te quella sera ed è stata un pezzo di merda per tutto il tempo. Per lei è un delirio di onnipotenza, lo capisci, no? Convincerti che hai bisogno di lei? Povera piccola Dex, sola e indifesa, con la grande e forte Lacey a insegnarle come funziona la vita. Sei l'unica a non essersene accorta.»

«Vaffanculo.»

«Diciamo che mi sbaglio. È la migliore amica che una ragazza possa avere. Allora dov'è? Stai passando il periodo peggiore della tua vita, cazzo, e lei ti abbandona per andare a lanciare le mutandine ai Nirvana? Sei stata fortunata, Hannah. Ti avrebbe rovinata. È la sua specialità. Mi dispiace, ma è così.»

«Torna alla festa, Nikki.»

Mi lasciò sola nel bosco a riflettere sulle sue stronzate, o a ignorarle e a immaginare le persone che dovevano essere passate per la stazione quando ancora i treni attraversavano Battle Creek scoppiettando: uomini d'affari con il cappello di feltro, minatori dalle guance fuligginose, ragazzi sorridenti che andavano in guerra, tutti diretti altrove, facendo ciao alla triste città radicata al suo posto, e feci del mio meglio per immaginare ogni dettaglio, finché diventò buio e mi stancai di stare sola.

Il centro commerciale. Io e Lacey non eravamo mai andate al centro commerciale, che era a trenta minuti lungo l'autostrada, ornato di bandiere blu e rosso vivo sopra gli ingressi, come una fiera rinascimentale sponsorizzata da grandi magazzini e aziende di giocattoli. Il centro commerciale, diceva Lacey, era la morte cerebrale. Una lobotomia fatta di finto ottone e linoleum. Parassiti e plebei che si facevano di frozen yogurt, maniaci di mezza età che acquistavano massaggiatori cervicali da Euronics. Lacey credeva nei negozietti nascosti in spazi dimenticati: soffitte, garage, uno scantinato dove probabilmente saremmo state assassinate se il bong del proprietario non avesse fatto scattare il rilevatore di fumo. Le catene di negozi che fiancheggiavano il centro commerciale erano una forza colonizzatrice, diceva Lacey, capace di infettare il popolino con batteri che si riproducevano e si propagavano. Più le persone erano simili, e più volevano essere simili. Il conformismo era una droga, il centro commerciale il suo pusher che, viscido e con gli occhi arrossati, ti assicurava che non c'era nulla di male in un semplice assaggio.

Al centro commerciale il frozen yogurt sapeva di shampoo alla vaniglia. Al centro commerciale suonavano versioni strumentali di Madonna e le ragazze ballavano a tempo, imitando i passi che avevano imparato da MTV. C'erano biscotti grandi quanto la mia testa e pretzel con salsa al cioccolato e glassa di formaggio cremoso. C'era una giostra nel mezzo, dove i bambini strillavano girando e i padri annoiati fingevano di guardarli. Cavalieri con l'armatura sorvegliavano le uscite, tenendo lontani i mocciosi che si aggrappavano alle loro membra scintillanti. C'era una bancarella che vendeva *idromele* nell'area ristorazione e, lì accanto, un tavolo di sciatti giocatori di lacrosse che demolivano la pizza con molari simili a morse. «Rozzi ma carini» commentò Nikki.

C'era una fontana luccicante di monete. Lanciai un penny e non desiderai il ritorno di Lacey.

Guardai Nikki che provava lunghe gonne a fiori e gilè di jeans, ma rifiutai le T-shirt color pastello che cercò di rifilarmi. «Non mi importa di cosa pensano gli altri» dissi. «Io mi vesto come mi pare.»

«È solo una coincidenza, allora, che tu ti vesta esattamente come Lacey. Le gemelle dark.»

«Ci mettiamo quello che vogliamo.» Tempo presente. Come se la grammatica potesse plasmare la realtà. «Non una specie di...» – mi feci penzolare un top dall'indice, il pizzo striato di argento brillante, la guaina delicata a indicare una fragilità che forse Nikki voleva proiettare ma non incarnare – «costume di carnevale.»

Alzò gli occhi al cielo, si infilò il top e in qualche modo, con una rotazione delle spalle e un'inclinazione calcolata della testa, diventò una persona nuova di zecca, dolce come il profumo ai fiori d'arancio che aveva spruzzato su entrambe.

«Scusa, l'avevo dimenticato. Quegli anfibi orrendi sono un'espressione della tua anima. E, guarda caso, lo sono anche dell'anima di Lacey e di quella di ogni altra giovane grunge aspirante al titolo di Mrs. Cobain. Una grossa coincidenza coperta di flanella.» A pranzo aveva tirato fuori una fiaschetta d'argento vintage, il tipo di oggetto superbamente ammaccato che avrebbe mandato Lacey in brodo di giuggiole, e aveva aggiunto un po' di vodka alla sua Sprite light, entrando subito in modalità sapientona. «L'anno prossimo, a quest'ora, mezza Battle Creek se ne andrà in giro con quelle stupide camicie di flanella, te lo garantisco.» Mi porse uno dei suoi scarti, un maglione di cachemire celeste che non mi sarei mai potuta permettere anche se un giorno avessi deciso di indossare qualcosa di così femminile, qualcosa che mi facesse risaltare gli occhi, osservò. «Ogni cosa è un costume di carnevale. Almeno sii abbastanza sveglia da rendertene conto.»

Il maglione era morbido come una nuvola e mi calzava a pennello. Non dovetti inclinare la testa o cambiare postura; tra il celeste del pullover e il lucidalabbra rosa ciliegia che Nikki mi aveva applicato con il pollice, anch'io sembravo una persona nuova di zecca.

Non le ricordai di chiamarmi Dex e lei non menzionò Lacey per il resto della giornata. Ci attenemmo ad argomenti indolori: i molti modi in cui le nostre madri ci mettevano in imbarazzo, quali fossero i nostri ragazzi preferiti dell'*Attimo fuggente* e in quale ordine, se l'incentivo di un Patrick Swayze in carne e ossa potesse insegnare a chiunque a ballare come Jennifer Grey, se la prof di biologia in seconda superiore andasse a letto con il preside, se tornare a Battle Creek dopo il college e per il resto di una vita straziante dovesse essere considerato una tragedia o una farsa.

Mi divertii. Fu questa la sorpresa, e la vergogna. Non portammo alla luce le verità dell'universo né facemmo una dichiarazione politica; non compimmo imprese audaci o difficili. Ci divertimmo, punto e basta. *Lei* era divertente.

Per tutto il giorno aspettai la sorpresa finale, ma ci furono solo sedute di trucco al banco L'Oréal, liquidazioni di jeans Levi's e un'ora di isterismo passata a strizzarci in eleganti vestiti simili a meringhe, più strass c'erano, e meglio era. Provammo le poltrone massaggianti di Euronics e, in macchina, dividemmo una confezione di biscotti al cioccolato mentre tornavamo a casa. Era inspiegabile e impossibile e poi, con quella bizzarra distorsione temporale dell'estate, dove un giorno sembra dieci e una settimana basta per trasformare qualunque aggiunta esterna in un punto di riferimento esistenziale, diventò una routine.

Diventai un'ospite fissa a casa sua. Mi presentavo addirittura senza invito.

Passavamo la maggior parte delle giornate fuori, a galleggiare sui materassini in piscina, lasciando che il sole ci cuocesse la schiena e schizzando Benetton, il labrador di Nikki. Ecco cosa imparai da lei quell'estate: a galleggiare. Per smettere di annegare, mi insegnò, dovevo solo smettere di dibattermi. Dovevo solo sdraiarmi e decidere che non c'erano sagome scure intente a nuotare sotto la superficie, che negli abissi insondabili non erano in agguato creature con denti affilati e una fame insaziabile. Nel mondo secondo Nikki non c'erano abissi.

Ero già vuota; era più sicuro restare così, spiegò Nikki. Se fossi riuscita a fingere con sufficiente impegno che niente aspettasse di accampare dei diritti su di me, niente li avrebbe mai accampati.

Giocò con i miei capelli e bocciò intere porzioni del mio guardaroba; durante un pomeriggio afoso mi portò nel parcheggio delle scuole elementari e mi insegnò a guidare. Continuò a rifiutarsi di chiamarmi Dex. «Ti chiami Hannah» disse. «Chi permette a un'estranea di dargli un nuovo nome? Se il tuo non ti piacesse, sarebbe un altro paio di maniche. Ma, seriamente, decidere di essere qualcun altro solo perché te lo dice una svitata?»

Mi piaceva il mio nome, era questo il problema. Me lo ero dimenticato: non avevo mai pensato che Hannah fosse brutto finché non me lo aveva detto Lacey.

Nikki era troppo prudente per parlare di Lacey. Invece girava intorno all'argomento, lasciando che tirassi le mie conclusioni. «Non so perché ascolti questa merda quando è evidente che ti fa schifo» osservò quando mandai avanti veloce l'ennesima canzone dei Nirvana.

«Quello che le persone pensano di te conta eccome» replicò quando le feci presente che non avevo bisogno di aiuto per riabilitare la mia reputazione, che la mia reputazione era irrilevante. «Chiunque ti dica il contrario cerca di fregarti.»

«Alcuni non possono fare a meno di essere anticonformisti, perciò tentano di trascinarti nell'anticonformismo con loro.» Mi mollò un mucchio di vestiti usati. «Ma tu sei diversa. Hai delle alternative.»

Parlava di se stessa e forse fu questa la cosa che pian piano mi spinse a fidarmi di lei. Era annoiata, spiegò, non solo da Battle Creek, dalle sue amiche, dai suoi genitori disfunzionali e dal suo fratello perfetto con tanto di ragazza noiosa e di obbediente vita da studente di medicina, ma anche da se stessa, dal fatto di svegliarsi ogni mattina per interpretare "Nikki Drummond".

«Cazzo, non hai idea, Hannah» affermò nel bel mezzo di uno sproloquio sulle ragazze che si credevano membri adoranti della sua corte reale. «Quando dico superficiali, non intendo come una secca. Intendo come una pozzanghera.»

«*Loro* sono superficiali?» Lanciai un'occhiata penetrante al numero di *Seventeen* sulle sue ginocchia. Aveva dedicato gli ultimi trentasette minuti a truccare il punteggio del test *Chi è il tuo tipo da spiaggia preferito?* in modo che il risultato fosse *il dio della tintarella.*

Me lo lanciò. «Certo che sono superficiale, cazzo. Ma io lo *so*, è questa la differenza. Come so che leggere Nietzsche non ti rende profonda.»

Pronunciò il nome correttamente, in tono quasi presuntuoso, con lo stesso finto accento tedesco che aveva usato Lacey.

«Sono tutte stronzate» proseguì. «Le persone che non ci arrivano mi stancano, quelle convinte che qualunque cosa sia importante, a prescindere che sia il colore del loro smalto o il significato di questo cazzo di universo.»

Era brilla. Nikki, ormai l'avevo intuito, era sempre un tantino brilla. Avevo visto abbastanza film per sapere che non era una bella cosa. Parlava di esercitare il potere sulle persone, di come fosse insulso ma necessario, perché l'unica alternativa era lasciare che le persone esercitassero il potere su di te. Certe volte parlava persino di Craig.

Affrontavamo l'argomento solo quando andavamo alla stazione ferroviaria, cosa che succedeva solo quando Nikki era in uno stato d'animo molto particolare. Non mi piaceva quel posto. Non le avevano detto esattamente dove avessero trovato il cadavere, mi confidò, se fosse sui binari, nel vecchio ufficio o penzoloni metà dentro e metà fuori dal carro merci, come se Craig avesse cercato all'ultimo minuto di fuggire da se stesso. Forse eravamo sedute sull'erba che era stata schiacciata dal suo corpo e nutrita dal suo sangue. Non credevo nei fantasmi – non ci avevo mai creduto, nemmeno quando ero una bambina ansiosa di credere in qualunque cosa – ma credevo nel potere del luogo, e dove stava scritto che non ci fosse qualcosa nella vecchia stazione, qualcosa di così triste nel fischio del vento attraverso le finestre rotte da aver infettato Craig, da averlo assuefatto al dolore? Era uno di quei posti che sussurravano.

Nikki disse che le faceva male andare lì, ma che ogni tanto il dolore era salutare.

«Mi manca» confessò una volta, facendo ciondolare le gambe sopra i binari, pulendosi le unghie dal terriccio. «Non mi piaceva più di tanto, eppure mi manca, cazzo. Continuamente.»

Avevo imparato a non dire *Mi dispiace,* perché la mandava fuori dai gangheri. «È lui che dovrebbe dispiacersi» rispondeva sempre. «Dovrebbero farlo in molti. Ma non tu.»

Una volta si stese lungo il bordo con la testa sulle mie ginocchia e disse che forse era colpa sua. I suoi capelli erano più morbidi di quanto avessi immaginato. Le spostai la frangetta dalla fronte, la tirai indietro. Si intravedeva la ricrescita marrone.

Mi domandai quando i suoi capelli fossero diventati così scuri, se fossero mai stati davvero del colore del sole o se avessi soltanto avuto bisogno di ricordarli così.

«Non essere narcisista» replicai.

Lo apprezzò.

«Hai paura di non riuscire ad amare più nessuno?» domandai.

«Sì.» Ma poi: «A essere sincera non lo amavo. Pensavo di sì, ma a un certo punto ho capito di no».

«Cos'è successo?» Intendevo cosa era successo perché arrivasse a quella consapevolezza, ma intendevo anche molto altro. Come tutti, volevo sapere cosa avesse indotto Craig ad andare nel bosco, a portare con sé la pistola e, se Nikki non avesse avuto le risposte, volevo sapere come potesse sopportarla, la certezza che non le avrebbe mai avute.

«Sapevi che finché Allie non ha compiuto sette anni sua madre le ha mentito raccontandole che le carrube erano cioccolato? Povera bambina, per anni la madre le ficca in bocca quella merda biologica spacciandola per cioccolato e lei si chiede perché il mondo impazzisca per qualcosa di così disgustoso. E poi sai cos'è successo?»

Feci no con la testa.

«Una babysitter non legge il promemoria e porta una vaschetta di gelato e dello sciroppo al cioccolato. Allie lo assaggia e va fuori di melone. Si è alzata di notte e l'ha bevuto fino all'ultima goccia. Hanno dovuto farle la lavanda gastrica, mi pare.»

«Morale della favola, non mentire ai tuoi figli?»

«Chi cazzo se ne frega della morale? Il punto è che dopo non poteva tornare alle carrube, no? Ma la madre era decisa a non farglielo più nemmeno annusare il cioccolato. Allie era fregata.»

Non aggiunse altro e dovetti usare l'immaginazione: qual era il suo cioccolato? Un ragazzo del college, un amico di suo fratello venuto in visita per il weekend? Qualcosa di più proibito, magari... un insegnante? Un amico di suo padre? Qualcuno che le aveva fatto assaggiare qualcosa che non poteva più avere e che non riusciva a dimenticare? Chiunque fosse, se n'era andato: Nikki non usciva seriamente con nessuno da quando Craig era morto, sembrava non mostrare mai un briciolo di interesse, anche se intuii che quello era il suo modo di punire se stessa.

Forse sapeva esattamente perché Craig l'aveva fatto; forse le voci peggiori erano vere, che l'aveva fatto per lei, per causa sua. Sarebbe stato meglio non scoprirlo mai, pensai, piuttosto che scoprire una cosa simile.

Invece si teneva occupata con ragazzi immaginari: Luke Perry, Johnny Depp e Keanu Reeves, di cui aveva già programmato le future nozze nel minimo dettaglio, fino al vestito da sposa che avrebbe indossato. Non che a lui fregasse qualcosa, perché chiaramente se ne sbatteva di tutto. Il che, sosteneva Nikki, era il segreto del suo fascino.

«Non è il mio tipo» ammisi, e lei scrollò le spalle. Ma il mondo immaginario funzionava anche per me. Mi ero lavata via le parole dalla pelle, ma era come se l'inchiostro fosse nel mio sangue. Mai più: ora sarei stata una fortezza, impermeabile. Mi accontentai della Setta dei poeti estinti, i cui membri erano dolci, romantici e facili da intimidire, e di River Phoenix, il tipo di ragazzo che accendeva candele e ti leggeva le poesie, che ti baciava teneramente sulle labbra per poi lasciare che la notte trascolorasse verso il nero, che non era mai arrabbiato, solo triste, che amava la terra, che si rifiutava di mangiare gli animali, che si asteneva dalla droga e aveva gli occhi colmi di solitudine.

Quindi, Nikki mi fece vedere *Belli e dannati*, ed ecco il mio River insieme al suo Keanu, due eroinomani che per vivere si prostituivano, e buonanotte ai suonatori.

«Credevo che ti sarebbe piaciuto» commentò con scarso entusiasmo, senza neppure provare a nascondere che l'aveva fatto apposta, che sapeva mi avrebbe incasinato la testa e il cuore innamorato e, poiché io lo sapevo, e lei sapeva che io lo sapevo, in qualche modo diventò accettabile. Riuscii persino a ridere.

Non era lo stesso tra noi. Non c'erano balli di mezzanotte sotto la pioggia, nemmeno uno di quei momenti da batticuore in cui la marea della sfrenatezza si abbatteva su di me e allentavo la presa quanto bastava per essere travolta. Ma mi diede un pretesto per uscire di casa, e una piscina riscaldata.

«Probabilmente non dovrei» disse Nikki un pomeriggio mentre remavamo avanti e indietro sui materassini. Indossavo un bikini nuovo, gentile omaggio di mia madre, così contenta della mia amicizia inattesa con Nikki – e della propria fiorente conoscenza con sua madre – che sarebbe stata disposta a svaligiare il negozio. Soldi sporchi di sangue, avevo pensato mentre passava la carta di credito alla cassiera. I miei trenta denari, con tanto di cuciture rosa e di coppe push-up. Peccato: mi piaceva come il costume risaltava sulla mia abbronzatura, e la nuvola di cloro che mi restava appiccicata addosso per tutto il giorno, i capelli inariditi quanto la pelle.

«Non dovresti, cosa?»

Nikki amava iniziare le conversazioni a metà, dopo averle già intavolate nella sua testa, il che rendeva difficile capire se mi fossi distratta o se avesse appena cominciato a parlare.

«Tagliarmi la frangetta come la ragazza di *The Real World*. Hai presente?»

«No.»

«Ma sì. *Becky*.»

«Non ho la TV via cavo.»

Si rizzò a sedere. «Aspetta, dici sul serio?»

«Sì.»

Passammo il resto della giornata nel suo seminterrato dotato di aria condizionata, guardando le videocassette di *The Real World* sulla TV a schermo gigante. Nikki aveva ogni puntata, etichettata con cura, e le guardammo tutte, per sei ore di fila, finché anch'io ebbi l'impressione di vivere in una casa, di farmi riprendere dalle telecamere, di non essere più educata ma di iniziare a essere reale. L'indomani ricominciammo e il resto di agosto fu scandito dalle risatine di Julie, dai farneticamenti di Kevin, dagli atteggiamenti sbruffoni di Eric, dalle rime hip hop di Heather B.

«Immagina se tutti smettessimo di fingere che esiste qualcosa come la possibilità di *diventare reali*» disse Nikki. «Immagina che sollievo, cazzo.»

Gli inquilini di *The Real World* dovevano chiudersi in uno sgabuzzino e confessare i loro segreti a una telecamera e – miracolosamente, come se dessero per scontato che nessuno li avrebbe mai guardati – vuotavano il sacco.

«Facciamolo anche noi» propose Nikki, e lo vidi accendersi dentro di lei, il lampo di un'idea che richiedeva di entrare in azione. Era una cosa che lei e Lacey avevano in comune e la dote che invidiavo di più a entrambe.

«Non ti rivelerò i miei segreti più profondi» dichiarai. «E di sicuro non li *registrerò*.»

«No, non saremo noi, saremo loro.» Avremmo allestito uno spettacolo, recitato i loro ruoli. Sarebbe stato un allenamento per il suo futuro provino; ci saremmo divertite.

Suo padre aveva una videocamera e un treppiede. Nikki faceva Becky con le sue tette di cartoncino appuntite e poi Eric, con il suo sussiego maschilista. Io scelsi Andre con la sua angoscia a base di aria fritta, che poltriva sul divano fissando il soffitto, tutto *povero me* e *perché, Dio, perché*. «Il mondo è dolore» dissi con voce da drogato mentre Nikki mi incitava da dietro la videocamera, «ma, tipo, la musica, sì, quando, tipo, mi sgorga da dentro, amico, è semplicemente, sai, è come la mia anima nel vento.»

Nikki rise. «Credevo facessi Andre, non Lacey.»

Anche in quei momenti, anche quando faceva male, aveva ragione lei: era divertente.

Imparai a far finta che moltissime cose non esistessero, ma non potevo cancellare settembre con la sola forza di volontà. L'estate finì senza il mio permesso. Tornai a scuola. Mi calai nella parte.

Io e Nikki non ci frequentavamo in pubblico; era il nostro accordo tacito. Ma mi aveva insegnato a recitare e io recitavo per lei. L'estate era lunga, ma non abbastanza perché la gente dimenticasse. Mi guardavano tutti troppo fisso e sapevo cosa vedevano: capezzoli coperti di macchioline, minuscoli ciuffi di peli, spicchi segreti di pelle. I ragazzi, specialmente, mi guardavano come se conoscessero la mia funzione e aspettassero che la capissi anch'io. Riuscivo a fingere che non me ne fregasse nulla e, se fossi stata capace di essere tutta superficie, niente profondità, la finzione sarebbe stata l'unica cosa importante. Non sarei annegata.

Fu quasi un sollievo non dover più essere straordinaria. Lasciar perdere le domande esistenziali e semplicemente conformarmi. Lasciar perdere Dex; essere banale, vivere una vita piccola, sicura.

Andavo a scuola. Andavo a casa. Ingurgitavo gli spaghetti con la mia famiglia e ignoravo mia madre. Curioso che fosse stata così preoccupata per la mia prima trasformazione ma che fosse così soddisfatta della seconda; non ci furono più ramanzine per dissuadermi dallo smarrire me stessa. Forse subentrò un istinto materno sopito da tempo e capì che avevo già perso troppo per rischiare di buttare via qualcos'altro. Imparai a non guardare mio padre. Continuò a propormi di accompagnarlo al cinema; accettai solo una volta, per la proiezione di mezzanotte di *Mi gioco la moglie... a Las Vegas*, che registrava il tutto esaurito da settimane e per cui mia madre mi aveva concesso una licenza speciale, sotto la tutela di mio padre, naturalmente. Non stavo fuori fino a tardi dai tempi di Lacey e mi erano mancati il silenzio della città addormentata e le sue stelle. Mio padre comprò i popcorn e si accomodò al mio fianco, e restammo in silenzio finché gli Elvis volarono giù dall'aereo e i titoli di coda scorsero sullo schermo.

Si chinò verso di me, impacciato come un corteggiatore inesperto che si prepara a fare la sua mossa. «Nessuna notizia di Lacey, piccola?» A differenza di mia madre, mio padre non sopportava Nikki.

Scossi la testa.

«Oh.» Si schiarì la voce. «Allora è finita.»

Erano trascorsi ventidue giorni dall'ultima volta che ero passata in bici davanti alla casa di Lacey, scrutando la sua finestra in cerca di segni di vita. «Sì. È finita.»

Sospirò e si abbandonò contro lo schienale, appoggiando le gambe sul sedile vuoto davanti. «Mi piace qui, e a te?»

«Le scarpe mi si appiccicano al pavimento.»

«Non è per il film, sai? Boh, forse è solo il buio. Due ore, niente da fare a parte starsene seduti qui, lasciare che il mondo scenda su di te.»

Passi tutta la vita standotene seduto al buio senza far nulla, avrei potuto dire. Avevo sempre dato per scontato che amasse gli occhiali da sole per l'aspetto che gli conferivano, ma forse gli davano soltanto un posto dietro cui nascondersi.

Di lì a una settimana, dopo essere sopravvissuta a un altro giorno di scuola e a una lunga sessione di compiti in biblioteca – qualunque luogo era meglio di casa – pedalai verso la mia via sotto la pioggerella del crepuscolo, sentendo, nell'impeto del vento e dell'adrenalina, che erano gestibili, quei duecento e rotti giorni da superare prima del resto della mia vita.

Mollai la bici sul vialetto e stavo per entrare quando un clacson strombazzò. Voltandomi, vidi una macchina in folle lungo il marciapiede, gli abbaglianti che lampeggiavano con un SOS. Il clacson suonò di nuovo, spazientito, e la portiera del passeggero si spalancò. La voce di Kurt graffiò la notte.

Lacey era tornata.

15

LACEY

Smells Like Teen Spirit

Ci ho messo mesi per smettere di pensare alle sue labbra. Mi piacevano soprattutto quando sorridevano, rosa fica e piegate agli angoli, ma in realtà mi piacevano sempre. Quando si imbronciavano. Quando succhiavano. Quando tremavano. Le ho detto che la fiaschetta mi faceva pensare a lei, le ho raccontato qualche stronzata sulle ragazze spregiudicate e audaci che succhiavano il midollo della vita, ma... la verità? Volevo solo vedere quelle labbra arricciate intorno al beccuccio d'argento.

È questo il genere di cose che mi è tornato in mente in tutte quelle ore morte passate a fissare Gesù, fingendo di pregare: cose che avrei dovuto dimenticare, le labbra di Nikki, gli occhi vitrei di Craig e un baldacchino di foglie color sangue e fuoco. Orizzonti non aveva orizzonte. Alcune ragazze venivano rimandate a casa nel giro di qualche settimana; altre ci restavano per anni. Il biglietto vincente: una lettera alla famiglia che diceva come Gesù avesse finalmente trasformato il seme cattivo in buono. Nessuno sapeva come ottenerla. C'erano note di merito e di demerito e un algoritmo impenetrabile che ci classificava in una gerarchia della salvezza, ma nulla a indicare che sopravvivere a una giornata ti procurasse qualcosa di diverso da altre giornate identiche.

Non pensavo al futuro. Ho rifiutato il passato, labbra rosa e odore di polvere da sparo. Pensavo a te.

La mia versione della preghiera, la mia religione. La chiesa di Dex e Lacey. Dove l'unico vero peccato è la miscredenza. Avevo fede nel fatto che potessi perdonarmi. Sapevo di poterti perdonare qualunque cosa.

Andavano matti per il perdono, da Orizzonti. La confessione dei peccati passati era obbligatoria, più gravi erano e meglio era, così li amplificavamo. Lo spinello occasionale dell'Urlatrice è diventato una tossicodipendenza; la pessima abitudine della Ninfomane di masturbarsi davanti alla collezione di riviste militari di suo padre è diventata desiderio edipico; persino la volta che Sant'Anna ha baciato uno sfigato del gruppo religioso perché la aiutasse con il compito di chimica si è trasformata in una strada verso la prostituzione. I peccati della Sodomita non avevano bisogno di spiegazioni, e ogni volta che confessava di aver fantasticato che una di noi si denudasse nella doccia scoperta, le appioppavano un turno alla cippatrice e un'ora extra di preghiera contro l'omosessualità. Immagina se avessero scoperto cosa avevo fatto nel bosco. Quanto mi era piaciuto.

Era divertente guardarli farsi in quattro per perdonare i nostri peccati immaginari. Era quello il mandato di Shawn: lì dentro eravamo tutte uguali. Dopo esserci immerse nel lago e aver giurato fedeltà a Dio, al Paese e a Shawn, eravamo tutte *purificate*.

Dimmi, Dex, quale cazzo di dio se ne frega di quello che hai fatto o di chi hai ferito purché tu gli chieda scusa?

Perdono per gli errori del passato, vendetta per le trasgressioni del presente: era questo lo stile di Orizzonti. Quando dovevi pulire il water con lo spazzolino per aver fatto il dito alla capogruppo, o finivi in isolamento per aver cercato di mandare su di giri la tua unità con i lassativi nel budino, non era una punizione; era una *correzione*. Fa' un inchino e ringrazia, altrimenti ti correggono un altro po'.

È diventato più facile una volta che ho trovato il modo di correggere me stessa. Scavarmi la cicatrice sul polso con una graffetta, solo un pochino, era sufficiente per schiarirmi le idee. Ci volevano confuse. *Malleabili.* Era questo lo scopo delle razioni da fame e delle chiamate alla preghiera nel cuore della notte. Le ore di studio dei versetti, il tempo nel luogo buio erano torture degne della CIA. La sopravvivenza era questione di mantenere il controllo, di restare lucide.

Ecco perché, dopo circa tre settimane, ho buttato via le pillole.

Senza, sono quasi impazzita lì dentro, finché non ho inventato il gioco. O forse è stato il gioco a spingermi sull'orlo della pazzia. Sia come sia, ha funzionato. Da Orizzonti il diavolo era ovunque. Ogni volta che imprecavi, che provavi un desiderio carnale, che piangevi fino a addormentarti, che ti dimenticavi di chiedere il permesso prima di fare il bis a cena, quello era il diavolo che affondava i suoi artigli dentro di te. Così ho pensato *Dato che muoiono dalla voglia di averlo, facciamo in modo di darglielo.* Qualcosa di reale da odiare. Qualcosa da temere: me.

Ho reso indimenticabile la mia confessione successiva. «Ho ucciso un ragazzo, una volta» ho dichiarato. La Ninfomane e la Sodomita si sono chinate verso di me come se ancora prima della battuta finale sapessero che ci sarebbe stato da sbellicarsi: «L'ho scopato a morte».

Dopo, me la sarei vista con Heather; e non solo io, ma tutte quante, la punizione del castigato che si ripercuoteva sugli altri, i virtuosi che bruciavano accanto ai peccatori. Ma le confessioni erano sacrosante. Chiamalo pure il mio momento alla Sherazade, Dex, perché l'ho fatto per salvarmi la pelle. «Non in senso letterale, naturalmente» ho proseguito, «ma sono state le scopate ad attirarlo nel bosco e a tenerlo lì una volta capito cosa avremmo fatto. Un ragazzo come lui sarebbe dovuto scappare a gambe levate appena avesse visto l'altare, il povero gattino e il coltello. I bravi ragazzi come lui non vogliono avere niente a che fare con il diavolo.»

La Ninfomane ha riso sotto i baffi. Lei sì che se ne intendeva di certe cose.

Ho raccontato di una radura sacra dove i raggi della luna si riflettevano sulla corteccia scintillante e il profumo della terra muscosa si mescolava con il sudore, il respiro e il sangue. Ho riferito che sussurravamo terribili giuramenti, promesse reciproche e a un signore oscuro, che evocavamo le forze della terra e del cielo e rivendicavamo il controllo del mondo naturale, che scatenavamo temporali e danzavamo come folli sotto i lampi. Ho detto che avevamo sentito il bisogno di altro potere, di altro sangue e di un sacrificio supremo, così io avevo interpretato il serpente, ero strisciata nella vita di un ragazzo e lo avevo lasciato scivolare dentro di me finché aveva perso la ragione ed era diventato il mio giocattolo, finché ero riuscita a infilare un dito delicato dietro la fibbia della sua cintura e a condurlo nel bosco, dove io e le ragazze eravamo così affamate, avevamo aspettato così a lungo e finalmente non avremmo più dovuto aspettare per nutrirci.

Nel silenzio che è seguito al mio discorso, ce l'hanno messa tutta per ridere e io ce l'ho messa tutta per restare seria. Hanno fatto finta di non credermi. Heather ha interrotto il confessionale e abbiamo passato il resto della giornata sotto il sole, tenendo in mano secchi d'acqua. Lo so, non sembra esattamente l'Inquisizione spagnola, ma non provarci a casa. Dopo un'ora circa hai l'impressione che le braccia stiano per staccarsi. Poi, nel caldo di fine estate, cominci ad avere sete e ti si annebbia la vista, puntini neri che ti fluttuano davanti agli occhi, eppure, con le mani sudate e screpolate, resisti, perché sai che, se molli, finisci nel luogo buio fino a Dio solo sa quando. Abbiamo tenuto duro quanto bastava perché Heather, che trovava eccitanti le torture inflitte nel nome del Signore, ridacchiasse fino alla *petite mort* e perché tre di noi perdessero i sensi.

Dopo, mi hanno trattata diversamente. Mi sono anche *sentita* diversa. Come se avessi davvero scopato a morte un ragazzo e non me ne fossi pentita.

Il resto è stato facile. Avevo letto la *Bibbia di Satana*; sapevo cosa fare. Qualche stupida preghiera inventata all'Oscuro, qualche pentagramma insanguinato sul pavimento, un mucchio di cazzate su come il mio Signore avrebbe fatto piovere fuoco e tenebre sull'intero complesso. Un pomeriggio ho visto uno scoiattolo moribondo che si contorceva nel rigagnolo davanti alla nostra baracca. Quando sono sgattaiolata fuori di notte per recuperarlo, ormai era morto, e risparmio i dettagli alle tue orecchie delicate. Il sangue è sangue, anche se per raggiungerlo devi affondare le mani nel pelo arruffato e nelle viscere putrefatte. Una volta infilzato lo scoiattolo con un bastone, è stato quasi come usare un pennello. Non si è svegliato nessuno, nemmeno Heather quando ho dipinto il segno dell'Anticristo sopra il suo letto, per poi lasciarle l'animale sul cuscino.

E il modo in cui mi hanno guardata dopo, Dex, le ragazze, le capogruppo, persino Shawn. Come se fossi pericolosa. Non angosciata, ma causa di angoscia. Eva e Lilith, il serpente nell'erba. Nel luogo buio salmodiavo preghiere immaginarie; bisbigliavo alle orecchie delle ragazze a notte fonda: le cose che avrei fatto, le cose che, ne ero certa, i loro cuori oscuri avevano fatto.

Gli assicuravo che saremmo rimaste prigioniere per sempre, che Orizzonti era la nostra nascita e la nostra morte, che finché fossi vissuta tra loro il diavolo avrebbe avuto una dimora. *Benedetti coloro che distruggono le false speranze, essi sono i veri Messia.* È questo che insegna la *Bibbia di Satana*, e non ci piove.

Forse è stato il gioco. Forse è stato qualcosa che si è svegliato dentro di me quando ho smesso di prendere le pillole, spalancando la bocca rosa per l'ispezione mattutina, la pasticca ben nascosta nella guancia carnosa. Chi cazzo può saperlo, magari è stato il diavolo in persona. Non è il perché che conta; è il cosa: sono i sogni.

Sognavo animali che mi divoravano la faccia.

Sognavo il bosco, mai incantevole, solo fitto. Cose morte in putrefazione. Sognavo un uccello con le penne d'inchiostro e il becco dal sorrisetto compiaciuto, gli artigli appollaiati sui miei seni, che mi mangiucchiava lo stomaco, strappandomi l'intestino, scavando quello che chiamano utero.

Sognavo un uomo. Entrava dalla finestra della baracca, si infilava nel mio letto e mi teneva stretta, e io ero una bambina ma non avevo paura.

Oppure avevo paura e urlavo, e lui posava la mano pesante sulla mia bocca e il corpo sul mio corpo e faceva i suoi porci comodi al buio.

Aveva la faccia di tuo padre, o del mio; aveva la faccia del Bastardo; aveva la faccia di Kurt, ed era allora che mi piaceva di più. Era sempre lo stesso uomo.

Non era affatto un uomo.

Gli dicevo cosa avevo fatto e cosa volevo fare. Il sonno, rispondeva, è il luogo in cui trovi le persone che hai perduto e in cui i morti tornano da te.

Nei sogni è facile essere un dio.

Quando aveva la faccia che preferivo, la faccia di Kurt, mi piaceva accarezzargli i capelli, biondi come quelli di un bambino. Gli occhi erano azzurri come la pietra di plastica su un anello trovato nelle patatine. Amavo appoggiare la guancia contro il suo velo di barba. Diceva che avrei sofferto meno se avesse sofferto anche qualcun altro, e questo lo sapevo già. Era lecito desiderarlo; era lecito desiderare qualunque cosa, in sogno.

Sognavo la morte.

Sognavo i vermi che strisciavano fuori dalle orbite oculari vuote di Craig, cibandosi della carne cruda del suo cervello. Avvertivo un sapore metallico in bocca e sentivo il dito che si muoveva a scatti. Vedevo tre corpi sul terriccio, tre buche, il sangue che si raccoglieva mentre penetrava nella terra.

Sognavo le cose che avrebbero potuto essere. Certe notti sognavo ciò che è stato. Il peso del suo corpo quando si è accasciato sul mio, i secondi che passavano mentre la pelle si raffreddava, quando il tempo non è tornato indietro e la spaccatura nel suo cranio non si è rimarginata.

Nei sogni, l'uomo con gli occhi azzurri e la pelle da angelo diceva che avevo il potere, e la sua voce era di quelle che dicono solo la verità. Mi chiedeva cosa volessi e io rispondevo che volevo il controllo, che volevo il dolore per i miei nemici e volevo te.

A volte, quando cercavo di addormentarmi o mi sforzavo di restare sveglia, ascoltando le altre sognare, mi ricordavo di casa mia e delle persone che mi avevano cacciata da lì. Contavo le colpe dei miei nemici.

Facevo delle liste.

È importante ricordare chi sono i tuoi nemici. Cosa gli faresti se potessi.

Cosa faresti se potessi fare qualunque cosa? Cosa faresti nell'oscurità se avessi la certezza che nessuno ti vedesse?

Cosa farei se riuscissi a tornare a casa?

Da sveglia facevo delle liste; in sogno depennavo i nomi. Distruggevo i miei nemici.

I suoi occhi mi osservavano continuamente.

Approvavano.

Le ragazze avevano delle federe in testa quando sono venute a prendermi. Fantasmi che mi chiudevano in un cerchio silenzioso sotto i raggi della luna, braccia pallide che si protendevano verso di me, dita fredde che tiravano indietro le lenzuola, che cercavano di far presa sulla mia pelle viscida, che mi tenevano giù, che mi immobilizzavano, unghie che mi affondavano nella carne, mani che mi bloccavano la mascella, denti che mi morsicavano la lingua, il sapore forte del sangue che mi colava lungo la gola, e io battevo le palpebre, mi contorcevo e pensavo vagamente che fossero i miei sogni diventati realtà, che quella fosse la mia congrega, venuta a reclamarmi per conto delle tenebre. Sollevata dalle loro braccia, mi sono ritrovata a fluttuare verso la notte prima di rendermi conto che i fantasmi mi guardavano da fori tagliati nel cotone. *Heather gli farà un culo così per aver rovinato le lenzuola,* ho ragionato, ed è stato allora che ho capito: ormai se ne fregavano. La paura non le avrebbe più fermate.

Poi mi hanno legata mani e piedi e distesa supina nel fango, le maschere fai-da-te del Ku Klux Klan che oscuravano le stelle. Nessuno poteva esorcizzare ciò che era dentro di me; lo dimostrava il fatto che fossi lì per terra sotto di loro, che avessero un bisogno così disperato di vedermi spaventata e debole.

Sono stata io a fare in modo che succedesse, ho pensato.

L'ho provocato con le parole e le azioni, mi sono trasformata in una creatura pericolosa, e c'era quasi del potere in questo, e quasi del conforto.

«O Signore, ti imploriamo, aiutaci a scacciare il male» ha cantilenato una di loro. L'ho riconosciuta dalla voce: Peppy, una corpulenta cheerleader di Harrisburg che era stata pizzicata mentre faceva un pompino al prof di educazione fisica e che nutriva più o meno il mio stesso rispetto per il Signore. «Diavolo, *sparisci*!»

«Ti ungiamo con l'acquasanta» ha detto qualcuno la cui voce aveva una somiglianza sospetta con quella della Ninfomane.

Con solennità ritualistica ha sollevato un bicchiere di plastica sopra la mia testa e mi ha versato del piscio tiepido sulla faccia.

«Amen» hanno risposto le altre in coro. Chiaramente quella parte era stata preparata.

Il resto l'hanno improvvisato.

Sola e nuda nel bosco. Rannicchiata contro il fango e la corteccia, sussultando a ogni bisbiglio e a ogni schiocco dei rami. La vista puntata sul secondo successivo, e su quello dopo. Immaginando occhi rossi nel buio. Aspettando che qualcuno torni. Aspettando l'alba.

Le mosche sono attirate dal puzzo di piscio, merda e sangue. Anche le zanzare, gli scoiattoli e i ratti e, quando hai le mani legate, non riesci a scacciarli. Puoi solo urlare.

Alla fine mi ha trovata una squadra di ricerca formata dalle capogruppo. Ci hanno messo tutta la notte e quasi tutto il giorno seguente, ma d'altra parte chissà con quanto impegno si sono disturbate a cercarmi.

Mi hanno trovata con la merda spalmata sulla fronte e sulle labbra, con *MALE* scritto sui seni con il mio sangue secco, con le stimmate incise sui palmi e sui piedi, tracciate con le stesse forbici usate per tagliarmi i capelli. Il mattino dopo ho firmato qualcosa secondo cui non era mai successo e, in cambio, Orizzonti ha chiamato il Bastardo e l'ha informato che avevo voltato pagina, che risplendevo della luce del Signore. Mi hanno mandata a casa.

Ho deciso: non è mai successo. Non avrei consentito che fosse successo.

Cancellato.

Tuttavia ogni cosa lascia una macchia.

E se la possessione esiste, se davvero ho il diavolo dentro di me, ora sai chi ce l'ha messo.

16

DEX

Negative Creep

«Sali, o cosa?»

La macchina era la stessa; Lacey era diversa. Aveva i capelli rasati; a giudicare dalla lunghezza irregolare, se li era tagliati da sola. Occhi senza eyeliner, unghie color carne. Senza trucco sembrava nuda. Era sempre stata magra, ma ora era pelle e ossa, quasi scarna, con profonde cavità che le trasformavano la faccia in un teschio. Il suo vestito preferito, un modello a sottoveste a scacchi blu e verdi, le pendeva addosso come un sacco, e il giubbotto di pelle che prima le fasciava le curve ora la faceva sembrare una bambina infagottata nel capotto del padre. Persino la voce suonava estranea, forse perché non somigliava minimamente a quella che avevo ignorato nella mia testa. Quella Lacey aveva una freddezza rettiliana. Lacey in carne e ossa aveva il sangue caldo, il sudore che le imperlava la clavicola, e dita che picchiettavano sul cruscotto. «Ora o mai più, Dex.»

Salii in macchina.

«Sei tornata» dissi.

«Sono tornata.»

La abbracciai perché mi sembrò la cosa giusta da fare. Si chinò nel momento sbagliato; sbattemmo la testa una contro l'altra. «Scusa» dissi.

«Mai chiedere scusa, ricordi?»

Non c'era mai stato imbarazzo tra noi.

«È tardi» ripresi. «Probabilmente dovrei rientrare. Magari possiamo uscire domani dopo la scuola o qualcosa del genere?»

Mi ha fatto il verso. «Magari possiamo uscire domani dopo la scuola? O qualcosa *del genere*?» Un sospiro stanco. «Credevo di averti addestrata meglio di così.»

«Non sono il tuo cane.» Usai un tono più duro di quanto avrei voluto. Fui l'unica a trasalire. Intuii che me lo aveva letto in faccia, il desiderio di rimangiarmi l'ultima frase. Solo allora sorrise.

«Andiamocene di qui» disse.

Non protestai. *Come mai tu non decidi mai niente?*, avrebbe chiesto Nikki. Ma decidere era compito di Lacey.

«Non so dove» continuò come se glielo avessi chiesto. «In un posto qualsiasi. Ovunque. Come una volta.»

Abbassò i finestrini, alzò il volume, partì a tutto gas nella notte. Come ai vecchi tempi.

Andammo al lago. Non il nostro lago, ma lo stagno paludoso sul lato orientale, coperto da uno strato di alghe e palline da golf. Lacey aveva sempre considerato quell'acqua un affronto personale.

«Da questa parte.» Si fece strada tra le erbacce verso un molo marcio. Non c'erano lampioni, niente luna dietro le nuvole estive sempre più rade. Senza radio non restò niente a riempire lo spazio tra noi.

«Ti sono mancata» disse.

«Certo.»

«Hai contato i giorni fino al mio ritorno, segnandoli sulla parete con il rossetto come un carcerato malato d'amore.»

«Niente rossetto. Sangue.»

«Ovvio.»

Era un gioco che facevamo, narrando la mia storia meglio di quanto avrei potuto fare io.

«Ti conosco troppo bene per chiedertelo» aveva detto una volta. «Sarebbe come chiedere al mio gomito *Come ti senti?*»

Quando qualcosa fa parte di te, aggiunse, lo sai e basta. Ma non nel mio caso: dovetti stringere le palpebre, scrutando le ombre della sua faccia, e domandare: «Dove sei stata?». A prescindere dal gioco avevo perso. «Perché sei tornata?»

Ci fu un tonfo sonoro, poi un altro. Si era tolta le scarpe, anzi le infradito a pois azzurri che avevamo sgraffignato al supermercato in primavera. Mi posò i piedi nudi sulle ginocchia. «Non l'hai ancora capito, Dex?» Era strano sentirla pronunciare il mio nome. «Io tornerò sempre.»

«Ma dove sei andata? E perché?»

Mi fermai prima di lasciarmelo sfuggire: *Perché sei partita senza di me?* Piccole vittorie.

Il rumore di una macchina che sfrecciava via, poi

un'altra. Fu quello il tempo che impiegò per rispondere.

«Dio, Dex, secondo te? Il Bastardo e la sua sottospecie di moglie mi hanno mandata via.»

Era l'unica possibilità che non mi era venuta in mente. Che non mi avesse tradita. Che io avessi tradito lei, ancora di più, non intuendolo.

«Mi hanno detto che non sapevano dove fossi.»

«Cavolo, ti hanno *mentito*? Scioccante.»

«Mandata, dove?»

Sbuffò. «Nel genere di posto in cui mandi le figlie indisciplinate. Immagina un Club Med. Con l'aggiunta di Gesù.»

Niente Seattle, niente New York, niente partecipazioni a video musicali o vita da clochard, ma *questo*. Aspettai di provare qualcosa.

«Stai pensando: *Oh no, Lacey, è orribile! Se solo l'avessi saputo, sarei venuta a salvarti.*»

«È stato... è stato brutto?»

«Oh, Dex, la tua faccia.» Mi strizzò le guance. «È adorabile quando fai quella smorfia preoccupata con la bocca.»

Avevo dimenticato il suono della sua risata.

«Pensi che il Bastardo abbia il potere di farmi soffrire? Era un merdoso campo estivo con pecore che avevano subito il lavaggio del cervello. Dieci minuti, e ho preso il comando.»

«Bene. Almeno credo.»

«E tu? Cosa hai fatto durante le vacanze? A parte sentire disperatamente la mia mancanza?»

Scrollai le spalle.

Avrei voluto raccontarle ogni cosa: la festa del pignoramento e le sue conseguenze, la stranezza di Nikki, il gelo a casa, mio padre e lo spazio intermedio. O almeno, avrei voluto desiderare di raccontarglielo.

«Un'estate normale» risposi. «Sai com'è.»

Raccolse un pugno di terriccio e lo gettò nel lago.

«Dimentica il passato. Parliamo del futuro. Pronta per sentire il piano?»

«Quale piano?»

«Sei diventata molto *lenta*. Dobbiamo rimediare. Cosa stavamo facendo a giugno quando siamo state interrotte così bruscamente? Qual era il primo punto all'ordine del giorno?»

Scossi la testa.

«La *vendetta*, Dex. Buttare la stronza giù dal trono, fargliela pagare per averci rotto il cazzo. Chi credi che abbia detto al Bastardo del mio nascondiglio segreto? Perché credi che mi abbiano mandata via?»

«Secondo me non è stata Nikki. Non lo farebbe mai.»

«Mi stai prendendo per il culo, vero? È esattamente quello che ha fatto a te. Ora la pagherà cara.»

«Possiamo lasciar perdere? Ricominciare da capo. Dimenticare il passato, come hai detto.»

«Tu, la regina del rancore, vuoi dimenticare il passato?»

«Sì.»

«No.»

«Sì, invece.»

«No, invece. *Sì, invece.* No invece sì invece no invece sì invece...» Fece la linguaccia. «Non abbiamo sei anni, non abbiamo bisogno di fare questo gioco. E inoltre sai che vinco sempre io.»

Mi ricordai di una partita notturna a Twister particolarmente perversa, con la vodka a mo' di posta per tirarci su il morale. Più bevevo e più perdevo, più perdevo e più bevevo. Mi ricordai di Lacey che mi metteva i drink in mano, incitandomi.

«Non ho più voglia di parlarne» dissi.

«Non puoi permetterle di spaventarti.»

«Non mi spaventa. Si...» Spiegare Nikki sarebbe equivalso a spiegare quello che era venuto prima. Le lunghe giornate dopo la festa. La festa, dopo che Lacey mi aveva lasciata sola. Avrebbe voluto i dettagli. Avrebbe voluto grattare via la superficie, perché Lacey credeva solo in ciò che stava sotto. «Si è scusata. Ho accettato le scuse. È finita.»

Scoppiò a ridere. «Cazzate. Si è *scusata*? Scommetto che ti ha promesso di non romperti più i coglioni, giurin giurello?»

«Più o meno.»

«Sai chi altri ha fatto un sacco di promesse così? Hitler.»

«Dai, Lacey. Dici sul serio?»

«Altroché. È un fatto storico, controlla pure. *Appeasement.* Erano troppo vigliacchi per fare qualcosa a parte leccargli il culo. Sai cos'è successo dopo?»

«Sono tutt'orecchi.»

«Ha invaso la Polonia del cazzo.»

«Il richiamo a Hitler non fa della tua tesi un'argomentazione valida. E non credo che Nikki Drummond voglia conquistare la Polonia.»

«Non puoi negoziare con il male.»

Era stato bello, quell'estate, non avere così tanti nemici.

Lacey intrecciò le dita con le mie.

«Sai perché agli uomini piace tenere le mani in questo modo?» mi aveva domandato una volta. «Perché è *eccit*ante.» Aveva strascicato le sillabe come al solito, perché amava mettermi in imbarazzo. «In parole povere, fai sesso con le dita.»

«Dillo, Dex» mi esortò ora, stringendomi la mano. «Io e te contro il mondo. Tutto come prima.»

«Certo.»

Tornammo a casa senza musica. Appoggiò i piedi scalzi sul sedile e allungò un braccio fuori dal finestrino, guidando con i polpastrelli di una mano.

«Vengo a prenderti domattina?» chiese quando si fermò davanti a casa mia. «Potremmo andare di nuovo sull'oceano, vedere dell'acqua vera.»

«Ho la scuola domani.»

«E allora?»

«Non posso fare sega.»

«Perché?»

«Perché non posso. Ho il compito in classe di matematica. E... un'altra cosa.»

«Quale altra cosa?»

«Vado al centro commerciale dopo la scuola, okay?»

«Vabbe', rimanda di un giorno il frozen yogurt tra madre e figlia.»

«Mia madre non c'entra...» Fui quasi tentata di dire il nome, tanto per vedere la sua reazione. «Ho appuntamento con alcune persone e *voglio* andare, okay? Perciò ci vado.»

Ci fu un rumore nel buio, il suono di qualcuno cui era andata di traverso la saliva. «Divertente, ah-ah.»

«No. Dico sul serio.»

«Oh.»

Avrei voluto accarezzarle la faccia, poi posarle le dita sulle labbra e sentire quale forma avessero assunto per lo stupore.

«Torni a scuola?» Aprii la portiera.

«Non ho niente di meglio da fare. Mi hanno concesso una o due settimane per rimettermi in pari.» Parlò lentamente. «Comunque posso andare in spiaggia da sola. Forse ti spedisco una cartolina.»

«Tengo le dita incrociate.»

Si staccò dal marciapiede, poi si fermò e sporse la testa dal finestrino. Era ancora strana, quella faccia simile a una luna pallida, senza la tendina di capelli neri. «Ehi, quasi dimenticavo...»

«Sì?» Ero preparata. Mi avrebbe chiesto qualcosa, qualcosa che non potevo darle e che non potevo rifiutarle. Oppure avrebbe trovato le parole magiche che ci avrebbero legate di nuovo, un incantesimo per aggiustare ciò che si era rotto. Avrei aspettato nell'oscurità in eterno, tranne la parte di me che voleva scappare.

«Salutami tuo padre.» Quindi si allontanò.

Quella notte mi aspettavo di sognare Lacey. Quando non successe, mi svegliai convinta che se ne fosse andata. Fuggita davvero questa volta, o relegata di nuovo nella mia immaginazione, come una creatura fiabesca che, una volta rifiutata, sparisce come per incanto.

Andai a scuola, feci i compiti, risposi educatamente ai miei, non pensai a Lacey, non pensai a Lacey, non pensai a Lacey.

Domenica Nikki mi invitò in chiesa. Sedevo rigida al suo fianco, esaminando le sottili venature della panca di legno mentre il ministro blaterava dell'inferno, contando le lampadine dei faretti e sforzandomi di ricordare quando era il momento di alzarsi per Gesù. Il Signore era molto meno interessante senza funghi magici. Donne che si sventolavano i vestiti della domenica, mariti che si contendevano i posti verso la navata per sgattaiolare fuori a fumarsi una sigaretta, bambine e bambini con nastri e papillon che traevano un piacere disgustoso dalle buone maniere, schivando le palline di carta masticata sputate da mocciosi che non sapevano nemmeno dove stesse di casa l'educazione. Il ministro parlò del perdono, della necessità di aprire il cuore a coloro che ci avevano fatto un torto, ma non spiegò come.

C'è stato un tempo, pensai, *in cui sono scesa su un posto così come un dio.*

«C'è il vino a pranzo» bisbigliò Nikki. «Possiamo rubarne un po' se siamo caute.»

Io ero sempre cauta.

Le giornate passarono senza traccia di Lacey, finché cominciai a convincermi di aver davvero immaginato il suo ritorno. Poi, un lunedì dopo la scuola, la Buick si fermò nella corsia degli autobus e suonò il clacson, una serie incessante di strombazzate che si interruppe solo quando tutti nel parcheggio si furono voltati a guardare.

Sporse la testa dal finestrino. «Sali.»

La sua camera era diversa. Il poster gigante di Kurt era sparito. Ogni cosa era sparita.

«Pulizie di primavera.» Si strinse nelle spalle. «Stile monastico.»

Aveva tinteggiato le pareti di nero.

«Al Bastardo è venuto un colpo» disse.

Si sedette sul letto. Io mi accomodai sul pavimento, a gambe incrociate, accanto al punto dove prima aveva conservato le cassette. Sparite anche quelle. Tutto ciò che le era rimasto lo teneva in macchina. Qualche cassetta nel vano portaoggetti, il resto nel bagagliaio. «Non si sa mai quando devi tagliare la corda velocemente.»

Avevo pensato che avremmo fatto un giro in auto; facevamo sempre un giro in auto. Ma Lacey voleva mostrarmi qualcosa, aveva detto. Raccontarmi molte cose.

Fece un sorriso finto. «Allora, com'era il centro commerciale?»

«Bello. Lo sai. Il centro commerciale.»

«So che ci sei andata con Nikki Drummond.»

«Mi hai seguita?»

«Noto che non hai negato.»

«No, infatti.»

«Ebbene? Voi due siete amiche o roba del genere?»

Alzai le spalle.

«Be', non ufficialmente amiche, suppongo. Non in pubblico, non a scuola, dove la gente potrebbe vedervi.»

Non risposi, ma non sarebbe stato necessario. Sfoderò un sorriso vero quando concludemmo entrambe che aveva vinto lei. Poi tornò seria in un baleno. «Scusa.» Non si scusava mai. «Ho sentito altre stronzate. Sulla festa della scorsa primavera...»

«Cazzate» mi affrettai a precisare.

«Sai che non mi interessa cosa hai fatto.»

«Non ho *fatto* niente. Sono tutti bugiardi, cazzo.»

«Okay... ma se qualcuno ti ha fatto qualcosa, possiamo occuparcene. Per esempio...»

Volevo che smettesse. «Se qualcuno ha fatto qualcosa a *me*, non vedo come possa essere un tuo problema.»

«Cosa c'è? Cosa ti ha detto?»

«Chi?»

«Lo sai benissimo. La stronza. Nikki. Ti ha detto qualcosa di me. È così che è andata.»

«No, non c'è nessuna cospirazione.»

«Qualunque cosa ti abbia detto, posso spiegarti.»

Era la cosa sbagliata da dire; equivaleva a un'ammissione.

«D'accordo. Spiegami.»

«Prima dimmi cosa ti ha detto.»

«Perché *tu* non dici a me cosa credi che mi abbia detto? O, meglio ancora, la verità, cazzo.»

«Non dire parolacce.» Si sforzò di sorridere. Io no. «È complicato.»

Aggiusta le cose, supplicai. *Prima che sia troppo tardi.*

«Ti sta soltanto usando per arrivare a me» ricominciò. «Dimmi che ti sei accorta almeno di questo.»

«Perché una come lei non vorrebbe mai essere *davvero* amica di una come me, giusto?»

«Non sei tu, è lei! Usa tutti. È così che si comportano le persone come Nikki.»

«Esatto. *Le persone come Nikki.*»

«Credi di me quello che vuoi, Dex, ma promettimi che non crederai a lei. Farà il possibile per ferirmi.»

«E perché? Perché dovrebbe prendersi tutto questo disturbo?»

Impiegai molto tempo per capire che l'espressione sulla sua faccia, quella che la faceva sembrare un'estranea, era paura. «Non posso dirtelo.»

«Mi hai sempre considerata così stupida?»

«Non puoi semplicemente fidarti di me? Per favore?»

Sarebbe stato molto più facile, così obbedii; ci provai.

«Capisco» disse come se capisse veramente, e questo mi fece male. «Ma riesci a fidarti di *lei.* Tra me e lei, scegli lei.»

Ricordai a me stessa che non era partita di sua spontanea volontà. Che mi aveva modellata nell'argilla umida e che era legge onorare il tuo creatore. Eravamo Dex e Lacey; dovevamo andare oltre gli ultimatum. Non sapevo come spiegarle che non ero costretta a fidarmi di Nikki. Che era quello il suo maggiore pregio: non pretendeva la mia fiducia. Non pretendeva niente.

«È stupido essere invidiosa» osservai.

«Invidiosa?» Si riscaldò di colpo. «Invidiosa di cosa? Di lei? Di te? Cazzo, hai idea del favore che ti ho fatto trasformandoti in qualcosa? Se volevo darmi alla beneficenza, potevo leggere libri alle vecchiette o entrare nel Corpo di Pace, ma non l'ho fatto. Ho scelto te. E tu? Tu scegli quel cazzo di *centro commerciale*?»

Era stata lei a insegnarmi che le parole avevano un peso, che le parole potevano creare mondi o distruggerli.

«Vado, Lacey.»

«Dimentica che l'ho detto. Non dovevo.» Parlò troppo rapidamente. «La stronza non conta. *Tu* sì, Dex. Io e te, come prima. È l'unica cosa che voglio. Dimmi solo cosa devo fare.»

Dimmi cosa devo fare. Quello sì che era potere.

Non potevo rispondere *Vaffanculo.*

Non potevo rispondere *Dimmi tu cosa devo fare. Sii la persona che eri, così io posso essere la persona che mi hai fatta diventare.*

Di sotto, la porta d'ingresso si aprì e si richiuse sbattendo. Un bambino strillò e Loretta chiamò Lacey con un urlo da strega; spezzò l'incantesimo.

«Vado» ripetei. «Qui ho finito.»

«Sì.»

Ma non avevo più bisogno del suo permesso.

Non volevo che fosse la fine.

O forse sì.

Tornò a scuola vestita di nero da capo a piedi, con un pentagramma d'argento intorno al collo e una lacrima insanguinata dipinta sotto l'occhio. Non ci rivolgemmo la parola. A mezzogiorno i pettegolezzi si erano ormai cristallizzati in una serie di fatti: Lacey era in contatto diretto con Satana. Lacey si era intrufolata nella stanza di Mrs. Grey e aveva capovolto il suo crocifisso di contrabbando. Lacey era caduta in trance sul campo di softball e aveva iniziato a parlare in lingue sconosciute. Lacey beveva sangue di maiale a colazione; Lacey teneva in tasca una zampa di coniglio insanguinata a mo' di portafortuna; Lacey era entrata in una setta della morte.

«È alla disperata ricerca di attenzione» commentò Nikki quella sera al telefono. «Della *tua* attenzione, probabilmente. Non cascarci.»

Non mi domandò cosa potesse avere in mente Lacey, ma fu l'unica. Persone che non mi degnavano di una parola dalle medie mi avvicinavano nei corridoi, chiedendo se Lacey pensava davvero di essere in grado di scagliare le ire di Satana contro i suoi nemici, se *io* pensavo che potesse farlo. Mi piaceva.

Mia madre mi domandava, ogni tanto, perché Lacey non venisse mai a trovarmi – non sembrava delusa, più che altro temeva che nascondessi qualcosa di cui doveva essere a conoscenza – ma di solito bofonchiavo di essere occupata e speravo che non tirasse di nuovo in ballo l'argomento. Mio padre era più insistente, diceva che qualunque cosa Lacey avesse fatto potevo perdonarla, e mi chiedevo cosa lo inducesse a pensare che fosse lei ad avere sbagliato. O perché non riuscisse a decidere se stessimo meglio con o senza di lei. Non glielo domandai. Era così che comunicavamo ora, mio padre che parlava mentre io facevo il muro di gomma. Non mi ricordavo perché fossi così arrabbiata con lui. Perché mi aveva nascosto delle cose; perché non aveva risolto i miei problemi; perché, in modo indefinibile, mi aveva portato via Lacey, un peccato che pareva ancora più grande ora che lei era tornata. Perché non apprezzava la Hannah che ero diventata e non riusciva a far finta del contrario.

Non senti la sua mancanza?, diceva, e naturalmente la sentivo, e poi diceva senza dirlo *Non senti la mia mancanza?*, e naturalmente sentivo anche quella. Ma era più sicuro così, essere un muro di gomma. Essere Hannah. Mio padre, Lacey, nessuno dei due capiva perché fosse importante restare al sicuro. Non sapevano cosa significasse svegliarsi sul terreno umido con un estraneo che ti prende a calci, trovarsi sulla pelle parole che definivano il tuo io segreto. Non continuavano, certe volte sotto la doccia, a strofinarsi energicamente, immaginando l'inchiostro che filtrava nella pelle, marchi invisibili che lasciavano segni permanenti. Non sapevano cosa significasse non ricordare.

Era solo mio, il potere di raccontare la mia storia, di ricostruirmi partendo da qualunque fiaba volessi. Mi piacevano quelle ordinarie. Banali. Sicure. Una storia senza draghi, senza enigmi, senza una strega malvagia nel folto del bosco. La storia barbosa di una ragazza che aveva rinunciato alla ricerca, che era rimasta a casa davanti alla TV.

Ora che ero di nuovo Hannah, restavo in cucina dopo cena, ad aiutare mia madre con i piatti. *Sei una vera consolazione per me,* diceva, e io facevo il mio sorriso fasullo. Sciacquavamo e sfregavamo, e io fingevo di essere interessata alle sue ultime strategie di miglioramento personale, ai Post-it sul frigorifero, al calendario con una poesia al giorno, alla difficoltà di convincersi a trascorrere l'ennesima serata sudando e facendo stretching a ritmo con Jane Fonda. Mi aggiornò sulle noiose politiche del suo ufficio e mi chiese consiglio su come gestire il receptionist stronzo che le fregava sempre il pranzo. Ogni tanto si lamentava di mio padre, anche se si sforzava di spacciare le lamentele per congetture oziose: «Chissà se tuo padre è abbastanza soddisfatto di questo lavoro per tenerselo stretto almeno per un po'», oppure: «Chissà se tuo padre si deciderà mai a pulire le grondaie come promesso». Aveva ragione, e non capivo perché dovessi ancora trattenere le uniche risposte che mi venivano spontanee: *Forse se non lo assillassi tutto il tempo non ti odierebbe così tanto. Forse beve per coprire il suono della tua voce. Forse gli hai dato del fallito così spesso che ha finito per crederci.*

Lui beveva meno ma fumava di più. Era più felice. Aveva smesso di lagnarsi del cinema e aveva persino iniziato a fare gli straordinari, soprattutto la sera. Udii mia madre scherzare al telefono dicendo che probabilmente aveva una relazione.

Quella settimana, davanti a una torta salata incredibilmente cucinata con le sue mani, mio padre annunciò che stava meditando di rifondare la band.

Mia madre rise. «Dai, Jimmy» disse quando lui mise il broncio. «Scusa, ma se proprio devi avere una crisi di mezza età, deve per forza essere così scontata?»

«E tu, piccola?» mi interpellò mio padre come se avesse dimenticato che i nostri rapporti erano cambiati; non poteva contare sul mio sostegno. «Una batterista può sempre servire.»

Era patetica, l'idea di lui che improvvisava in un garage con una T-shirt strappata e una cravatta al posto della bandana, un triste Springsteen del dopolavoro. Non lo dissi. Non dissi niente, però, e deve aver capito cosa significava.

Tornò alla carica con mia madre. «Hai sempre voluto essere la mia vocalist, Jules.»

«Non era esattamente la mia massima aspirazione» ribatté lei, ma in tono troppo poco mordace per i miei gusti.

«Non è quello che hai detto al nostro terzo appuntamento.»

Mia madre cercò di trattenere un sorriso. «Eravamo d'accordo che non avremmo mai...»

«Labbra bollenti qui ha insistito per salire sul palco.» Mio padre la prese per mano e lei lo pregò di non chiamarla così e aggiunse che lui l'aveva *spinta* sul palco ma, quando papà la tirò su dalla sedia, oppose una resistenza poco convincente, quindi gli permise di farla vorticare qua e là e rise quando lui cominciò a cantare in falsetto. «Sono una brava cantante, giuro, davvero, datemi il microfono» la imitò, e lei gli posò la testa sulla spalla e dondolarono sulle note di una musica che io non sentivo.

«A onor del vero avevo alzato un po' il gomito.» Per quanto potesse sembrare assurdo, mia madre ridacchiò.

«Le hanno lanciato la frutta marcia» rincarò mio padre.

Lei gli diede uno schiaffetto. «Non è vero.»

«Meloni. Ananas. Chi porta un ananas a un concerto?»

«L'esperienza più umiliante della mia vita» ammise mia madre in tono affettuoso.

«Ti è piaciuta.» Lui mi sorrise da sopra la sua testa. «Che ne dici, piccola? Faremo come la famiglia Partridge. Prendiamo un pullman e tutto il resto.»

Avrebbe dovuto rendermi felice, vederli così, come dovevano essere stati prima di dimenticarselo. Raggiunsi il bagno al piano di sopra prima che la cena mi salisse lungo la gola, ma solo per un pelo. Abbandonai la guancia sulla porcellana fresca del water e cercai di non sentire il sapore di ciò che stavo vomitando, aspettai nel terrore che uno dei due venisse a cercarmi, ma non accadde.

Iniziarono a succedere cose strane. Più strane, intendo, di Lacey che si prostrava davanti ai piedi fessi. Più strane di me che andavo a scuola con un gilet di jeans preso a prestito e una gonna alla provenzale azzurra con l'orlo di pizzo. Mi mancava la camicia di flanella; mi mancavano i Doc Martens. Mi mancava dare importanza alle cose che contavano e non darne a tutto il resto; mi mancava avere paura di ciò che avrei potuto fare anziché di ciò che avrebbero potuto farmi.

Mi mancava Dex.

Dex non poteva esistere senza Lacey, ma in qualche modo, incredibilmente, Lacey tirava avanti senza Dex. Come se, perdendo me, non avesse perso nulla.

Se avessi potuto, l'avrei cancellata. Invece mi aggiravo in corridoio vicino al suo armadietto e scivolavo davanti alle sue aule nell'eventualità che avesse deciso di non fare sega. Meno la vedevo, meno mi avrebbe fatto male vederla, finché avesse smesso del tutto di fare male. Forse è per questo che non riuscivo a stare lontana.

Pareva che fossimo le uniche due persone reali nell'edificio. Che gli altri corpi fossero automi, simulacri di vita che esistevano solo per il nostro intrattenimento. Li guardavo guardare Lacey. Guardavo Lacey. La guardavo trasformare il nostro scherzo nella sua religione, la guardavo sgusciare fuori dall'uscita d'emergenza e nel parcheggio con Jesse, Mark e Dylan, la guardavo infilare la lingua di tanto in tanto tra le labbra viscide di Jesse, ma non potevo guardarla tutto il tempo, perciò non vidi la cosa che fece ad Allie Cantor. O almeno, la cosa che dicevano avesse fatto ad Allie Cantor. Il plurale batteva il singolare: qualunque cosa dicessero diventava verità.

Allie Cantor era, notoriamente, la prima ragazza della nostra classe ad aver fatto sesso, o quantomeno ad ammetterlo. A tredici anni aveva incrociato brevemente Jim Beech mentre si muovevano in direzioni opposte sulla scala della popolarità (ora lei era il braccio destro di Nikki Drummond ogni volta che l'astro di Melanie Herman tramontava; lui veniva a scuola con una mantella e puzzava di pancetta). Allie faceva matematica con Lacey, un corso per studenti dell'ultimo anno che ancora si arrabattavano con le divisioni in colonna, Lacey perché non gliene fregava niente, Allie perché non si ricordava nemmeno il proprio numero di telefono. A quanto mi sembrava di capire, usava le sue energie mentali per cotonarsi la frangetta, per contare le calorie (con le dita, senza dubbio), per leccare le palle a Jeremy Denner e annoiare gli altri parlando dei suoi due Cavalier King Charles spaniel, che sarebbero stati cani da concorso di bellezza se non avessero avuto la coda storta quanto il naso prechirurgico della padrona.

Stranezza delle stranezze: Lacey fissò Allie dall'altra parte dell'aula per una settimana, gli occhi che non si spostavano mai, le labbra che tradivano una salmodia silenziosa e incessante. «La sto maledicendo» rispondeva ogni volta che qualcuno le chiedeva cosa stesse facendo. Come se fosse ovvio.

Persino Allie Cantor affermò di trovarlo divertente, fino al giorno in cui crollò sotto lo sguardo di Lacey, fuggì dall'aula e non si rifece viva per una settimana. Una malattia misteriosa, si mormorava. Molti fluidi espulsi in molti modi sgradevoli. Quando tornò a scuola, aveva dieci chili e diverse sfumature in meno. Si fece assegnare a un altro corso di matematica.

«Intossicazione alimentare» disse Nikki al telefono quella sera. «Una coincidenza.»

Noi guardavamo Lacey; Lacey guardava i suoi bersagli. Poi toccò a Melanie Herman. Passava metà del tempo a cercare di estromettere Allie Cantor dall'orbita di Nikki e l'altra metà a palpeggiare Cash Warner mentre fingeva disperatamente di non voler uscire con lui e di non volerlo sposare e partorire tanti piccoli Cash. Lacey la fissò giorno dopo giorno. Non c'era ragione di imputarle la caduta dei capelli di Melanie, qualche ciuffo qua e là, come se qualcuno glieli strappasse durante la notte. Cominciarono a intravedersi chiazze di cuoio capelluto, di un pallore disgustoso, e Melanie iniziò a indossare dei cappelli. I medici le diagnosticarono l'alopecia; lei si diagnosticò Lacey.

Sarah Kaye veniva tollerata solo perché quel fannullone di suo cugino era sempre disposto a comprare la birra per i suoi amici minorenni. Scese per la lezione di educazione fisica e svenne sul campo di calcio, fratturandosi il polso nella caduta. Prima che le si oscurasse la vista, raccontò, Lacey le aveva lanciato un'occhiata indecifrabile e aveva mormorato qualcosa. Sarah, la cui dieta consisteva di sedano e Tic Tac, si fece fare l'esonero da educazione fisica per il resto del semestre. Lacey si fece fare un tatuaggio, una stella a cinque punte nera sulla nuca.

Kaitlyn Dyer, che aveva assorbito il concetto di "ragazza della porta accanto" dal liquido amniotico di sua madre e dedicato la vita alla realizzazione dell'ideale brioso, adorabile e ingenuo di *Seventeen*, si ritrovò un eczema sul braccio sinistro. Questo, affermò, dopo che Lacey le aveva sputato addosso in corridoio, uno spruzzo di saliva che le era atterrato sul braccio proprio nel punto in cui era comparso lo sfogo. Marissa Mackie prese a prestito una penna da Lacey durante la lezione di storia, per poi svegliarsi il mattino dopo con una scottatura a forma di coltello sul lato della mano. O almeno, così credettero tutti finché la sua sorellina rivelò che Marissa le aveva dato venti dollari per ustionarla con l'arricciacapelli e tenere la bocca chiusa. Patetico, commentarono gli altri.

Secondo me era tutto patetico. Svegliarsi con un misterioso mal di stomaco o un formicolio al piede era diventato un motivo di vanto. Nessuno poteva dimostrare che Paulette Green avesse fatto finta quando aveva perso i sensi accanto all'armadietto, anche se, guarda caso, era riuscita a svenire tra le braccia muscolose di Rob Albert. Nessuno avrebbe insinuato ad alta voce che Missy Jordan avesse intenzionalmente vomitato l'anima addosso al suo compagno nel laboratorio di chimica. Ma di lì a una settimana Paulette e Rob facevano coppia fissa e, in mensa, Missy si era accomodata al tavolo di Nikki, perché il nemico del mio nemico eccetera.

Nessuno avrebbe pensato, nemmeno tra il serio e il faceto, che Jesse Gorin avesse acquisito dei poteri medianici quando si era disegnato dei pentagrammi sulla fronte e aveva sacrificato dei ratti. I fanatici che lo avevano appeso a un albero erano più che disposti a credere che adorasse il diavolo, ma nessuno aveva ipotizzato che il diavolo rispondesse alle sue invocazioni. Jesse, Mark e Dylan erano quantità note, come tutti noi. Ci conoscevamo dall'asilo, tra pidocchi, caccole, cambi di voce, diagnosi. Ci conoscevamo come parenti, a naso e a memoria, così bene che non pareva tanto conoscenza quanto incorporazione. Eravamo un unico organismo che odiava se stesso. Lacey sarebbe sempre stata un corpo estraneo. Capace di qualunque cosa.

Nikki non si sprecò a fare congetture. «Se penso che sia una cazzo di strega?» la sentii dire a Jess Haines mentre passavano accanto al mio armadietto. «Certo. E penso che tu sia un cazzo di coglione.»

La maschera le stava scivolando via, avevo notato. Non era più brava come prima a recitare la parte della persona gentile; la superficie esterna, liscia come seta, aveva assunto una certa consistenza ruvida. Ogni tanto fiutavo la menta verde nel suo alito, il suo gusto preferito per coprire il tanfo del gin di suo padre. Lacey – o le nevrosi e gli sforzi disperati –abbatté i suoi tirapiedi a uno a uno, ma Nikki Drummond restò illesa. La gente, come si suol dire, iniziò a parlare.

Ecco cosa si mormora sia successo quando Nikki incappò in Lacey davanti all'aula di musica subito dopo pranzo. Che Nikki l'abbia sfidata a fare qualcosa, su due piedi, per scatenare le ire di Satana. *Dimostralo.* Lacey sarebbe rimasta lì, silenziosa e impassibile, tenendola sulla corda.

«Allora?» avrebbe insistito Nikki, e dicono che sembrasse sul punto di passare alle mani, di perdere il lume della ragione. «Muoviti. Fallo. Niente eczemi. Niente svenimenti. Chiedi al tuo amico diavolo di uccidermi in questo preciso momento.»

Lacey tacque.

«Mostra a tutti ciò che sei» riprese Nikki. «So come farti del male. Non dimenticartelo.»

Poi Lacey parlò. E disse: «*Il piacere e il dolore, come la bellezza, sono negli occhi di chi guarda*». Somigliava a un versetto biblico. Infine, dicono, sorrise. «Non avere fretta.»

I genitori scrissero lettere, lasciarono messaggi e lanciarono l'allarme, e la scuola rispedì Lacey a casa con la scusa dell'abbigliamento o della condotta inadeguata, e ogni tanto arrivò persino a sospenderla, ma lei continuò a tornare, al che ricominciava tutto daccapo. Provarono a mandarla dallo psicologo del liceo, ma corre voce che abbia passato la seduta chiusa in un silenzio spettrale, lanciandogli il malocchio e spedendolo a casa presto con un'emicrania sospetta. Poi mandarono me.

Lo psicologo non aveva un ufficio, così ci incontrammo nella palestra vuota, trascinando due sedie pieghevoli di metallo sotto uno dei canestri. Il locale odorava di lucido da scarpe e sudore maschile, mentre il dottor Gill, con due chiazze sotto le ascelle della camicia rosa, profumava vagamente di Vicks VapoRub.

«Mi hanno riferito che sei molto amica di Lacey Champlain» esordì. Non era eccezionalmente brutto, non in senso dickensiano – nel qual caso non avrei avuto nulla da ridire – ma era abbastanza brutto, con la pappagorgia, la pancetta che traboccava leggermente dalla cintura di finta pelle, i pettorali flaccidi che gli gonfiavano la camicia scozzese. «Come sta, secondo te?»

Scrollai le spalle.

«Sembra un tantino... disturbata» proseguì. «Non sei d'accordo?»

«Può parlare con me dei problemi di altre persone? Non è illegale o roba simile?»

«Preferisci discutere dei tuoi, di problemi? So che l'ultimo anno è stato piuttosto difficile per te...»

Immaginai di riempire la sua pausa. Di posare i miei segreti ai suoi piedi uno dopo l'altro. Lacey. Nikki. Mio padre. La festa. Il mio corpo. La mia bestia. Senza quella zavorra temevo che sarei volata via.

«Da cosa lo deduce?»

«I tuoi insegnanti hanno segnalato alcuni comportamenti imprevedibili nel corso dei mesi e poi c'è stato quel... mmh... episodio in primavera.»

Fui tentata di farglielo dire chiaro e tondo.

«È naturale, alla tua età, testare nuove identità. Ma quando una studentessa subisce trasformazioni radicali nel giro di un periodo così breve, be'...»

Be', non è naturale. Era questa l'implicazione. Non dovevi essere in grado di cambiare così drasticamente te stessa. Naturale era avere una forma definita, non vivere come gelatina, adattandosi a qualunque stampo.

«Be', cosa?» lo incalzai.

«Be', allora bisogna iniziare a chiedersi se la studentessa faccia fatica a tracciare i confini della propria individualità e se questa fatica la metta in pericolo.»

«Non prendo pasticche. Non mi faccio nemmeno.»

«Non mi riferisco per forza alla droga. O al sesso.»

Santo cielo, pensai, *per favore lasciamo stare il sesso.* Il dottor Gill era talmente solido, talmente *carnoso,* talmente denso di decomposizione. Era impossibile immaginare che un giorno i ragazzi di mia conoscenza si sarebbero ridotti così.

«Hannah, la tua amica Lacey ha mai cercato di coinvolgerti in qualche... *rituale*?»

«Rituale?»

«Qualunque cosa possa esserti sembrata... strana? Magari qualcosa che riguardasse gli animali? O...» – ridusse la voce a un sussurro sacrilego, quasi speranzoso – «bambini?»

La capii allora, la tentazione cui Lacey aveva ceduto. Assalì anche me. Stringere gli occhi e, con voce calma come la sua, dire *Be', c'è stata la volta che abbiamo sacrificato le capre e costretto i bambini a bere il loro sangue... È pertinente?* Ficcargli la faccia nei suoi appetiti pruriginosi e guardarlo mangiare.

Nikki mi aveva insegnato di meglio.

«Assolutamente no» risposi. Hannah Dexter, la brava ragazza educata e composta. Interessante come un barattolo di sottaceti. «Posso tornare in aula?»

«Hannah, le hai parlato?» C'era della preoccupazione

materna nella domanda, ma anche severità. Ancora una volta, agli occhi di mia madre, avevo fallito.

Mi strinsi nelle spalle.

«Ci hai pensato? Non so cosa sia successo tra voi...»

«Questo dovrebbe essere il tuo primo indizio.»

Di solito sarebbe bastato per stizzirla, per fare scoppiare una lite sul mio atteggiamento e rifugiarmi nella mia stanza. Non questa volta.

«Evidentemente quella ragazza è sconvolta. A prescindere dalle vostre divergenze, forse le devi un po' di compassione?»

«Non sei stata tu a proibirmi di rivolgerle ancora la parola?»

«Ero in preda alla rabbia. Ero in pensiero per te.»

«E ora?»

«Ora sono in pensiero per lei.»

«Incredibile, cazzo.» Lo sussurrai, ma a voce abbastanza alta perché mi sentisse.

«Prego?»

«*Incredibile. Cazzo*» scandii.

«Hannah! Le parolacce.»

«Il bello è che quando *io* la volevo intorno, Lacey era praticamente il diavolo. E ora che *adora davvero il diavolo,* dai per scontato che qualunque cosa sia successa tra noi sia colpa mia. Anzi, non è questione di colpa. È solo che qualunque decisione io prenda è sbagliata. Per definizione. Giusto?»

«Mi rendo conto che preferisci vedermi come la cattiva ogni volta che è possibile.»

Non la sopportavo, la voce leziosa, la dizione affettata, il comportamento falso in ogni singolo dettaglio, e questi non erano nemmeno gli aspetti peggiori. Forse sarei riuscita a perdonarle quella recita da santarella se non fosse stata così *scadente*.

«Non sto dicendo che è colpa di qualcuno, Hannah. Sono solo preoccupata per lei. Evidentemente si è cacciata in qualcosa in cui non avrebbe dovuto cacciarsi. Le voci che girano... temo che succeda qualcosa di terribile.»

Potevo dirle che a Lacey non succedeva un bel nulla. Se fosse successo qualcosa di terribile, sarebbe stato perché lo aveva voluto lei. Potevo dirle che ero io quella a cui succedevano le cose.

Mi aveva sorpresa sul divano a guardare la TV, cosa che in quel periodo potevo fare solo quando non c'era mio padre a gironzolarmi intorno. Naturalmente si era piazzata proprio davanti allo schermo. Avevo spostato lo sguardo verso la foto incorniciata sulla parete, l'immagine più notevole di me in tutta la casa, se quella bambina grassoccia si poteva considerare in qualche modo vicina alla creatura rinunciataria e accigliata in cui mi ero trasformata crescendo. Mia madre doveva aver avuto i suoi dubbi ogni tanto, doveva essersi chiesta se fossi stata sostituita alla nascita, se la ragazzina vivace che amava i tutù e il gioco dell'oca fosse stata rapita durante la notte, rimpiazzata da un mostriciattolo rabbioso. Odiavo la bambina della foto perché sapevo che era molto più facile da amare, tutta pelle morbida e bordi lisci. Come potevano i miei non rivolerla?

«Lacey sta bene» dissi. «Non devi preoccuparti per lei.»

«È palesemente falso. Forse dovrei chiamare sua madre...»

«No!»

«Be', se non ti va di parlarle...»

«Adora il diavolo, *mamma.*» Non mi ricordavo l'ultima volta che avevo usato quella parola perché ne avevo bisogno, perché significava casa. «Qualunque altra madre della città mi porterebbe dall'esorcista o roba simile.»

«Non sei fortunata, allora, che io non sia qualunque altra madre?»

«Sì, ho vinto alla lotteria.»

«Spero che questa non sia veramente tu. Fare questa piccola messa in scena con me va benissimo. Lo capisco. Ma spero che non sia tu.» Non sembrava in collera, e in qualche modo questo peggiorò le cose quando finalmente mi accontentò e mi lasciò in pace.

17

LACEY

Something in the way

Cosa ho imparato da Kurt: può essere un bene che le persone ti considerino cattivo. Quando i suoi vicini hanno temuto di essere finiti a vivere accanto al diavolo, lui ha legato una bambola vudù a un cappio e l'ha appesa alla finestra.

Non sono ciò che pensate che sia, dice Kurt. *Sono peggio.*

Non ti racconterò cosa ho fatto la prima sera, dopo averti mandata dentro dalla tua famigliola felice: quanto sembrasse vuota la macchina lungo il tragitto verso casa, come abbia dovuto spegnere la musica e sopportare il silenzio che ti eri lasciata dietro nell'eventualità che, se avessi ascoltato con sufficiente attenzione, la notte mi suggerisse cosa fare.

Non dormivo molto, non più. I sogni venivano a prendermi, arrivavano persino quando mi nascondevo sotto le coperte e cercavo di restare sveglia. Un cerchio di mani unite intorno al letto, che cantavano il loro amore per Gesù; le ragazze da incubo che mi si stringevano intorno, le dita come ragni che mi strisciavano sulla pelle nuda. Ero sempre nuda. Non opponevo mai resistenza, nel sogno. Mi irrigidivo come un cadavere, mi trasformavo in un peso morto. Loro salmodiavano di Cristo e io salmodiavo tra me, *leggera come una piuma rigida come una tavola leggera come una piuma rigida come una tavola,* parole magiche risalenti a un'epoca in cui eravamo tutti piccoli pagani che evocavano i fantasmi.

Mi portavano via nella notte, nel bosco. Lungo il sentiero buio, dove vivono le cose cattive. Mi strappavano il cuore pulsante, le mascelle appiccicose del mio sangue, e lo seppellivano nel terreno umido. Conoscevano il mio io segreto, la Lacey spaventapasseri fatta di rametti, fango e corteccia, la Lacey che era fatta di foresta e che un giorno sarebbe stata chiamata a casa.

Perciò, vaffanculo. Ecco cosa ho pensato. Vaffanculo te e la tua nuova amica stronza, e non credere che sarò pronta a ripulire il sangue quando una certa sociopatica traditrice ti pugnalerà alle spalle. Potevo perdonarti per avermi mentito, forse persino per avermi considerata così stupida da non indovinare cosa era successo alla festa, o almeno cosa le persone dicevano che fosse successo, che le voci non sarebbero arrivate fino a me e che non avrei capito i tuoi stati d'animo, la tristezza, la paura, l'umiliazione, la rabbia verso te stessa per qualunque cosa avessi fatto e per qualunque cosa ti avessero fatto, e la rabbia verso di me per averlo permesso. Potevo parlarti delle cose nascoste dentro di te, della dissolutezza che non volevi conoscere; potevo abbracciarti e ricordare con te, e insieme avremmo tramato vendetta e giurato che nient'altro aveva importanza, che le parole erano solo parole anche quando dicevano *puttana, troia* e *racchia,* che potevamo sopportare qualunque cosa se lo avessimo fatto sotto forma di *noi.* È questo che era difficile da perdonare, Dex. Che ti fossi dimenticata di quanto avessi bisogno di me. E a quanto pare l'altra metà dell'equazione non ti è mai nemmeno venuta in mente.

Così ero in collera e forse, quando ho teso un'imboscata a tuo padre al cinema, ero in cerca di vendetta, pensando di poter andare fino in fondo, avvicinarmi sculettando con i calzoncini di cuoio e le calze a rete, convincerlo che fosse stata una sua idea, costringerlo a *supplicare,* insinuargli un dito nel colletto, trascinarlo nella sala proiezioni, accogliere la sua mano nei miei pantaloncini, lasciare che le sue dita rovistassero, che si inumidissero per bene, leccare i miei umori dai suoi polpastrelli, leccarlo su e giù in tutta la sua gloria flaccida, accarezzargli la schiena pelosa e massaggiargli le palle cadenti, permettergli di piegarmi sulla scrivania o di spingermi contro la parete, di armeggiare con la fibbia della cintura, tirarlo fuori e poi infilarlo dentro, mentre ansimavamo, piangevamo e cercavamo di non urlare il tuo nome.

A sua difesa, non ha fatto i salti di gioia quando mi ha vista.

«Non dovresti essere a scuola?» Si è guardato sopra la spalla mentre lo diceva, come se qualcuno potesse entrare nell'ufficio del direttore e sorprenderci anche se l'edificio era deserto, nessuno tranne noi e una coppia di vecchi rimbambiti che il martedì pomeriggio non avevano niente di meglio da fare che perdersi in un film prima di sgattaiolare a casa e contare i minuti fino alla morte.

«Ciao, Lacey» ha esordito. «Che piacere rivederti dopo tutto questo tempo, Lacey. Come è stato essere sbattuta fuori di casa e mandata via da un bastardo svitato, Lacey?»

«Ciao, Lacey.» I nomignoli erano acqua passata; questa volta, solo parole reali, solo verità.

«Ciao, Jimmy.»

«Che ne dici di chiamarmi Mr. Dexter.»

«Certo, bando all'eccessiva confidenza.»

Dalle contrazioni dei suoi muscoli facciali ho dedotto che si sentiva in colpa, non solo per la sera in cui mi aveva permesso di baciarlo e poi mi aveva buttata in mezzo alla strada, ma anche per il fatto di averlo tenuto nascosto. Ho immaginato, prima ancora che lo confessasse, che stesse da schifo per aver chiuso la bocca e averti lasciata cadere in depressione come se il tuo cane fosse stato fatto a pezzi dal tagliaerba. Era un bugiardo e un vigliacco e si era convinto che tu stessi meglio senza di me e, quando si era reso conto dell'errore, era stato troppo tardi per dire qualcosa senza fare la figura del fifone. Ed ecco una cosa che dovrebbe consolarti, Dex: l'ultima cosa che tuo padre voleva fare era proprio questa. Ogni papà è un supereroe per la sua bambina, no?«Hai avuto i tuoi convenevoli, Lacey. Ora puoi andare.»

«Per favore, possiamo parlare per un secondo? Seriamente?» Ho fatto in modo che cogliesse la nota di sconforto sottinteso, la disperazione subliminale. Gli uomini sono uomini, Dex, tutti quanti. «Per favore, Mr. Dexter.»

Il gioco era fatto.

Meriterei l'Oscar come migliore attrice. L'ho implorato di persuaderti a darmi un'altra possibilità, a ricordare come fossi stata un toccasana per te. A fare qualunque cosa i bravi padri facciano per guidare le figlie lungo la retta via, per ricondurti da me.

«Mi dispiace, Lacey.» Sembrava sincero. «Ormai Dex è grande. Gli amici se li sceglie da sola.»

È stato il fatto di averti chiamata *Dex* a tradirlo, come se pur non riuscendo a uscire allo scoperto e ad ammetterlo tifasse per noi, e per la parte di te che era mia.

Gli uomini sono prevedibili. Mi ha abbracciata. È stato un abbraccio da papà, e non credere che non sappia cosa significhi. Sentirsi così piccola, così al sicuro, sentire un corpo caldo e solido che respira e accettarlo come fine a se stesso, non come un'offerta, una promessa o un debito. Gli ho smoccolato sulla camicia, ce ne siamo fregati e lui non ha avuto sussulti dalla vita in giù. È stata una cesura, come il silenzio prima di una traccia nascosta, un buio in cui nascondersi. Il tipo buono di buio.

«Guardiamo un film» ha proposto quando ci siamo staccati.

«Non deve lavorare?»

Ha alzato le spalle. «Io non lo dico a nessuno se non lo fai tu.»

Ci siamo infilati nella sala a metà dei *Signori della truffa* e abbiamo guardato Robert Redford che salvava la situazione, poi ci siamo avventurati nel vicolo e abbiamo diviso una sigaretta, e sarebbe stato facile, proprio come avevo desiderato, solo che non lo desideravo più, non volevo tuo padre per ferirti, non lo volevo affatto.

Volevo te.

Sentivo la *tua* mancanza.

Ho preso ciò che ho potuto.

A casa non c'era più posto per me. La natura aborrisce il vuoto e, in mia assenza, James junior aveva riempito lo spazio libero. Bambino piccolo, polmoni grandi. Un sacco di cianfrusaglie di plastica azzurra, zeppe di stelline, scimmie e pagliacci spaventosi. Biberon sporchi, pannolini sudici, odore di borotalco e di merda, rivoli essiccati di saliva e vomito e, naturalmente, il bambino, quel cazzo di bambino con gli occhi luminosi e le guance paffute, che mi guardava come se si ricordasse del battesimo satanico e che aspettasse solo di essere abbastanza grande per fare la spia.

Casa dolce casa: la casa era il Bastardo incarnato sotto forma di mattoni e vinile. Finto rivestimento fuori e finti pavimenti di parquet dentro, cucina lurida che non diventava mai pulita. Carta da parati che pareva costellata dagli schizzi di vomito del piccolo James, disegnata con piselli e mais digeriti a metà. La odiavo più di qualunque altra cosa, perché sapevo che mia madre la odiava ancora di più ma era troppo pigra e sciatta per fare qualcosa in merito. Quella carta da parati, Dex, è tutto ciò che la mia vita non sarà.

Il Bastardo non restava a casa come una volta ma,

quando c'era, aveva la luna abbastanza storta per recuperare il tempo perduto. Mentre ero via, a quanto pareva, aveva scoperto i limiti del suo lavoro da passacarte. Era saltato fuori che interpretare il ruolo di Mussolini in un ufficio di venditori telefonici strafatti non era divertente come aveva previsto, e la sua campagna elettorale per un posto vacante nel consiglio d'istituto si era arenata – lodato sia il santo protettore della pubblica istruzione – alla fase di raccolta delle firme. Forse persino i tonti di Battle Creek avevano intuito che era un essere ripugnante; più probabilmente, la mia reputazione l'aveva preceduto. Farneticasse pure che il satanismo era il prodotto di un'immaginazione sovreccitata, che il diavolo indossava costumi più impercettibili; lui indossava il suo costume e io il mio, e peggio per lui se il mio era più efficace perché, quando ha chiamato Orizzonti, gli hanno detto che ero redenta e si sono rifiutati di riprendermi.

Nel frattempo la Madre dell'anno aveva ricominciato a bere sul serio. Ho tenuto il segreto. Ero abituata a tappare i suoi buchi, anche se era la prima volta che dal buco uscivano valanghe di merda. Non sto dicendo che abbiamo legato, io e il mio fratellino, ma le cose indifese sono programmate geneticamente per essere carine. Testa grande, occhi grandi, una specie di ferormone che diceva *proteggimi*: c'erano persino momenti in cui me lo appoggiavo alla spalla e gli sussurravo all'orecchio senza essere tentata di annegarlo nella vasca da bagno mentre la Cara mammina smaltiva la sbornia dormendo.

«Staresti meglio» gli dicevo, e poi, dato che nessuno mi guardava, gli baciavo la testolina e gli permettevo di stringermi le piccole dita calde intorno al pollice. «Non sai cosa ti aspetta.»

Il colpevole è stato James junior, alla fine. O forse sono stata io, inculata dall'abitudine, la menzogna che mi sfuggiva prima che potessi riflettere. Mia madre si era ubriacata, aveva lasciato solo il bambino, ed è così che l'ha trovato il Bastardo, che strillava con un pannolino fradicio in una casa vuota, e «Che razza di madre?» e «Dovrei chiamare la polizia» e «Se credi che ti lasci ancora avvicinare a mio figlio» e «Quante volte ancora dovrò darti la stessa cazzo di lezione?», e il Bastardo riteneva che dire parolacce equivalesse a sputare in faccia a Gesù – tanto per dare l'idea di quanto fosse furioso – perciò cosa potevo fare se non dire che era stata colpa mia?

«Avevo promesso di fargli da babysitter» ho dichiarato. «Ho pensato di sgattaiolare fuori per qualche minuto, tanto nessuno se ne sarebbe accorto.»

Mia madre mi ha permesso di mentire per lei, ha lasciato che la mano del Bastardo mi colpisse forte la guancia e, suppongo, abbiamo immaginato entrambe che sarebbe finita lì ma, quando abbiamo capito di esserci sbagliate, quando lui l'ha costretta a scegliere, me o James junior, lei non ha battuto ciglio, così ho obbedito, ho fatto i bagagli e me ne sono andata.

«Ormai sei adulta» ha commentato. Non ha aggiunto altro. «Puoi cavartela da sola.»

Quando sua madre l'ha sbattuto fuori a calci, Kurt ha dovuto vivere sotto un cazzo di ponte. Io, almeno, avevo la Buick. Potevo farmi la doccia negli spogliatoi prima delle lezioni o, se ne avevo voglia, a casa di Jesse Gorin. Non ha neppure preteso un pompino in cambio. Una volta l'ho pizzicato a farsi una sega, e gli è piaciuto così tanto che di quando in quando stavo a guardare, ma non è mai stato un dare per avere. Più che altro un favore, come quando gli facevo compagnia mentre ascoltava la sua merda death metal e fingevo che non mi spaccasse i timpani. Ogni tanto tiravamo fuori i pupazzetti dallo sgabuzzino e costringevamo He-Man a succhiare l'uccello a Skeletor o G.I. Joe a prenderlo nel culo, poi guardavamo vecchi video metallari fino al sorgere del sole.

Non era la cosa più sicura per lui, anzi per nessuno di loro, farsi vedere con me. Considerando l'idea che la gente si era fatta di loro. Considerando cosa cercavo disperatamente di essere. Che tu ci creda o no, una volta mi sono addirittura scusata. «Mi dispiace» ho detto – e ti sarà ancora più difficile crederlo, ma mi dispiaceva davvero – «di aver buttato altre palate di merda addosso a voialtri.»

Ha scosso la testa. «Sta' tranquilla. Se lo meritano.» Poi, in cantina, mi ha mostrato lo scatolone dove conserva la vecchia roba satanica, l'incenso, le lame e qualche cappuccio di poliestere scadente, e mi ha detto *Fa' pure*.

Mi ha trovato un lavoro all'ipermercato, dove non gliene fregava un cazzo dell'adorazione del demonio purché mi ricordassi di fare le buste doppie. Se la vita fosse un film, sarei stata assunta in uno squallido negozio di dischi, dove avrei illuminato gli sfigati che andavano ancora matti per i New Kids on the Block e imparato preziose lezioni di vita dal mio capo brizzolato ma sexy, che, da gentiluomo avrebbe resistito qualche mese prima di scoparmi sul bancone. Invece mi è capitato Bart l'ortolano, che somigliava un pochino a Paul McCartney se socchiudevi gli occhi; Linda la macellaia, che era sicurissima di potermi riconvertire al Signore con qualche cena a base di brasato; e Jeremy, quel verme del direttore, che ci provava con ogni doppio cromosoma X in vista tranne me.

Dormire era difficile; mi faceva male dappertutto. C'erano i rumori. Motori, sirene, grilli e aeroplani, niente che tenesse fuori la notte. Aspettavo un suono di passi, un colpetto sul vetro, una faccia davanti al finestrino. Quando fosse successo, e ogni tanto succedeva, avrei potuto girare la chiave e allontanarmi.

Potevo andarmene per sempre. Sono rimasta per te. Noi due dirette a ovest insieme, era sempre stato quello il piano.

Se te lo avessi chiesto, avresti risposto: *Vai.* Mi avresti disegnato una mappa. Come una bambina che preme i minuscoli pugni uno contro l'altro e dice alla madre *Spero che tu muoia.* Non ci fai caso. Le accarezzi la testa e aspetti che smetta di fare i capricci. Fede, si chiama.

Come sai, secondo me sono tutte cazzate: la fede, la superstizione, il *sesto senso* che in realtà è *desiderio, finzione* o *ignoranza.* Ma bisogna pur credere in qualcosa. Io credo che la gravità mi impedisca di fluttuare nello spazio e che gli esseri umani discendano dalle scimmie. Credo che il sessanta percento di qualunque cosa dicano i politici sia una menzogna e che i teorici del complotto vadano rinchiusi nello stesso manicomio di coloro che sono stati rapiti dagli alieni e di coloro secondo cui Elvis è ancora vivo. Credo che i Democratici siano criminali ma che i Repubblicani siano sociopatici; credo che lo spazio sia infinito e la coscienza finita; credo che il mio corpo sia il mio corpo e che bisognerebbe tagliare le palle agli stupratori; credo che il sesso sia bello e che l'universo deterministico sia un'illusione quantistica; credo che il riscaldamento globale stia aumentando, che il buco nell'ozono si stia allargando, che la proliferazione nucleare stia peggiorando, che la guerra batteriologica stia per arrivare e che in definitiva siamo tutti fottuti. Questi sono i miei principi di base, Dex, le mie convinzioni indiscutibili. Il vangelo di Lacey: credo nella scelta, nelle parole, nel genio e in Kurt. Credo in te.

Non credo nel Nostro Signore Oscuro degli Inferi né nella venuta dell'Anticristo, non credo nei sacrifici di bambini né nei rituali sfrenati e cruenti a mezzanotte, e non credo di poter invocare il potere di Satana per far cadere una cheerleader dalla sua piramide. Vestirmi di nero mi faceva sentire al sicuro. Portarlo sulla pelle, il segno di qualcosa di perverso, era una bella sensazione. Il resto erano stronzate. Ma: Sarah, Allie, Paulette, Melanie... Volevo che soffrissero, e hanno sofferto. Questo sì che è potere, Dex. Non serve la magia per far credere alle persone ciò che vuoi fargli credere. Credere può procurare la sofferenza più grande di tutte.

«Che mi dici di queste cazzate su Satana?» mi ha chiesto tuo padre un giorno.

Avevo iniziato a uscire di nascosto per vederlo qualche giorno alla settimana. Parlavamo di film noiosi nelle sale vuote e continuavamo a parlare nel vicolo, sempre dividendo una sigaretta, come se fumarne metà non contasse. Mi ha raccontato della prima volta che è andato al cinema e di come, nel Medioevo, fosse un evento sensazionale, e io gli ho fatto presente che il suo amato Woody Allen è un regista di serie B e che, se davvero era in cerca dell'arte, doveva provare Kurosawa o Antonioni. Mi ha guardata come mi guardavi tu, come se fossi a conoscenza di un segreto e, se fossi stata gentile, potessi rivelarglielo. Non parlavamo di sua moglie; cercavamo di non parlare di te. Il più delle volte parlavamo di musica. Gli mettevo le cuffie sulle orecchie e gli facevo ascoltare brani dei Melvins o dei Mudhoney. Mai Kurt, però. Kurt l'ho tenuto da parte per noi.

Ho dato una lunga boccata alla sigaretta. «Non è quello che la gente pensa, pentagrammi, sacrifici di sangue e compagnia bella. Nel contesto delle religioni, il satanismo è più che logico.»

«Traduzione: hai un bisogno disperato di attenzioni.» Ha gettato via il mozzicone e l'ha schiacciato con il tacco. «Adolescenti.»

Mi piaceva vederlo così sicuro che non ci fosse nulla da temere, che fossi innocua.

Ci siamo attenuti alle fasce marginali della giornata, matinée o proiezioni infrasettimanali a mezzanotte alle quali nessuno si prendeva il disturbo di assistere, e ho fatto in modo di non avvicinarlo mai in presenza di testimoni. Non mi sono agitata nemmeno la mattina in cui ho scorto Nikki stravaccata in ultima fila. Non ha visto niente: tuo padre riordinava delle scartoffie e io sonnecchiavo durante *L'ultimo dei mohicani*. Anche se mi avesse notata, non ci sarebbe stato niente da vedere. Così non l'ho detto a Jimmy e non mi sono fermata. Pensavo che potessimo stare tranquilli. Peccato non fossi la strega che tutti credevano, altrimenti avrei capito che non era così.

Lui mi preparava collage musicali tratti da vecchi nastri a otto tracce e cercava di convincermi che i Doors fossero ribelli. Un collage musicale è il miglior tipo di lettera d'amore, lo sanno tutti, e penso che forse mi amasse un pochino, o almeno che amasse la persona che diventava quando era con me, il Jimmy Dexter di una volta, quello che aveva ancora tutti i capelli. Mi ha raccontato tutto della sua band: la volta che hanno guadagnato cinquanta dollari per suonare a un matrimonio, poi si è sbronzato così tanto con il vino gratis da vomitare sulle scarpe della sposa; la volta che è arrivato a *tanto così* dalla firma di un contratto discografico ma ha perso l'occasione perché il bassista è stato chiamato alle armi; le numerose volte che si è rintanato nel garage dei suoi con la chitarra e ha dimenticato tutta l'esistenza tranne le corde, gli accordi, la musica, la gioia. Gli ho suggerito di ricominciare, o almeno di rifugiarsi in garage di tanto in tanto e di alzare il volume della sua vita. Questo l'ho fatto per te, Dex. Perché la musica è il luogo in cui tuo padre è più simile a me che a te; per lui è sangue e viscere, e vivere senza lo rende patetico. Ho pensato che se l'avesse ritrovata, forse tu avresti ritrovato lui, il padre che non hai mai conosciuto. Quel Jimmy è morto alla nascita e non te l'ha mai nemmeno rinfacciato.

Ogni giorno ti guardavo sbavare dietro a Nikki. Ogni

giorno ti tenevo d'occhio, in attesa che facesse la sua mossa. Le decorazioni di Halloween sono ricomparse, dimenticare il bosco è diventato ogni giorno più difficile ed ero certa che Nikki avrebbe provato la stessa inquietudine, che avrebbe sentito arrivare le cose cattive e non avrebbe fatto niente per tenerle alla larga, soprattutto se questo significava ferirmi. Lei sì che sapeva come ferirmi.

Avevamo fatto una promessa sacra, io e Nikki. Un giuramento di sangue. Confessioni ingoiate, rimorso soffocato, peccati sepolti nel terreno salato. Avevamo giocato le nostre partite e ingaggiato le nostre guerre per procura. Ti avevamo insanguinata nel fuoco incrociato.

Ma avevamo promesso. Di lasciare la morte nel bosco e di dimenticare.

Gli inquisitori spagnoli, prima di torturare, tiravano fuori i loro strumenti, una lama crudele dopo l'altra, ti mostravano cosa stava per accadere, e questa era considerata una tortura di per sé. Quella era la mia tortura: ciò che Nikki sapeva. Ciò che poteva dirti.

Ciò che avresti fatto.

18

DEX

Love Buzz

Ottobre era il mese ideale per le streghe. Anche una città terrorizzata dal diavolo come la nostra impazziva per Halloween. Battle Creek mostrava il suo lato oscuro fin dai primi di settembre. Sulle verande sogghignavano zucche zannute, alle finestre brillavano polposi sorrisi sdentati, le candele nel loro centro scavato che tingevano ogni notte di un chiarore sulfureo. Dai lampioni pendevano pallidi vampiri di cartoncino, almeno finché i procioni non riuscivano a raggiungerli. Li trovavi maciullati sulla strada, schizzati di sangue idrofobo.

Halloween era stata la mia festa preferita quando ero piccola. Le caramelle, le maschere, l'opportunità di dissolversi in qualcun altro, anche se solo per una notte. La possibilità che il mondo ospitasse un pizzico di magia, che ogni porta potesse dare accesso a un prodigio. Che un bambino potesse scivolare nel buio e non ricomparire mai più. Le cose erano cambiate quando avevo capito che i mostri erano reali. Halloween a Battle Creek non era per i deboli: le ore tra il tramonto e l'alba scorrevano all'insegna dell'anarchia, bande di adolescenti vagabondi, affrancati dai vincoli della civiltà, che si arrendevano ai loro bruti interiori. Volavano uova marce; la carta igienica si librava nell'aria; le cassette postali bruciavano e i gatti urlavano. La rubrica di cronaca nera del 1° novembre sconfinava sempre dai limiti della sua pagina: intrusioni in proprietà private, vandalismo, colpi di pistola nella notte, case e persone violate senza permesso, e quelli erano solo i peccati che qualcuno si era preso il disturbo di denunciare.

Non era mai sembrata una coincidenza che Craig Ellison si fosse suicidato a Halloween. Si era rifugiato in un tempio infestato dagli spettri; i suoi fantasmi erano venuti a reclamarlo. Perciò forse non fu soltanto Lacey a far somigliare ottobre a una valanga, i giorni che ci spingevano tutti verso l'orlo del dirupo. Forse fu il ricordo degli Halloween passati, lo scintillio dei denti polposi, gli Ellison spauriti che attraversavano la città pallidi e macilenti mentre si avvicinava l'anniversario del loro incubo. Persino il clima caldo e afoso che si rifiutava di cambiare suonava come un avvertimento: erano in arrivo cose terribili.

Non c'è da meravigliarsi che, man mano che le *golden girls* cadevano una dopo l'altra, la città andasse fuori di testa. La situazione precipitò da sola. Ragazze che, ne ero sicura, Lacey non aveva mai conosciuto, ragazze più timide e nervose di quanto fossi stata io prima di Lacey, correvano in infermeria e poi al giornale, dopo essersi svegliate e avere scoperto un eczema dalla forma sospetta o aver visto strane striature esplodere nel loro campo visivo. Diagnosi: Satana. Tre ragazze colpite simultaneamente dalla laringite imputarono il loro silenzio ai poteri oscuri di Lacey, finché emerse che il presidente del consiglio studentesco aveva dato a tutte e tre la chiave dell'ufficio, insieme alla gonorrea della gola. Un portiere mezza calzetta dichiarò che Lacey gli aveva offerto un pompino nel bosco e invece, con un espediente diabolico, lo aveva trascinato in una congrega satanica. Conquistò uno spazio nella cronaca locale, inventando una storia di dervisci rotanti, salassi, pitture facciali e – la sua principale lamentela – un'orgia cui non aveva potuto partecipare. Finalmente Battle Creek poteva dare un nome al suo nemico. Finalmente c'era qualcosa da combattere, e combattere era fondamentale perché, si diceva, se qualcuno non avesse fatto qualcosa al più presto, certamente era solo questione di tempo prima di un altro Craig.

Non ci credevamo davvero, naturalmente. Ci credevamo senza crederci; ci scherzavamo sopra e lo scherzo rendeva più facile avere paura. Volevamo essere spaventati come un bambino che si nasconde sotto le coperte, urlando, aspettando che papà arrivi e cacci via il mostro, perché è un pretesto per stare sveglio, perché urlare è divertente, perché è bello avere un padre forte e sicuro che ti posa la mano sulla fronte, perché l'armadio era profondo e buio e, alla fine, chissà cosa è in agguato nell'oscurità. Non ci credevamo, ma volevamo crederci; ci credevamo, ma ci sforzavamo di buttarla sul ridere. Era uno scherzo a

Lacey, farle credere che ci credevamo, un brutto scherzo a lei e agli adulti, che non capivano le sfumature di una simile convinzione, che vedevano il rossetto nero, i tatuaggi a forma di pentagramma e le ragazze svenute e saltavano alle conclusioni.

Dico *noi,* ma ovviamente intendo *loro.* Dopo Lacey non riuscii a essere di nuovo una di loro. Non potevo crederci né indurla a sospettare che ci credessi. Potevo solo farmi delle domande. Aveva perso completamente il lume della ragione, o era solo una messa in scena, magari destinata a me. A quale scopo, non riuscivo a immaginarlo, anzi non volevo.

«Siamo alle solite» disse Nikki e, pur non sembrando terrorizzata, non sembrava nemmeno del tutto imperturbabile. «Fa dei giochetti. Pianta casini. Hai notato come fa l'indifferente con gli *altri.* Così, quando arriva il momento, sono loro a farsi male. Ma lo sai già, vero?»

Fu convocata l'ennesima assemblea, naturalmente. Questa volta il preside Portnoy ci avvertì che la posta in gioco erano le nostre anime. Chiamò Barbara Fuller sul palco – "genitore preoccupato" benché suo figlio avesse solo sei anni – che, dal canto suo, presentò nientepopodimeno che la grande dottoressa Isabelle Ford, esperta nazionale di adorazione del diavolo, famosa autrice di opuscoli. Probabilmente laureata in cazzate, avrebbe commentato Lacey se fosse stata seduta accanto a me in ultima fila anziché rintanata vicino ai cassonetti con i suoi nuovi amici e uno spinello. La Ford e la Fuller misero in scena una parodia in cui la dottoressa invitò l'altra a una congrega. Il satanismo era contagioso, affermarono, e gli occhi degli ascoltatori si puntarono su di me. «Dite no» raccomandò la dottoressa. La pallottola magica di Nancy Reagan; era l'unica cosa che sapevano e, a quanto ne sapevano, funzionava.

Mancavano due settimane a Halloween quando Nikki mi bloccò in bagno e mi propose di fare sega. Le Idi di ottobre. Dovevo stare più attenta.

«Ho una voglia matta di vedere un film» esordì.

«Sono quasi sicura che l'unica proiezione di oggi sia *Stoffa da campioni*.»

«Mi adatterò» rispose e, poiché avevo diversi biglietti omaggio infilati nel portafoglio e in quei giorni mio padre lavorava perlopiù la sera, accettai.

Fu solo quando le luci si accesero – dopo un film che riuscì a uccidere per sempre la mia cotta infiacchita per Emilio Estevez – che li vidi. Avevo notato le loro sagome in prima fila, ma non le avevo riconosciute, una squadrata e l'altra esile, intente a parlare fitto fitto, le spalle di lei che sobbalzavano in una risata. Iniziarono a scorrere i titoli di coda. Si alzarono. Si voltarono.

Fu come entrare in una scena della tua vita e rendersi conto che i dettagli non sono come li ricordavi: i sedili blu anziché rossi, il pavimento appiccicoso di *nachos* al formaggio anziché di acqua tonica, il padre più vecchio e più calvo, la ragazza con la faccia sbagliata. Mio padre, con la figlia sbagliata. Mio padre, con una birra in mano e Lacey nell'altra.

«Dex» disse Lacey, poi si fermò.

Qualcuno mi strattonò il braccio.

Mi ricordai di Nikki. Mi ricordai che le mie gambe erano in grado di muoversi, che potevo andarmene, e così feci, correndo, senza ascoltare i tonfi degli anfibi mentre lei mi seguiva o l'assenza in cui lui non lo faceva, precipitandomi verso la macchina di Nikki, premendomi contro la carrozzeria, casa base, al sicuro, il metallo fresco che mi sorreggeva, e poi in qualche modo salii e ci allontanammo.

«Santo cielo, è disgustosa» commentò Nikki. «Cos'ha che *non va*? E lui! Per la miseria.»

Feci un verso simile a uno squittio. La maggior parte di me era ancora dentro con loro, al buio.

«Ti faccio sbronzare» disse Nikki.

«Non bevo» replicai, perché non bevevo, non più. Non era sicuro. Poi mi ricordai che nulla era sicuro, perciò che cazzo di differenza faceva.

Andammo alla stazione ferroviaria.

Andammo alla stazione ferroviaria e ci sbronzammo con il vino dei contenitori termici che Nikki aveva nel bagagliaio, infilati accanto alla videocamera di suo padre, senza la quale usciva raramente di casa in quel periodo. Ci sedemmo sul bordo dei binari e tracannammo il vino, lasciando che il terreno cominciasse a vacillare sotto i nostri piedi e che il mondo diventasse indistinto agli angoli. Non parlammo di cosa mio padre stava facendo con Lacey o di cosa Lacey stava facendo con mio padre.

Non pensai a cosa avevano fatto quando me n'ero andata, se si fossero separati o se si fossero seduti insieme, se fossero ancora insieme, parlando di me e di cosa mi rendesse così difficile da amare. Se Lacey avesse posato la mano sulla sua e gli avesse assicurato che era ancora un bravo papà; se mio padre le avesse massaggiato la schiena con lenti movimenti circolari, come faceva quando ero piccola e avevo bisogno di vomitare, promettendole che sarebbe andato tutto bene, che l'avrebbe sempre amata, la sua ragazza speciale.

Vomitai sui binari, che sicuramente avevano visto di peggio.

«Che volgarità» disse Nikki, e ormai eravamo così ubriache da riuscire solo a ridere.

Eravamo così ubriache da accendere la videocamera e metterci a recitare.

Questa volta Nikki interpretò se stessa. Mi permise di fare Craig.

«Ti ho ucciso.» Mi cinse con un braccio, il respiro caldo sul mio collo. «E ora sei tornato a perseguitarmi e non posso fartene una colpa perché ti ho ucciso, cazzo.»

«Mi sono suicidato» ribattei, perché qualunque cosa credesse di aver fatto, fu la fisica ad avere l'ultima parola: causa ed effetto, dito sul grilletto, grilletto sulla pallottola, pallottola nel cranio.

«Non sei mai stato capace di fare niente da solo. Mi hai fatto fare tutto al posto tuo in modo da incolpare me, e ora sono io a incolpare me stessa, mille grazie, cazzo, ed è per questo che ti odio. Ti ho sempre odiato, cazzo.»

«Io ti amavo invece.» Mi baciò, ed eravamo scivolose e brille, e lei aveva un sapore dolce, e prima che potessi raccapezzarmi o posarle il palmo sul collo o sentire le sue dita grattare contro la peluria sulla mia nuca, era tutto finito.

Nikki era bellissima. Nikki era sempre stata bellissima. L'avevo sempre saputo, ma cercai di saperlo diversamente ora, di registrare i dettagli delle sue ciglia lunghe e dei suoi capelli di seta, la stoffa della maglietta tirata sulla sua pelle e i punti in cui la carne pallida faceva capolino, morbida e calda. Mi domandai se volessi di più, se quella fosse finalmente la mia forma.

«Non devi dirlo a nessuno» mormorò Nikki.

«Stavamo recitando. Non era niente di importante.» Non contava quando facevi un gioco di ruolo; nulla contava quando eri ubriaca.

«Non parlo di quel cazzo di bacio. Prima dicevo sul serio quando ho detto che l'ho ucciso io. Questo è un posto segreto. Nessuno deve sapere cosa succede qui.»

«Non sei stata tu. Lo sai, vero? A meno che tu non sia venuta qui con lui e non abbia premuto il grilletto. L'hai fatto?»

«Non ho premuto il grilletto. Non sono stata io. No.»

«Allora non l'hai ucciso. Dillo.»

«Non l'ho ucciso.»

Non ci sarebbero stati altri momenti, non come quello. «Cos'è successo qui, Nikki? Cos'è successo a Craig?»

Non glielo avevo mai chiesto così direttamente e pensavo che si sarebbe arrabbiata, o almeno stupita, ma parve solo annoiata. «Tutti sanno cos'è successo. Acqua passata. Bang bang, sei morto eccetera. Prossima domanda.»

«Perché, allora?» Naturalmente era la stessa domanda. L'unica domanda.

Scrollò le spalle con un gesto studiato.

«Allora perché incolpare te stessa?»

«Che cazzo ne so? Perché qualcuno incolpa se stesso di qualcosa? Oh, aspetta. Ho dimenticato con chi stavo parlando.» Rovesciò la testa e rise espellendo una nuvola di saliva e alcol.

Le diedi un pugno. Poteva essere così tra noi, quel giorno, dopo quello che avevamo visto. Niente muri. «Cosa?»

Si impappinò, ma fui paziente. Aspettai.

«Tu. Proprio *tu* mi dici che non sono responsabile delle azioni di qualcun altro.»

«Non lo sei, infatti.»

Mi afferrò per le spalle. «Dici sul serio?»

«Okay.» Credevo che mi avrebbe baciata di nuovo. Non ne avevo voglia, ma ne avevo anche voglia.

«Senti da che pulpito viene il sermone. Anzi, da che altare viene la predica... No, aspetta.»

Ridacchiai. «Sei ubriaca, Nikki.»

«*Tu* sei ubriaca.» Era ciò che avrebbe detto un ubriaco, ed era anche vero.

«Da che pulpito viene la predica, si dice.»

«Sì! Esatto! Tu! *Tu!*» Mi conficcò l'indice appena sopra il capezzolo sinistro. «Perché la responsabilità non te le assumi *tu*? Lacey ti ha fatto un cazzo di lavaggio del cervello, la povera piccola Dex non sa fare un bel niente da sola, ha bisogno che la grande e cattiva Lacey la protegga. Ti sei mai chiesta perché ti abbia degnata della sua attenzione se eri così patetica? Che gusto c'è? La cosa divertente è prendere per i fondelli qualcuno che vuole dimenticarsene a tutti i costi. E dev'essere stato facile per lei, cazzo. Tu *vuoi* dimenticartene. Sei persino disposta a supplicare.»

«Non ti seguo» dissi, perché il terreno si muoveva, l'aria era indistinta e mi ronzavano le orecchie. Era più semplice lasciare che le parole cadessero di botto, goccia dopo goccia, nessun flusso di significato, solo suoni incoerenti.

«E se Lacey non ti avesse *spinta* a fare niente, e se io non ti avessi mai *spinta* a fare niente, e se tu fossi andata a quella cazzo di festa, ti fossi tolta quei cazzo di vestiti e avessi perso conoscenza da sola, e smettila di piangerti addosso per tutto il cazzo di tempo perché inizi a essere noiosa, cazzo.»

«Oh.»

Mi si appannò la vista e il battito del cuore nella mia testa insistette: *Dolore, dolore, dolore.*

«Stai per piangere? Hannah? Hannah Banana?» Mi scrollò. «Di' qualcosa. Non piangere.» Sporse il labbro inferiore e, anche con quel finto broncio, era carina. «Hai detto che volevi parlare sul serio.»

«*Tu* hai detto che volevi parlare sul serio.»

«Davvero? Giusto. Sono stata io.» Poi ricominciò a ridere e risi anch'io, ed eravamo sdraiate a pancia in su a guardare il cielo turbinante, e il mio cervello si staccò dal mio corpo e salì rapidamente verso l'azzurro. La giornata svanì, svanì persino Lacey, ed ero lì, in quel momento, da sola, e il terreno era umido, l'aria era tiepida e ogni cosa era esattamente nella giusta quantità.

«Ti perdono» dichiarai. «Perdono tutto e tutti. Il mio cuore è grande quanto il mondo.»

«Ma non Lacey.»

«Lacey, mai.»

«Tocca a te.»

«A fare cosa?»

«A parlare sul serio. Verità scomode. Oppure Verità o penitenza. Oppure solo penitenza. Quello che è, cazzo. Tocca a te.»

Supine, gli occhi puntati verso il cielo, le dita protese una verso l'altra come quelle dell'Adamo e del Dio di Michelangelo. Mi era mancata, quella sensazione di volare via da me stessa, ogni cosa così facile.

«Okay. Ti sfido a dire qualcosa di vero. Di vero fino in fondo.»

«Io dico sempre la verità.»

«Bugia!» ridacchiai. «Sporca, lurida bugia.»

Si alzò a sedere. «Non possiamo essere tutti come te e dire qualunque cosa ci passi per la mente. Niente recita. Niente costumi. È difficile essere nudi per tutto il tempo.»

«Io non sono *mai* nuda.» Chiamai a raccolta la mia dignità. «Tranne nella doccia. Lì, sempre.»

«Com'è?»

«Cosa? Farsi la doccia? Da quanto non ti lavi?»

«No. Essere te, intendo.»

Era il giorno della verità. Quello era un luogo sacro, il luogo della verità, era così che aveva detto Nikki. «Uno schifo. Spaventoso. Difficile.»

«Come immaginavo.»

Mi tirai su. Le misi un braccio intorno alle spalle, cosa strana, perché non ci toccavamo mai, ma non così strana, perché avevamo già limonato. «Dovresti provarci più spesso. Nuda. Piaceresti di più alle persone.»

«No, ti sbagli.»

«No, mi sbaglio» concordai. «Mandali a fare in culo.»

«Che vadano a fare in culo.» Vuotò un altro contenitore di vino. Uno, due, tre lunghi sorsi ed era finito. Mi tornò la voglia di vomitare al solo guardarla.

«Sai quello che fai, vero?» Mi riferivo all'alcol; mi riferivo a me stessa; mi riferivo alla perdita di Craig, allo sforzo di non perdere del tutto il controllo e di mantenere i nervi saldi per essere la Nikki Drummond di cui il mondo aveva bisogno.

Sorrise, mi baciò sulla fronte, un rapido sfioramento di labbra, così rapido che forse fu frutto della mia immaginazione, un guizzo della lingua felina. Era una mossa così tipica di Lacey che per un attimo persi il filo, chiusi gli occhi e immaginai noi tre insieme – Lacey, Nikki e io – le dita intrecciate, gli occhi vitrei, l'amore che si diffondeva dentro di noi, quel luogo sacro con i suoi treni morti e i suoi fantasmi un motore del caos pronto a trascinarci verso l'impossibile.

«So sempre quello che faccio» rispose Nikki, e la sua voce mi svegliò.

Prima o poi dovevo pur tornare a casa. Quando lo feci, mio padre mi stava aspettando. Era seduto sulla veranda, la tazza in mano, nascosto dietro gli occhiali da sole. Non c'erano riflessi, nel buio.

«Ti ho coperta con tua madre» annunciò.

«Il mio eroe.»

«Hannah...» Si chinò. «Sei *ubriaca*?»

«Invidioso?»

«Date le... circostanze non lo dirò a tua madre, ma...»

«Ma? Ma, cosa? Devo comportarmi meglio?»

«Se vuoi parlare di ciò che hai visto oggi...»

«No.» Non volevo parlarne. Di sicuro non volevo che *lui* ne parlasse.

«Posso immaginare cosa hai pensato. Ma non è così.»

«Oh, davvero? Cosa immagini che abbia pensato? Che te la scopi?»

«Hannah!»

«Credi che abbia questa immagine nella testa? Tu e lei, nudi in un motel di merda? O mentre lo fate nel cinema vuoto? Come un vecchio sporcaccione davanti a un film porno. Solo che è in 3D?»

«Possiamo parlarne domattina, quando sarai...» – si schiarì la voce – «più calma. Ma per favore, tieni presente che non è nulla del genere.»

«Naturalmente non è nulla del genere. Sei un vecchio grassone» lo rimbeccai, pensando *Feriscilo. Feriscilo ancora.* «Non illuderti di avere qualche possibilità.»

«Lacey aveva bisogno di qualcuno con cui sfogarsi. Non c'è altro. Giuro su Dio.»

Gli credevo. Per la maggior parte. Quasi del tutto. Non voleva andare a letto con Lacey; voleva farle da padre. Pensava che questo migliorasse le cose.»

Gli girai intorno. «Non puoi averci entrambe.»

«Non... Non lo dirai a tua madre, vero, piccola?»

Mi piaceva, una volta, quando mi chiamava così. Non ricordavo il perché.

«Non è mai successo» dichiarai, e deve aver ipotizzato che mi riferissi a quel giorno, non a tutto ciò che c'era stato prima e a tutto ciò che c'era stato tra noi, perché parve sollevato.

Non aspettai che Lacey si scusasse. *Mai chiedere scusa.* Questo me lo ricordavo bene. Evitai lei a scuola e mio padre a casa. Le ragazze lamentavano eczemi e attacchi di vertigini. Battle Creek tremava all'idea del diavolo. Ottobre continuò spedito.

Poi, una settimana prima di Halloween, il temporale. Un ultimo sussulto d'estate prima della neve. Il tuono urlò il suo invito e, anche se non volevo sentire la mancanza di Lacey, anche se non volevo vederla né sentirla, cedetti. La notte sembrava irreale, il paesaggio sferzato dal vento e dall'acqua. Come se fossimo scivolate temporaneamente in un altro mondo, dove nulla doveva per forza avere importanza.

Aspettai che i miei si addormentassero, rubai le chiavi della macchina, guidai fino al nostro lago. Come si sarebbe stupita, pensai, quando avesse visto che avevo imparato a guidare senza di lei.

Non c'era dubbio che sarebbe stata lì. Per il temporale, per me. Ci sono forze irresistibili, ma non ci sono oggetti inamovibili. Il temporale chiamava; noi rispondevamo sempre.

Pareva inumana, schizzata di fango, viscida e lucida nella luce dei fari, una creatura della notte, selvatica e umida.

«Non sei stata invitata» disse quando la raggiunsi. «Non sei la benvenuta.»

È un Paese libero, potevo dire, come una bambina, ma

sapevo che ero un'intrusa, che tutto ciò che era nostro in realtà era suo. Aveva ottenuto la custodia del mondo naturale.

Non ero la benvenuta ma, quando mi sedetti sul molo, prese posto accanto a me. Eravamo spalla contro spalla, abbastanza vicine perché i nostri sussurri attraversassero il vuoto. Le brillava la guancia. La pioggia le si impigliava tra le ciglia. Abbassò la testa, nascondendo gli occhi, scoprendo la curva dolce e pallida del collo e delle spalle. Il tatuaggio era una macchia nera, rivoli di penna a sfera che le disegnavano vene scure lungo la spina dorsale.

Toccai la chiazza che un tempo era stata una stella. «Ogni cosa di te è una bugia.»

Alzò la testa quanto bastava per mostrarmi il suo sorriso. «Io sono gomma, tu sei colla.» Ciondolò di nuovo il capo come una bambola di pezza. «So cosa pensi. Non è andata così con lui.»

«Non sai cosa penso. Non più.»

Rise.

«Devi piantarla con questa storia del diavolo, Lacey.»

«Di cosa ti preoccupi? Cosa possono farmi? Annegarmi in un pozzo? *Esorcizzarmi?*»

«Espellerti, tanto per cominciare.»

«Ooh, che paura.»

«E, non saprei. Cosa fai se qualcuno si fa male davvero?»

«Perché dovrebbe essere un mio problema? Non crederai veramente che abbia fatto qualcosa a quelle persone.» Si scrollò come un cane. Gli spruzzi erano più freddi della pioggia.

«Conosci questa città.»

«E perché ti interessa così tanto?»

Ci ero cascata.

«Se fossi in te, risparmierei la preoccupazione per me stessa» proseguì.

«Sto bene.»

«Sta per succedere qualcosa di brutto.»

«È una specie di profezia? O cos'altro? Una minaccia?»

«Dex...» Inspirò. Le nostre spalle si alzarono e si abbassarono insieme. Dentro, fuori. Lento, regolare. Respira, Dex. Respira, Lacey. «Voglio che tu sia al sicuro, Dex. Non chiedo altro.»

Nikki avrebbe detto che era gelosa. Che aveva bisogno che io avessi bisogno di lei, a prescindere da quanto fosse doloroso.

«Non aveva niente a che vedere con te, questa cosa con tuo padre» continuò. «E nemmeno la cosa con Nikki.»

«Sì, certo. Ha a che vedere con la misteriosa cospirazione segreta di cui non puoi mettermi al corrente. L'ho capito.»

«Quello che c'è tra me e Nikki... riguarda Craig.»

«Lo dici come se significasse qualcosa. Come se io dovessi far finta che sia una risposta quando sappiamo entrambe che non lo è.»

Non mi aspettavo di ottenere delle spiegazioni; nulla poteva costringerla a fare ciò che non voleva.

«Nikki pensa che sia colpa mia» sussurrò.

Tutti i piccoli trucchi con cui Nikki aveva cercato di suscitare in me un'avversione per Lacey, il modo in cui aveva avvicinato la lama di un rasoio, sempre con estrema prudenza, alla mia fiducia in lei, tagliandola in fette sottilissime finché non era rimasto quasi niente. Per tutto quel tempo non aveva accennato all'argomento.

Forse, pensai, era soltanto l'ennesima bugia. Ma quello non era lo stile di Lacey. Lei mentiva con il silenzio.

«Fa' pure.» Sembrava esausta come una vecchia, come se non ci fosse altro da fare se non aspettare che le ossa si sbriciolassero. «Chiedimi se è stata colpa mia.»

Rabbrividii e mi asciugai la pioggia dalla fronte. L'acqua del lago danzava, spiccando salti verso le nuvole.

«Non è stato sempre brutto, vero, Dex?»

Non potevo mentire durante un temporale. «Non è mai stato brutto.» Le presi la mano. Non c'era premeditazione in quel gesto, solo il bisogno fisico del contatto tra le nostre pelli scivolose. Di tenere duro. «Dillo, Lacey. Qualunque cosa sia. Sistema tutto.» Era lei la strega, no? *Trova le parole,* la incitai mentalmente.

Mi strinse le dita. «Ricominciamo daccapo. Vaffanculo il passato.»

Non capii come potesse dirlo quando il passato era tutto. Il passato era dove vivevano Dex e Lacey. Se lo avesse cancellato, di noi non sarebbe rimasto nulla.

«Non ho mai cercato di nasconderti» riprese. «Non ti ho mai tenuta segreta.» Per qualche ragione stavamo parlando ancora di Nikki. Non la volevo lì, tra noi. «Le persone tengono dei segreti solo quando si vergognano.»

«Tu ne hai molti, di segreti.»

«Ma tu non sei mai stata uno di loro.»

Non potevo rispondere che non faceva differenza.

«Ti manco?» domandò.

«Sei qui.»

Mi prese la faccia tra le mani. Le sue dita erano più filiformi di quanto ricordassi. Ogni cosa di lei, mi accorsi, era diventata più spigolosa. Le clavicole sporgevano; le spalle e i gomiti sembravano abbastanza affilati per essere taglienti.

«Tu no» ribatté, una punta di stupore nella voce.

Sentii una fitta al petto. Non riuscii a parlare con i suoi polpastrelli che mi bruciavano contro il mento, le guance e le labbra. Quando non la contraddissi, si tuffò nel lago.

Urlai il suo nome.

Spruzzi nel buio. La risata familiare. Un tuono.

«Vieni!» gridò. «L'acqua è perfetta.»

«Siamo nel bel mezzo di un temporale, cazzo!»

«La solita fifona.» Scomparve nel nero.

Quei lunghi secondi di acqua immobile e di notte silenziosa, niente tranne la pioggia i fulmini e me, e Lacey da qualche parte lì sotto; secondi e secondi in attesa che riaffiorasse, ansimando e ridendo, viva.

Ebbi il tempo di farmi delle domande: se sarebbe stata in grado di salvare se stessa. Se io ne sarei stata in grado. Immergermi nell'acqua scura, impenetrabile come il cielo. Senza peso, scendere scalciando, allungare la mano verso qualcosa di pesante, dotato di arti, che affondava verso il fondo fangoso. Lacey avrebbe opposto resistenza, era quello il suo stile, mi avrebbe tirato i capelli, avrebbe strisciato lungo il mio corpo, così ansiosa di raggiungere la superficie, l'aria, la vita, da trascinarci giù entrambe.

Mi fermai sul bordo del molo, i talloni sul legno, le dita dei piedi sospese nell'aria, costringendo me stessa a saltare.

Il lago era oscurità infinita. Ed eccola lì, la faccia simile a una luna galleggiante. L'ennesimo gioco. Ora sapevamo chi aveva vinto, perché lei era in acqua e io sulla spiaggia.

La macchina era calda e asciutta, tanto che fui tentata di rannicchiarmi sul sedile anteriore e dormire. Invece accesi il motore e la lasciai lì, con la sua acqua e il suo temporale, certa che i fulmini non avrebbero mai osato colpirla.

Mi entrò nella testa. Quel venerdì, quando Nikki mi chiamò per lamentarsi del pigiama party che l'avevano convinta a organizzare, lo sforzo tedioso di fare buon viso a cattivo gioco davanti alle sue presunte amiche, e disse: «Sono stanca di queste stronzate, vorrei semplicemente che tu potessi venire qui a guardare film noiosi», ruppi il nostro accordo tacito e risposi: «Be', *potrei*».

«Potresti, cosa?»

«Venire da te. A guardare film noiosi o quello che è.»

«Te l'ho detto. Non posso lasciare la festa.»

Non era così stupida; voleva che lo dicessi chiaro e tondo. «No, intendo che potrei venire alla festa.»

«Oh, Hannah, sai benissimo che ti farebbe schifo. Al punto di vomitare l'anima. Odi quelle stronze.»

«Anche tu.»

«E fidati, se potessi correre a casa tua e lasciare che gli animali prendessero il controllo dello zoo, lo farei, ma mia madre mi ucciderebbe se una di loro pisciasse sulla moquette.»

Stesa sul letto, guardavo il soffitto, contavo le crepe, cercavo di non restarci male.

«Ti ricordi della festa in piscina quest'estate» disse. «Un disastro, cazzo.» Quando non risposi, aggiunse: «E l'altra festa».

Ormai avevamo superato un limite.

C'erano settantadue crepe e una chiazza ingiallita nell'angolo dove qualcosa doveva aver iniziato a gocciolare da un tubo nascosto. Se il soffitto fosse crollato, mi chiesi, mi avrebbe forse uccisa, una coperta di intonaco e polvere che mi soffocava durante la notte? Oppure mi sarei svegliata rivestita di amianto, domandandomi perché riuscissi a vedere il cielo?

«Perché non parli, Hannah? Capisci che ti sto facendo un favore, vero?»

«Certo. Grazie.»

«Sei strana. Perché sei strana?»

«Non sono strana.»

«Bene. Meglio così. Ora dimmi una cosa. Com'è andata l'eccellente avventura di Hannah Dexter?» Imitò l'accento strascicato di Keanu. «Hai avuto una settimana favolosa? O è stata uno schifo?»

«Ho parlato con Lacey.»

Ci fu un sibilo sulla linea. La connessione lasciava molto a desiderare, ma era fin troppo facile immaginare Nikki che si ritrasformava in serpente. «Cazzo» sussurrò.

«È tutto a posto.»

«Non mi meraviglia che tu sia così strana, cazzo. Per favore, dimmi che non provi pena per lei.»

«Ha detto qualcosa riguardo a voi due.» Era quasi vero. «E a Craig.»

Il serpente si srotolò, colpito.

«Hai parlato con Lacey di Craig? Hai parlato con *Lacey* di *Craig*?» Stava urlando, e Nikki non urlava mai. «Di quello che ti ho confidato? Delle cose che non ho mai raccontato a nessuno? Come ti è *saltato* in mente?»

«No! Non lo farei mai!»

Protestai; giurai che non avrei mai tradito la sua fiducia, che Lacey non mi aveva chiesto niente e che mi aveva detto ancora meno, che non avevo nulla di concreto da dire. Non potevo domandarle, non in quell'istante, perché incolpasse Lacey di qualcosa; potevo solo scusarmi. Riagganciò.

In TV, sarebbe stato il momento di scagliare il telefono dall'altra parte della stanza, così lo feci e mi sentii stupida.

Lo aveva fatto anche lei, ammise quando richiamò di lì a un'ora. «Sono stata ingiusta. Sono un po' suscettibile su... lo sai.»

«Sì.»

«So che non diresti mai niente a Lacey. Giusto?»

«Certo che no.»

«E ho riflettuto su questo cazzo di pigiama party. Vieni pure... se davvero ne hai voglia, intendo. Sarà pallosissimo, e mi odierai per averti invitata, ma almeno sarà più divertente per me.»

«Dici sul serio?»

«Non parlo mai a vanvera. Non l'hai ancora capito?»

Mi presentai alle nove, come mi aveva detto, ma fui l'ultima ad arrivare. Mi ero vestita alla bell'e meglio pescando gli indumenti dall'angolo dell'armadio approvato da Nikki, camicia di velluto verde scuro senza maniche, cardigan nero con le maniche svasate, girocollo grigio. Mi ero messa il profumo alla vaniglia e il lucidalabbra all'uva. Avremmo avuto tutte lo stesso sapore, al buio.

Mrs. Drummond agitò la mano verso il seminterrato. «Le ragazze sono di sotto.»

Le ragazze: gatte pigre stravaccate su divani e sacchi a pelo, tutte sorrisi e artigli, uguali a come erano a scuola, uguali a come erano dai tempi dell'asilo, uguali a come le ricordavo dalla festa che non ricordavo.

Le ragazze: Paulette Green, che non piaceva a nessuno ma che tutti sopportavano perché i suoi avevano un appezzamento segreto di erba nel loro orto ed erano sostenitori entusiastici della sensibilizzazione farmaceutica della figlia e dei suoi amici. Sarah Kaye, il cui padre aveva la sclerosi multipla e non usciva mai di casa. Kaitlyn Dyer, la tenerona che tutti adoravano, me compresa, perché era abbastanza bassa per lanciarla qua e là, bassa, pimpante e apparentemente innocua, affetta da una forma di cleptomania così grave che aveva provato a rubare il fondo per il ballo di fine anno, e che se aveva ricevuto una seconda opportunità supersegreta perché, quando la scuola aveva provato a espellerla, i suoi avevano minacciato di fare causa. Melanie Herman, che andava a letto con il ragazzo della sua migliore amica. Allie Cantor, che aveva l'herpes e l'avrebbe avuto per sempre.

Sapevo queste cose di loro perché me le aveva riferite Nikki e, siccome me le aveva riferite, mi fidavo di lei. Dimenticando, a lungo andare, che non erano i suoi segreti. Che anche le ragazze si erano fidate di lei.

Le ragazze ridevano di qualcosa alla TV, e il qualcosa ero io.

Io, che sbavavo al buio, svenuta. Ombre, poi facce, granulose sullo schermo, granulose in un modo che riconobbi. Quella era la videocamera del padre di Nikki, quella che lei amava così tanto. Quelli erano Melanie, Andy e Micah. Quella era una voce, nell'oscurità, che urlava: «*Weekend con il morto!*» mentre braccia muscolose mi sollevavano, mi sballottavano qua e là, floscia e nuda.

«Troia» diceva qualcuno e una mano compariva nell'inquadratura, mi scriveva T-R-O-I-A sullo stomaco con il pennarello, quindi trasformava un capezzolo in una faccina sorridente.

Le risate delle ragazze in TV; le risate delle ragazze nello scantinato. Fermo immagine, indietro, avanti veloce, play.

«Muore dalla voglia» diceva una voce fuori campo e, sullo schermo, Andy Smith si abbassava sulla bambola di pezza, si strofinava contro di lei, bacino contro bacino, petto contro petto, la lingua che le leccava la guancia, per poi scivolare lungo lo sterno e infine stuzzicare la faccina sorridente, tracciando cerchi senza sosta.

«Toglile le mutandine» diceva una voce. «Falla bagnare.»

«Visto? Muore dalla voglia» diceva una voce. «È fradicia.»

«Faglielo succhiare» diceva una voce. «Vuole assaggiarlo.»

Mani diverse, dita e lingue diverse. Ma sempre la stessa voce. Sempre imperiosa. E la bambola Dex faceva qualunque cosa le ordinassero.

Nikki amava fare la regista.

«Ecco la parte schifosa!» ridacchiò Kaitlyn la tenerona nello scantinato mentre il vomito gocciolava fuori dalla ragazza sullo schermo, e allora capii che lo avevano già guardato, che lo conoscevano a memoria.

Sullo schermo c'erano gemiti e conati, e Melanie diceva: «Ed ecco che l'erezione va a farsi benedire», e la voce di Nikki diceva *puoi farlo tornare duro* e *non fare il fifone* e *non possiamo fermarci adesso*, poi la spia rossa della batteria lampeggiò e l'immagine svanì.

Forse feci un verso.

Forse Nikki l'aveva sempre saputo.

Certo che lo aveva saputo.

Si voltò. «Oh, no. Hannah. Sei qui» disse in tono piatto. «Santo cielo, immagino che tu abbia visto tutto.»

In qualche modo uscii da lì. In qualche modo, regolando gli specchietti, cambiando le marce, mettendo la freccia, tutto come mi aveva insegnato Nikki, tornai a casa.

Mi chiusi in camera mia, sul pavimento.

Bruciando di fuoco freddo.

Ciò che avrei detto se in quell'istante avessi potuto parlare con lei, con quella ragazza sul pavimento, con quella ragazza distrutta: *Non è colpa tua; questa non è la tua storia. Questa non è la fine. Un giorno tutto questo finirà.*

Ciò che so ora, ciò che sapevo allora: *Non smetterà mai di bruciare.*

Hannah, che bruciava.

Hannah, bruciata, svuotata, strofinata, Hannah la vittima, Hannah la scema, Hannah il corpo. Hannah, stupida. Hannah, morta,

Dex, sveglia.

19

LACEY

Come As You Are

Dopo essersi divertita a farti credere che mi scopassi tuo padre, Nikki è venuta a cercarmi. Era finita, ovviamente, qualunque cosa ci fosse tra me e lui, appena tu ne avevi scoperta l'esistenza. Sei fortunata a esserti precipitata fuori come un fulmine, così non hai dovuto vederlo piangere. «Santo cielo, che cazzo mi è preso, che cosa stavo facendo...» e così via, letteralmente fino alla nausea, o forse non è stato questo a farmi vomitare nel parcheggio, ma almeno poi ha chiuso il becco. Mi ha detto di andare a casa e di non tornare mai più, e io ho detto e fatto alcune cose di cui non vado fiera, finché mi ha afferrata per le spalle e ha allungato le braccia, rigide, tutto quello spazio vuoto tra noi, e mi ha fatto bel discorsetto dicendo che dovevo avere più rispetto per me stessa e pretendere di più dagli altri e che non dovevo più credere di servire solo per il sesso, e per tutto il tempo c'era un rigonfiamento dentro i suoi pantaloni che abbiamo dovuto far finta di non notare.

Ogni cosa il più incasinata possibile, come piaceva a Nikki, così naturalmente è stato allora che ha infilato il messaggio nel mio armadietto, chiedendomi di raggiungerla al lago. Se fosse stata la stazione o qualunque parte del bosco, non sarei andata. Ma ovviamente non lo fece. Il lago mi è sembrato okay, perché persino la merdosa fanghiglia piena di alghe che veniva spacciata per il lago della città mi avrebbe ricordato il lago che contava, tuo e mio, trasparente, azzurro e nostro. Nikki era parte del bosco, sentieri tortuosi, avvallamenti e il puzzo della corteccia putrefatta. Tu eri l'acqua.

Sono arrivata in anticipo, ma lei era già lì, sul molo. Quando mi ha vista, ha tirato fuori una bottiglia di rum dalla borsa.

«Ce la dividiamo?»

Era troppo dolce e l'odore mi ha dato la nausea, ma ho bevuto un paio di bicchierini. A giudicare dalla sua voce strascicata, Nikki aveva iniziato senza di me.

Non abbiamo parlato molto finché non siamo state ubriache al punto giusto.

«Satana, eh?» ha detto.

«Il Nostro Signore Oscuro e Salvatore. Vuoi farmi compagnia?»

«Che cazzo ti è successo?»

Ho bevuto un altro sorso. «Ho capito che sono tutta sola al mondo, che nessuno mi ama e, oh sì, un gruppo di stronze psicopatiche amanti di Gesù mi ha costretta a mangiare merda e mi ha lasciata a morire nel bosco.»

Alzò la bottiglia in un brindisi. «Regina del melodramma una volta, regina del melodramma per sempre.»

«Regina degli inferi ora, non l'hai saputo?»

È scoppiata a ridere. «Non scopi con il padre di Hannah, vero? Mi suiciderei piuttosto che farmelo mettere dentro da qualcuno di così vecchio.»

Sono raggelata. «Non dire il suo nome.»

«Mi odi, eh?»

«Più di quanto tu odi me.»

«Impossibile.»

«Mettimi alla prova.»

Poi mi ha posato una mano sulla coscia e ha strisciato lungo il mio corpo come se fossi un albero, Nikki Drummond, ubriaca e affamata, che si metteva a cavalcioni su di me, che si strusciava contro di me, leccandomi le labbra e afferrandomi i capelli, osservando che li odiava così corti, poi interrompendo il discorso prendendomi le dita in bocca e succhiando forte. I suoi seni parevano più grandi di quanto ricordassi, più flaccidi, e c'era un rivolo di saliva all'angolo della sua bocca.

«Vaffanculo.» L'ho spinta abbastanza energicamente da farle male e ho sperato di avergliene fatto.

«Dai, sai benissimo che lo vuoi anche tu.»

Hai presente quando dicono che la disperazione non è sexy? Stronzate. Una brutta ubriacona senza camicia, che puzza di rum e mi si butta addosso come un siluro di desiderio? Spingerla via è stato come prendere a calci un cucciolo, e mi sono eccitata anche per quello.

«Cazzo, forse sono innamorata di te» ha detto, facendo quella cosa a metà strada tra il riso e il pianto che le donne di mezz'età fanno nei film mediocri. «Ci hai pensato?»

«Francamente? No.»

Si è riseduta. «Allora perché cazzo sei venuta?»

«Voglio sapere cosa vuoi.»

«Non sono stata chiara?»

«Cosa vuoi per stare lontana da lei.» Glielo avrei dato, Dex. Qualunque cosa.

«Mi prendi per il culo. Vuoi farmi credere di essere venuta qui per parlare di *Hannah*?»

«Si chiama Dex.»

«Ah-ah. Continua pure a ripetertelo.» Un'altra risata. Aveva perfezionato le sue doti di attrice dall'ultima volta che avevamo parlato. Sembrava quasi umana. «Ho capito cosa volevi fare. Ma non abbiamo più bisogno di lei.»

«*Abbiamo?* Al plurale?»

«Vuoi scherzare.» Ha ricominciato a toccarmi, mani sudate su mani. «Cosa pensi che direbbe la tua preziosa Dex se ti *conoscesse* davvero? È questo che vuoi, qualcuno che non indovini il tuo gioco? Che si beva le tue stronzate?»

«Sta' zitta.»

«È passato quasi un anno.»

«Non parliamone.»

«Non pensi a lui? Non pensi a me?»

Per un secondo ci sono quasi cascata. Il puzzo della disperazione, il luccichio delle lacrime nei suoi occhi, la pressione delle sue mani: era così brava a recitare la sua parte che, pur sapendo ciò che sapevo, per poco non me la sono bevuta, che aveva sentito la mia mancanza, che per tutto quel tempo mi aveva amata o desiderata segretamente, che si era insinuata nella tua vita per la stessa ragione per cui io mi ero aggrappata a tuo padre, che non mi odiava più per ciò che sapevamo una dell'altra, che le cose che avevamo fatto nel bosco avevano significato qualcosa, che non erano state uno scherzo odioso. Forse me la sono bevuta, solo per il tempo necessario per dirle la verità, e per dirla quasi dolcemente. «Non più.»

Mollò la presa.

«Sei venuta per lei» ha detto, e lì, nell'indifferenza emotiva, nel vuoto della sua espressione, c'era la vera Nikki. «Per dirmi di stare lontana da *lei*.»

Ho annuito.

«Ma perché dovrei stare lontana dalla mia cara amica Hannah?» Farfugliava; era difficile dire fino a che punto dipendesse dal rum e fino a che punto fosse una messa in scena. «La sto *proteggendo*. La sto salvando dal grosso lupo cattivo.» Si pulì il naso con la mano e si asciugò sui jeans. «Come dovevo salvare Craig. Ormai sono diventata *brava*. Faccio opere buone. Come Gesù.»

«Devo sapere che intenzioni hai. Vuoi dirglielo?»

Ha riso ancora, non voleva smettere. «Dirlo a chi? Dire cosa?» Batté le mani. «Oh, ci sono! Tutte queste cazzate sul fatto di stare lontana da Hannah non hanno a che vedere con lei, ma con *te*.»

«No.»

«Non hai paura di cosa le farò. Hai paura di cosa le *dirò*.»

«È la stessa cosa.»

«No. Una riguarda lei. L'altra riguarda te. Le persone normali conoscono la differenza.»

«Non fare del male a lei solo per inculare me.»

«Mettiamo le cose in chiaro. Incularti non mi interessa più, o almeno non più di quanto mi interessi scoparti.»

«Allora perché siamo qui?»

Se n'è andata senza rispondere. Conoscevamo entrambe la risposta.

Ho peggiorato la situazione. Ho cercato di avvertirti e non mi hai ascoltata, e questa parte è colpa tua, ma il resto dipende da me. Ciò che ha fatto dopo. Ciò che ti ha fatto fare. È stata tutta colpa mia e non è stata affatto colpa mia, come ogni altra cosa.

Quando avevo undici anni, ho buttato via l'apparecchio per i denti insieme al pranzo. Me ne sono accorta solo quando è arrivato il momento di rimetterlo in bocca e andare in aula, e allora sono andata fuori di testa perché l'ho *visto*, avvolto in un tovagliolino nell'angolo del vassoio per evitare che si riempisse di bruschette alla pizzaiola. Stava scivolando nella spazzatura in cima agli spaghetti avanzati da Terrence Clay e all'insalata di tonno che Lindsay North, precoce nell'anoressia quanto nella crescita delle tette, aveva gettato via intatta. Vuoi sapere com'era la mia vita prima di te? Eccoti accontentata: tra tornare a casa senza apparecchio e tuffarmi in un cassonetto, la scelta era ovvia. Il bidello mi ha dato una spinta, poi mi ha guardata frugare tra le bucce di banana e i grovigli di spaghetti. Ho rimosso quella parte per il bene della mia salute mentale. Ricordo però di aver trovato l'apparecchio. L'ho portato in bagno, l'ho lavato sotto l'acqua calda e – cerco di non pensarci perché altrimenti mi sembra di avere degli insetti che mi depositano le uova nella pelle – *l'ho rimesso in bocca.*

«Che sbadata» ha commentato il bidello dopo avermi tirata fuori, dopo che finalmente avevo smesso di piangere. «Se ci tieni così tanto, perché l'hai buttato via?»

Dimmelo tu, Dex. Perché una persona dovrebbe fare una cosa simile?

Sei venuta a cercarmi come se non fosse successo niente, come se fossimo ancora Lacey e Dex, io e te per sempre. Mi sentivo più che mai una strega perché ero stata io a ordinarlo, *tu hai bisogno di me,* ed eccoti lì. Ad avere bisogno di me. Hai fatto finta che fosse un regalo, come se per una volta volessi dare anziché ricevere, ma avevi bisogno che ti dicessi cosa fare dopo.

Mi hai raccontato cosa ha detto mia madre quando mi hai cercata a casa: Lacey non vive più qui. Ma non hai precisato come l'ha detto, dispiaciuta o preoccupata o sollevata. Lacey non vive più qui. Salta fuori che, persino a Battle Creek, alcuni segreti restano tali, soprattutto quando riguardano qualcosa che la gente preferisce non sapere.

Hai seguito il suo consiglio e sei venuta a cercarmi nel parcheggio dell'ipermercato e, quando mi hai trovata, non mi hai guardata come se fossi un caso umano e non mi hai fatto domande stupide, ti sei limitata a dire: *Lacey, ho una sorpresa per te, una cosa che ti piacerà.*

Lacey, fidati di me.

Cosa avresti fatto se avessi saputo la verità, Dex? Che quando hai bussato al finestrino eri – per la prima volta dopo mesi – l'ultima delle mie preoccupazioni. Era Halloween, e proprio quella sera pensavo a Craig e a Nikki.

Facevo pensieri gentili su Nikki e su come l'avevo abbracciata mentre piangeva. Mi sono domandata se lo percepisse, quella sera, travestita da qualche parte con uno stupido costume da gattina sexy, mentre rideva, beveva e trovava qualcun altro da far soffrire quanto soffriva lei. Se fosse stata Nikki a bussare al finestrino quella sera, l'avrei fatta entrare e presa tra le braccia, le avrei cantato una ninnananna. Le avrei dato ciò che le dovevo, perché non potevo darle ciò che avevo preso, e forse lei avrebbe fatto lo stesso per me.

Non era lei. Eri tu.

La tua faccia, un fantasma che si era materializzato dall'altra parte del vetro, quel sorriso speranzoso, identico a quello della prima volta che ti avevo parlato, forse l'illusione che se avessi premuto la mano contro il finestrino, io vi avrei posato sopra la mia.

Avevi una sorpresa per me, hai detto. Proprio quella sera, una sorpresa nel bosco.

C'era una volta una ragazza che amava il bosco, la fresca distesa di foglie che si tingevano di marrone, il baldacchino del cielo frondoso. Nascosta tra gli alberi, raccoglieva fiori e scavava in cerca di vermi, recitava poesie, scandendo le parole al ritmo dei suoi passi sul terriccio. Nel bosco incappò in un mostro e lo scambiò per un'amica. Si addentrarono nella vegetazione, più fitta e più buia, e incisero un cerchio sacro intorno a un luogo sacro, dove il mostro estrasse alcuni pezzi della ragazza e li seppellì nel terreno cosicché lei non potesse più andarsene davvero e non sopportasse l'idea di tornare.

C'era una volta, un'altra volta, una ragazza che urlava nella foresta dei suoi sogni e si svegliava tra dita rapaci e occhi morti, altri mostri pronti a riportarla a casa, e fu allora che la ragazza si rese conto che quello era il suo destino, vivere sotto la corteccia putrefatta e i sassi muffosi, che poteva fuggire, ma sempre, in qualche modo, il bosco l'avrebbe reclamata.

È il tuo genere di storia, giusto? Ogni cosa ordinata e addolcita. Non ti piacerebbe scoprire che c'era una volta una ragazza totalmente impazzita per gli avvenimenti accaduti nel bosco, che c'erano sangue e piscio e merda e morte, che il bosco è stato il luogo in cui la ragazza si è trasformata in un'assassina e in un demonio e in una strega, e che il solo pensiero di tornare, specialmente in quel luogo, in quella notte, le faceva salire la bile fino alla gola e lei dovette affondarsi le unghie nel palmo così forte da far uscire il sangue soltanto per evitare di urlare.

Dato che sei stata tu a chiedermelo, ti ho seguita nel bosco.

Hai inserito una cassetta scricchiolante nel registratore della Barbie, hai alzato al massimo il volume di Kurt e mi hai sorriso come se anche quello fosse un regalo. Io ho abbassato il finestrino per respirare e ho finto di averti fatto un favore permettendoti di guidare.

«Ti decidi a dirmi dove stiamo andando?» ho domandato quando hai parcheggiato e ci siamo avviate tra gli alberi.

«Vedrai» hai risposto, ma ormai avevo già capito.

Ho pensato che, nonostante tutto, Nikki ti avesse raccontato la verità, perché altrimenti come avresti fatto a sapere della stazione, e per quale altro motivo mi avresti fatta tornare laggiù? La stazione era come l'avevamo lasciata, solo più erbacce, più ruggine. Avevi bisogno che io fossi forte, così lo sono stata. La tua Lacey non sarebbe fuggita; la tua Lacey si sarebbe ricordata di respirare.

Non esistono i fantasmi. Non esiste il destino.

Ma esiste la giustizia.

Ti sei fermata davanti al carro merci, rischiando di inciampare in un secchio arrugginito traboccante di acqua piovana marrone. Hai appoggiato la mano su un lucchetto luccicante e, nel silenzio tra i nostri respiri, ho captato una musica indistinta e le sue urla.

«Dex... cosa hai fatto?»

«Tanto per essere chiari, non è per quello che ha fatto a me» hai detto. Poi mi hai spiegato cosa ti aveva fatto, e io ti ho stretta, ti ho sentita tremare e ho desiderato che morisse. «È per quello che ha fatto a noi. È per questo che deve pagare.»

Hai inserito la combinazione e aperto il lucchetto.

Ecco Nikki: accovacciata in un angolo, le mani tremanti una chiazza di luce nelle tenebre, un urlo nel rumore. Nikki Drummond, un animale impaurito nel buio.

Eccoti: una mamma sorridente e orgogliosa che sfoggiava il suo bellissimo bambino. Quella scena, quella serata che avevi organizzato per me, si è trasformata da idea in fatto. Hannah Dexter, nel carro merci con un coltello.

«Dex, perché è nuda?»

Non ero pronta a chiederti del coltello.

Nikki era in piedi, schiacciata in un angolo, sul punto di spiccare un balzo, il corpo che registrava qualcosa di nuovo. Le grida incoerenti hanno ceduto il passo alle parole. A: «Lacey».

Piangeva.

«Lacey, fammi uscire di qui, cazzo, è impazzita, dille di *lasciarmi andare.*»

Guardavi lei, non me. Non aspettavi che scegliessi tra voi; non ti è mai venuto in mente che potesse esserci una scelta. Credevi di nuovo in noi.

Credevi di nuovo in me.

«Me lo devi» ha detto Nikki. «Guarda dove siamo. Guarda che serata è. Me lo *devi,* cazzo, e ti conviene darti una mossa.»

Non è mai venuto in mente nemmeno a Nikki che avrei potuto disobbedire, che avrei potuto non scegliere lei, che forse avrebbe dovuto dire *per favore.* Se lo avesse fatto, forse l'avrei accontentata. Avevo assaggiato troppo sangue in quel bosco, e probabilmente anche lei.

Non le avrei restituito i vestiti. Ma forse l'avrei aiutata, perché non faccio del male agli animali. Forse l'avrei aiutata, se solo non fosse stata così sicura che lo avrei fatto.

«Lacey, devi farlo.»

L'ho richiusa nell'oscurità.

LORO

20

La madre di Nikki aveva sempre compatito le altre madri. Molte di loro erano meno benestanti, meno attraenti, meno abili con le complessità della propaganda elettorale per l'Associazione Insegnanti e Genitori e con la presentazione delle vendite di torte per beneficenza. Erano, in una parola, *inferiori*, e forse non c'era da stupirsi che avessero allevato figlie anche peggiori. Le compativa tutte perché loro non avevano Nikki e lei sì. Che fortuna, ripetevano sempre le altre madri, averne avuta una come lei. Che dono del cielo, dicevano, che era semplicemente un modo per assicurare a se stesse che non avevano fatto nulla per meritare una prole inferiore, come lei non aveva fatto nulla per meritare la sua bambina d'oro; come se credessero ancora in una cicogna indiscriminata che lanciava fagotti a caso davanti alle porte. La madre di Nikki sorrideva garbatamente a quelle donne, lasciando che si cullassero nelle loro illusioni. Sarebbe stato inappropriato correggerle, sottolineare che sua figlia era un apogeo di buoni geni e buona educazione e che nessuna delle due cose era frutto della fortuna. Che aveva lavorato sodo per essere certa di avere una figlia degna di lei e che aveva cresciuto Nikki in modo che apprezzasse quel lavoro e lo continuasse al suo posto. Diciassette anni di perfezione quasi assoluta: capelli, pelle, denti, vestiti, amici, ragazzi, ogni cosa come doveva essere.

Il *meglio* di ogni cosa, come doveva essere.

Sua figlia non poteva essere ritenuta responsabile di ciò che quel ragazzo aveva fatto nel bosco. Portare quella croce spettava ai suoi genitori e la madre di Nikki sperava si sentissero adeguatamente in colpa per le conseguenze che i loro metodi educativi inefficaci avevano avuto su sua figlia, ma Nikki aveva sopportato l'accaduto con dignità e i piccoli segni del dolore, gli occhi lucidi e la pelle smorta, l'avevano, semmai, resa ancora più bella. La madre di Nikki l'aveva incoraggiata, dopo aver lasciato passare un rispettoso lasso di tempo, a scegliersi qualcun altro. La vita era più facile con una spalla solida cui appoggiarsi, o almeno così sembrava, aveva insegnato a sua figlia. Il mondo era molto più indulgente con la forza quando assumeva le sembianze della debolezza. *Non ho bisogno di un altro ragazzo*, era sbottata Nikki dopo che sua madre aveva insistito una volta di troppo. Certo che no, aveva replicato la madre di Nikki. Il bisogno era disdicevole; il bisogno era debolezza. L'amore di cui avevi bisogno era quello da cui girare al largo. Nessuno lo sapeva meglio della madre di Nikki. Anche se, naturalmente, non poteva dirlo alla figlia.

Nikki se la cavava bene. Nikki se la cavava alla grande. Il problema, si disse sulla soglia della cabina armadio di sua figlia, cercando di decifrare ciò che aveva trovato, non era Nikki.

Era, sospettava, quella Hannah, quella che aveva seguito sua figlia per tutta l'estate come un cane rognoso. Hannah Dexter, con i suoi geni cattivi e la sua educazione ancora peggiore, con i suoi vestiti della taglia sbagliata e i capelli inguardabili. Doveva essere stata l'influenza di Hannah a spingere Nikki verso comportamenti così imprevedibili. Rispondere male ai genitori. Annullare gli appuntamenti con i ragazzi. Tingersi i capelli, pensa un po', di un volgare viola e costringere la madre di Nikki a spendere più di cento dollari per riportarli al colore originale prima che qualcuno se ne accorgesse. «Non è al tuo livello» aveva detto la madre di Nikki alla figlia l'altra sera a cena, e Nikki aveva *riso.*

«Il mio livello è andato a farsi fottere» aveva ribattuto. Linguaggio rozzo, opinioni rozze. Quella non era la figlia che la madre di Nikki aveva allevato.

C'era qualcosa di strano. Una madre lo sa.

Così la madre di Nikki aveva aspettato che la figlia fosse a scuola e aveva perquisito la sua stanza. Non l'aveva mai fatto prima, non ne aveva mai avuto bisogno, aveva giudicato in silenzio i genitori che erano costretti a sorvegliare le figlie, a curiosare nei loro diari in cerca di appuntamenti segreti, a ficcanasare nei cassetti della biancheria per vedere se ci fossero confezioni di preservativi. La madre di Nikki non necessitava di prove scientifiche. Una madre lo sa.

Ma: e quelle bottiglie vuote nella cabina armadio. Vodka scadente, un po' di gin e qualche appiccicoso contenitore termico da vino. Lasciati lì quando sarebbe stato così facile sbarazzarsene, quasi come se Nikki volesse che li trovasse. E le foto sotto il materasso, pagine strappate da riviste, di donne che facevano cose indicibili.

Aveva ripensato a tutte le ore che Nikki aveva trascorso da sola con la Dexter, immaginando la ragazza che versava liquidi ignobili nella gola di sua figlia, immaginando la ragazza che rimuoveva i vestiti di sua figlia, che strisciava lungo il corpo di sua figlia, cercando di trasformarla in qualcosa che non era mai stata destinata a essere.

Non era accettabile, aveva deciso.

«Allora cosa hai fatto?» chiese Kevin, passandole l'indice sulla gamba nuda, su, su e, in misura insopportabile, ancora più su.

Lo aveva chiamato in un momento di debolezza. Lo chiamava sempre e solo nei momenti di debolezza, e ogni volta avrebbe dovuto essere l'ultima, ma poi rieccola, coricata tra le lenzuola blu del compagno di palestra di suo marito, intenta a fissare la foto di lui con moglie e figli a Disney World, le orecchie da Topolino in equilibrio su tutte e quattro le teste, mentre lui infilava la faccia sotto la coperta e, nel buio lì sotto, le faceva cose incomprensibili. Le aveva chiesto, una volta, se volesse che mettesse via la foto e lei aveva mentito, dicendo che sarebbe stato fuori luogo e che non l'aveva neppure notata, quando la verità era che la foto era un'altra cosa incomprensibile, una parte necessaria del processo, aver bisogno delle sue dita e delle sue labbra, ma anche delle loro facce, degli occhi bovini di Cheri e dei tristi ciuffi indisciplinati dei gemelli, vedere proprio quella foto quando chiudeva gli occhi e permetteva alla sua lingua di spingerla oltre il limite.

«Ho rimesso via tutto» rispose.

«Ogni ragazza ha i suoi segreti.» Kevin sorrise come se avessero qualcosa in comune.

Durante la terapia, la condizione che Steven aveva imposto per riprenderla, aveva detto al marito che la relazione non contava nulla, che l'altro uomo non reggeva il confronto con lui, ed era vero. Kevin era più piccolo da tutti i punti di vista. Più povero, più brutto, più spilorcio. Non aveva potuto confessare che Kevin era lo strumento capace di rendere Steven sopportabile, la giustificazione che dava a se stessa per continuare, anche in quel momento, anche dopo aver giurato *non succederà più, questa volta dico sul serio.*

«Forse dovrei parlarle» disse la madre di Nikki.

«Forse» accondiscese Kevin. Non sapeva essere altro che accondiscendente. Ogni tanto la madre di Nikki aveva la sensazione di fare sesso con se stessa.

«Ma una madre non dovrebbe sapere tutto della figlia» continuò. «Sicuramente io non vorrei che lei sapesse tutto di me.»

«Sicuramente no» accondiscese Kevin, e smisero di parlare.

Era indolenzita mentre guidava verso casa, ma era il tipo buono di indolenzimento, il tipo che l'avrebbe sostenuta durante i preparativi per la cena e le chiacchiere vuote della vita familiare, un dolore segreto e profondamente piacevole che le avrebbe permesso di tenersi il sorriso stampato sulla faccia. Fu questo a convincerla: Nikki meritava i suoi segreti, come tutti. Non aveva forse insegnato a sua figlia che chi siamo e cosa facciamo è meno importante di chi sembriamo?

La cena, a base di polpettone, non avrebbe potuto essere più educata. Il padre di Nikki non chiese alla moglie cosa avesse fatto durante la giornata. La madre di Nikki non chiese alla figlia perché profumasse, come al solito, di mentine. Nikki non chiese ai genitori perché suo fratello non sarebbe tornato a casa per il Ringraziamento. Discussero di Halloween, se distribuire di nuovo gli spazzolini e rischiare di essere bombardati di uova, o arrendersi all'inevitabile e tornare ai Mars minis degli anni passati. Il padre di Nikki raccontò una storiella garbata e divertente sul toupet del suo collega. Nikki annunciò che l'indomani sarebbe rincasata tardi perché avrebbe accompagnato un'amica dal medico, cosa che era assolutamente da lei. La madre di Nikki offrì il dessert alla figlia e sorrise quando lei rinunciò alle calorie superflue. Si sentiva già meglio. Le ragazze attraversavano varie fasi, era risaputo. Nikki sapeva cosa occorreva per sopravvivere e primeggiare. Sarebbe stata bene. È questo che la madre di Nikki si disse quella sera mentre sopportava le premure del marito e andava a dormire, ed è questo che si disse il giorno dopo, quando la sera cedette il passo alla notte e i piccoli fantasmi e mostri smisero di suonare il campanello e Nikki non era ancora tornata.

Sarebbe stata bene.

Una madre lo sa.

NOI

Halloween

21

DEX

1992

Dovevano esserci delle conseguenze. Lacey aveva sempre ragione su questo. Forse gli svitati restavano svitati e gli sfigati restavano sfigati, forse i tristi e i deboli lo erano per sempre, ma i cattivi restavano cattivi solo finché qualcuno non li fermava.

Ed era stato un gioco da ragazzi.

Nikki aveva chiamato per scusarsi. Ancora una volta, quando mi ero rifiutata di rispondere, e ancora una volta, quando non ero andata a scuola. Vaffanculo i miei, vaffanculo il dovere, le imposizioni e la vita; rimasi a letto, tenni la porta chiusa, aspettai di sentirmi meglio, di sentire qualcosa o di morire.

Mi lasciò un biglietto in una busta sulla veranda, e diceva *Mi dispiace per quello che ho fatto. Non succederà più. Questa volta dico sul serio.*

Non succederà più. A quelle parole sentii qualcosa che

riempì il vuoto. Mi riportò in vita.

Non riuscii a capire cosa avesse in mente, perché tenesse così tanto al mio perdono, ma questa volta non avevo bisogno di capirlo. Dovevo solo sfruttarlo.

Risi; la chiamai. Lasciai che si scusasse, che lo imputasse al dolore, che lo imputasse a Craig, a Lacey; aveva voluto darmi una lezione per insegnarmi con chi potevo parlare e cosa potevo chiedere, fu questa la giustificazione per la prima festa; e quanto all'ultima, era stata un errore, acqua passata, terribile ma passata, ed era pentita, perciò discorso chiuso. Stava cercando di essere una persona diversa, disse, una persona migliore, era di questo che si era trattato. Era stata stupida, all'epoca. Poi era stata furiosa. Ora era solo dispiaciuta, non lo trovavo incredibile?

Dissi che poteva scusarsi con me se voleva, ma solo di persona, nel luogo in cui potevo essere sicura che avrebbe detto la verità e nella notte in cui i suoi fantasmi avrebbero urlato più forte. Pari condizioni: saremmo state entrambe tormentate. Inghiottii la bile e le chiesi di raggiungermi nel bosco e, quando si presentò, la stavo aspettando.

Rise, all'inizio, anche quando vide i segni del diavolo che avevo dipinto sulle pareti del carro merci, il pentagramma che avevo tracciato a terra con il sangue di maiale. Rise anche quando le mostrai il coltello.

Il coltello.

L'avevo portato, ma non intendevo usarlo. Era un comune coltello del supermercato, la lama lunga quanto il mio avambraccio, il bordo affilato una volta ogni stagione, il manico di ordinaria plastica nera, ruvido al tatto. Lo avevo adoperato per tagliare le patate e il pollo crudo, avevo apprezzato il rumore gratificante che produceva quando veniva brandito in modo imprudente e si conficcava in un petto morbido, in una zampa o dritto nella carne del tagliere. Prima di Lacey il coltello era l'unica imprudenza che mi concedevo. Mia madre lo odiava, ma mio padre rideva ogni volta che mi avvicinavo il bordo smussato al collo e fingevo di sgozzarmi. Il coltello mi era sempre sembrato un giocattolo, e quella sera non fu diversa.

Non ero il tipo da *usare* un coltello, solo da averne bisogno. Senza, Nikki non avrebbe ascoltato. Non avrebbe avuto paura e io avevo bisogno che ne avesse. Avevo bisogno che obbedisse ai miei ordini, che fosse il *mio* burattino. Permettere a qualcun altro di esercitare il potere su di te, aveva detto Nikki, era quella l'unica cosa veramente intollerabile. Così mi aveva spiegato esattamente come farle del male senza versare sangue.

Cenai con i miei quella sera, bastoncini di pollo surgelati con broccoli surgelati, che mangiai senza fare commenti, sapendo che potevano capire che qualcosa non andava, sicura che nessuno dei due avrebbe avuto il fegato di chiederlo. Mio padre dava per scontato che dipendesse da lui, che se avesse insistito troppo avrei spifferato tutto a mia madre. Come se me ne fregasse ancora qualcosa di ciò che aveva combinato con Lacey; come se potesse significare per Lacey qualcosa più di una distrazione, una mosca che ronzava intorno a uno stallone. Ciò che avevamo insieme era troppo grande per le distrazioni, finalmente l'avevo capito. Lui non l'avrebbe mai fatto, e forse era un bene che non si rendesse conto fino a che punto. Mia madre, forse, aveva le idee più chiare, ma non avrebbe insistito nemmeno lei. Mi mancava, ogni tanto, la madre di tanto tempo prima, che era ancora abbastanza coraggiosa per dire *dimmi dove ti fa male,* ma forse l'avevo soltanto immaginata insieme alle fate che una volta vivevano nelle siepi e ai mostri che russavano sotto il mio letto.

Avrei dovuto odiarli entrambi, pensai, per aver fallito. Poi avrei dovuto perdonarli per averci provato. Ma non me ne importava niente. Erano sagome ritagliate nel cartoncino, genitori dei *Peanuts* che fanno *wah-wah-wah* in sottofondo, e non provavo più niente per loro. Non sentivo nient'altro che mani sul mio corpo. Dita di estranei. Lingue di estranei. Non riuscivo a smettere di sentirle.

Portai il coltello nel bosco perché sapevo che era sicuro. Perché sapevo che non lo avrei mai usato nel modo in cui era destinato a essere usato. Non ero il tipo di ragazza da fare una cosa simile. Per quanto potessi desiderare il contrario.

Mostrai il coltello a Nikki. «Spogliati» ordinai.

«Perché?»

«Non hai più diritto di chiederlo.»

«Vuoi vedermi nuda? D'accordo. Come vuoi. Ho sempre sospettato che fossi un tantino gay. Tu e Lacey, con il vostro piccolo e perverso...»

«Zitta. Togliti la maglietta, togliti i pantaloni e buttali fuori dalla porta.»

Miracolosamente, obbedì. Provai un'ondata di qualcosa, potere, euforia, soddisfazione, forse il semplice stupore di dare un ordine e vedere il mondo che mi assecondava. C'era qualcosa di divino: e sia l'obbedienza, e sia la paura.

La guardai togliersi tutto tranne le mutandine di pizzo rosa. La chiusi al buio, tirai il chiavistello e la ascoltai gridare. Restai nella notte, silenziosa e immobile, a respirare e ad ascoltare, il palmo premuto contro il carro merci, immaginandola dall'altra parte, sola e nuda nell'oscurità con il sangue di maiale e il death metal, le urla che rimbalzavano sulle pareti di metallo finché le si irritava la gola. Nikki, impotente e spaventata, che si ritraeva dalle cose che strisciavano nelle tenebre, tenendo duro finché non aveva altra scelta se non mollare e crollare.

Infine mi allontanai e andai in cerca di Lacey per farle la mia offerta.

Lacey disse che l'avremmo legata, così la legammo. O meglio, lo fece Lacey, mentre io impugnavo il coltello.

Lacey, Lacey, Lacey... era tornata. Era difficile concentrarsi con il suo nome che mi echeggiava nella testa. Avrei solo voluto aggrapparmi a lei, sussurrarle le mie scuse, farle promettere di nuovo che non mi avrebbe più lasciata.

Ma prima dovevo dare prova di me stessa. Così tenni ferma la lama mentre Lacey le univa i polsi pallidi dietro la schiena, avvolgendoli stretti con i lacci di scorta che aveva nel bagagliaio. Aveva tutto, nel bagagliaio. I lacci erano robusti, fatti per il combattimento, e Lacey legò la vita e le caviglie di Nikki a una vecchia sedia marcia che aveva trovato in stazione, usando altri lacci e un fascio di pantacollant. Questo è un nodo a manetta, spiegò, intrecciando anelli elaborati, questo è un nodo parlato e questo un nodo a farfalla, e questi nodi terranno, aggiunse, inspiegabilmente sicura, e anche se non avessero tenuto, avevamo sempre il coltello.

Una volta immobilizzata Nikki, Lacey allungò la mano nella mia direzione, il palmo verso l'alto. Non ebbe bisogno di chiedere: le consegnai il coltello e solo dopo che fu sparito ebbi la sensazione di aver rinunciato a qualcosa di importante.

«Devo pisciare» disse Nikki, come se stesse tirando fuori un asso dalla manica.

Lacey le accarezzò la testa. «Fa' pure.»

Nikki le sputò in faccia e Lacey rise quando la mancò. Risi anch'io finché il puzzo mi investì e la torcia illuminò la chiazza scura che si allargava sulle mutandine di pizzo. Mi aspettavo che fosse compiaciuta per aver messo Lacey alla prova, ma sembrava solo una ragazza che si era pisciata addosso e che si sforzava di trattenere le lacrime.

In quel momento pensai di smettere.

Una ragazza indifesa, nuda, legata a una sedia in un carro merci lurido con scarabocchi satanici sulla parete. Due ragazze dagli occhi stravolti che incombevano su di lei, una di loro con un coltello da macellaio in mano. Vidi ogni cosa come se la stessi guardando al cinema, la reginetta del ballo spodestata, sul punto di essere sgozzata da mostri di sua creazione, il pubblico che non tifava né per l'eroe né per il cattivo, ma solo per il sangue. Vidi la scena hollywoodiana, ma fiutai l'urina, tutt'altro che confortante, e quando lo feci, la ragazza non era più Nikki Drummond ma una ragazza qualunque, pentita e terrorizzata, e se fossi stata tra gli spettatori, avrei voluto che si salvasse.

Tutto questo è reale, pensai. Ma molte cose erano reali. I ricordi indistinti delle mani sulla pelle erano reali. Le prove immortalate su videocassetta erano reali. I ghirigori di pennarello indelebile che mi ero grattata via dalla pelle, il sapore del vomito e di estraneo che mi ero lavata dalla bocca, le dita striscianti che obbedivano fedelmente agli ordini di Nikki. Reali, reali, reali.

Le superfici erano ingannevoli. Nikki me lo aveva insegnato meglio di chiunque altro. I simboli del male andavano bene per i film dell'orrore e le assemblee scolastiche; il diavolo vero si vestiva di rosa e sorrideva con labbra color pastello. E lì, nel buio, sapevamo tutti chi era.

«Non illuderti che proveremo pena per te» disse Lacey, e aveva ragione.

Reali erano lo spazio vuoto che si era lasciata dietro, e le bugie che Nikki mi aveva raccontato dopo. Avevo creduto alla strega, le avevo permesso di lanciare una maledizione su Lacey. Tutti quei giorni e quelle settimane che aveva passato a dormire in macchina. Mentre io mi abbuffavo di frozen yogurt al centro commerciale e discutevo se Aladino fosse scopabile pur essendo un cartone animato, lei era sola. Perché io l'avevo piantata in asso; perché Nikki mi aveva costretta.

«Ho sete» disse.

Lacey sbuffò. «Stai scherzando, vero?»

«Sono qui da un'eternità, cazzo!» urlò Nikki. «E ho sete.»

«Idea» fece allegramente Lacey. Amava avere delle idee. «Dex, va' a prendere il secchio che abbiamo visto fuori.»

Glielo posai davanti. Era corroso da quelli che parevano secoli di ruggine, pieno quasi fino all'orlo di torbida acqua piovana.

Nikki scosse la testa. «No.»

«Hai sete, giusto?» Coltello in mano, Lacey la afferrò per i capelli e la strattonò abbastanza forte per rovesciarla sulle ginocchia, con la sedia e tutto quanto, finché le labbra si avvicinarono all'orlo del secchio. «Non volevi bere?»

«Lasciami.» Un sussurro. «Per favore, non costringermi.»

«Come siamo schifiltose» commentò Lacey.

Insieme, la tirammo su; era pesante, ma aveva smesso di lottare. Ciò rese le cose più facili.

«Vi rendete conto che questo è un rapimento, vero?» La vulnerabilità tremante era svanita dalla sua voce, non era rimasto nulla sotto il grasso se non l'osso duro e perlaceo. «Finirete in un enorme guaio quando mi libererete.»

«Non ci stai invogliando molto» replicò Lacey.

«Cosa volete fare, uccidermi?»

«Fa tenerezza quando fingi di essere coraggiosa.» Lacey si voltò verso di me. «Dex pensa che non lo dirai a nessuno, che avrai troppa paura del giudizio degli altri. Ti conosce bene, no?»

«Meglio di quanto conosca te. Non come ti conosco io.»

Lacey si avvicinò. Tenni ferma la torcia. Il raggio si rifletté sulla lama.

«Voglio che le racconti cosa hai fatto» continuò Lacey.

Nikki provò a ridere. «Mi sembra improbabile.»

«A quella stupida festa. Dille cosa hai fatto e chiedi scusa.»

«Che valore può avere, Hannah? Crederai a una confessione estorta con un coltello alla gola?»

Non aveva il coltello alla gola.

Poi sì.

«Lacey» ho detto.

«Va tutto bene.»

Andava tutto bene.

«Diglielo» insistette. «Dillo anche a me. Sentiamo questa confessione.»

Quando Nikki deglutì, la sua gola si gonfiò contro la lama. «Se vuoi che parli, fa' un passo indietro.» Parlò muovendo appena le labbra. Tenendo la testa molto, molto ferma.

«Voglio che pensi bene a quello che dici» precisò Lacey.

Nikki deglutì di nuovo. «Ci stavamo solo divertendo. Ti ricordi cos'è il divertimento, vero?»

Lacey non distolse lo sguardo da Nikki. «Ti sei divertita a quella festa, Dex?»

«No, per niente.» Avevo portato una bottiglia di scotch dei miei genitori, tanto per farmi coraggio, come dicono nei film, e ora bevvi un sorso bruciante. Fuori faceva freddo, ma nel carro merci si moriva di caldo, o almeno io ero accaldata. Crepitante e formicolante. Il fuoco che mi lambiva la gola.

«Hai lasciato che esagerasse con l'alcol» riprese Lacey.

«È grande e vaccinata.»

«Hai lasciato che esagerasse con l'alcol, è svenuta e a quel punto...»

Nikki non fiatò.

Non vidi lo scatto della mano di Lacey, ma Nikki gemette. Poi: «A quel punto ci siamo divertiti un po', come ho detto».

«L'avete spogliata.»

«Mi pare di sì.»

«Hai permesso a quegli scemi dei tuoi amici di toccarla.»

«Sì.»

«Di palpeggiarla.»

«Sì.»

«Di scoparla.»

«Lacey...» intervenni. «No.»

Volevo saperlo; non volevo saperlo; non potevo saperlo.

Bevvi un altro sorso.

«*No*» dichiarò Nikki. «Non sono mica sociopatica, cazzo. A differenza di alcune persone.»

«Solo una pervertita che ha filmato ogni cosa con la videocamera di papà. Dicci come gli hai ordinato di metterla in posa. È sempre aggressione, te ne rendi conto, vero? Si chiama sempre stupro.»

«Smettila» la interruppi.

«Non l'ho mai *toccata*» si difese Nikki.

«Certo che no» concesse Lacey. «Non di persona. Tu non ti sporchi le mani. Ti limiti a far succedere le cose.»

«Basta così» ritentai. Era troppo.

«È stato un gioco innocuo» si giustificò Nikki. «D'accordo, è stato stupido, lo so. Sono una stronza, *lo so.* Ma è stato un gioco innocuo.»

Quella parola. Il semplice fatto che riuscisse a pronunciarla. *Innocuo.* Mi tagliava fuori. Senza di me non c'era nessuno da danneggiare.

«Dex vuole ricevere le tue scuse» proseguì Lacey. «E ti consiglio di farle sembrare sincere.»

Non ho mai amato nessuno come amai lei quella notte. Pareva una cosa selvaggia, un temporale in una bottiglia, una rabbia furiosa compressa in un minuscolo corpo dagli occhi neri e convogliata in mia difesa. Fu splendido. Come ammirare un tramonto, rosa fiammeggiante che generava un nuovo mondo, creato solo per me.

«Mi dispiace» mormorò Nikki. «E per quanto possa valere, è vero. Mi dispiace, Hannah.»

«Si chiama Dex.»

«Okay.»

«Dillo.»

«Mi dispiace, Dex.»

«Te la sei bevuta, Dex?» Non mi chiese se stessi meglio. A farmi stare meglio era il fatto di aver costretto Nikki ad ammettere le sue azioni. E di sapere che avevo il potere di farla soffrire.

Non avrei dovuto essere quel tipo di persona. Ero una brava ragazza, e le brave ragazze non traevano piacere dal dolore. Ma io sì, e scoprii che non c'era da vergognarsi.

«Vorrei che tutti sentissero che razza di persona è in realtà» dissi. «Immagina se lo sapessero.»

«Lo sanno» replicò Lacey. «Solo che non gliene frega un cazzo.»

Invece non lo sapevano. A cascarci non erano stati solo i suoi genitori, gli insegnanti creduloni e le donne della chiesa, gli sfigatelli che la veneravano come un dio, ma anche lei stessa: sapevano che era carnivora, ma non immaginavano che fosse cannibale. Non sapevano quanti ragazzi avesse fregato, quanti cuori fosse riuscita a spezzare, quanti dei loro segreti mi avesse rivelato, quante persone avesse ferito solo perché si annoiava, solo perché ne aveva la possibilità. Saperlo non mi dava nessun potere, sarebbe stato inutile minacciare di smascherarla. Non gliene fregava niente di loro, non gliene sarebbe fregato niente di perderli e di restare sola; non fu questa la soddisfazione che ricavai dal costringerla a confessare. Fu più che altro la prospettiva di costringerla a fare ciò che volevo. Qualunque cosa volessi: Nikki nuda, floscia e inerme, una marionetta sotto il nostro controllo.

Ero certa, quando la lasciammo andare, che l'avremmo fatta franca. Sarebbe stata zitta, non per risparmiarsi l'imbarazzo ma per risparmiarsi la compassione. Se io l'avevo piegata alla mia volontà, se l'avevo obbligata a pronunciare le parole che le avevo messo in bocca, se era impotente e lo aveva ammesso, allora una parte di lei sarebbe stata sempre impotente. Nikki non avrebbe mai raccontato l'accaduto a nessuno perché altrimenti avrebbe significato che una parte di lei non se n'era mai andata.

Fu una mia idea, all'inizio, ma fu Lacey a ricordarsi del registratore della Barbie e della pila di cassette e a intuire cosa potevano significare. Ciò che facemmo dopo lo facemmo insieme.

«Ci racconterai tutto» disse Lacey dopo che fummo tornate alla macchina e avemmo recuperato l'attrezzatura, una volta che Nikki si fu ripresa da un nuovo attacco di urla e pianto. «Tutte le cose terribili che hai fatto, dall'inizio alla fine. E forse le faremo ascoltare al mondo intero, o forse le terremo per noi, a mo' di assicurazione. Non si sa mai.»

«Consideralo un confessionale» suggerii. «Un buon allenamento per il tuo provino.»

«Perché mai dovrei farlo?» Era quasi incredibile, una ragazza esile e nuda che simulava un atteggiamento di sfida. «Per il vostro stupido coltello? Cosa volete fare, uccidermi e seppellirmi nel bosco?»

«Mi sorprende che pensi non ne sia capace» disse Lacey ma, quando Nikki sostenne il suo sguardo, abbassò gli occhi.

«Non lo faccio» si rifiutò Nikki. «Potete tenermi qui finché vi pare, ma non potete costringermi a *fare* niente. Non potete.»

«Non ne sarei così sicura.» Lacey spostò il secchio con il piede, quindi ci chinammo a raccoglierlo insieme. Pensavo che non sarebbe successo mai più, che non saremmo mai più state in sincronia così perfetta da poter parlare con il corpo anziché con le parole. «Cosa dicono di me a scuola, Dex? Non mi accusano forse di essere una specie di strega?»

«Mi pare di sì.»

«Secondo me, invece, la strega è Nikki.»

«Comprensibile.»

«Mi sono documentata sulle streghe. Sai come facevano a capire se qualcuno era una strega? Ai brutti vecchi tempi?»

«Sì.» Ricordo di essermi sentita intelligente, euforica e per nulla spaventata. Quelli erano momenti senza importanza; quella era una notte che non sarebbe mai finita.

«Che ne dici, strega?» Lacey sollevò il secchio, l'acqua lurida che le traboccava sulle mani. «Vediamo se galleggi.»

22

LACEY

1991

È stato il giorno in cui mi sono svegliata e ho sentito il profumo dell'inverno. Niente brina, niente neve, niente di così drammatico, ma sentivi che il freddo era in agguato. Era stata estate per tutta la settimana e, secondo lo scemo superabbronzato in TV, l'inverno stava soffiando sul Midwest, lo scintillante fiocco di cartoncino bianco che si avvicinava uno Stato del grano dopo l'altro.

L'inverno avanzava inesorabile. Cosa dovevamo fare, aprire goffamente le cerniere con le manopole di lana e con i guanti chiusi dal Velcro, baciarci con le lingue congelate e guardare le nostre escrezioni trasformarsi in ghiaccio? Come passatempo occasionale, forse, ma a meno che tu non sia il dottor Zivago, i geloni sono un disincentivo e scopare all'aperto, per non parlare di sdraiarsi su sessanta centimetri di neve, strafatti di erba e ferormoni e ansiosi di entrare in contatto con il sublime, è un metodo infallibile per far rimpicciolire i testicoli. Non era necessario discuterne per capire l'ovvio: quando il freddo fosse arrivato, la cosa tra noi avrebbe rinfoderato le zanne, strisciato sotto un sasso e trascorso l'inverno in letargo.

Abbiamo approfittato del caldo finché è durato e quel giorno, a Halloween, io e Nikki abbiamo fatto sega e ci siamo date appuntamento nel bosco, vestite una con gli indumenti dell'altra, per incasinare la mente di Craig. Ha sempre amato i giochi di ruolo ben organizzati e mi ha fatto promettere che, quando fosse arrivato dopo gli allenamenti – sempre dopo gli allenamenti, perché per quanto amasse lei, noi e i relativi piaceri carnali, amava di più la squadra – ci saremmo attenute religiosamente alle parti anche se, quando si è fatto vivo, ormai eravamo troppo sbronze per farci caso. Forse se l'avessimo fatto, avremmo giocato a un gioco completamente diverso e Craig sarebbe ancora vivo, o una di noi sarebbe morta.

Quel giorno avevamo finito di spassarcela tra noi. Aspettavamo Craig e facevamo l'angelo nel fango, e Nikki mi intratteneva elencando i difetti dei nostri compagni, a uno a uno, in ordine alfabetico, tanto per dimostrare che ne era in grado. Theresa Abbot aveva il labbro leporino e parlava come un personaggio dei fumetti, e una volta aveva fatto la spia – errore imperdonabile – riferendo al preside che Nikki fumava nel bagno delle ragazze. Scotty Bly sarebbe stato carino se non avesse masticato con la bocca aperta e se non si fosse fatto crescere una strisciolina di baffi, caratteristiche che lo rendevano inscopabile. Alla C ero ormai annoiata, ma anche contenta, perché nulla la eccitava come parlare delle persone che odiava. Forse lo sai già.

Dopo Shayna Christopher e Alexandra Caldwell è arrivato il tuo turno, Dex.

«Ti interessa sapere cosa non va in Hannah Dexter?» ha chiesto Nikki.

«Non particolarmente.»

Non perché mi importasse di te, Dex, ma perché non me ne importava affatto.

«È una vittima del cazzo» ha continuato Nikki. «È come se ti chiedesse di metterglielo nel culo.»

«Strano, non me l'ha mai chiesto.»

«Sai cosa intendo. Dov'è il divertimento? È come giocare a pallone con una puzzola morta.»

«Ti lascia addosso il tanfo?»

«Troppo facile *e* ti lascia addosso il tanfo. D'accordo, ti dispiace per la puzzola, ma perché ha attraversato la strada? Come se volesse essere investita, capisci? Come se fosse più semplice di trovare un modo per arrivare dall'altra parte e decidere cosa cavolo fare dopo.»

«È la peggiore metafora che abbia mai sentito.»

Non mi ascoltava. Era partita per la tangente. Come mai, Dex, in tutto il tempo da quando la conoscevo, non ti aveva menzionata nemmeno una volta? Ma quel giorno era quasi come se fossi lì con noi, il futuro che si dissolveva nel passato. «E poi somiglia... alla farinata d'avena.»

«Beige e grumosa?» È seguita una chiacchierata sui grumi che è meglio non rivangare.

«No. No! A un budino. A un budino istantaneo, quello che prepari aggiungendo l'acqua alla polvere della confezione.»

«Okay, è un budino. Cosa te ne frega?»

«Non me ne *frega* niente. Ma...»

«Cosa?»

«Dammi un secondo, sto ragionando.»

«Lenta come una lumaca.»

«Vaffanculo.» Si è tolta la maglietta. Faceva ancora abbastanza caldo. Ho alzato il culo da terra quanto bastava per sfilarmi la gonna. «Perché non ci *prova*, è questo che odio di lei. Perché è una nullità, è moscia, e va benissimo se è quello che vuole, ma se ne va in giro tutta triste e imbronciata, così gli altri la trattano come se fosse invisibile...»

«Gli altri, cioè tu.»

«Quello che è. Io. Si comporta come se per qualche ragione fosse colpa mia se è una sfigata. Come se fossi una specie di strega e le avessi lanciato una maledizione.»

«Puf!» Ho finto di usare una bacchetta magica. «Sei patetica.»

«Abracadabra!» Ha agitato le braccia, urtandomi la tetta senza volerlo, o forse volendolo. «Sei un rospo arrapato.»

«Tutto questo, e Hannah Dexter è un rospo arrapato?»

«No, tu sei un rospo. E io sono arrapata.»

Ogni volta era come la prima volta.

Anche quell'ultimo giorno, quando ormai ci eravamo tolte ogni sfizio, quando ormai sapevamo come modellare i nostri corpi uno sull'altro e come infilarne un terzo, quando ormai lei conosceva il mio sapore e io sapevo dove massaggiare, quando fermarmi e cosa l'avrebbe fatta bagnare. Non è mai caduto nella routine, come succede alle vecchie coppie sposate, perché era sempre pericoloso.

Qualcuno poteva coglierci in flagrante; gli animali potevano attaccarci. C'erano sempre nuove posizioni, nuove sfide: scendere sui binari o rotolarsi sul pavimento della stazione, evitare i vetri rotti, trovare formiche e scarafaggi in posti dove non sarebbe dovuto entrare nulla di vivo. L'elemento illecito si accentuava quando eravamo solo noi due, perché Craig diventava irritabile al pensiero che ci divertissimo senza di lui. La consapevolezza che il suo uccello era superfluo lo feriva nell'ego e, anche se si eccitava sentendoci descrivere com'era – l'impetuosa ondata di sensazioni, i muscoli contratti e le dita dei piedi arricciate, la concretezza erotica dei brividi in tutto il corpo – non se l'è mai bevuta, che fosse uguale a ciò che provava lui o a ciò che faceva provare a noi.

Le ragazze non fanno sesso, ripeteva sempre, non nel vero senso della parola. Meno male, diceva, che non sapevamo cosa ci stavamo perdendo. Meno male, ridacchiavamo quando non c'era, e quando l'onda si propagava, ci piaceva urlare.

Non so perché l'abbiano fatto. Forse si annoiavano; forse era una via di fuga; forse Craig era innamorato di Nikki e Nikki era innamorata di me; forse noi tre insieme abbiamo creato qualcosa, come una poesia, come una canzone, come una band, che era più grande della somma delle parti e di cui volevamo tutti essere più grandi. Non so perché *io* l'abbia fatto, se non perché la vita era piccola e questo sembrava enorme. Avevano bisogno di me, e prima nessuno aveva mai avuto bisogno di me. Devi tenere presente, Dex, che avevo appena trovato Kurt; avevo giurato a me stessa che sarei stata diversa, che avrei vissuto come lui cantava, che avrei fatto in modo che niente fosse facile e che l'esperienza sarebbe stata la mia arte. Ero nuova di zecca e c'è un motivo per cui i neonati non fanno altro che cagare, succhiare capezzoli e pisciare in faccia ai genitori. Sono sprovveduti; non possono farne a meno.

23

DEX

1992

La prima volta fu quasi divertente. Non riuscii a farlo di persona. Non mi ritenevo capace di prenderla per i capelli, tenerle la testa sotto l'acqua senza lasciarla andare, abbastanza a lungo per sottometterla ma non per annegarla, così lo fece Lacey mentre io impugnavo il coltello. Nikki si è dibattuta un pochino, per quanto possibile dato che era legata come un salame, e quando finalmente Lacey le concesse di respirare, era fradicia e tremante, l'acqua sporca che le scorreva lungo la faccia. Una volta che ebbe tirato uno o due bei respiri, prima ancora che potesse offrire una confessione o opporre resistenza, Lacey la spinse sotto di nuovo, immobilizzandola mentre era scossa dai crampi.

Anch'io trattenni il respiro e, quando cominciarono a farmi male i polmoni, chiesi: «Non è troppo?».

«Fidati di me.»

Questa volta, quando Nikki è tornata su, bagnata e

ansimante, era pronta a parlare. «Qualunque cosa vogliate, non rifatelo. Per favore.»

Ogni tanto avevo provato ad annegarmi nella vasca da bagno, non sul serio, solo a mo' di esperimento, scivolando sotto l'acqua e fissando il soffitto crepato, le labbra serrate contro il liquido caldo, sfidando me stessa a restare giù. *Se apro la bocca,* avevo pensato, *se inspiro.* Sarebbe stato semplice, e non era nulla che non avessi fatto per sbaglio mille volte in mille piscine. Ma non ce l'avevo fatta. Non puoi chiedere al tuo corpo di suicidarsi. Se lo vuoi morto, devi ucciderlo.

«Pronta?» domandò Lacey e, quando Nikki annuì, i capelli bagnati incollati alla faccia e i rivoli d'acqua lungo il petto nudo, premetti *Rec.* Lacey incrociò le braccia e camminò avanti e indietro come un avvocato della TV, il che mi sembrò in qualche modo fuori luogo. Saremmo dovute restare sedute in silenzio e nell'ombra, pensai, con lo sguardo puntato altrove, come sacerdoti.

Lacey le ordinò di cominciare dall'inizio, così Nikki ci raccontò come in prima media si fosse annoiata della sua migliore amica Lauren e avesse convinto le altre ragazze del loro gruppo a snobbarla per il resto dell'anno. Me lo ricordavo: avevo aderito al club *Io odio Lauren* – che non è mai stato più di una lista dei membri fatta circolare tra metà classe e poi lasciata anonimamente sul banco di Lauren l'indomani mattina, come la lista del club *Io odio Hannah* l'anno precedente – non perché odiassi Lauren, ma perché andava di moda considerarla odiosa ed era più prudente essere favorevoli che contrari. Ci raccontò come avesse sfidato Allie ad accusare Mr. Lourd di averla palpeggiata nel laboratorio di informatica ma, quando Allie era tornata strisciando a lamentarsi del casino che aveva combinato – Mr. Lourd era stato licenziato, poi si era ubriacato e aveva tentato di buttarsi sotto un autobus, e Allie era finita in terapia con un tipo che aveva *davvero* cercato di palpeggiarla – Nikki aveva riso e aveva detto che non l'aveva mai sfidata, che Allie si immaginava le cose e che forse doveva assecondare il terapeuta perché stava chiaramente uscendo di senno. Gli episodi erano innumerevoli. La volta che Sarah Clayborn era stata arrestata perché *qualcuno* le aveva infilato un foulard di Calvin Klein nella borsetta; il giorno in cui Darren Sykes era stato malmenato da alcuni teppistelli della Belmont perché qualcuno li aveva informati che aveva distrutto la loro mascotte, e i mesi che Darren aveva passato cercando di far dimenticare la voce secondo cui si era scopato una capra; il modo in cui Jessica Ames aveva scaricato Cash Warner senza dargli né una spiegazione né la possibilità di scusarsi perché qualcuno le aveva riferito che l'aveva tradita con una procace supplente di matematica. Una sfilza infinita di catastrofi, tutte con il suo marchio del diavolo, ma non con le sue impronte digitali.

Era mezzanotte passata.

Quando le storie sfumarono, più o meno verso la fine della quarta liceo, e Nikki disse che non ce la faceva più, che aveva fame, che si annoiava, che era stanca, Lacey le spinse di nuovo la testa nell'acqua, più a lungo questa volta, finché smise di dibattersi.

Quando riemerse, respirava ancora ed ebbi un'esitazione momentanea, domandandomi se fermare Lacey prima che le cose andassero troppo oltre, qualunque cosa significasse. Il fatto che Nikki potesse indurmi ad avere compassione per lei, a temere per lei, anche se solo per un istante, dimostrava forse che era veramente una strega.

Mi dissi che doveva sembrare reale. Nikki doveva credere che avessimo intenzione di farle del male.

Gocciolava e piangeva troppo forte per parlare.

«Vado fuori a pisciare» mormorò Lacey. «Tienila d'occhio.»

Così restammo in due.

«Ci vorrà un po'» disse Nikki, le lacrime che si asciugavano. «Probabilmente ha voglia di una sigaretta.»

Lacey non fuma.

Si limitò a sorridere, o meglio ci provò.

Tossì e sputò. Puntai la torcia verso il pavimento. Era più difficile guardarla quando Lacey non c'era. Più difficile ricordare che non eravamo noi i cattivi.

«Puoi slegarmi prima che torni.»

«Perché dovrei?»

«Se hai paura di farla incazzare, dille che sono scappata. Ti crederà.»

«Non ho bisogno di mentire a Lacey. Non sono io quella che dovrebbe avere paura.»

«Mi prendi per il culo, cazzo? Guardati intorno! Dovresti fartela sotto dalla fifa. È *pazza*. Pensi che ci lascerà andare? È completamente fuori di testa. La Lacey sana di mente è sparita. La Lacey sana di mente non c'è più. Guarda cosa ti sta facendo fare, per l'amor del cielo.»

«Non mi sta facendo fare un bel niente.»

«Devo ricordarmi di dirlo agli sbirri.»

«Quali sbirri? Mi sembrava di aver capito che nessuna delle due sarebbe uscita da qui.»

«Ascolta, eravamo amiche, giusto? *Eravamo* amiche, so che sono stata io a rovinare tutto, ma era anche reale. Mi conosci abbastanza bene per sapere di cosa sono capace. Mi sentivo in colpa per... lo sai, per tutto, e volevo assicurarmi che non te lo ricordassi e, sì, volevo scopare con Lacey, ma poi, santo cielo, mi sono accorta che tu mi piacevi davvero.» Parlò a raffica, le parole che si sovrapponevano, mentendo alla velocità della luce. «Anch'io ti piacevo, non puoi negarlo. Puoi mentirle finché ti pare, ma di questo sono certa.»

«Sei da manicomio.»

«Vaffanculo.» Ricominciò a singhiozzare. «*Vaffanculo.*»

Sbrigati, Lacey, pensai. Sarei potuta andare subito da lei, ma non potevo essere quella ragazza, per nessuna delle due. Dovevo essere la ragazza che reggeva la torcia e il coltello, che faceva la guardia nell'oscurità, che teneva lontani i nemici.

Questa volta avrei conservato la fede. Lacey era al comando; ci eravamo entrambe. Quella notte sarebbe andata solo dove volevamo che andasse e non oltre.

Poi Nikki riprese a parlare. «È stata mia prima, sai. Lacey è stata mia.»

«Sta' zitta.» Un coltello è potente solo quanto la persona che lo impugna. Anche in quel momento, Nikki mi lesse come un libro aperto.

«Mi scarrozzava sulla sua Buick di merda come fa con te. Ha ancora le sigarette di zucchero nel vano portaoggetti? Le piace ancora ascoltare *Something in the Way* quando è triste?»

Sì.

«Oh, sono stata sulla sua macchina» proseguì. «E nella sua stanza. L'ho guardata limonare con quello stupido poster di Kurt Cobain, inginocchiarsi lì davanti a lui come se fosse una specie di dio. Pensi di essere stata la prima a cascarci? Credevi di essere speciale?»

«Sta' zitta, ho detto.»

«Non sei speciale. Non sei nemmeno importante. Sei soltanto un cervo ignaro e triste che vaga sull'autostrada. In attesa di essere investito da un'auto.»

«Dico sul serio, piantala. Altrimenti...»

«Altrimenti, cosa? Sono fregata in ogni caso, grazie a quella pazza scatenata della tua amica. E anche tu. Non vuoi sapere chi ti sta fregando?»

Nikki era nuda e legata a una sedia, eppure stava per avere la meglio su di me. E se *Lacey non fosse mai tornata?*, mi chiesi. Quanto tempo avrei aspettato?

Avevo imparato la lezione. Questa volta avrei aspettato per sempre.

«La conosco.» Nikki ricominciò a piangere, come se le lacrime potessero convincermi a crederle. Piangeva, ma la sua voce era dura, come se le sue labbra non sapessero cosa facevano gli occhi, come se si fossero scisse dal luccichio del panico e se fossero decise a resistere fino alla fine. «So che è bollente. Quando ti stringe tra le braccia, è come rannicchiarsi contro una borsa dell'acqua calda. È come se andasse a fuoco.»

«Tutto questo è patetico.»

«So com'è avere le sue mani sul mio corpo e che espressione ha quando la scopi. La faccia che fa, con gli occhi pieni di stupore, e pensi che stia per urlare, invece fa soltanto una specie di sospiro sommesso e poi è tutto finito.»

Sbrigati, Lacey.

Sbrigati e falla smettere.

Non aveva senso, però ne aveva *eccome*. Cos'altro, cos'altro poteva essere, cos'altro c'era, e in quale posizione mi metteva.

Sbrigati.

«So cosa la fa bagnare. Che *sapore* ha. Conosci anche tu questi dettagli? No, credo di no. Te lo leggo in faccia. Quello che non hai. Quello che vorresti.»

Se la porta non avesse cigolato. Se Lacey non fosse tornata, accompagnata dal puzzo di fumo. Se non mi avesse tolto di mano il coltello. Se Nikki avesse continuato a parlare, la sua spazzatura che si ammucchiava tra noi, fumando e marcendo finché avessi superato il limite di sopportazione e il coltello si fosse fatto strada da solo fino alle sue viscere, alla sua faccia o alla sua gola, qualunque cosa pur di farla smettere. Se avessi dovuto decidere da sola, l'avrei fermata. Ci sarebbe stato del sangue.

Invece c'era solo Lacey, tornata appena in tempo, che mi stringeva, che sussurrava *Perché tremi?* e urlava a Nikki *Cosa le hai fatto?*

«Cosa avrei potuto farle?» rispose Nikki, dolce come il miele. Poi: «Sono contenta che tu sia tornata. Sono pronta per qualche altra confessione. Che ne dici di iniziare da quello che è successo a Craig?».

24

LACEY

1991

Aveva portato la pistola di suo padre. Era Halloween, dopotutto. Era un bravo ragazzo e voleva entrare nella parte. O almeno, è così che ha detto, perché in quel modo non doveva ammettere di aver ceduto alle insistenze di Nikki, che frignava per mettere la mani sulla pistola da quando Craig si era lasciato scappare che esisteva. Ti rendi conto, vero, che non può essere stata tutta colpa mia? Che è stato Craig a mettere in moto la legge di Čechov? (Ed era il tipo da conoscere solo Checov, il personaggio di *Star Trek*.) Il Bastardo mi raccomanderebbe di non parlare male dei morti. Ma se, per ipotesi, qualcuno andasse al creatore per il suo cervello da gallina e lasciasse noialtri a lavare il sangue e a cancellare le impronte – se non addirittura a tirargli su la zip dei pantaloni – non potrebbe certo offendersi per un po' di scherno post mortem.

Craig mi ha insegnato a sparare. Si è messo dietro

di me con le braccia intorno alle mie, ha chiuso le mani sopra le mie e, insieme, abbiamo sollevato la pistola. Mi ha insegnato a prendere la mira, ad allineare la bocca dell'arma con la lattina di birra che avevamo appoggiato su un ramo, e ho sentito che gli diventava duro mentre sfioravamo il grilletto. Cosa credi che lo abbia eccitato? Il mio corpo contro il suo, il peso della pistola, l'attesa del colpo o il potere di conoscere qualcosa che io ignoravo, di poter manovrare i fili per una volta, tirati indietro, respira, rilassati, partenza, via?

Il peso. La fredda *realtà* del metallo. La consapevolezza che potevo puntarla contro di lui, contro uno di loro, premere il grilletto e, come se niente fosse, stroncare la loro esistenza. Chi non avrebbe avuto un'erezione? Nikki si è rifiutata di toccare la pistola. Preferiva guardarci sparare. Le è sempre piaciuto guardare.

Craig era geloso. Ci separava quando ci avvicinavamo troppo una all'altra, infilandosi in mezzo, trasudando da ogni poro *Guardate me. Desiderate* me. Craig, con la sua colonia Égoïste e l'incisivo storto, duro di comprendonio, un coglione sicuro di se stesso, ma da qualche parte sotto i muscoli pompati – da qualche parte nel sangue o nel midollo – doveva aver intuito la verità. Era un'appendice. Era il Coniglietto di velluto di Nikki e tutti noi aspettavamo che diventasse reale. Lei si era stancata di lui, si annoiava, non lo amava. Se lo avevo capito io, doveva averlo capito anche lui.

Certe volte la ignorava e si avventava su di me come un polipo, i tentacoli che mi afferravano con un impeto che nessuno dei due sentiva davvero. E sempre, quando mi metteva le mani addosso, guardava lei, sperando di farla soffrire. Lo sentivi sgonfiarsi quando Nikki lo incitava. Doveva essere il sogno di ogni uomo, due ragazze, un uccello, tutti che tifavano per un fuoricampo. Non poteva dire no. Dire *Troppo vizioso, troppo perverso, troppo depravato per i miei gusti*. Dire *Ti voglio tutta per me sul sedile posteriore di una macchina, nello spogliatoio vuoto o, in un'occasione speciale, in una suite da luna di miele affittata a ore*. Non poteva dire *Non voglio l'avventura, voglio la tappezzeria infestata dalle piattole e un letto vibrante*. Così obbediva. E forse doveva bere fino a vomitare o fumare erba fino ad annebbiarsi il cervello; forse pensava di avere qualcosa che non andava; forse lo *spingevamo* a pensare di avere qualcosa che non andava, lo canzonavamo e gli davamo dei colpetti quando non riusciva a farlo rizzare, inventavamo giochi dementi e ci attribuivamo dei punti quando gli facevamo troppe pressioni, di tanto in tanto gli drogavamo i liquori e poi ci concedevamo un po' di tempo da sole, godendoci la vista di Re Atleta messo ko dalle sue concubine. Forse aveva davvero qualcosa che non andava, ci pensi mai?

Mi piaceva il suono della pistola quando esplodeva un colpo. Mi piaceva sentire il suono nelle dita e il dolore che provocava.

Ci torniamo dopo.

Craig è svenuto sotto un albero, così siamo rimaste di nuovo sole, io e Nikki, la sera che si allargava contro il cielo e stronzate varie. Eravamo stese una accanto all'altra. Mi sono stretta la pistola al petto, chiedendomi se Kurt ne avesse una, se la amasse quanto io amavo quella. Potevo portarla a casa con me, ho pensato. Farla scivolare sotto il cuscino, stringerla mentre mi addormentavo, lasciare che mi seguisse nei sogni, dove saremmo state una cosa sola, dove saremmo state onnipotenti, al sicuro. L'ho accarezzata piano, a lungo, come se fosse Craig e potessi sentirla indurire al mio tocco, e ho riso al pensiero che sarebbe rimasta dura per sempre. Meno problemi, da tutti i punti di vista, rispetto alla carne.

«Dovremmo dare indietro gli uomini per le pistole» ho detto a Nikki, ed era abbastanza tardi ed eravamo abbastanza sbronze perché sembrasse un pensiero profondo.

«Potremmo *essere* uomini armati di pistola.» L'ha toccata per la prima volta, l'ha presa in mano come se sapesse esattamente cosa fare, se la portò all'altezza dell'inguine, sollevò lentamente la bocca verso il cielo. «Bang.»

È stata Nikki a iniziare. Ricordatelo, anche se lei non l'ha mai fatto.

«Ci pensi mai?» ha aggiunto. «A come sarebbe avere il pisello?»

«Una volta ho sognato di averlo. Era così vivido che mi sono svegliata di soprassalto e ho controllato.»

«Da bambina ho visto un film dove succedeva. Una ragazza desiderava essere un ragazzo e si svegliava con una piccola aggiunta nelle mutande.»

«Brutta storia, cazzo.»

«Mi ha spaventata a morte. Allora. Ma adesso?»

Craig era accasciato contro un vecchio albero, la testa rovesciata, gli occhi chiusi. Sarebbe sembrato immerso nei suoi pensieri se non fosse stato per il rivolo di saliva.

«Adesso me lo chiedo» ha ripreso Nikki.

Non lo facevamo tutte? Come sarebbe stato essere uno di loro. Avere il potere, essere visti, essere sentiti, essere rubacuori invece di sgualdrinelle, essere atleti o secchioni o amici o tipi simpatici o irresponsabili o qualunque cosa volessimo anziché fare salti quantici tra brava ragazza e puttana. Essere la regola, non l'eccezione. Avere il controllo, prendere il controllo, per il semplice fatto di avere il pisello.

«Immagina se fosse così facile eccitarsi» ha continuato Nikki. «Non so come facciano a concludere qualcosa. Io mi farei una sega dopo l'altra.»

«Non ne vale la pena. Vorresti veramente avere un coso che penzola e che si alza solo quando ne ha voglia?»

«O che non si alza.» Ha ridacchiato. Craig aveva qualche difficoltà a farselo diventare duro quando era ubriaco. Quell'ottobre era sempre ubriaco.

«O che non si alza. Una bella scocciatura, si direbbe.»

«Comodo per pisciare, però.» Si è alzata, si è premuta la pistola contro la zip, l'ha puntata verso il terreno. «Scommetto che riuscirei a scrivere il mio nome. In corsivo.»

«Avresti tutte le donne ai tuoi piedi.»

Ha sorriso, divaricato le gambe, tirato indietro le spalle. Ha impugnato l'arma con una mano e dato una pacca a un culo immaginario con l'altra. Era la posa preferita di Craig, anche se di solito lui la accompagnava con una musica porno improvvisata, *bow chicka wow wow.* «Ehi, amico. Guarda che pacco.»

«Grosso e duro. Come piace a me.»

«Non grosso quanto le tue tette.» Se avessi riso, forse

sarebbe finita lì. Ma ero ancora travestita da Nikki, avevo divorato una micidiale tonnellata di budino corretto con la tequila ed era Halloween. Avevo voglia di giocare.

«Oh, Craig» ho detto in tono affettato. «Adoro il tuo uccello grosso e duro.»

Gli piaceva il linguaggio sconcio e voleva sempre che gli assicurassimo *Oh tesoro sei enorme oh tesoro è una goduria oh tesoro sono tutta bagnata oh tesoro...* Significava che lui era forte e noi deboli, che lui era l'offerta e noi la domanda, che lui era il potere e noi il bisogno.

«Oh, sì, dolcezza» ha risposto Nikki. «Lo vuoi?»

«Da impazzire. Perché sei il ragazzo più popolare della scuola e saremo supersexy nelle foto della Coppia dei sogni per l'annuario.»

«Io non parlo così, stronza.»

Ho ridotto la voce a un sussurro da telefono erotico. «Dimmi che saremo il re e la reginetta del ballo, ragazzone. Dimmi che i servi della gleba ci guarderanno e noi li schiacceremo sotto i nostri grandi piedi regali. Dimmi che useremo il tuo uccello duro come marmo per pisciare sulla loro sfilata.»

Mi sono alzata sulle ginocchia e mi sono avvicinata, fino ad avere la pistola puntata in faccia. Mi sono piegata, ho baciato l'estremità fresca. Ho leccato il bordo, assaggiato il suo sapore.

Ha sporto i fianchi. «Vuoi un po' di questo?»

«Lo voglio tutto.» Poi la bocca dell'arma si è insinuata nella mia e ho iniziato a leccare l'orlo. Nikki gemeva.

«Ohhhh, Nikki» ha detto imitando Craig.

Ho staccato le labbra, ho mugolato: «Mmh, Craig», poi

l'ho ripresa in bocca, sono risalita lungo la canna, le ho messo le mani sul culo.

«Ti amo.» Mi ha posato la mano sulla testa, costringendomi ad abbassarmi e ad alzarmi, a ritmo. «Santo cielo, ti amo.»

Non era diverso dal succhiare un vero uccello, duro, viscido e pericoloso.

«Ti amo» ha sussurrato, le unghie che mi affondavano nel cuoio capelluto. «Ti amo ti amo ti amo.»

Abbiamo continuato così finché Craig si è ripreso dal torpore e si è accorto che stavamo giocando senza di lui. C'è stato un grugnito maschile, un rutto assordante, poi è venuto verso di noi e ha suggellato il suo destino in uno sbuffo di alito puzzolente di birra: «Fatevi da parte, signore, e fate posto a un vero uomo».

25

DEX

1992

«Ti conviene stare zitta» disse Lacey, meno una minaccia che l'ordine di un'ipnotista.

Nikki sorrise. Era un sorriso da libro di favole, che forse sarebbe stato definito noncurante in una storia britannica di magia e portali del tempo. «No, non penso proprio. Hannah, vuoi sapere dell'ultima volta che io e Lacey siamo venute in questo bosco? C'era una volta, in una notte molto simile a questa...»

«Vuoi davvero scoprire cosa succede se non chiudi quella boccaccia?» Lacey brandì il coltello.

«Che palle. Se vuoi usarlo, usalo. Sono stanca dei segreti. È per questo che siamo qui, no? Basta segreti.»

Mi chiedo, ora, se Lacey sapesse che una volta iniziato, non si sarebbe fermato. Un corpo in movimento tende a restare in movimento a meno che non intervenga una forza sbilanciata. Forse voleva dirmelo, aveva bisogno che Nikki la costringesse. Altri giochetti, altre marionette, ciascuna che manovrava i fili dell'altra, la tartaruga è poggiata sopra un'altra tartaruga, e così via fino in fondo.

Nessuna delle due mi guardò.

«Ci sono cose peggiori della morte» disse Lacey. «Forse hai bisogno di un altro bagno.» Afferrò Nikki per i capelli, più bruscamente questa volta, le spinse la faccia nel secchio, la tenne forte mentre le sue membra si contraevano in una serie di spasmi, e andò avanti ancora, ancora e poi ancora, finché le urlai di smettere.

Mi ignorò.

Gridai. «Smettila!» e «Così la uccidi!» e «Lacey, *per favore*», e fu solo allora che allentò la presa. Per un lungo, spaventoso secondo Nikki non si mosse. Quindi sputò una bolla d'acqua e fece un respiro tremante. Lacey mi guardò indignata.

«Non ti fidi ancora di me, Dex?»

«Certo che mi fido.»

«Allora perché quell'aria impaurita?»

«Me lo chiedo anch'io.» Nikki aveva la testa penzoloni, la voce rauca, la bocca spalancata a risucchiare l'aria, eppure riusciva a sembrare compiaciuta.

«Comincio ad annoiarmi» disse Lacey. «Abbiamo ottenuto quello che volevamo. Andiamocene. Slegala e va' a casa.»

Né più né meno. Lo disse come se fosse una punizione, come se fossi stata troppo rumorosa e piagnucolosa sul sedile posteriore e lei fosse stata costretta a girare la macchina.

«L'abbiamo registrata» mi ricordò. «Non lo dirà a nessuno. Vero, Nikki?»

Nikki scosse la testa, obbediente come un cagnolino.

«Visto? È finita. Andiamo.»

Poteva essere così semplice. Potevamo andare a casa, tutte e tre, sane e salve e solo un pochino turbate da ciò che era successo nel bosco. Lacey mi aveva servito questa opportunità su un piatto d'argento e dovevo soltanto allungare la mano per prenderla. Dall'altra parte del *sì*: l'autostrada deserta, il nostro loft a Seattle con le sue lampade lava e gli uomini dissoluti, il futuro che avevamo promesso a noi stesse. *Così semplice.*

Nikki pareva speranzosa, ma non solo. Pareva soddisfatta. Non è per questo che dissi no.

Non potevamo fermarci, non ancora. Perché Lacey era troppo avida; perché c'erano altri segreti. Perché se avessi permesso che finisse, non avrei mai conosciuto la verità.

I segreti sono una rivendicazione e, finché ne avessero condiviso uno, appartenevano una all'altra. Avevo bisogno che Lacey fosse solo mia. Saremmo rimaste nel carro merci finché non fosse venuta a galla ogni cosa. Per il bene di Lacey, che lei lo sapesse oppure no.

«Non ancora» dichiarai. Trasalirono. «Un'ultima confessione.»

«Ti serve una pausa» rispose Lacey. «Andiamo a sederci in macchina, ascoltiamo un po' di musica.»

«Giusto, san Kurt risolverà tutti i nostri problemi» interloquì Nikki. «E se non dovesse funzionare, puoi sempre stenderla e lasciarla nel bosco a marcire.»

«Zitta!» urlò Lacey.

Non mi piaceva quando perdeva il controllo. Nikki non avrebbe dovuto essere in grado di farle saltare i nervi. Non poteva avere nessun potere su di lei. Non lo avrei permesso.

«Dobbiamo restare qui» decisi. «Dobbiamo ascoltare.»

Nikki rise.

«Abbiamo *giurato*» sibilò Lacey, e quel *noi* si riferiva a loro, non a noi due. «Tu hai giurato.»

«E *tu* mi hai legata a una cazzo di sedia e hai cercato di annegarmi. Mi sembra un motivo sufficiente per rompere qualunque giuramento. Falle sentire cosa hai combinato.»

«Cosa *abbiamo* combinato. Dimentichi sempre questa parte.»

«Sono stufa della triste storia di come siamo entrambe colpevoli. Vaffanculo.»

«Basta così» le ho interrotte.

«Mi dispiace, Hannah, ho cercato di evitare che scoprissi che la tua amica qui è una sociopatica, ma tu non me l'hai permesso. Perciò ora conoscerai tutta la verità.»

«Ti uccido» ringhiò Lacey. «Dico sul serio.»

«Hai così tanta paura che Hannah scopra di cosa sei capace che mi uccideresti davanti a lei? Questo sì che la convincerà della tua bontà. Un piano a prova di bomba.»

Poi cominciarono a urlarsi addosso lanciandosi accuse reciproche e non mi udirono quando le esortai a smettere; non mi videro affatto. Pensai che forse ero io il fantasma. Forse non c'ero, non c'ero mai stata.

«Raccontami tutta la storia» dissi alla fine, e a quelle parole scese il silenzio. «Per filo e per segno.»

«Questa è la cosa più intelligente che tu abbia mai detto, Hannah. Vedi, io e Lacey venivamo qui...»

«No» mormorò Lacey. «Glielo racconto io.»

Le grida si spensero. Lo percepii di nuovo, ciò che Nikki mi aveva detto una volta, che quello era un luogo sacro, infestato dai futuri rovinati del passato.

«Per mentirle ancora?»

Non vidi il movimento della mano di Lacey, solo il guizzo argenteo e indistinto del coltello. Poi il sangue, solo una goccia, sulla clavicola di Nikki e un minuscolo lamento.

«Te lo racconto io» ribadì Lacey a voce ancora più bassa. «La verità questa volta, Dex. Tutta quanta.»

Non avevo paura di lei. Non avrei permesso a me stessa di avere paura di lei. Avrebbe raccontato la storia, dimostrato la sua fiducia in me. L'avrei ripagata trovando il modo di crederle

«Dimmi, Lacey. Ogni cosa.»

«Fa' pure, diglielo» concesse Nikki, magnanima nella vittoria. «Raccontale la storia di noi due.»

26

LACEY

1991

Nikki non si accontentava di guardare; voleva dirigere. Ho cercato di insegnarle il caos, ma capiva solo il controllo. Era stato così fin dall'inizio: Nikki appoggiata a un albero, la testa piegata, la fronte corrugata, intenta a ordinarci le posizioni da assumere, a dire a Craig di leccarmi il collo o di girarmi a pancia in giù e di premermi la faccia contro il terreno. Così il triangolo era più gestibile: due corpi e una volontà.

Craig non voleva farlo, non all'inizio. È un altro dettaglio da tenere presente. Non riusciva mai a rifiutare qualcosa a Nikki.

«In ginocchio, stronzo» gli ha intimato lei, e lui ha obbedito.

Doveva vedere com'era, ha detto Nikki. Voleva guardarlo mentre lo vedeva.

Lo odiava, se vuoi la mia opinione.

La mia opinione è che aveva voglia di prendere la pistola, di infilargliela nel culo e premere il grilletto. La punizione per la persona che diventava quando era con lui, la parte per recitare la quale aveva bisogno di un Craig al suo fianco. Ma Nikki Drummond non si sporca le mani.

Ero io a tenere la pistola. A tenerla dove ci sarebbe stato l'uccello.

«Neanche per sogno» si è opposto Craig anche se era già in ginocchio. «È una cosa da gay.»

«È una pistola, non un pisello» l'ha contraddetto Nikki. «Come fa a essere gay?»

Lui ha grugnito.

«Sai cos'è gay, Craig? Due ragazze nude che si contorcono insieme. Ansimando. Succhiando. Sudando. Quello non ti dispiace, eh? Ci tieni a vederlo di nuovo?»

Nikki sapeva molte cose, Dex, eppure non aveva capito che in realtà la risposta a quella domanda era no.

«Ci tieni che tocchi ancora la *tua* pistola? O vuoi che dica a tutta la scuola che è coperta di verruche?»

«Tanto non ti crederebbe nessuno.»

«Sai con chi stai parlando, amore? Si bevono qualunque cosa esca dalla mia bocca.»

Quelli, per loro, erano i preliminari.

«Devo proprio?» La domanda era già di per sé un segno: Craig aveva capitolato.

«Fa' con calma» ha consigliato Nikki. «Stuzzica la punta. Solleticala un pochino, le piace. Ti ricordi cosa mi hai detto la prima volta? È come mangiare un cono gelato. E tu adori il gelato, Craig. Lo *adori*.»

Non ha dovuto ricorrere alle sue doti di persuasione

con me. Sono rimasta ferma, ho tenuto la pistola diritta mentre Craig la prendeva tra le labbra. Forse anch'io ero curiosa.

L'oscurità ci turbinava intorno, la stazione sibilava dei fantasmi e il mio sangue era per metà vodka. Non è una giustificazione, Dex. Serve solo a darti un'idea del contesto.

Era esitante, all'inizio, come una ragazza al suo primo pompino, non sapendo dove mettere le mani e la lingua, leccando e titillando con tristi scatti repentini, quindi serrando le labbra intorno alla canna e restando immobile, come se bastasse l'atmosfera della sua gola calda e umida per finire il lavoro.

«Attrito!» urlò Nikki, battendo le mani per tenere il tempo. «Attrito e ritmo. Datti una mossa. E attento ai denti.»

Ho cominciato a gemere. Un sussulto qui, un respiro affannoso là, in parte per dargli una mano e in parte per sfotterlo, tutto per finta, finché, per qualche ragione, ha smesso di esserlo. Perché era *bello*, Dex, la sua testa sotto il mio palmo, che si alzava e si abbassava al mio ritmo, le sue labbra che trovavano la cadenza, le sue dita che facevano il loro lavoro, una mano stretta intorno alla mia sulla pistola, l'altra che mi saliva lungo la coscia e strisciava verso la sua destinazione, calda contro il mio calore, strofinando a tempo e premendo forte, più forte più io mugolavo, e forse è stato l'alcol o le sue dita o il semplice fatto della pistola, ma ti assicuro, Dex, l'ho *sentito*. Ho sentito *lui* contro di me, che succhiava energicamente, che disegnava cerchi con la lingua, con il respiro caldo e veloce, l'ho sentito tirarsi indietro, ritrarsi per l'accenno di un momento, giocare con me come io giocavo sempre con lui, per poi riprenderla tutta in bocca, inghiottendoci intere. Ed ero io, metallo ma in qualche modo anche carne, e quando mi ha investita – un'esplosione stordente in piena regola, da zero a sessanta a porca puttana – ho pensato: Qui è all'opera una specie di magia nera, questa è fantascienza e io sono un cyborg di pelle e acciaio, ecco com'è per loro guardarci dall'alto mentre siamo inginocchiate, ma non era solo quello, un grande salto erotico per le donne ovunque, era quel particolare ragazzo in ginocchio e io in piedi, era la ragazza di quel ragazzo nelle tenebre, che urlava il mio nome, che aveva bisogno che la vedessi, che mi dimenticassi di lui e la rivolessi, è stato il gioco e la messa in scena e l'amore e la pistola, è stata una frazione di secondo di piacere selvaggio, del tipo che ti fa contrarre i muscoli, battere i denti, rovesciare la testa e urlare al cielo, e poi è finito.

Piangevo e ridevo allo stesso tempo quando si è bloccato di colpo, si è irrigidito – e se mai pensavo a lui, pensavo che Nikki non avrebbe mai lasciato perdere, che Craig si era eccitato, che aveva apprezzato quanto una qualunque di noi la sensazione di qualcosa di duro che gli si gonfiava in bocca – ma poi si è afflosciato e solo quando Nikki ha smesso di urlare il mio nome e ha iniziato a urlare il suo mi sono resa conto che il boato non era stato un sovraccarico dei circuiti neuronali, bensì un vero suono capace di mandare in frantumi il mondo. Che il mondo era andato in frantumi. Che il liquido sotto le mie dita era sangue.

Meglio che tu non sappia che aspetto ha un cadavere, Dex. O il verso che una persona fa quando ne vede uno.

Craig, naturalmente, ha taciuto.

Craig non c'era più. La cosa al suo posto, la cosa oscena, verminosa e insanguinata che fino a poco prima mi aveva palpato il culo, vezzeggiato la fica e coperto la mano con la sua sulla pistola... è questa la cosa che mi perseguita nel sonno, la cosa che mi ha tenuta alla larga dal bosco. È stata questa la ragione per cui, in seguito, mi sono fermata a un polso, ho mollato il coltello accanto alla vasca da bagno e ho lasciato che l'acqua si tingesse di rosa. Non credo nel paradiso e nell'inferno, ma credo che si veda qualcosa quando si muore, sia esso l'esplosione delle sinapsi o una mano tesa dall'aldilà, e credo che sarà questo che vedrò, Dex. Quella cosa, quella faccia, quel foro. Penso sarà l'ultima cosa che mai vedrò, e non posso più vederlo.

«L'hai ucciso.» Ecco che ha detto quando è riuscita a parlare, dopo che l'ho fatta smettere di piangere a forza di schiaffi e l'ho riportata alla realtà in modo che potessimo chiudergli i pantaloni e occuparci della pistola. *«L'hai ucciso l'hai ucciso l'hai ucciso.»*

Non le ho ricordato chi lo aveva costretto a inginocchiarsi. Cercavo di essere gentile.

Volevo spostare il corpo. Lo volevamo entrambe. Lontano dal nostro posto, nel folto del bosco. Pensavo che volessimo esorcizzare la stazione dal suo fantasma per poi poterci tornare. Dicono che la sbronza passi presto durante una crisi, ma non mi risulta. Dovevo essere ubriaca marcia per immaginare di voler tornare laggiù.

Spostare il corpo significava toccare il corpo, sollevare il corpo, trascinare il corpo nel bosco. Ripulire il sentiero dal sangue e dai frammenti di cervello che il corpo si sarebbe lasciato dietro. Non potevamo farlo. Nessuna di queste cose. Lo avremmo lasciato nel nostro posto; lo avremmo lasciato lì.

Nikki ha pulito la pistola; io l'ho messa nella mano di Craig. Eravamo a Battle Creek; quello era un adolescente disturbato, solo nel bosco con l'arma di suo padre; era un bel quadretto e, quando Nikki ha aggiunto il messaggio che lui le aveva scritto il giorno prima, dopo essersi imperdonabilmente dimenticato del loro mesiversario, il messaggio che diceva, nelle meticolose lettere in stampatello di Craig, *Ti amo e mi dispiace*, al quadretto non mancava più nulla.

«E ora?» ha chiesto Nikki. «Lo abbandoniamo qui e basta?» Ha deglutito. «Ci sono gli animali...»

«Verranno a cercarlo. Lo troveranno. Prima o poi.»

«Prima o poi.»

Pensava che fossi io quella crudele. Perché ho tirato avanti, perché qualcuno doveva pur farlo. Se lei voleva essere la sporcizia, allora io avrei pulito. Se voleva aggrapparsi, allora qualcuno doveva essere disposto a farla aggrappare, e quella ero io. Sono una roccia, Dex, come dice la canzone. Sono una cazzo di isola. Faccio ciò che devo fare e quella notte ho dovuto sorreggere Nikki Drummond mentre piangeva. Ho dovuto recuperare i vestiti, le bottiglie vuote, i mozziconi di sigaretta, qualunque cosa potesse collegarci al corpo. Mi sono dovuta sedere in macchina con lei mentre smaltivamo la sbornia e il corpo si raffreddava non molto lontano.

Non sono stata io a suggerire di inscenare un suicidio. Non abbiamo mai parlato di fare nient'altro. La verità non era un'opzione accettabile. Ciò che abbiamo fatto era troppo ovvio, troppo facile, per non essere il modo giusto.

Non è così che lo ricordava Nikki.

Nella sua versione io sono Machiavelli. Lo uccido a sangue freddo, la induco con l'inganno a insabbiare il tutto cosicché diventi mia complice. Lei è la vittima, io il demonio, lui il cadavere.

In ogni storia lui finisce stecchito.

Nessuno l'ha costretto a inginocchiarsi. E se qualcuno l'ha costretto, è stata Nikki.

È stata tanto colpa loro quanto mia. Lo riconosco. Lo riconoscerò sempre.

L'omicidio richiede l'intenzionalità; lo so perché ho controllato. Legalmente, uccidere qualcuno per sbaglio non è peggio di investire un cervo con l'auto. Un mucchio di sangue, sporcizia e rimorso, ma non si può incolpare nessuno a eccezione, forse, del cervo che è stato così stupido da attraversare la strada.

Non avrei potuto ucciderlo perché non cercavo di ucciderlo. Non volevo che morisse.

Credimi.

Se credi a qualcosa, Dex, credi a questo.

Ma.

Nel buio.

Di notte.

Quando mi abbandono ai ricordi.

Lo sento sotto l'indice.

Il grilletto.

E capisco.

La pistola nella sua bocca, la pistola tra le mie mani: non importa cosa volesse Nikki. Non importa il perché. Casualità, scopo, movente, errore, desiderio inconscio, contrazione muscolare: non importa. L'importante è che l'arma era nella sua bocca e tra le mie mani. È stato il mio dito a premere il grilletto. È stato il mio dito a muoversi, solo un pochino, quanto bastava. Poi Craig è morto.

27

DEX

1992

Prima di Lacey non ero felice. Non ero niente. Solo che non è possibile, giusto? Occupavo uno spazio; ero un agglomerato di cellule e ricordi, di membra maldestre e goffe e crimini di moda; ero il ricettacolo delle aspettative dei miei e la prova delle loro delusioni; ero Hannah Dexter, ordinaria su tutta la linea, sulla buona strada per una vita piatta, e intelligente quanto bastava per accorgermene.

Un mondo senza Lacey: avrei passato le giornate a fare scarabocchi e a masticare gomme per evitare di addormentarmi in aula finché potevo tornare a casa e accomodarmi davanti alla TV per la serata. Ci sarebbe stato qualche centinaio di giorni da sopportare, poi il college, in un posto compatibilmente ordinario, *Liceo: il sequel*, università di Battle Creek. Forse quella Hannah Dexter avrebbe trovato il fegato di trasferirsi a Pittsburgh o a Philadelphia dopo il diploma, di sfondare nella grande città, di fare il giro dei bar con il suo gruppetto di ragazze single finché una dopo l'altra avessero conquistato un anello e fossero fuggite nei sobborghi. Sarebbe stata un'eccellente damigella d'onore, un tantino pallosa durante l'addio al nubilato ma sempre sobria al volante. Non si sarebbe lamentata; lo avrebbe ritenuto inopportuno, avrebbe pensato che fingere di essere felice fosse sufficiente. Sarebbe tornata a Battle Creek di rado, solo per sopportare le feste natalizie con i suoi e alla fine per seppellirli. Avrebbe incrociato, forse, Nikki Drummond in farmacia prima di lasciare la città e si sarebbero scambiate l'accenno di un sorriso tremolante, come fai quando sei troppo vecchio per i rancori ma quelli ti ribollono ancora dentro. Il suo vero sorriso sarebbe comparso in seguito, ogni volta che avesse ricordato i quindici chili in più intorno alla vita di Nikki e la striscia di pelle chiara sul suo anulare sinistro; avrebbe avuto la certezza compiaciuta che era preferibile evitare l'amore piuttosto che perderlo.

Lacey mi raccontò tutto. Cosa aveva fatto – cosa avevano fatto – a Craig Ellison. Cosa avevano fatto una all'altra. I loro fantasmi in quel posto. Il corpo che avevano lasciato nel bosco.

Doveva essere il corpo a fare la differenza. Non il pensiero di loro due che ridevano insieme sull'erba; non il fatto che fossero venute prima, che io fossi l'oggetto secondario sballottato avanti e indietro tra loro.

«Non importa com'è iniziata» disse Lacey. «In un primo momento c'era solo Nikki. Poi c'eravamo noi. Solo *noi.*»

Nikki era la ragione per cui Nikki ce l'aveva messa tutta per ferirti, ma d'altra parte quella non era una novità. La novità era che prima Lacey era stata sua.

«Ho fatto tutto questo per te.» Allargai le braccia perché non mi riferivo solo alla notte o al carro merci, ma alla vita. A *Dex*.

«Dex, devi capire...»

«No. Devo...» Cosa dovevo fare? «Devo uscire un minuto. Ho bisogno di una boccata d'aria.»

Non volevo l'aria. Volevo il cielo, le stelle che facevano capolino tra i rami, lo spazio per correre incontro alla notte, la libertà di fuggire anche se non ne avevo intenzione, o forse sì.

«Cosa ti avevo detto?» Era Nikki, convinta di contare ancora qualcosa. «Non ce la fa. Credi che vada a prendere una boccata d'*aria*? Andrà dritta dagli sbirri. Lo sai anche tu.»

«No» replicò Lacey, in tono sicuro. «Non lo farebbe mai.»

«Non lo farei mai» confermai. Erano soltanto suoni.

«Sei fregata e lo sai benissimo» insistette Nikki. «Guardati intorno. Tutte queste stronzate sataniche. Chi si prenderà la colpa? Non sarebbe riuscita a incastrarti meglio nemmeno se ci avesse provato. Forse ci ha provato, Lacey. Ci hai mai pensato? Fammi uscire subito da qui e risolveremo il problema.»

«Non andare, Dex.»

«Rovinerà tutto» disse Nikki. «Slegami e ce ne occupiamo insieme. Le facciamo capire che deve tenere la bocca chiusa.»

«Piantala.» Indietreggiai verso la porta.

«Non andare, Dex» ripeté Lacey, facendo un passo

nella mia direzione e alzando il coltello.

«Guardala!» gracchiò Nikki. «Per l'amor del cielo, Hannah, guardala, ci sta pensando davvero. Vuole ucciderti per tapparti la bocca. È *psicotica*. Ti decidi a capirlo?»

«Non andare» disse di nuovo Lacey, e obbedii.

«Lei o noi» continuò Nikki, e non sapevo a quale *noi* alludesse. «L'assassina di Craig è una sola, e qui lei è quella che ha di più da perdere. Slegami. Slegami e ti proteggerò.»

«Smettila!» Lacey squarciò l'aria con il coltello. «Smettila. Devo riflettere!»

Il sangue sulla spalla di Nikki si era seccato in una lunga striatura marrone, quasi se la fosse tatuata per ricordare le ferite passate.

Restammo in silenzio. Tutte e tre in attesa.

Fu come vivere dentro uno di quei rompicapi di logica che ci davano alle elementari, un serraglio di animali che doveva essere traghettato sull'altra riva di un fiume in un ordine specifico cosicché nessuno venisse divorato; una mongolfiera sul punto di precipitare, con la zavorra da sganciare, zavorra che ti avrebbe tenuto in aria, ma solo se avessi scelto la cosa giusta da sacrificare. Quegli enigmi erano sempre cruenti; l'errore implicava una catastrofe, i brandelli insanguinati di una gallina sulla sponda, corpi sfracellati in un campo di grano.

Forse, pensai, saremmo rimaste lì insieme finché fosse sorto il sole. La luce ci avrebbe restituito la lucidità, avrebbe spazzato via i pensieri folli che hai solo di notte. Ma il carro merci non aveva finestre; alba o non alba, saremmo restate al buio.

Poi Lacey parlò. «Nikki ha ragione. Abbiamo esagerato. Se gli altri sapessero...» Inclinò il coltello verso Nikki. «Non possiamo fidarci di lei. Su questo non ci piove. Ma tu, Dex?» La lama ruotò verso di me. «Posso fidarmi di te?»

Feci un verso che non sembrava mio, più animalesco che umano. Un animale sofferente.

«So che mi ami, Dex, ma sei una brava persona. Potresti pensare di avere l'obbligo di denunciarci. A meno che...» Annuì. «Sì.»

Mi imposi di respirare. «A meno che, cosa?»

«A meno che anche tu non abbia un segreto.»

Nikki ci arrivò prima di me. «No. No no no no. Hannah, *no.*»

«Distruzione reciprocamente assicurata» proseguì Lacey. «E se entrambe avremo fatto qualcosa di terribile... saremo *uguali,* Dex. Ci saremo dentro insieme.»

Me lo offrì come un dono, come una promessa.

Dovevo solo prenderlo.

«L'abbiamo legata, Dex. L'abbiamo legata, chiusa in un cazzo di vagone e cercato di annegarla. Pensi che non lo spifferà a nessuno? Pensi che non finirai nei guai se la lasciamo andare?»

«Non possiamo saperlo.»

«Ce l'ha detto chiaro e tondo.»

«Stavo bluffando» si affrettò a precisare Nikki. «E quello che ho fatto alla festa, e quello che è successo a Craig, sono fottuta se lo raccontate a qualcuno. Distruzione reciprocamente assicurata, giusto? Nessuno verrà mai a saperlo. Avete la mia parola.»

Lacey rise. «Cosa hai detto prima? Le promesse sono vuote.»

«Hannah, non farlo» implorò Nikki. «Non farti convincere a fare qualcosa di irreparabile.»

Lacey, per qualche motivo, continuò a ridere. «Lo vedi? Sta *ancora* cercando di metterti contro di me. È di questo che ho paura, Dex. Non di finire nei guai. Non di cosa mi farà, ma di cosa *ci* farà. Ci separerà di nuovo. Ci scommetto.»

«Sono tutte cazzate e lo sai benissimo» intervenne Nikki. «Questo è ciò che fa *lei*, Hannah. Vuole farti credere che sia tutta colpa mia. Che tu non abbia fatto niente. Sei stata *tu* ad allontanarti da Lacey. *Tu*. Lacey sa che non vuoi accettarlo. Sa che preferisci la sua versione, dove non hai nessuna responsabilità. Non ti piace quello che hai visto nel video? Non permettere che succeda anche qui. Non startene lì ad aspettare che ci fotta tutte e due. *Per favore*.»

Lacey sorrise. «Visto? Non riesce a trattenersi. Odia il fatto che stiamo insieme.» Voleva che ascoltassi perché credeva che credessi in noi. «Questa storia può finire in un modo solo, Dex. Prendi il coltello.»

«Prendilo!» urlò Nikki. «Prendilo e usalo, perché se credi che ti lascerà uscire di qui sei matta quanto lei.»

Lacey lo posò tra noi sul pavimento.

«Ho chiesto scusa. Ma devi farlo anche tu. Poi tutto potrà tornare come prima. Anzi, meglio.»

Meglio, perché non ci sarebbe stato più niente tra loro. Meglio, perché avremmo avuto un segreto tutto nostro da proteggere; perché saremmo state indivisibili;

perché, finalmente, saremmo state uguali.

«Mi ami, Dex?»

Non potevo non amarla. Nemmeno in quel momento.

«Allora dimostralo» mi sfidò.

La notte in cui avevamo mangiato i funghi, dopo aver guardato la faccia di Dio, dopo le mucche nel campo e i ragazzi nel fienile, Lacey mi aveva rapita, aveva parcheggiato la macchina sul ciglio di una strada deserta, decidendo, con le menti ancora confuse e gli occhi ancora intenti a seguire angeli invisibili, che sarebbe stato più sicuro che guidare fino a casa. Avrei voluto dormire sulla Buick, ma Lacey aveva detto che sarebbe stato meglio sull'erba, sotto le stelle. Faceva freddo ed era umido, ma non eravamo in condizioni di accorgercene. Mi ero rannicchiata su un fianco e lei mi aveva premuto il petto contro la schiena e mi aveva circondata con il braccio, tenendomi stretta. *Sono tua?*, aveva sussurrato contro il mio collo e io avevo risposto sì, certo, sì. *Non lasciarmi*, aveva aggiunto, ed era stato un ordine, ed era stata una richiesta, ed era stata una verità, ed era stata una preghiera.

«Non costringermi a farlo» dissi.

«Non ti costringo a fare un bel niente» replicò, ma quelle parole non bastarono per darmi sollievo.

«Raccogli il coltello e fanne ciò che vuoi» riprese. «La decisione spetta a te, non a me.»

«No, Hannah» supplicò Nikki. «Non puoi farlo.»

E invece potevo, era questo il bello. Potevo fare qualunque cosa. Era semplice fisica, biologia: inginocchiati, raccogli il coltello, incidi. Potevo spingere il mio corpo a eseguire ciascuna di quelle operazioni e gli oggetti inanimati – pavimento, coltello, pelle – si sarebbero piegati alla mia volontà. Sarebbe stato facile e poi sarebbe finita.

E sarei stata io a farlo. Era anche questo il bello.

Allo stesso modo potevo dirigermi verso la porta e continuare a camminare. Ma dove sarei andata senza Lacey, e chi sarei stata quando fossi arrivata? Lacey pensava di sapere chi fossi, nel profondo, e anche Nikki, e non capivo come potesse essere così facile per loro credere che esistesse una cosa simile, una me senza di loro, un profondo dove nessuno guardava. Che non fossi solo l'amica di Lacey, la nemica di Nikki, la figlia di mio padre; che da qualche parte, a fluttuare nel vuoto, ci fosse una vera Hannah Dexter, un assoluto, con le cose che poteva o non poteva fare. Come se fossi la ragazza che avrebbe raccolto il coltello o la ragazza che non lo avrebbe raccolto; la ragazza che si sarebbe rivoltata contro una o che si sarebbe rivoltata contro l'altra, oppure che si sarebbe voltata e sarebbe fuggita. La luce è insieme una particella e un'onda, mi aveva insegnato Lacey, e allo stesso tempo non era nessuna delle due. Ma solo quando nessuno guarda. Una volta che la misuri, deve scegliere. È l'atto di assistere che trasforma il nulla in qualcosa, che condensa le nuvole di possibilità in una verità concreta e irrevocabile. Prima avevo solo fatto finta di capire, ma ora capivo: quando nessuno guardava, ero una nuvola. Ero tutta possibilità.

Quella era condensazione.

LORO

28

Erano state tutte ragazze, una volta. Se ora avevano paura delle ragazze, era solo perché ricordavano com'era. Le ragazze crescevano; le ragazze diventavano ribelli. Le ragazze non conoscevano se stesse e i bisogni dai denti aguzzi che venivano da dentro, e il compito di una madre era impedirglielo.

Le ragazze di oggi pensavano di non aver bisogno delle madri, pensavano che le madri non capissero, mentre le madri capivano fin troppo bene.

Le ragazze di oggi non sapevano cosa significasse marciare lungo le strade affollate portando cartelli e urlando slogan, baciare i ragazzi in partenza per la guerra, guardare il telegiornale e vedere i ragazzi bruciare, sdraiarsi tra le erbacce marroni e intrecciare una corona di spine, raggrinzirsi e gonfiarsi e sformarsi, guardare le porte chiudersi, la vita restringersi, le circostanze indurirsi, odiare la ragazza che eri stata per la vita che aveva scelto per te, rivolerla indietro.

Le ragazze di oggi volevano credere di essere diverse, che le ragazze come loro non sarebbero mai diventate madri così.

Lasciavano credere alle loro ragazze che fosse vero.

Mentivano alle loro ragazze e insegnavano alle loro ragazze a mentire a se stesse.

Le ragazze di oggi dovevano essere spinte a credere. Non solo in un potere superiore, in un fascicolo personale, in qualcuno sempre intento a guardare. Le ragazze dovevano credere che il mondo avesse fame e aspettasse di consumarle. Dovevano credere nella depravazione e nella fragilità, nel desiderio come forza capace di agire su di loro, come forza cui resistere. Dovevano credere di essere le più oneste, le più deboli, le più vulnerabili, di poter essere solo brave o cattive ragazze e che la scelta, una volta fatta, fosse irrevocabile. Dovevano credere nella conseguenza dell'incursione. Le ragazze dovevano credere che ci fossero dei limiti a ciò che una ragazza poteva essere e che il loro superamento sarebbe sfociato in una punizione. Dovevano credere di potersi ritrovare in un ambulatorio medico con tanto di bisturi e ventosa, o in un vicolo con le mutandine intorno alle caviglie, o in un sacco di plastica buttato fuori con la spazzatura; dovevano credere che la vita fosse pericolo e che fosse una loro responsabilità restare al sicuro, e che nulla di ciò che facevano avrebbe garantito la loro incolumità. Se ci avessero creduto, avrebbero costruito fortezze, si sarebbero rinchiuse dentro le mura, avrebbero tenuto duro.

Le ragazze dovevano credere in ogni cosa tranne nel loro potere, perché se le ragazze avessero scoperto cosa potevano fare, figurarsi cosa avrebbero fatto.

Si dicevano che era per il bene delle ragazze. Certe volte erano infastidite dalla responsabilità; certe volte erano infastidite dalle ragazze.

Le ragazze di oggi pensavano di poter fare qualunque cosa. Le ragazze bruciavano luminose, sapevano cosa volevano, immaginavano di poterlo prendere, ed era magnifico ed era spaventoso.

Non si ricordavano di aver mai bruciato così luminose.

Oppure se lo ricordavano e il ricordo peggiorava le cose.

Volevano, per le loro ragazze. Volevano per le loro ragazze più di quanto volessero per se stesse; era questo il sacrificio che avevano compiuto. Volevano che le loro ragazze fossero al sicuro. Che facessero il necessario per conformarsi, per rimandare, per sopravvivere, per crescere. Volevano che le loro ragazze non crescessero mai. Che non smettessero mai di bruciare. Volevano che le loro ragazze dicessero vaffanculo, che riconoscessero le menzogne, che fossero consapevoli della propria forza. Volevano che le loro ragazze credessero che le cose potessero essere diverse questa volta, e volevano che fosse vero.

Si domandavano, ogni tanto, se avessero commesso un errore. Se fosse pericoloso addomesticare ciò che era selvatico, rubare le parole che una ragazza poteva usare per dare un nome al suo io segreto. Si domandavano quali conseguenze avrebbe avuto insegnare a una ragazza che era debole anziché avvertirla che era forte. Si domandavano, se la conoscenza era potere, che fine facesse il potere che si rifiutava di conoscere se stesso; si domandavano che fine facesse il bisogno che non poteva essere soddisfatto, il dolore che non poteva essere percepito, la rabbia che non poteva essere espressa.

Si meravigliavano soprattutto di quella ragazza, una brava ragazza, che nonostante ciò era andata in un luogo segreto, aveva avvicinato il coltello alla carne pallida, aveva fatto uscire il sangue. Si interrogavano su quella ragazza, su che cosa avesse saputo e su che cosa avesse scoperto, su quale storia le avessero raccontato, o avesse raccontato a se stessa, che poteva finire solo in questo modo, con una ragazza sola al buio, con un coltello, nel bosco.

NOI

Dopo

29

NOI

Migliori amiche per sempre

Tre ragazze andarono nel bosco; solo due tornarono.

Sembra l'inizio di una barzelletta o di un indovinello. Ma era solo, e sarebbe sempre stato, il resto della nostra vita.

Pensammo di gettare il corpo nel lago. Sarebbe stato confortante vederlo sparire, gonfio e putrefatto nell'abisso. Ma immaginate se avessero dragato il lago o se un pescatore sfortunato avesse trascinato il corpo fino alla riva.

Doveva sembrare un suicidio. E, dopotutto, una di noi sapeva come fare.

Pulimmo le impronte dal coltello. Glielo infilammo tra le dita e slegammo il cadavere. Il taglio più profondo correva dal polso fin quasi al gomito, *lungo la strada, non dall'altra parte dei binari*. Quanto ai tagli più superficiali, gli squarci insanguinati che le costellavano gli avambracci, sarebbero stati scambiati per ferite da esitazione, speravamo, tentativi interrotti da una ragazza nuova al dolore. Bruciammo i vestiti sporchi di sangue; cancellammo la notte.

I conti tornavano. Era passato un anno da quando il suo ragazzo si era donato al bosco. Il messaggio accanto al corpo era scritto di suo pugno.

Mi dispiace per quello che ho fatto. Non succederà più. Questa volta dico sul serio.

La ragazza era angosciata; la ragazza era causa di angoscia. Come tutte le ragazze erano angosciate, come tutte le ragazze erano causa di angoscia. Volevano crederci e ci credevano.

Ogni tanto ci svegliamo urlando. Ogni tanto inghiottiamo il pianto e restiamo sdraiate da sole a fissare il soffitto, a ricordare a noi stesse che eravamo tutte innocenti, che eravamo tutte colpevoli, compresa Nikki Drummond.

Non pronunciamo mai il suo nome.

Mentre sistemavamo il corpo e pulivamo le impronte dal coltello, il Papa era impegnato a cancellare la condanna di Galileo. Rimanemmo indifferenti. Dubitavamo che alla polvere verminosa di un cadavere di quattrocento anni prima importasse che finalmente la Chiesa ci fosse arrivata. Ma cercammo di festeggiare il trionfo della ragione, andammo in un campo deserto da dove si vedevano le stelle, dividemmo una bottiglia di vino, scrutammo il cielo in cerca degli anelli di Saturno e ascoltammo le Indigo Girls cantare l'elegia di Galileo. La notte era cupa e fredda, l'erba umida. Il vino non ci regalava più un piacevole senso di confusione, a prescindere da quanto bevessimo.

Là fuori, nell'inimmaginabile mondo oltre Battle Creek, l'esercito della ragione continuava la sua marcia. Sapevamo che era vero perché lo avevamo visto in TV. Viva la separazione tra Chiesa e Stato; abbasso l'economia dell'offerta. Viva il sesso, la droga e l'approssimazione sassofonica del rock and roll; abbasso la pena di morte, l'AIDS e Dan Potatoe Quayle. Il nostro Democratico conquistò la Casa Bianca, un ex hippy con il controllo delle armi nucleari. Ormai vivevamo tutti nell'America di Satana, almeno secondo Pat Buchanan. Ci era sempre piaciuto Clinton, l'uomo con la voce melliflua e le guance alla McDonald's che pregava davanti all'altare dell'indulgenza. È come noi, pensavamo una volta, ma ora non più, perché credeva ancora in un luogo chiamato speranza.

Andammo al funerale, ovviamente. Le persone ci fissavano. Nikki si era suicidata – se l'erano bevuta tutti – ma lo aveva fatto a Halloween, nella notte del diavolo; lo aveva fatto in un carro merci scarabocchiato di simboli satanici; lo aveva fatto nello stesso periodo in cui una delle sue compagne era diventata satanista e aveva maledetto metà della classe. Le impronte digitali del demonio erano ovunque. I genitori e il fratello di Nikki furono gli unici a non fissarci. Erano seduti in prima fila con la testa bassa. Il padre piangeva. Avremmo voluto piangere anche noi, ma non versammo una lacrima.

Forse, in cuor nostro, ci piaceva. Avevano paura di noi, e si traeva sempre piacere da questo.

Notammo che piaceva anche a loro. Lo udivi nei sermoni lungo i marciapiedi, l'orgoglio malcelato di aver dimostrato che avevano ragione. Se Battle Creek aveva una cabala clandestina, era una cabala di gioia vergognosa, e questi erano i suoi membri: i ministri, il preside, il tipo che continuava a scrivere quegli editoriali nel giornale locale, gli sbirri, gli esperti fatti venire da Harrisburg per dare consigli sulle sette, tutti coloro che riuscivano a comparire in TV. Scoprimmo che dopo che Geraldo Rivera era arrivato in città, la madre di Kaitlyn Dyer aveva dato una festa con tanto di torta a sette strati, come se fosse il 4 luglio. Non eravamo state invitate.

Dividemmo una stanza, contando i giorni che mancavano al diploma, finché potemmo partire senza destare sospetti. I nostri genitori erano stati accomodanti: dopo Nikki, a nessuno piaceva l'idea che una ragazza vivesse per strada. Dormivamo fianco a fianco. Profumavamo dello stesso balsamo e dello stesso dentifricio; ci scambiavamo i vestiti. Non sopportavamo una la vista dell'altra, ma dovevamo tenerci d'occhio. Dovevamo assicurarci che i nostri segreti rimanessero sotto chiave, perciò dovevamo sorvegliarci continuamente a vicenda. Sognavamo a occhi aperti, ricordando il verso che aveva fatto mentre il sangue schizzava fuori, il canto di dolore di una balena.

Giravamo ancora in macchina, in quelle giornate interminabili. Mai verso qualcosa. Sempre via. Partivamo verso il vuoto, poi stendevamo una coperta, ci sdraiavamo al centro di un campo di girasoli morti. Un deserto giallo che potevamo scrutare da orizzonte a orizzonte, i gambi avvizziti che ondeggiavano nella brezza.

Il ronzio e il canto degli insetti. La pelle d'oca. La primavera in arrivo, troppo lentamente. I secondi che scorrevano, misurati e rumorosi. La vita dentro un orologio a pendolo.

Parlavamo del diavolo, chiedendoci se esistesse. Una volta avevamo ipotizzato che Dio e il diavolo fossero la stessa cosa, che fossero contenuti nel suono sacro della voce di Kurt, ma non avevamo più bisogno di loro, del nostro dio o del nostro diavolo. Ora sapevamo cosa eravamo destinate a essere, una Chiesa di due persone, una che adorava l'altra e viceversa.

Quando arrivò il momento giusto, partimmo. Proprio come avevamo programmato, nel buio della notte, le borse impilate nel bagagliaio, la macchina puntata verso ovest.

Non andammo a Seattle. Seattle non era più nostra. Ma facemmo attenzione e seguimmo la sua metamorfosi.

Seattle era uno spot. Seattle era un set cinematografico e la pubblicità di un marchio di abbigliamento. Il grunge era in ascesa; la rivoluzione veniva trasmessa in TV. Seattle conquistò il mondo, tutte le sue possibilità e le sue promesse rese evidenti, e non sopravvisse.

Nemmeno Kurt. Non piangemmo. Ci meravigliammo, per un attimo, delle voci su Courtney, perché sapevamo quanto fosse facile spacciare una cosa per un'altra, prendere una mano fredda e chiuderla intorno a una pistola. Ma in cuor nostro lo sapevamo: era stato Kurt. Il suo indice. Il suo grilletto. Era padrone della sua morte, e saltò fuori che la morte di un dio era come quella di chiunque altro. Non era rabbia, tristezza o amore; non era bella né profonda. Era l'unica cosa che Kurt non era mai stato: rumore inutile, silenzio inutile.

Non c'era altro posto in cui andare se non Los Angeles, dove potevi vivere in superficie e smarrirti sotto, tutto in una volta. Trovammo un appartamento all'ombra di una superstrada e lavori che ci facevano dolere i piedi e puzzare i capelli di fumo; pagavamo l'affitto e imparammo a fare surf, provando a far finta di divertirci.

Era ciò che volevamo, dicevamo a noi stesse, e anche *andrà tutto bene*, e anche *ti amo ancora*.

Ci piaceva avere i capelli biondo platino, e ancora di più ci piaceva essere come tutti gli altri. Certe volte ci piaceva persino somigliarci, come sorelle, dissero le persone per la prima volta. Los Angeles era un luogo in cui smarrirsi e rinascere. Era il posto più lontano da Battle Creek che potessimo raggiungere senza annegare nel Pacifico, e aspettammo, aspettiamo, che la marea trascini Nikki nel passato.

Los Angeles non crede nel passato più di quanto creda nel futuro, perciò non ci crediamo neanche noi. Evitiamo di pensare ai giorni a venire, quando la nostra pelle si affloscerà, i seni perderanno tono, gli occhi saranno cerchiati da rughe e da cavità che il trucco non riuscirà a mascherare, quando non saremo più ragazze che hanno fatto qualcosa di terribile ma donne che espiano i peccati delle estranee che erano. Non torneremo mai indietro; cercheremo noi stesse sui cartoni del latte e sentiremo la mancanza della casa da cui eravamo impazienti di fuggire. Saremo cameriere e receptionist e la voce cinguettante all'altro capo della linea, quella che ti ringrazia per il tuo tempo e ti augura *buona giornata.* Venereremo le ragazze che eravamo. Non avremo mai figli; non avremo mai figlie. Un giorno, forse, una di noi entrerà in mare e l'altra sarà finalmente sola.

Non ancora. Rifiutiamo il futuro. Ci aggrappiamo al nostro momento, ci congeliamo in questo tempo, in cui siamo ancora ragazze, in cui conosciamo ancora il dolore e i suoi piaceri. Entriamo nell'oceano e affondiamo le dita dei piedi in una sabbia che viene da lontano, da epoche passate. Scrutiamo l'orizzonte in cerca di navi dei pirati e bottiglie di vetro, in cerca di improbabili miracoli sospinti verso la riva. Non abbiamo segreti una per l'altra; siamo due parti di un intero. Abbiamo tutto ciò che volevamo; abbiamo solo noi stesse e possiamo solo fidarci delle ragazze che eravamo, che ci sussurrano dal passato e promettono che sarà sufficiente.

Ringraziamenti

Grazie al team da sogno: Meredith Kaffel Simonoff ha capito quale forma volesse assumere questa storia e in qualche modo mi ha abbindolata così bene da farmi credere di essere in grado di scriverla. La saggezza, l'intuito e la tenacia di Cal Morgan, e il suo rifiuto di lasciar passare inosservato anche solo un punto e virgola senza un'attenta riflessione e – talvolta – una discussione, ha reso il processo di revisione un'enorme gioia. Tutto il cioccolato artigianale del mondo non basterebbe per ripagare il mio debito nei loro confronti, ma ci sto lavorando.
Devo una notevole quantità di cioccolato – e forse qualche pasticcino – anche a Clare Smith per il suo incoraggiamento transatlantico, per il costante sostegno e per l'acutissimo intuito editoriale.
Grazie anche a Jennifer Barth per lo straordinario entusiasmo con cui ha consegnato questo libro al mondo, nonché ai magnifici Jonathan Burnham, Robin Bilardello, Stephanie Cooper, Lydia Weaver, Katherine Beitner, Laura Brown, Erin Wicks e a tutto lo staff di HarperCollins; alle instan-

cabili Poppy Stimpson, Rachel Wilkie e a tutto lo staff di Little Brown UK; a tutti i miei meravigliosi sostenitori di DeFiore and Company, in particolare Colin Farstad.

Leigh Bardugo, Holly Black, Sarah Rees Brennan, Erin Downing, Barry Goldblatt, Erin Downing, Jo Knowles, E. Lockhart, Ilana Manaster, Mark Sundeen e Adam Wilson hanno dedicato tempo ed energie alla lettura di pile e pile di pagine, aiutandomi a decidere quali non bruciare.

Loro, e molti altri, mi hanno tenuta a galla mentre cercavo di non annegare nelle acque di questo libro: Dan Dine, Brendan Duffy, Leslie Jamison, Anica Rissi, Lynn Weingarten.

Grazie mille per non avermi mai lasciata a corto di idee, motivazione, ambizione, amore, speranza e dolci da forno.

Infine, grazie alla MacDowell Colony per avermi concesso uno spazio così accogliente dove finire il romanzo, e poi al caffè di Park Slope dove, in una piovosa mattina di un'altra vita, l'ho cominciato.

Questo volume è stato stampato nel maggio 2017
presso la Rotolito Lombarda - Milano